中国纺织出版社有限公司
国家一级出版社
全国百佳图书出版单位

内 容 提 要

《绝妙好词》由南宋周密选编，是我国古代词选中最早的一部断代词选本，辑录了南宋时期多名词人的百余首佳作。《绝妙好词》词风雅正，重视词的内在意趣和韵味，在我国词学史上意义非凡。本书对原文进行了准确的注释和翻译，便于读者轻松地阅读。

图书在版编目（CIP）数据

绝妙好词全鉴 /（宋）周密编；东篱子解译．-- 北京：中国纺织出版社有限公司，2020. 5（2024.1重印）
ISBN 978-7-5180-7248-4

Ⅰ．①绝… Ⅱ．①周… ②东… Ⅲ．①宋词－选集 Ⅳ．① I222.844

中国版本图书馆 CIP 数据核字（2020）第 049729 号

责任编辑：段子君　　责任校对：寇晨晨　　责任印制：储志伟

中国纺织出版社有限公司出版发行
地址：北京市朝阳区百子湾东里A407号楼　邮政编码：100124
销售电话：010—67004422　传真：010—87155801
http://www.c-textilep.com
中国纺织出版社天猫旗舰店
官方微博 http://weibo.com/2119887771
永清县晔盛亚胶印有限公司印刷　各地新华书店经销
2020年5月第1版　2024年1月第2次印刷
开本：710×1000　1/16　印张：20
字数：327千字　定价：68.00元

前言

词是我国古代诗歌的一种。它萌芽于南朝，是隋唐时兴起的一种新的文学样式。到了宋代，经过长期不断的发展，进入词的全盛时期。词最初称为“曲词”或“曲子词”，是配合宴乐乐曲而填写的歌诗。后来，文人依照乐谱声律节拍而写新词，叫作“填词”或“依声”。从此，词与音乐分离，形成一种句子长短不齐的格律诗。五、七言诗句匀称对偶，表现出整齐美；而词以长短句为主，呈现出参差美。

如果说宋词是我国古代文化长廊中的一朵奇葩，那么南宋周密（1232—1298）选编的《绝妙好词》则为这朵奇葩增添了瑰丽的色彩和芳香。《绝妙好词》大体上反映了南宋词坛婉约格律词的艺术成就，集中体现了选编者周密的词学观点、审美趣味及艺术追求。

《绝妙好词》是我国古代词选中最早的一部断代词选本，辑录了南宋时期多名词人的百余首佳作。始于张孝祥终于仇远，时间跨度 100 余年。全书共 7 卷，自卷一至卷四均相隔 23 年。卷五至卷七为宋末临安地区词人所作，其中很多人皆是周密西湖诗社的成员。

《绝妙好词》的共同特色是词风雅正，崇雅是南宋词坛的风气所向。沈义父论词有云“下字欲其雅，不雅则近乎缠令之体”；张炎也力主“词欲雅而正”；周密本人学问渊博，修养雅致，作词主张“靡丽不失为国风之正，闲雅不失为骚雅之赋”，工雅自然成为他选词的基本标准。所以，清人戈载称“《绝妙好词》采掇精华，无非雅音正轨”；朱彝尊也称“《绝妙好词》选本，中多俊语，方诸《草堂》所录，雅俗殊分”；余集序《绝妙好词》也称其“人不求备，词不求多，而蕴藉雅饬，远胜《草堂》《花庵》诸刻”。

《绝妙好词》还重视词的内在意趣和韵味。这也是承袭着姜夔、吴文英、张炎所开创的词风。姜、吴矫正了传统婉约词的软媚，词作意趣高远，尤擅托物比兴，在咏物词中融入黍离之悲与家国兴叹，别具神味。张炎论词，主张“词以意为主，不要蹈袭前人语意”。周密也认为词和书画一样，应具备内在的意韵。

《绝妙好词》是一部在我国词学史上有着重要意义的词选。风格上只录清丽婉约、优美精巧的作品，尽管豪放派词人的作品也有收录，但皆取其婉约、雅正之作，这也是南宋末年文人崇尚风雅的体现。《绝妙好词》具有鲜明的流派特色，在我国文学史上占有重要位置。

为了帮助读者提高阅读效果，本书设置了“导读”“原文”“注释”“译文”等栏目。并且对一些晦涩难懂的字词进行了注音，方便读者阅读与理解，更希望由此，让读者更好地领略中华传统文化的魅力。

解译者

2019 年 10 月

目录

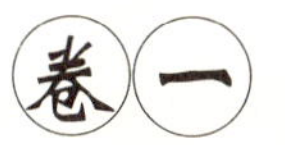

卷一

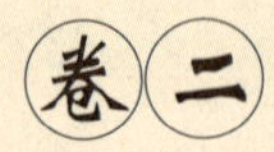

卷二

卷三

卷四

卷五

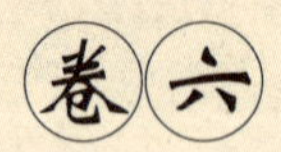

卷六

卷七

卷一

张孝祥

张孝祥（1132—1169），字安国，号于湖居士，历阳乌江（今安徽和县）人。高宗绍兴二十四年（1154）进士，廷试第一。历集贤殿修撰，中书舍人，直学士院，兼都督府参赞军事，领建康留守，知静江府兼广南西路经略安抚使等。乾道二年（1166）北归，以近中秋夜过洞庭，赋《念奴娇》一词，最为后世传诵。次年起知潭州，迁荆南知府、荆湖北路安抚使。乾道五年卒，年三十八。张孝祥一生刚正不阿，力主北伐，因此仕途坎坷。工诗文，尤善词，词风豪迈，境界阔大。著有《于湖居士文集》《于湖词》。

念奴娇　过洞庭

【导读】

这首词是作者从桂林北归，过洞庭湖时所作，通篇借湖上月景寓情，抒写自己光明磊落而又愤恨难平的政治胸怀。

【原文】

洞庭青草[①]，近中秋，更无一点风色。玉鉴琼田三万顷[②]，著我扁舟一叶。素月分辉，明河共影，表里俱澄澈[③]。悠然心会[④]，妙处难与君说。

应念岭表经年[⑤]，孤光自照[⑥]，肝胆皆冰雪[⑦]。短鬓萧疏襟袖冷，稳泛沧溟空阔[⑧]。尽吸西江[⑨]，细斟北斗[⑩]，万象为宾客[⑪]。扣舷独啸[⑫]，不知今夕何夕。

【注释】

①青草：湖名，南接湘水，北通洞庭，水涨则与洞庭相连，形成“重湖”，总称洞庭湖。②玉鉴琼田：形容月光把湖面照射得如美玉一般光洁。玉鉴：玉镜。③表里俱澄澈：形容水天一色，上下空明的平湖夜景。表里：里外，上下。澄澈：清澈的样子。④悠然心会：指从容领悟到的一种淡泊心

境。⑤岭表：岭南，五岭以南之地。经年：经过一年或若干年。⑥孤光：指月光。⑦肝胆皆冰雪：心地高洁，如同冰雪一样清澈透明。⑧“短鬓”二句：指自己头发已渐稀少，衣裳也很单薄，但仍然安稳地在广阔的湖面上划舟前行。萧疏：肖疏，稀疏。沧溟：弥漫的水。⑨西江：长江，因其自西而来，故称。⑩细斟北斗：北斗七星形如酒杓。屈原《九歌·东君》：“援北斗兮酌桂浆。”⑪万象为宾客：自然万物陪伴饮酒，以此表现作者情致豪迈。⑫扣舷：敲击船舷，按节而歌。

【译文】

洞庭湖和青草湖，在中秋将至的时候，没有一点风。三万顷明镜般的湖水，像美玉的世界，载着我乘上一叶扁舟。月色明亮，分散着光辉，银河灿烂，与水中的倒影交辉相映，里里外外都显现出明净清澈。这美妙的景色令人心旷神怡，这其中的美妙之处，不知如何对你诉说。

回想起徘徊于岭外的岁月，感怀那一轮孤光自照的明月，胸襟如冰雪般晶莹澄澈。如今我已鬓发稀疏斑白、两袖清风，还要在这苍渺的湖面上安稳泛舟。我要吸尽这西江清澈的江水，以北斗星做酒杯细斟慢酌，让天地万物作为我相陪的宾客。我拍打着船舷，独自放声高歌，不知此时是何年的傍晚。

清平乐

【导读】

这是一首代言体的闺情词。此词写闺思之情，上片描绘春景，下片写女子因春而怀人，思念之情以景中含情的方式表达，贴切自然。

【原文】

光尘扑扑，宫柳低迷绿。斗鸭阑干春诘曲①，帘额微风绣蹙②。

碧云青翼无凭，困来小倚云屏③。楚梦不禁春晚④，黄鹂犹自声声。

【注释】

①斗鸭阑干：斗鸭，使鸭相斗的博戏，相传起于汉朝初年。古时候富贵人家多在池中养鸭子，用阑干围上，使之相斗以为戏。诘曲：弯曲。曹操《苦寒行》诗：“羊肠坂诘屈，车轮为之摧。”②蹙（cù）：皱；收缩。③碧云青翼无凭：这里指自己的思念之情无法传达。青翼：传说中传信的神鸟。云屏：用云母装饰的屏风。④楚梦：出自宋玉《高唐赋》中楚王梦巫山神女的

故事。相传楚王游览高唐地区时，十分疲倦就在白天小睡了一会儿，在梦中看见一个仙女，她说："我是高唐人，听说你来了，愿意给你当枕席。"楚王临幸了她。临别她说："妾在巫山之阳，高丘之阴。旦为朝云，暮为行雨，朝朝暮暮，阳台之下。"后因以"楚梦"等指楚王游阳台梦遇巫山神女事。后借指短暂的美梦，也指男女欢会。

【译文】

时光辗转，扑朔迷离，宫中柳树的枝叶低垂，透着丝丝绿意。观看斗鸭的栏杆在春风里弯弯曲曲，一阵微风吹过，将门帘轻轻吹起，好似皱起的眉头，顿时，一股愁绪也涌上了我的眉额。

蔚蓝的天空，白云朵朵，却没有鸿雁飞来传信的踪影，可怜此时的我，纵有万般思念之情也无法传达。忽然觉得困倦疲惫，便倚靠着屏风小憩。我做了一个欢会的美梦，只可惜楚梦难长久，做到一半就被惊醒了，原来竟是那不知趣的黄鹂，独自在窗外声声啼叫着。

菩萨蛮

【导读】

这首词同样也是写闺思之情。上片写佳人在春雨之后到室外观赏杏花；下片则写观赏杏花不能尽兴，而把花枝折下带回房中。全词通过对闺房佳人生活的描绘，展现出佳人的心情和生活情调。

【原文】

东风约略吹罗幕[①]，一帘细雨春阴薄。试把杏花看，湿云娇暮寒[②]。

佳人双玉枕[③]，烘醉鸳鸯锦[④]。折得最繁枝，暖香生翠帷[⑤]。

【注释】

①约略：大概，此处有轻微之意。罗幕：用饰物装饰的幕布。②湿云：湿润。③双玉枕：一对儿嵌着玉的枕头，这里暗示佳人的孤单寂寞。④烘：烤。李觏《夏日雨中》诗："书笔提梅洗，征衣擘润烘。"⑤翠帷：绿色的帷帐。

【译文】

微微的东风拂过，轻轻吹动着罗幕，暗淡的天色中，绵绵春雨细密多情，透过窗帘映入眼中。悄悄把窗外的杏花观看，只见它在寒冷的暮色中显得更

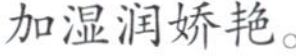
加湿润娇艳。

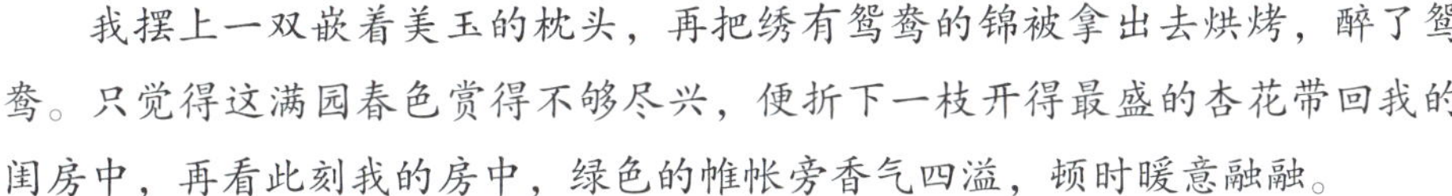
我摆上一双嵌着美玉的枕头，再把绣有鸳鸯的锦被拿出去烘烤，醉了鸳鸯。只觉得这满园春色赏得不够尽兴，便折下一枝开得最盛的杏花带回我的闺房中，再看此刻我的房中，绿色的帷帐旁香气四溢，顿时暖意融融。

范成大

范成大（1126—1193），字致能，号石湖居士，平江吴都（今江苏苏州）人。高宗绍兴二十四年（1154）进士，任徽州司户参军。累迁礼部员外郎，官至参知政事。孝宗时出使金国，词气慷慨，刚正不屈，维护了宋廷的威信，全节而归。后因病辞归，隐居石湖。著有《石湖词》。

醉落魄

【导读】

这首词是作者退隐之后悠闲恬淡生活的生动写照。通过对一个傍晚的生活片段的描绘，展现出自得其乐的心态。此词情感真挚，描绘生动，充分体现了范成大遣词用语务求精美华丽的特点。

【原文】

栖乌飞绝，绛河绿雾星明灭[①]。烧香曳簟眠清樾[②]。花影吹笙，满地淡黄月。

好风碎竹声如雪，昭华三弄临风咽[③]。鬓丝撩乱纶巾折[④]，凉满北窗，休共软红说[⑤]。

【注释】

①绛河：即银河。又称天河、天汉。古代观天象者以北极为基准，天河在北极之南。②曳：拖。簟（diàn）：竹席。樾（yuè）：树荫。③昭华：古代一种玉石做的笛子，这里指笙。三弄：演奏乐曲一遍为一弄。三弄，即一

调反复唱三遍。④纶（guān）巾：古时头巾名。幅巾的一种，用丝带编成，一般为青色。⑤软红：这里比喻那些通过委屈自身而求得名利的人。

【译文】

栖居的鸟儿们都已经飞走归巢了，放眼望去，夜空中的繁星忽明忽暗，浅绿色的薄雾慢慢升起。我燃起香炉，拖过来竹席轻轻铺上，准备在清凉的树影下躺卧休息。此刻，飘落的花影中传来吹奏笙箫的悠扬声，地上洒满了淡黄色的月光。

凉爽怡人的晚风打碎了竹林的宁静，竹林发出的声音像冰雪消融一样清洌。吹笙的声音一遍又一遍在风中飘荡，仿佛有人在轻声呜咽。我尽情地放纵享乐，即使是头发散乱，纶巾被揉出了褶子，我也不去管它。一阵凉爽的风从我的北窗吹进来，好不惬意，此中趣味，那些通过委屈自身而求得名利的人，又怎能体会得到呢？

朝中措

【导读】

这首词的上片以云和水暗喻作者的退隐之心，下片写归隐山林的乐趣。此词以设想山野之乐，来表达自己欲放弃仕途归隐田园的心态，表现了作者对仕宦生涯的厌倦、淡漠和对归隐山林的向往之情。

【原文】

长年心事寄林扃[①]，尘鬓已星星[②]。芳意不如水远，归心欲与云平。

留连一醉，花残日永[③]，雨后山明。从此量船载酒，莫教闲却春情[④]。

【注释】

①扃（jiōng）：自门外关闭门户用的门闩，引申为门户。孔稚珪《北山移文》："虽情殷于魏阙，或假步于山扃。"②星星：鬓发花白样子。左思《白发赋》："星星白发，生于鬓垂。"③日永：白天显得漫长。④春情：美好的情景。

【译文】

我希望回家隐居的心已有多年，在仕途上，我风尘仆仆走了这么多年，早已疲倦，两鬓如今也已经斑白。仔细想想，做官时的追逐名利，不如这平淡的水长远，我希望回家隐居的决心，已经与天上的白云齐平。

到那时，我会携酒出游，一醉方休，欣赏花开花落，和那雨后明媚的青山，每一天都会充满快乐，连时间都好像过得慢了。我要用我的小船装满酒，再叫来几个好友开怀畅饮，不让眼前的美景溜走，不再让时光虚度。

霜天晓角

【导读】

这首咏梅词虽以梅为题，却是借梅写人，借咏梅来表达内心的怅惘孤寂之情。上片写景，下片画风突转写到了人，以月夜景致之胜反衬出倚楼人的孤寂哀愁。

【原文】

晚晴风歇，一夜春威折[①]。脉脉花疏天淡[②]，云来去、数枝雪[③]。

胜绝[④]，愁亦绝。此情谁共说？惟有两行低雁，知人倚、画楼月[⑤]。

【注释】

①折：消减；折损。②脉脉：默默地用眼神或行动表达情意。③数枝雪：这里代指梅花，形容梅花迎风绽放。④胜绝：绝美的景色。⑤画楼：雕饰华丽的楼阁。

【译文】

傍晚时分，风停了，雨也停了，终于迎来了雨后初晴的时刻，一夜之间春风料峭的威势也有所折损。稀疏的花枝含情脉脉地望着淡蓝色的天空，浮云飘过来转而又远去，远处的几株雪白的梅花迎风绽放，分外晶莹。

眼前的景色，简直是美极了，可我的愁绪，却也是更浓了。我此时的心事，又能跟谁去诉说呢？或许只有那两行低飞的大雁，才能懂得我在画楼中倚栏观月时的心情。

洪迈

洪迈（1123—1202），字景卢，号容斋，饶州鄱阳（今江西波阳）人。高宗绍兴十五年（1145）中博学宏词科，任职于翰林院。以端明殿学士致仕。晚年潜心著述，以《容斋随笔》《夷坚志》著称。

踏莎行

【导读】

这是一首思妇怀人的词作，但通篇却没有一个字点破“怀人”这一点，而是通过环境、气氛、景物、动作来展现思妇的离情别绪，展现出了处处有思念、无处不念人的意境。

【原文】

院落深沉[①]，池塘寂静。帘钩卷上梨花影[②]。宝筝拈得雁难寻[③]。篆香消尽山空冷[④]。

钗凤斜攲[⑤]，鬓蝉不整[⑥]。残红立褪慵看镜[⑦]。杜鹃啼月一声声。等闲又是三春尽[⑧]。

【注释】

①深沉：幽深。②帘钩：卷帘所用的钩子。③雁：这里指筝的弦柱，因排列成行，如斜飞的大雁，故又名“雁柱”。④篆香：刻有篆文印记的香。⑤斜攲（qī）：歪斜。⑥鬓蝉：即蝉鬓，蝉鬓是古代妇女的发饰之一，因两鬓薄如蝉翼，黑如蝉身，故称。⑦残虹立褪：脸上残留的胭脂已经褪去。⑧等闲：无端、平白地。三春：春季的三个月。农历正月称孟春，二月称仲春，三月称季春，合称“三春”。

【译文】

幽深的庭院，寂静的池塘。卷帘所用的钩子上倒映着梨花的影子。与郎

君分别之后，不能互通音信，我越来越心神恍惚，拿来了宝筝，玉指捏着琴弦却难以寻到雁柱调拨音声。呆呆地看着香炉中的篆香燃尽，就连屏风上的山水画，此刻也显得冷冷清清。

歪歪斜斜的凤钗，我无心端正，蝉鬓发髻变得凌乱，也无心修整。脸上残留的胭脂马上就要褪去，也懒得再去照镜子补妆。月光下的杜鹃悲啼声声。一转眼，整个春天就这样白白地过去，没有了影踪。

陆游

陆游（1125—1210），字务观，号放翁。山阴（今浙江绍兴）人。自幼好学不倦。高宗绍兴中应礼部试，名列第一，因喜论恢复，为秦桧所黜。秦桧死后三年，始为宁德县主簿。孝宗时，赐进士出身。曾参王炎、范成大幕府，光宗时，又任礼部郎中。因坚持抗金复国，被劾去职，归老山阴故乡。诗近万首，题材广泛，内容丰富，以爱国篇章成就最高，为南宋四大家之一。亦善词，与辛弃疾并称“辛陆”。著有《老学庵笔记》《剑南诗稿》《渭南文集》《渭南词》等。

朝中措　梅

【导读】

这是一首咏梅的词，题为咏梅，实则借梅花以自喻，用梅花的遭遇和处境来表达自己身世和高洁的品行。

【原文】

幽姿不入少年场①，无语只凄凉。一个飘零身世，十分冷淡心肠。

江头月底，新诗旧恨，孤梦清香。任是春风不管，也曾先识东皇②。

【注释】

①幽姿不入少年场：比喻梅花孤洁脱尘，不入俗世。少年场：指歌楼妓

馆风流场所。②任是春风不管，也曾先识东皇：意为虽然梅花被春风冷落，但是它首先探得春天的消息。东皇：传说中的司春之神。《尚书纬》："春为东皇，又为青帝。"

【译文】

生来一副幽雅的身姿，从来不在年轻人常去的风流场所中出现，因为没有什么共同语言，有的只是无尽的凄凉。一个注定飘零的身世，虽然在十分寒冷中盛开，却有一副清淡花香的心肠。

无论生长在江边，还是绽放在月下，无论是在崭新的诗句里，还是在离别的旧恨中，只守着自己孤傲的梦，守护自己独有的清香。就像不管遇到的是忧伤还是快乐，我孤芳自赏的性格，永远都不会改变初衷。任那春风冷落，但也曾是最先见到司春的东皇，悄悄探得春天的消息。

乌夜啼

【导读】

这首词是陆游少年时期所作，是一首描写闺中人独守空房，寂寞生活的词。全词看上去似乎在写闺中人的慵懒和无聊，实则写法巧妙，直到结尾处，才知道女子之所以意兴阑珊，是因为她在苦苦地思念远行未归的郎君。

【原文】

金鸭余香尚暖①，绿窗斜日偏明②。兰膏香染云鬟腻③，钗坠滑无声。

冷落秋千伴侣，阑珊打马心情④。绣屏惊断潇湘梦⑤，花外一声莺。

【注释】

①金鸭：用金属制作的鸭形香炉。②绿窗：女子的居室。③云鬟（huán）：指高耸的环形发髻，古代妇女常梳的一种发饰。兰膏：一种润发的油。④阑珊：衰落，将尽。白居易《咏怀》："白发满头归得也，诗情酒兴渐阑珊。"打马：古代一种棋类游戏，棋子叫作"马"，故称打马。⑤潇湘梦：这里指与情人相会的美梦。相传舜帝南巡，死后葬于此，舜的两个妃子娥皇、女英来奔丧，投湘水而死，死后化为湘水女神。后多以潇湘指代爱情。

【译文】

金色的鸭形香炉中，盘香没有燃尽，尚且还有一丝温暖，绿窗外的夕阳，斜射进我的居室显得明亮。我拿起芳香的发油把头发抹得润泽滑腻，慵懒地

躺在床上，起身时，连头上的玉钗坠落了，都没听到声响。

一起打秋千的伙伴已被我冷落，连平时最喜欢玩的打马游戏也没了玩的心情。绣屏旁边，我正在做着与情郎相会的美梦，却被突然惊醒，原来竟是那花丛外的黄莺，冒冒失失地叫了一声。

乌夜啼

【导读】

这首词是作者闲居故乡山阴时的作品，是一首写闲适意境村居生活的词。此词通篇只写事和景，不直接写情，把主观感情不露痕迹地寄寓于事与景之中，没有丝毫忧愁或悲慨的情绪，是首真正的闲适词。

【原文】

纨扇婵娟素月①，纱巾缥缈轻烟。高槐叶长阴初合②，清润雨余天③。

弄笔斜行小草④，钩帘浅醉闲眠。更无一点尘埃到，枕上听新蝉⑤。

【注释】

①纨（wán）扇：古代一种用细绢制成的团扇。蝉娟：美好的样子。②初合：这里指槐树叶子的影子渐渐合拢，覆盖地面。③清润：清朗湿润。④小草：这里指草书，草书是古代的一种特定的字体，特点是结构简单，笔画连绵，狂乱中更觉优美。⑤新蝉：初夏的蝉。

【译文】

我手中摇动的团扇，就像明月一样素雅美丽，头上隐约可见的薄纱随风飘动着，恍如一缕轻飘飘的云烟。院子里，高高的槐树叶子渐渐长大，树叶的阴影渐渐合成一片，雨后的天空，显得更加晴朗湿润。

在房中闲来无事时，我会拿起笔墨书写斜行草书来打发时光，自斟自饮微醉时，我便卷起帘帐悠闲地睡着大觉。更让人惬意的是，这里没有一丝俗世的喧嚣来到，我可以舒畅地躺在枕头上，听着初夏的蝉儿，乐曲一般阵阵啼鸣。

陆淞

陆淞（1109—1182），字子逸，号云溪，山阴（今浙江绍兴）人，陆佃之孙，陆游的长兄。以祖荫补通仕郎，历秘阁校理、工部郎中、知辰州，官至左朝请大夫。传词仅两首。

瑞鹤仙

【导读】

这是一首刻画少女怀春的词。词的上片从对人物形态及具体环境的写实中，描绘出了一个怀春的少女形象。下片则承上启下，体现了少女的内心活动。全词运用比喻、反衬等艺术手法，将少女怀春的情愫和思想感情刻画出来，给人一种一气呵成的流畅感觉。

【原文】

脸霞红印枕。睡觉来①、冠儿还是不整。屏间麝煤冷②。但眉峰压翠③，泪珠弹粉。堂深昼永，燕交飞、风帘露井④。恨无人、与说相思，近日带围宽尽。

重省。残灯朱幌⑤，淡月纱窗，那时风景。阳台路迥⑥。云雨梦⑦，便无准。待归来，先指花梢教看，却把心期细问。问因循、过了青春，怎生意稳⑧。

【注释】

①睡觉（jué）：睡醒。②麝煤：本意是带有香气的煤炭，这里指屏风上的水墨画。③眉峰压翠：形容女子皱紧眉头。翠：墨绿色的染料。古时女子用螺黛（一种青黑色染料）来画眉，故称美人之眉为“翠黛”或“翠蛾”。④露井：有台漏出地面，没有井盖的水井。⑤幌（huǎng）：用于遮挡或障隔的幔子。多以细软的绸帛做成，上饰花纹图案。用于门窗、屏风等。朱

幌：即红色的帐幔。⑥阳台：男女欢会的地方。迥：远。⑦云雨：代指男女欢爱之事。⑧意稳：心安理得之意。

【译文】

她那粉嫩的脸上带着枕头的印痕，面庞像云霞一样绯红。看来是刚从梦中醒来，头上的花冠还有些歪歪斜斜，一副慵懒疲惫的神情。在她眼中，此刻屏风上的水墨画怎么显得那么冷清。只见她紧锁着眉头，黯然滚下的泪珠，竟将脸上的脂粉打湿，渐渐消融。白昼是那么漫长，庭院是那么深幽。呢喃的燕子双双飞来飞去，时而在门帘前飞过，时而双双飞落在露井台上，到处留下它们亲昵掠过的身影。可恨的是，思念的郎君不在身边，我这满腹的相思之苦诉说给谁听，如今的我，已经变得面容憔悴，原本合身的腰带已经这般宽松。

往事不堪回首，可我眼前总浮现着那时的情景。即将燃尽的灯火映照着红色的帐幔，清淡的月光悄悄映入纱窗，那时的情形，我们宛如置身于美妙的仙境。那时，我们在不同的地方甜蜜约会，曾有过多少销魂欢乐的事情。可如今欢会之路遥远，昔日的美好也都成了幻影，不知在哪里还能寻找到我的云雨旧梦。等你归来时，我定要先指着花枝让你仔细观看，向你细细问明，问你是否知道，这花已经过了几度春风，又曾有过几番凋零？问你曾对我许下的诺言，是否仍在你的心中？你这样不经意地将我冷落，耽误了我的青春，你内心怎能安宁？

韩元吉

韩元吉（1118—1187），字无咎，号南涧，许昌（今属河南）人，南渡后寓居信州（今江西上饶），官至吏部尚书。主张恢复失地，统一国家。平生交游甚广，与陆游、朱熹、辛弃疾、陈亮等多有诗词唱和。著有《南涧诗馀》。

水龙吟　书英华事①

【导读】

这首词，作者从人鬼相恋的神话故事中取材，上片写两人相恋结合，下片写离别后的惆怅思念。此词将叙事、写景和抒情融为一体，通过对景物的烘托渲染，加上自己丰富的想象，从而完成对一个人物形象的塑造，在宋代同类题材的词作中具有独特性和创造性。

【原文】

雨余叠巘（yǎn）浮空②，望中秀色仙都是③。洞天未锁④，人间春老，玉妃曾坠。锦瑟繁弦⑤，凤箫清响⑥，九霄歌吹。问分香旧事⑦，刘郎去后⑧，知谁伴，风前醉。

回首暝烟千里⑨。但纷纷、落红如洗。多情易老，青鸾何许⑩，诗成谁寄。斗转参横⑪，半帘花影，一溪寒水。怅飞凫路杳⑫，行云梦远，有三峰翠。

【注释】

①此词原题为《题三峰阁咏英华女子》。英华，即李季萼，字英华，宋代鬼仙，陈鹄《耆旧续闻》中人鬼相恋传奇故事中的一个人物，故事的内容是：北宋元丰年间，浙江缙云县令李长卿的女儿聪慧过人，可惜染疾早亡，葬于三峰阁。后来有个叫曹颖的人在三峰阁东面教书，一天夜里，有一位女子敲门，自称是李长卿的女儿，叫英华。后来两人交往，再后来曹颖从军，两人依依不舍，临行前英华与曹颖告别。英华预言曹颖将来必在军中遇难，便送曹颖一炷灵香，让他有难时点燃它，就会暗中得到保护。后来曹颖因犯错要被处斩时，突然想起英华的嘱咐，便急忙掏出灵香要点燃，可无论如何都没找到火源，最终没有点燃灵香，被处斩。②叠巘（yǎn）：重叠的山峰。③仙都：这里指仙都山，三峰阁在仙都山上。④洞天：神仙居住的地方。玉妃：这里指英华。⑤锦瑟：古代弦乐器，似琴，最早的瑟有五十根弦，后为二十五根弦。⑥凤箫：竹制管乐器，最初用一组长短不等的细竹管按音律编排而成，如凤之翼，故称“凤箫”。⑦分香旧事：指英华临别赠曹颖灵香的事。⑧刘郎：此指曹颖。⑨暝烟（míng yān）：指傍晚的烟霭。⑩青鸾：古代的一种神鸟，也常用作信使的代称。⑪斗转参横：北斗转向，参星横斜。指天快亮的时候。斗：即北斗星。参：即参星。⑫凫（fú）：即野鸭，常常几

百只结伴飞行，它们飞行时发出的声音很大。

【译文】

雨过天晴，重叠的山峰被云雾围绕，就像飘在半空中一样，远远望去，那最美的一座，就是仙都峰。那里别有洞天，通往神仙居住的大门，至今依然敞开着，可人世间的春色，却已然消尽，玉妃英华，曾在这里坠落人间。如今仿佛还能听到锦瑟密集的弦音，还有那凤箫清悦悠扬的响声，那优美的旋律直上九霄云空。真想听到当初英华赠给曹颖灵香的故事，曹颖走后，是谁在陪伴着英华，又是谁陪着英华一起看山林美景、共在风中沉醉。

蓦然回首，看这暮色烟霭千里的世界。曾有多少鲜花被风雨摧残而纷纷香殒凋零。多情的人，总是容易衰老，可那青鸾又在哪里？我的情诗已经写成，又有谁能将我的书信寄出去？却只见，北斗转向，参星横斜，眼前只留下一条清凉的溪水和半帘落花的阴影。令人怅叹的是，惆怅的凫鸟飞失在路的尽头，英华也早已远离人世，我空有仰慕之情，却也无法与之相见，那些爱情故事，早已如梦境一般飘远，只有那三峰阁，依然秀丽青翠。

好事近　汴京赐宴[1]

【导读】

宋孝宗时，韩元吉被派遣出使金国，参加金国国王完颜雍的诞辰。金国的宴会上，竟然演奏着北宋的宫廷音乐，韩元吉听了音乐后，百感交集，感慨故国沦陷，国家无能，遂写下这首词，抒发思念故国的哀痛。

【原文】

凝碧旧池头[2]，一听管弦凄切。多少梨园声在[3]，总不堪华发。

杏花无处避春愁，也傍野花发。惟有御沟声断[4]，似知人呜咽。

【注释】

①汴京：即汴梁，北宋故都，当时为金国都城。赐宴：这里指作者于宋孝宗乾道九年（1173）出使金国，金国统治者在汴京设宴招待南宋使臣。②凝碧池：在唐东都洛阳神都苑内。③梨园：自唐代起，宫廷内所设的教习乐曲和演出的场所多被称之为梨园。④御沟：流经皇宫中的河道。

【译文】

在故国的凝碧池边，一听到唐代的弦乐之声，就感觉到了它还是那么凄凉悲切。不知有多少梨园曾经演奏的乐曲，如今依然在耳边声声回荡，总是不堪回首，可是听到故国的音乐，而自己也已经满头白发，又怎能不心生愤恨呢。

杏花在故都荒芜的土地上开放，无法逃避春天的哀愁，也只好陪着野花一起花开花落。只有那流经皇宫中的河道，至今水声不断，似乎懂得我此时的心境，断断续续地流淌，仿佛在陪着我声声呜咽。

姚宽

姚宽（1105—1162），字令威，号西溪，嵊县（今属浙江绍兴）人。以荫补官，曾任枢密院编修官等职。著有《西溪丛语》等。

菩萨蛮

【导读】

这首词写闺中女子伤春怀远之情。上片描写主人公无所事事寂寞慵懒的状态，下片含蓄地写出了主人公怀人念远的心理活动。此词言辞清雅，心理刻画得非常深入和生动。

【原文】

斜阳山下明金碧①，画楼返照融春色。睡起揭帘旌②，玉人蝉鬓轻③。

无言空伫立④，花落东风急。燕子引愁来，眉愁那得开。

【注释】

①金碧：形容楼台的高贵华丽。柳永《早梅芳》一词："谯门画戟，下临万井，金碧楼台相倚。"②帘旌：带有装饰物的门帘。欧阳修《临江仙》词："燕子飞来窥画栋，玉钩垂下帘旌。"③玉人：美丽的女子。④伫立：长

时间站立，没有动作。

【译文】

夕阳西下，将山下高贵华丽的楼台染得金碧辉煌，在阳光的映照下，画楼也充满了春意。傍晚时分，一位刚睡醒的美人，用手轻轻掀开门帘，一阵清风袭来，她那双鬓的秀发轻轻颤动，就像一对抖动的蝉翼。

我不知道该说些什么，只是默默地站在这里，向远方望去，想看看有多少花儿飘落，想触摸一下东风有多急。燕子在我的眼前双飞双宿，引起我更深的愁绪，这涌上眉头千丝万缕的忧愁，到哪里才能开解。

生查子

【导读】

这首词写离别相思情。写的是一位多情女子与情郎相别时的哀伤情绪。上片借眼前之景，抒心中之情，感叹分别之后踪迹难寻，再难见面。下片再以春风和秋雨为喻，表现女子的哀伤之情。全词以比喻为主要的修辞手法，生动贴切，语浅意深。

【原文】

郎如陌上尘[①]，妾似堤边絮。相见两悠扬，踪迹无寻处。

酒面扑春风[②]，泪眼零秋雨。过了别离时，还解相思否？

【注释】

①陌上：古代规定，田间小路，南北方向叫作“阡”，东西走向叫作“陌”。②酒面：绯红的面庞。

【译文】

郎君就像路上扬起的灰尘，我好似那河堤边飘扬的柳絮。我们才刚刚相见，却又起伏不定而要匆匆离别，从此后，你的踪迹又是没有可寻之处。

相逢时，面容绯红，就像迎接扑面而来的春风，分别之后，我只能独守空房，每日以泪洗面，泪水就像那零落的秋雨，一直凉到心底。过了这离别伤感的时刻，不知你是否还明白我的相思之苦，还会不会把我想起？

吴琚

吴琚（jū）（生卒年不详），字居父，号云壑，汴京（今河南开封）人，宋高宗吴皇后之侄。特授添差临安府通判，历尚书郎，除知明州，兼沿海制置使，寻知鄂州，再知庆元。晚年以镇安节度使留守建康，迁少保。卒谥忠惠。工翰墨，有《云壑集》。

柳梢青　元日立春

【导读】

这是一首咏元日立春的节令词。词的上片渲染了新年恰逢立春这个大好日子里的天气和风景，下片写新春的到来给人们带来的喜悦心情。通过景物和心理活动的描写，表现了作者急切盼望春天到来的心情。

【原文】

彩仗鞭春①，椒盘迎旦②，斗柄回寅③。拂面东风，虽然料峭④，终是寒轻。

带花折柳心情。怎捱得⑤、元宵放灯⑥。不是东园，有些残雪，先去踏青。

【注释】

①鞭春：宋代人在立春之日迎春的仪式。鞭牛又称鞭春牛或鞭春，立春日或春节开年，造土牛以劝农耕，州县及农民鞭打土牛，象征春耕开始，以示丰兆，盛于唐、宋两代。②椒盘：古人在正月初一这天，用盘盛椒，饮酒时将椒放在酒中，称椒盘。③斗柄回寅：北斗星的斗柄指向了寅方，即在时间上到达了农历正月，一元复始，万象更新，大地回春，代表一年的开始之意。④料峭：形容春寒。亦形容风力寒冷、尖利。苏轼《定风波》词："料峭春风吹酒醒，微冷。"⑤捱（ái）：熬，遭受。⑥元宵放灯：宋人多喜在元宵

节之夜张点花灯以娱乐。

【译文】

立春到了，家家户户都挂起彩仗，开始鞭打春牛，端上盛着椒酒的盘子，迎接元旦之日的到来，当北斗星的斗柄指向寅方时，意味着新的一年正式开始了。只觉得阵阵东风拂面，虽然春风还有些尖利，但毕竟只是略带寒意，不是很冷。

我期待在春天赏花观柳的心情，总是非常迫切，又怎能苦熬得了、正月十五挂灯笼的那一天？若不是看到东园中还有没化尽的冬雪，我现在肯定会率先去郊外踏青，尽情地游玩一番。

浪淘沙

【导读】

这是一首思妇词，写的是清明时节特有的风光景色，以及人们在这种环境中的愉快感受。本词重在描绘景色，暗含由景而生的相思之情。

【原文】

云叶弄轻阴①，屋角鸠鸣②。青梅著子欲生仁③。冷落江天寒食雨④，花事关情。

池馆昼盈盈⑤，人耐寒轻。一川芳草只销凝⑥。时有入帘新燕子，明日清明。

【注释】

①云叶：云层。②鸠：鸟名，嘴比较短，擅长飞行，吃植物性食物。鸠鸟于雨将下时啼鸣，俗称“鸠雨”。③青梅著子欲生仁：指青梅即将结果实。仁：果核。④寒食：即寒食节，在清明节前一二日，禁烟火，只吃冷食。并在后世的发展中逐渐增加了祭扫、踏青、秋千、蹴鞠、牵勾、斗鸡等风俗，寒食节前后绵延两千余年，曾被称为中国民间第一大祭日。⑤池馆：池苑馆舍。盈盈：清澈晶莹。⑥销凝：销魂凝神。这里指芳草美得动人。

【译文】

云层很低，搅弄得天气有些阴暗微凉，屋角边的柳树上传来阵阵的鸠鸟啼鸣。青梅树上的果实也要成熟了。只是冷落了江水岸边，寒食节时，天上下起了细雨，此刻，只有落花随波漂流之事，才会最令人动情。

池塘旁边的池苑馆舍，白天看上去清澈晶莹，今年的春寒，略带让人微微可以忍受的寒凉，并没有感觉有多冷。整个山川平地上芳草萋萋，只觉得令人销魂凝神，楚楚动人。偶尔有几对新来的燕子映入眼帘，又斜飞而过，原来，明天的节气就是清明。

浪淘沙

【导读】

这首是抒忧思，表怀归之情的词作。当时吴琚虽身居要职，但朝廷腐败，江南士气低落，恢复中原已成泡影，他两鬓花白，壮志难酬，在钟山游览时，百感交集，写下了这首词。

【原文】

岸柳可藏鸦①，路转溪斜。忘机鸥鹭立汀沙②。咫尺钟山迷望眼③，一半云遮。

临水整乌纱④，两鬓苍华⑤。故乡心事在天涯。几日不来春便老，开尽桃花。

【注释】

①岸柳可藏鸦：指已近暮春，浓密的柳条可以藏住鸦鸟的行踪。②忘机：与世无争。汀（tīng）沙：水边的浅滩。③咫尺：距离很近。钟山：即紫金山，在今江苏南京市。④乌纱：即乌纱帽。乌纱帽原是民间常见的一种便帽，官员头戴乌纱帽起源于东晋，兴盛于唐朝，到宋朝时加上了双翅。⑤两鬓苍华：两鬓已有了白发。

【译文】

快到暮春时节，岸边的杨柳长得青翠茂盛，浓密的柳条可以藏住鸦鸟的行踪，随处可见弯转的道路，还有倾斜蜿蜒的溪流。与世无争的鸥鹭，站在水边的浅滩上觅食、嬉戏追逐。近在咫尺的钟山云雾缭绕，迷茫了我们远望的双眼，一半被云层遮住，时隐时现。

对着水面，我整理我的乌纱帽，看水中的倒影，看见了我的两鬓已经有了白发。故国被金人占领，我的心情也变得沉重，可惜我壮志难酬，如今又远在天涯无能为力。时光如白驹过隙，感觉春天没停留几日，就要过去了，原来含苞欲放的桃花，如今也只能残败凋零了。

辛弃疾

辛弃疾（1140—1207），字幼安，中年后别号稼轩居士，历城（今山东济南）人。高宗绍兴三十一年（1161），金主完颜亮侵宋，他在山东率众起义，加入耿京义军，图谋抗金复国。翌年南归投宋，授右承务郎。孝宗乾道间，通判建康府，知滁州。淳熙五年（1178），召为大理少卿，以后历任湖北、江西、湖南等地行政长官。淳熙八年（1181）被弹劾落职，赋闲隐居上饶带湖达十年之久。后多有进退，累官至浙东安抚使、镇江知府。宁宗开禧元年（1205），复以言者论罪，罢职归江西铅（yán）山。卒谥忠敏。辛弃疾尚气节，有大志，但连遭排挤，郁郁不得志。他是南宋最为杰出的爱国词人，其词主体风格豪放慷慨，亦有不少清丽婉约之作。有词集《稼轩长短句》。

摸鱼儿

【导读】

这首词是辛弃疾四十岁那年所作。多年来，辛弃疾一直被朝廷任命做一些闲职，使得自己无法施展抱负，他也意识到了这是朝廷不待见主战派的表现，在任职前同僚为他置酒送行时，写下了这首词。词中表层写的是美女伤春、蛾眉遭妒，实际上是作者借此抒发自己壮志难酬的愤慨和对国家命运的关切之情。这首词也是辛弃疾最负盛名的代表作之一。

【原文】

更能消①、几番风雨，匆匆春又归去。惜春长恨花开早②，何况落红无数③。春且住。见说道、天涯芳草无归路④。怨春不语。算只有殷勤，画檐蛛网⑤，尽日惹飞絮。

长门事⑥，准拟佳期又误。蛾眉曾有人妒⑦。千金纵买相如赋⑧，脉脉此情谁诉？君莫舞。君不见、玉环飞燕皆尘土⑨。闲愁最苦。休去倚危栏⑩，斜阳正在，烟柳断肠处[11]。

【注释】

①消：经不住。②长恨：遗憾。恨：一作“怕”。③落红：落花。④见说：听说。无归路：无：一作“迷”。⑤画檐：雕饰华美的屋檐。⑥长门事：相传汉武帝时陈皇后失宠，被幽闭于长门宫，她请司马相如写了一篇《长门赋》，感动了汉武帝，使她再次得宠。⑦蛾眉：形容女子美好的容貌。《楚辞·离骚》：“众女嫉余之蛾眉兮，谣诼谓余以善淫。”⑧相如赋：指司马相如所著的《长门赋》。⑨玉环飞燕皆尘土：这里指唐代的杨玉环和汉代的赵飞燕，她们都死于非命，这里辛弃疾想表达的是侍宠者只能得意一时，最终都不会有好结果。⑩危栏：高楼的栏杆。⑪断肠：形容极度思念或悲痛。

【译文】

还能经得起几番风雨，匆匆而来的春天又要匆匆归去。珍惜春天的人，总是怨恨花开得太早，花一旦开了，就避免不了花落的结局，更何况是面对这落红无数。我在心中呼喊：春天啊，请你暂且留步！难道现在你没听人说，天涯海角已经长满遍地芳草，阻断了你归去的路。真是可恨啊，春天竟然默默不语，还是悄无声息地离去。就算我再怎么殷勤挽留，也是回天无力，只有那殷勤多情的蜘蛛，勤勤恳恳地在雕梁画栋屋檐下尽力吐丝结网，为了挽留春天，整天利用蛛网去黏住那些飞絮。

幽居长门宫的陈皇后，就是个很好的例子，当年与汉武帝卿卿我我时，海誓山盟，因为太过美丽而遭人嫉妒，遭受谗言而被汉武帝冷落，致使约定了佳期也会一再延误。纵然后来花费千金买来了司马相如的《长门赋》，可这满腹的脉脉深情，又能向谁去倾诉？那些正在受宠爱的人啊，你们千万不要得意狂舞，难道你没看见宠极一时的杨玉环和赵飞燕，哪个不是死于非命而化作尘土？要知道，遭受闲愁折磨最令人痛苦。千万不要登上那高楼去倚着栏杆眺望，因为那快要落山的夕阳，正照在那令人断肠的烟柳迷蒙之处。

瑞鹤仙　梅

【导读】

这首咏物词是辛弃疾任职福建时所作。写这首词时，他远离朝廷，更远离抗金复国的前线，一身的抱负也难以施展，当他见到溪边梅花破寒开放时，触景生情，写下了这首词。

【原文】

雁霜寒透幕[①]，正护月云轻，嫩冰犹薄。溪奁照梳掠[②]。想含香弄粉[③]，靓妆难学。玉肌瘦弱[④]。更重重、龙绡衬著[⑤]。倚东风，一笑嫣然[⑥]，转盼万花羞落。

寂寞。家山何在，雪后园林，水边楼阁。瑶池旧约[⑦]。鳞鸿更仗谁托[⑧]？粉蝶儿只解，寻花觅柳，开遍南枝未觉。但伤心、冷淡黄昏，数声画角[⑨]。

【注释】

①雁霜：初冬的霜气。嫩冰：水面上的薄冰。②溪奁（lián）：这里指溪水面上的薄冰清澈如同奁盒上的镜子。奁：中国古代女子存放梳妆用品的镜箱。圆形，有盖。③含香：古代妇女衔香于口以增芬芳之气。④玉肌：娇嫩的梅花。⑤龙绡（xiāo）：龙涎香薰过的薄纱。⑥嫣然：美好的样子。⑦瑶池：传说中王母娘娘的居所。⑧鳞鸿：指传递书信的鱼雁，古时候有鱼雁传书的说法。⑨画角：古代军中乐器，声音哀厉而高亢，用以报晓警昏。多以竹木、皮革制成，亦有用铜制者。形如牛角，外面涂有颜色，故称画角。

【译文】

初冬的霜气微寒，透过薄薄的雾幕，正守护在月亮身边的云朵在寒冬里更显轻盈，溪水上面新结了一层冰，还很薄。溪水面上的薄冰清澈明亮，如同梳妆盒上的明镜，可以对着它梳妆照影，我也想学那妖娆女子口中含香，面庞涂粉，可那涂脂抹粉扮妖艳的事，却怎么也学不成。梅花的花枝本就纤细瘦弱，更何况身穿龙绡一样的薄纱衣，还要承受压在身上的重重白雪。但是，只要东风刮起，它便会倚在东风里展露出美丽的笑容，转眼再看，万种花草都会羞愧得凋零败落。

每天都在孤独寂寞中生活。不知道家乡的山水究竟在哪里可以寻得，是在雪后的园林，还是在那水边的楼阁？可怜那旧日里在瑶池定居的约定，至今都无法实现。鱼雁传书之事，更是不知倚仗谁来寄托。那些粉蝶儿，只知道终日在寻花问柳之中飞舞寻乐，梅花早已开遍南枝，却丝毫没有察觉。看此时，只留下我在这里伤心欲绝，看黄昏清冷暗淡，陪伴我的，只有黄昏中的画角声声传来悲歌。

祝英台近

【导读】

这是一首代女子言情（即代言体）的闺怨词。抒发了闺中少妇惜春怀人的缠绵之情。具体描写了一个女子在春末时触景生情，陷入了苦苦思念和埋怨久出不归的情郎的悠悠情怀。全词语丽情柔，委婉妩媚，与辛弃疾以往豪放的风格迥然有别。

【原文】

宝钗分①，桃叶渡②，烟柳暗南浦③。怕上层楼，十日九风雨。断肠点点飞红，都无人管，倩谁劝④、啼莺声住。

鬓边觑⑤，试把花卜归期⑥，才簪又重数⑦。罗帐灯昏，哽咽梦中语。是他春带愁来，春归何处？却不解、带将愁去！

【注释】

①宝钗分：古时情人在分离时，女子往往把钗分成两半，双方各持一半，作为思念之物。②桃叶渡：在南京秦淮河与青溪合流处。传说东晋王献之妾名桃叶，曾在这里渡河，王献之作《桃叶歌》相送，这里指与爱人分手的地方。③南浦：此指送别的南岸边。江淹《别赋》：“送君南浦，伤如之何。”④倩：请求。⑤觑（qù）：看；瞧。⑥花卜：用花瓣占卜，古时一种用花瓣的单双数来测归期的方法。⑦簪：这里作动词用，插、戴之意。

【译文】

桃叶渡边，我们将宝钗分成两半，你我各执一半，作为相思之物，杨柳枝叶浓密如烟，雾蒙蒙遮住了我送别你的南岸边。自此后，我最怕登上高楼望远，即使登上了高楼，十天里几乎有九天都是风雨天，远方有什么都看不

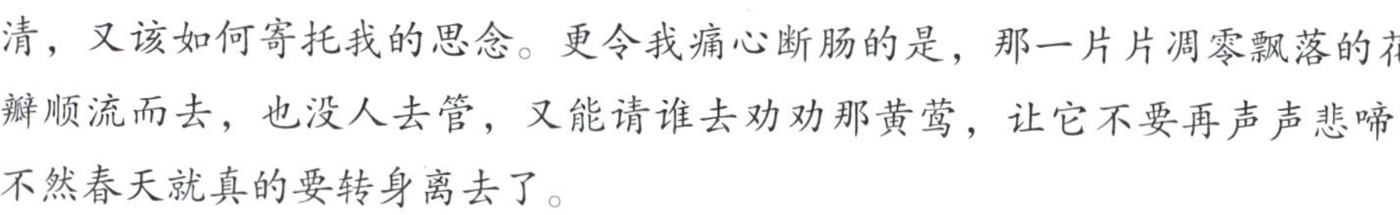

清，又该如何寄托我的思念。更令我痛心断肠的是，那一片片凋零飘落的花瓣顺流而去，也没人去管，又能请谁去劝劝那黄莺，让它不要再声声悲啼，不然春天就真的要转身离去了。

我呆坐在镜前，忽然看见鬓边斜插的花簇，连忙摘下来细细查数，想尝试着以数花瓣，将你归来的日期占卜，可是才数完插头上，又摘下来重数，如此反反复复不知数了多少回。昏暗的灯光照映着罗帐，我在罗帐之中昏昏睡去，梦中我们缠绵细语，可醒来却是一场空，只能哽咽不断低声哭泣。只恨是那春天的到来，给我带来无限的愁绪，如今春天快要走了，不知它将要归去何处？可是春天却不懂我的心伤，不知如何将我的忧愁也一起带去！

刘过

刘过（1154—1206），字改之，号龙洲道人，吉州太和（今江西泰和）人。曾上书朝廷，力陈恢复方略，未被采纳。后流落江湖，与辛弃疾、陆游、陈亮等交游甚密。其词豪放多壮语，但亦有粗率无聊之作。存有《龙洲词》。

贺新郎

【导读】

这是一首赠妓词。当时年近四十的刘过赴四明考选举人未中，失意中与一位年龄较大的歌妓邂逅。二人都是生活的失败者，共同的失意沦落之感使他们在感情上产生了共鸣，彼此同病相怜，于是刘过写下此词相赠。

【原文】

老去相如倦[1]，向文君、说似而今，怎生消遣[2]？衣袂京尘曾染处[3]，空有香红尚软。料彼此、魂销肠断。一枕新凉眠客舍，听梧桐、疏雨秋声颤。灯晕冷，记初见。

楼低不放珠帘卷。晚妆残，翠钿狼藉[4]，泪痕凝脸。人道愁来须殢酒[5]，无奈愁多酒浅。但托意、焦琴纨扇[⑥]。莫鼓琵琶江上曲，怕荻花、枫叶俱凄怨[⑦]。云万叠[⑧]，寸心远。

【注释】

①相如：西汉文人司马相如，这里喻指作者自己。②文君：即卓文君，此指作者在客舍所遇的一个歌妓。消遣：原指排解愁闷。引申指用自己感到愉快的事来消磨时间。③衣袂（mèi）：袖子，这里指代一起，一同。④翠钿（diàn）：翠玉制的饰物。⑤殢（tì）酒：借酒消愁。⑥焦琴：琴名，即焦尾琴，这里比喻良才遭到毁弃。《后汉书·蔡邕传》："吴人有烧桐以爨（cuàn）者，邕闻火烈之声，知其良木，因请而裁为琴，果有美音，而其尾犹焦，故时人名曰焦尾琴焉。"⑦荻（dí）花：多年生草本植物，生在水边，叶子长形，形状像芦苇，秋天开紫花。⑧云万叠：云层重重叠叠，像山一样。

【译文】

我似司马相如，你似卓文君。如今相如老了，常常感到精力疲倦。请问文君，你说像我们如今这样落魄失意、疲惫不堪，该如何排解愁闷消磨时光呢？回想当年，我们曾经一起在京城居住过的地方，恐怕至今那里还留着我们香阁之中缠绵恩爱的芳芬。谁料想后来，你我彼此一别多年，经历了无数情思凄苦的折磨，如今相见之后怎能不让人无限伤感？那时候，我们在凉爽安逸的客舍中共枕同眠，一起聆听秋天的绵绵细雨，敲打窗外梧桐树叶震颤的声音。看眼前这摇曳的烛火，虽然有些昏暗清冷，但我们初见时的情景，依然清晰浮现在我的脑海之间。

如今，你我在这低矮的楼阁中相见，没有了当初那闪闪发光的珠帘高卷。你的晚妆不再鲜艳，穿戴的翠玉饰物也是一派杂乱，面容憔悴不堪，泪痕道道竟然凝结了脸上的脂粉。人常说，忧愁来时必须要借酒浇愁才能驱散，怎奈我们的愁苦那么深重，而美酒如此少得可怜，又怎能将我们的愁苦消散？只能借助着弹拨几曲焦尾琴，摇一摇细绢团扇，来寄托我们凄苦的心田。不过，千万不要拿起琵琶去弹奏那凄切的《江上曲》，只怕会招惹秋风里的荻花，还有那秋霜中的枫叶，也跟我们一起陷入无尽的凄苦哀怨。你看那云海层层高万重，而我们这方寸之心中的愁苦，也已有万里之远。

唐多令

【导读】

这首词的主题是故地重游，忆昔怀旧，感慨时事。当时作者重过武昌，时近中秋，与友人在安远楼小聚，应劝酒歌女的请求，作下此词。

【原文】

芦叶满汀洲[①]，寒沙带浅流。二十年重到南楼[②]。柳下系船犹未稳，能几日，又中秋。

黄鹤断矶头[③]，故人今在否？旧江山浑是新愁[④]。欲买桂花重载酒，终不似，少年游。

【注释】

①汀洲：江中由沙子堆积的小块平地。②南楼：即安远楼，在武昌黄鹤山上。③黄鹤断矶：黄鹤矶在黄鹤山西北，上有黄鹤楼，西临长江，为观览胜地。④浑是：全是。

【译文】

芦苇的枯叶落满了沙洲，略带寒意的沙滩上流过浅浅的水流。转眼二十年过去了，我再次来到这南楼，这里的风景依然如故。来到岸边柳树下，我还没系稳我的小船，不禁心中暗叹，时光匆匆，还能有几天，恐怕就又到中秋了。

黄鹤矶上的临江处，数那里最陡，不知昔日同游的故友如今是否还在断矶头？放眼旧时的江山，我心中生起的却全都是新愁。想买一些芬芳的桂花，然后重新载着桂花美酒，邀约好友一起江上泛舟，可惜我年岁已老，尽管依旧胸怀大志，终究不能像少年时的豪气与风流。

醉太平

【导读】

这是一首写离情别绪的婉约小词，全词用笔简洁明快，节奏和韵律感很强，语言精练雅丽，极富声情之美。此词堪称以豪放著称的刘过词中，别有一番韵味的佳作。

【原文】

情高意真，眉长鬓青。小楼明月调筝，写春风数声。

思君忆君，魂牵梦萦[1]。翠销香暖云屏[2]，更那堪酒醒。

【注释】

①萦（yíng）：缠、绕。②翠销：指醒来时娥眉上的青绿颜色已渐消退。云屏：屏风上以云母石等物镶嵌，洁白如银，又称银屏。

【译文】

她的情意高雅而真切，她的眉毛修长如柳叶，乌黑的鬓发，显得格外优雅美丽。小楼中，明月下，她用纤纤玉手调弦弹筝，悠扬的乐声响起，声声婉如泉水般清冽铿锵，又像是春风拂面，令人赞不绝声。

思君念君长相忆，点点滴滴的回忆都会牵动心魂，美妙的欢会总是萦绕在梦中。醒来时，只觉得蛾眉上的青绿颜色已消退，只剩下一缕熏香温暖着洁白如银的屏风，喝醉酒时，尚且如此，更何况是醉酒苏醒。

谢懋

谢懋（mào）（生卒年不详），字勉仲，洛阳人。工于乐府，于当时很有盛名。卒于淳熙年间。有《静寄乐府》，或作《静寄居士乐章》。今有赵万里辑佚本，存词七十五首。

蓦山溪

【导读】

这是一首代言体的词，它写的是女子春闺怨情。通过思妇眼中的环境、景物描绘和自身的心理活动，将别离伤春的愁绪委婉地刻画于词赋之中。

【原文】

厌厌睡起[1]，无限春情绪[2]。柳色借轻烟，尚瘦怯、东风倦舞[3]。海棠红皱，不奈晚来寒，帘半卷，日西沉，寂寞闲庭户。

飞云无据[4]，化作冥蒙雨[5]。愁里见春来，又只恐、愁催春去。惜花人老，芳草梦凄迷，题欲遍，琐窗纱[6]，总是伤春句。

【注释】

①厌厌：即“恹恹”，精神不振的样子。②情绪：这里指惜春、伤春的心情。③瘦怯：这里指柳条细瘦的样子。④无据：不可靠；无所依托，漂浮不定。⑤冥蒙雨：小雨；毛毛细雨。⑥凄迷：指悲伤怅惘；景物凄凉迷茫。琐窗：雕刻有花纹的窗。

【译文】

我刚刚睡醒起床，却还是萎靡不振，没有好心情，只觉得无限伤春之情涌入心中。远处杨柳青青，在烟雾的笼罩下显得更加柔弱迷离，尚且纤细的枝条随着东风慵懒地飘舞，看上去是那么疲倦无力。粉红色的海棠已将柔嫩的花瓣合起，或许是忍耐不了晚间袭来的清寒，我把帘子卷起了一半，看到太阳已经向西下沉，暮色伴随着寂寞的气氛，悠闲地走进庭院，爬上了窗户。

漂浮不定的云，最不可靠，一会儿就化作了毛毛细雨。正当我愁苦烦闷之时，春天来了，春天的到来原本是美好的事情，可我又担心我的忧愁会催促春天过早地离去。总是怜惜花的命运，不知不觉中我也开始慢慢变老，只有芳草还在做着长青的美梦，却不知梦醒时分，一样是凄凉迷茫，难逃最后的萎靡枯黄。此时此刻，我想将遍地春色题写，如果把那琐窗上的绢纱当成一张纸，恐怕写在上面的，也全都是惜春伤春的诗句。

风入松

【导读】

这首词为作者暮年感旧伤怀之作，此词以景寓情，感慨了青春易逝、流年似水，表达了年华过早衰老的伤感与无奈。

【原文】

老年常忆少年狂，宿粉栖香[1]。自怜独得东君意[2]，有三年、窥宋东墙[3]。笑舞落花红影，醉眠芳草斜阳。

事随春梦去悠扬，休去思量。近来眼底无姚魏[4]，有谁更、管领年芳[5]。换得河阳衰鬓，一帘烟雨梅黄。

【注释】

①宿粉栖香：指在青楼时游玩的生活。②东君：中国民间信仰的司春之神。王初《立春后作》诗："东君珂佩响珊珊，青驭多时下九关。方信玉霄千万里，春风犹未到人间。"③有三年、窥宋东墙：宋玉《登徒子好色赋》："臣里之美者，莫若臣东家之子。……然此女登墙窥臣者三年，至今未许也。"后以"窥宋"比喻女子爱慕追求男子。④姚魏：即"姚黄魏紫"的简称，为两种名贵的牡丹花。"姚黄"为宋代姚姓人家培育的千叶黄花；"魏紫"为五代时魏仁溥家培育的千叶肉红花。后以"姚黄魏紫"为牡丹佳品的通称。⑤管领：管理、统领。年芳：青春年华。

【译文】

人到老年的时候，常常喜欢怀念青春年少时轻狂的日子，那时的我，经常流连于青楼，偶尔留宿在那里，闻着她们脂粉的香气。那些日子，我时常自我怜惜，仿佛独独得到了司春之神的眷顾，有三年之多，就像四大美男之一的宋玉那样，深受年轻女子的青睐和爱慕。每天在落花飞红的掠影下欢声歌舞嬉戏，喝醉以后，就躺在夕阳斜照的绿草地上美美地睡去，真是好不惬意。

只可惜往事如烟，纷纷伴随着一场春梦悠扬而去，早已没有了踪迹，所以就不想再去回忆思索了。现在的我，已经不被那些像姚魏一样美丽的女子所属意，不知有谁更能统领她们的芳华年纪。可叹啊！如今我已经变得两鬓斑白，衰老不堪，生命就像到了梅子发黄的一帘雨季，只剩下不尽的孤独与悲凄。

霜天晓角　桂花

【导读】

这首咏物词写的是桂花。作者写桂花，从叶片、花形和色泽细微处着手，不但生动逼真地描绘出了桂花的外形，而且表现了它与一般春夏之花不同的神韵。

【原文】

绿云剪叶，低护黄金屑[①]。占断花中声誉[②]，香和韵，两清洁。

胜绝，君听说[③]，当时来处别。试看仙衣犹带，金庭露，玉阶月[④]。

【注释】

①黄金屑：形容桂花的金黄色花蕊。②占断：独占。③胜绝：指绝妙，与众不同。君听说：请君听我说。④金庭、玉阶：这里指月宫。

【译文】

桂树的绿叶青翠欲滴，就像是用云朵剪裁而成的，青翠的叶片低垂着，保护着桂花那黄金碎屑一般的金黄色花蕊。它独占了花中的美誉，它那优雅的香气和高洁的韵致，两者无人能及，称得上是花中的极品。

关于桂花的绝妙之处，请你听我细细来说，其实，它当初的来历就非同一般。不信你抬头看那天上的月亮，此刻嫦娥正穿着薄薄的仙衣、扬起长长的飘带翩翩起舞，那白玉做成的台阶映射着银色的光辉，金碧辉煌的宫殿沐浴着晶莹剔透的甘露。那里就是遥不可及的月宫，而桂花，正是来自月宫的仙树。

章良能

章良能（？—1214），字达之，处州丽水（今属浙江）人。周密外祖父。孝宗淳熙五年（1178）进士，除著作佐郎。宁宗嘉泰元年（1201）为起居舍人，后官至参知政事。有《嘉林集》，已佚失。

小重山

【导读】

这是一首春日感怀词，此词上片写景，下片抒情，章法明晰，婉约有致，让人读了能产生一定的共鸣，堪称佳作。

【原文】

柳暗花明春事深，小阑红芍药，已抽簪[①]。雨馀风软碎鸣禽[②]。迟迟日，犹带一分阴[③]。

往事莫沉吟[④]。身闲时序好[⑤]，且登临。旧游无处不堪寻。无寻处，惟有少年心。

【注释】

①抽簪：形容芍药发芽，细长的如同簪子一样。②碎鸣禽：形容鸟儿轻快的叫声。③一分阴：略带凉意。④沉吟：深思。⑤时序：时光。

【译文】

到处都是柳树成荫，繁花似锦的美丽景象，你看，春天的气息是多么的浓重。园圃中的红芍药已经发芽，细长的样子如同簪子一样。一场春雨过后，春风也变得柔软起来，随着天气变暖，陆续能听到鸟儿在欢快地啼鸣。天黑得慢了，白昼逐渐变长，还略带一丝阴凉的空气让人感到十分清爽。

已经过去的事，就不要再去深思不解了。趁着空闲，不要因为陷入回忆而耽误了眼前的大好时光，暂且去登高望远，去游览祖国的大好河山。昔日游玩的情景历历在目，走过的足迹也不难寻觅。但那无处可寻的，唯有那青春和年少的心情。

陈亮

陈亮（1143—1194），字同甫，号龙川，婺州永康（今属浙江）人。光宗绍熙四年（1193）状元及第，授签书建康府判官厅公事，未到任而卒。与辛弃疾志同道合，交谊深厚，词风亦相近，气势豪迈。有《龙川词》。

水龙吟

【导读】

这是一篇借景言情的抒怀之作。初春时节，大自然一派生机勃勃，可面对这大好春光，词人却高兴不起来，因为祖国的大好河山沦陷在了敌国手里，自己空有一身抱负，却也是无能为力。此词以伤春之笔抒写了作为爱国志士的自己对中原未复、国耻未雪的满腔悲愤。

【原文】

闹花深处层楼，画帘半卷东风软。春归翠陌，平莎茸嫩[1]，垂杨金浅。迟日催花[2]，淡云阁雨[3]，轻寒轻暖。恨芳菲世界，游人未赏，都付与、莺和燕。

寂寞凭高念远。向南楼、一声归雁。金钗斗草[4]，青丝勒马[5]，风流云散。罗绶分香，翠绡封泪[6]，几多幽怨。正销魂[7]，又是疏烟淡月，子规声断。

【注释】

①平莎：平整的草。莎（suō）：莎草，多年生草木。茸嫩：初生的小草柔嫩之状。②迟日催花：春日和暖，催开百花。迟日：指春日。春日昼长，故曰“迟日”。③阁雨：把雨止住。阁，同“搁”。④金钗斗草：古时女子以金钗为赌注玩斗草的游戏。⑤青丝勒马：以青丝带来勒马。⑥罗绶分香，翠绡封泪：指情人分别时，女子赠予罗带、丝巾的情形。翠绡封泪，《丽情集》记载蜀歌妓灼灼以软绡聚红泪寄给自己的情人。翠绡：翠色的丝巾。⑦销魂：因过度刺激而神思茫然，仿佛魂将离体。多用以形容悲伤愁苦时的情状。

【译文】

繁花深处，高高的楼阁若隐若现，和暖的东风轻柔地吹进半卷起的绣花门帘。长满绿草的小路，证实了春天的到来，广阔的原野上长出了茂密娇嫩的莎草，看上去毛茸茸，很是可爱，垂杨柳也不甘落后，在风中摇曳着淡黄色的枝条。春日里的太阳缓缓地移动，像在催促花儿开得更加鲜艳，薄薄的云层在天上飘浮，仿佛在挽留雨点不让它落到人间。这不冷不热的气候似乎在宣告，这是春季里多么美好的一天。可让人遗憾的是，眼前这花草芳香的景色却没有游人来赏观，通通都交给了黄莺和春燕，任它们飞来掠去，独占了如此美好的空间。

心中寂寞的我登高望远，默默将你思念。面向南楼，想问一声那从南楼北归的大雁，可否替我捎去一封书信，带去我心中不尽的思念。回忆从前，也是这样景色怡人的春天，你我踏青郊游，一起玩耍的游戏便是金钗斗草，时而手里牵着青丝缰绳，驾驭着马儿在绿色的原野上尽情奔跑，可如今，那风流潇洒的日子，那难忘的欢乐情景，早已像风吹云朵一样慢慢消散。犹记得我们分别时，你满怀深情相赠的香罗带，如今我这绿丝巾又裹满了相思的泪水，你可知这其中隐藏了多少悲伤幽怨。正在悲伤愁苦、失魂落魄的时候，偏偏却又是惨淡的月牙儿，正在烟雾般的云朵中穿行，远处更是杜鹃声声悲啼，凄楚不断。

真德秀

真德秀（1178—1235），字景元，改字希元，号西山，建州浦城（今属福建省）人。宋宁宗庆元五年（1199）进士，官至参知政事。学者称“西山先生”，为宋末著名理学家。有《西山先生真文忠公文集》《西山先生诗集》等。

蝶恋花 红梅

【导读】

这是一首咏红梅的词，上片写红梅的色、香和生长环境，下片以梅喻人。此词题为“红梅”，实则是借对红梅过于浓艳的色泽香气的不满，表现作者对冰清霜洁的人生态度的肯定和坚守。

【原文】

两岸月桥花半吐[①]。红透肌香，暗把游人误。尽道武陵溪上路[②]，不知迷入江南去。

先自冰霜真态度。何事枝头，点点胭脂污[③]？莫是东君嫌淡素[④]，问花花又娇无语。

【注释】

①月桥：拱桥。②武陵溪：即晋人陶渊明在《桃花源记》中所载的桃花源。③胭脂污：被脂粉污染。④莫是：莫非。

【译文】

拱桥两岸的红梅刚刚绽放，露出一半鲜红的花瓣。那一抹红艳散发着沁人心肺的清香，梅花私下里偷偷地将游人误导，使他们产生了许多幻想。都说是来到了武陵溪边路，走进了怡人的桃花源，却不知已踏入了江南，这迷人的红梅之乡。

梅花啊，梅花，你先是从冰霜的寒冷中脱颖而出，充满了傲视寒冷的真态度。可现在为何站上了枝头，却被那一点点脂粉玷污？莫非是司春之神嫌弃你太过素雅，才为你染上脂粉的浓艳？我质问那红梅花，可花儿不说话，只是又露出一副娇羞可人的模样，在风中轻舞。

刘光祖

刘光祖（1142—1222），字德修，号后溪，简州阳安（今四川简阳）人。孝宗乾道五年（1169）进士。累官至显谟阁直学士，卒谥文节。有《鹤林词》，已佚。

洞仙歌　败荷

【导读】

这是一首寓意深刻的咏物抒情词。上片写所见的荷花情景，下片具体描写荷花凋谢后的情状，成就一篇主旨所在。此词是作者贬谪期间所作，借败荷抒怀，含蓄地表达了自己幽愤的情怀。

【原文】

晚风收暑①，小池塘荷静。独倚胡床酒初醒②。起徘徊，时有香气吹来。云藻乱③，叶底游鱼动影。

空擎承露盖④，不见冰容，惆怅明妆晓鸾镜⑤。后夜月凉时，月淡花低，幽梦觉，欲凭谁省？也应记、临流凭阑干，便遥想、江南红酣千顷⑥。

【注释】

①收暑：收走了暑热。指酷暑的热气消散。②胡床：一种可以折叠的轻便坐具，也叫交椅。③藻：这里指一种水草。④擎：举起。承露盖：这里指荷叶。汉武帝刘彻信神，以铜作盘，承接甘露，和玉屑饮服，以求长生。这个盘就叫作承露盘，又叫承露盖。⑤鸾镜：装饰有鸾鸟图案的铜镜。⑥红酣：红遍，形容荷花盛开时的娇艳。

【译文】

傍晚时分，晚风收走了酷暑的热气，天也凉快了很多，小池塘里的荷花一片寂静。我孤独地斜倚着胡床，此刻，我从醉酒中刚刚清醒。我站起身来到院中池塘边散步，这时感觉有微风吹过，随后沁人心脾的清香也随之而来。只见池塘中有鱼在游动，打乱了水中云影与绿藻安静的姿态。

荷花已经凋谢，眼前只剩下荷花的茎秆空举着残败的荷叶，像极了汉武帝时期铸造的承露盖，没有看见冰清玉洁的荷花，我心中不禁惆怅起来，曾经那么鲜艳的荷花尚且如此凋残，明天早晨，真的有些不敢照镜，不忍看见自己的妆容。夜深人静时，月凉如水，惨淡的月光和低垂的花朵，仿佛进入了一个凄凉幽幻的梦境，而这情境，想去向人诉说又苦于没有凭证，有谁会理解，又有谁会去同情？我应该记住，曾经站在清澈的水岸边，倚着栏杆远眺时，就会遥想，那江南水乡的湖面千顷，荷花竞相开放，一片醉人的嫣红。

蔡柟

蔡柟（nán）（？—1170），字坚老，南城（今属江西）人，自号云壑道人，尝为宜州别驾、袁州通判。善诗，尝与曾纡、吕本中等人相互唱和，词集有《浩歌集》一卷，原本已佚，今有赵万里《校辑宋金元人词》辑本。

鹧鸪天

【导读】

这是一首闺怨词，写的是思妇对离人爱恨交加的复杂感情。上片通过写景表现出对离别的怨恨。下片用唐代桐叶题诗的典故，道出离别之后的相见之难。

【原文】

病酒恹恹与睡宜①，珠帘罗幕卷银泥②。风来绿树花含笑，恨入西楼月敛眉③。

惊瘦尽，怨归迟。休将桐叶更题诗④。不知桥下无情水，流到天涯是几时。

【注释】

①病酒：醉酒。恹恹：形容气息微弱，精神不振的样子。②银泥：帘上的银制饰物。③敛眉：皱眉头。④桐叶更题诗：此处化用一个“桐叶题诗”传情的历史典故。

【译文】

喝醉酒之后，总是感觉精神不振，这时候呼呼大睡最合时宜，恍惚之间，只觉得眼前的珠帘罗幕晃动，卷起帘上装饰的小银泥。微风吹来，青翠的绿树枝条摇摆，花儿带着笑容，只可惜这么美的夜景我无心欣赏，满腹怨恨地走进西楼，只见那月亮也愁得皱起了眉弯。

连我自己都很吃惊的是，竟然消瘦得如此不堪，只怨那薄情的心上人，为何迟迟不归，让我满腹幽怨。再也不敢在那桐叶上题诗，让溪水与君相传。谁也不知道桥下那无情的流水，流到远在天涯的你身边，要等到何年何月的何时。

洪咨夔

洪咨夔（kuí）（1176—1236），字舜俞，号平斋，於潜（今属浙江省）人，累官至刑部尚书、翰林学士、知制诰等。词风清雅疏淡。著有《平斋词》。

眼儿媚

【导读】

这是一首闺思词，写的是一个闺中少妇期待远行归人的缠绵执着。上片写景，表明了闺中人居住的环境，下片以景物衬托闺中人心中盼归的急切心情。笔法细腻，含蓄感人。

【原文】

平沙芳草渡头村，绿遍去年痕。游丝上下[①]，流莺来往，无限销魂[②]。

绮窗深静人归晚[③]，金鸭水沉温[④]。海棠影下，子规声里[⑤]，立尽黄昏。

【注释】

①游丝：虫子所吐的细丝。②销魂：这里是惆怅的意思。③绮窗：雕刻有花纹的窗户。④金鸭：金属制鸭形香炉。水沉：即沉水香，是一种名贵的香料。⑤子规：即杜鹃鸟。因为它总是朝着北方鸣叫，六、七月鸣叫声更甚，昼夜不止，发出的声音极其哀切，犹如盼子回归，所以叫"杜鹃啼归，"这种鸟也叫子规。

【译文】

平坦的沙滩上，芳草萋萋，渡口处，有一个小村庄，春天生机勃勃的绿色，覆盖了冬季曾经带来的荒凉残痕。虫子所吐的细丝漂浮在空中，流莺在天上飞来飞去，明明是一片绝美的风光，却让我无限惆怅。

雕刻有花纹的窗户紧闭，已是夜深人静之时，可我思念的人啊，这么晚了还没有归来，鸭形铜香炉上飘着缕缕青烟，熏炉中的水沉香也将要燃尽，只剩下一点点余温。自从你走后，每一天我都会倚靠在海棠树的阴影下，在那杜鹃一声声凄厉的悲啼中，呆呆地站在那里，直到日落黄昏。

岳珂

岳珂（1183—1234），字肃之，号亦斋，晚号倦翁，汤阴（今属河南）人。岳飞之孙，岳霖之子。官至户部侍郎、淮东总领兼制置使。著有《金陀粹编》《愧郯录》《桯史》《玉楮集》等。

满江红

【导读】

这是一首描绘相思之情的词。上片先从闺中女子着笔，写出相思女子的寂寞无聊。下片则男女彼此两面合写。通篇风情凄婉，境界幽美。《满江红》词调多用于咏事感怀，而作者却以此词调写相思，写法很新颖。

【原文】

小院深深，悄镇日、阴晴无据[①]。春未足、闺愁难寄，琴心谁与[②]。曲

径穿花寻蛱蝶[3]，虚阑傍日教鹦鹉。笑十三、杨柳女儿腰，东风舞。

云外月，风前絮；情与恨，长如许[4]。想绮窗今夜，与谁凝伫[5]。洛浦梦回留珮客[6]，秦楼声断吹箫侣[7]。正黄昏、时候杏花寒，廉纤雨[8]。

【注释】

①镇日：整日。阴晴无据：指天气忽阴忽晴。无据：不可靠。②琴心：用琴声表达心意。西汉文人司马相如曾以琴心打动卓文君，卓文君后与之私逃，结为夫妇。③蛱（jiá）蝶：蝴蝶的一种。其翅膀腹面暗淡，像是枯叶一般，或者更为苍白。④如许：如此，这样。⑤凝伫：凝神伫立。⑥洛浦梦回留珮客：这里表述对情人的思念。洛浦：指洛水之滨的神女。珮：系于衣袋的玉佩。⑦秦楼声断吹箫侣：指与情人分别后，自己的孤独寂寞情景。相传春秋时，有萧史者善吹箫，作凤鸣。秦穆公以女弄玉妻之，并筑凤台让其居。一夕，吹箫引凤而来，萧史与弄玉乘凤升天而去。⑧靡纤雨：蒙蒙细雨。韩愈《晚雨》诗："廉纤晚雨不能晴，池岸草间蚯蚓鸣。"

【译文】

幽深静谧的小院，整日里静悄悄，只有天气总是忽晴忽阴，令人心绪不定。春天还没有离去，这闺中深锁的忧愁难以托寄，只好用弹琴来消磨时光，只是不知这琴声所表达的心意，能交与给谁。实在无聊，为打发时光，只好自我娱乐。走在曲折的花径中捕捉蛱蝶，累了就斜靠着栏杆，在阳光下教鹦鹉学舌。看到杨柳在东风中摇摆着枝条，好像十三岁少女在扭动着细腰，竟一时觉得实在是可笑。

月亮在云中穿行时隐时现，飞絮随轻风飘动忽高忽低；对情人的依恋与怨恨，也常常像这一样，时隐时现，若即若离。想一想，难眠的今夜，又要倚着雕花轩窗不停地向外张望，可这窗外黑夜沉沉，即使久久地站立又能凝视到谁的身影。看来也只能盼望着在梦中见面，将你留住，可又怕秦楼的箫声突然中断，箫侣的美梦成空。忽然从思念的幻想中醒过神来，正是黄昏时分，只见那院墙边的杏花，在弥漫的寒意中战战兢兢，蒙蒙细雨也下个不停。

生查子

【导读】

这是一首艳词，描写的是一对男女月夜的幽期密约之事。全词以拟人的

手法写月，以刻画心理的表现手法去描绘人，用笔十分巧妙，意境明快，而又十分耐人寻味。

【原文】

芙蓉清夜游[1]，杨柳黄昏约。小院碧苔深，润透双鸳薄[2]。

暖玉惯春娇[3]，簌簌花钿落[4]。缺月故窥人[5]，影转阑干角。

【注释】

①芙蓉：这里指荷花。②双鸳：绣有鸳鸯的一双鞋子。③暖玉惯春娇：形容居室中女子娇媚之态。暖玉：形容女子的身体温暖、光滑如玉。④簌簌：形容花叶坠落的声音，此指女子卸去首饰。花钿（diàn）：花钿是古时妇女脸上的一种花饰，以金、银制成花形，蔽于脸上，是当时比较流行的一种首饰。⑤缺月：指弯弯的月牙儿。

【译文】

夜深人静的荷花池旁，我们携手同游，这是黄昏时我们在杨树下的约定。小小庭院里，碧绿的苔藓是那么深厚，我这双绣有鸳鸯的绣鞋都被绿色浸透，凉凉的，显得有些单薄。

温暖又光滑的身体，就像春天那般娇柔，摘下金钿首饰时，发出簌簌的响声。你看那天上的弯弯月牙儿，好像在故意偷看我们，吓得我们急忙跑到栏杆角落的阴影里，欢笑着藏了起来。

张镃

张镃（zī）（1153—1211），字功甫，号约斋，成纪（今甘肃天水）人，宋将张俊曾孙。家居临安（今浙江杭州），官至司农寺丞，后遭贬。喜交游，与陆游、杨万里、辛弃疾等名家均有交游唱和。有《王照堂词》，又名《南湖诗馀》。

念奴娇　宜雨亭咏千叶海棠[1]

【导读】

这是一首咏物词。据记载，作者在杭州南湖的别墅宜雨亭畔，种植了二十株海棠，该词咏的正是园中的千叶海棠。全词运用丰富的想象手法，以花喻人、以花衬人，把花写得富有生命力和情感，把人写得丰富而多情。

【原文】

绿云影里[1]，把明霞、织就千里文绣[2]。紫腻红娇[3]，扶不起、好是未开时候。半怯春寒，半便晴色，养得胭脂透。小亭人静，嫩莺啼破春昼。

犹记携手芳阴，一枝斜戴，娇艳波双秀。小语轻怜花总见，争得似花长久。醉浅休归[4]，夜深同睡，明日还相守。免教春去，断肠空叹诗瘦[5]。

【注释】

①绿云：这里指海棠翠绿繁茂的枝叶。②文绣：绣有彩色图案的丝织品。③紫腻红娇：这里形容海棠紫色的叶子、红色的花朵万分娇嫩。因花开有先后之分，所以色泽也有深浅之分，色泽深的紫而有光，色泽浅的粉红娇嫩。④休：不；不要。⑤诗瘦：因作诗而消瘦。

【译文】

海棠的枝叶翠绿繁茂，绿影婆娑，就像是用色彩斑斓的云霞织就而成的千里锦绣。海棠的叶子也非常美丽娇柔，紫的鲜腻，红的娇艳，最娇柔的要数那羞怯得不敢抬头的花蕾，那是因为她正处在还没有开花的时候。此刻，有一半海棠花因为害怕春寒而未能及时绽放，另一半又因为晴朗的阳光而早早展露娇容，保养得就像女子脸上涂抹的胭脂一样透红。小小的宜雨亭上很安静，一个人都没有，却被那小小的黄莺啼鸣，打破了春日的白昼。

我还依稀记得，我们在花影下携手同游的时候，我将一枝海棠花斜插在你的发间，你的脸颊是那么娇俏，一双清波一样的眼睛，是那样的俊秀。我们互相在耳边轻语、你侬我侬，相互怜惜，这些温馨的情景总是被花儿看见，如今花开依旧，可你却不见了踪影。人世间的爱情啊，又怎比得上这花期长久。我借酒浇愁还没有大醉，请不要叫我归去，今夜我要与花儿相伴同睡，明日还要与这花儿相守在一起。免得明日春天突然离去，留下断肠心伤的我空悲泣，我要每天都在这里为这些花儿作诗，即使人消瘦了，容颜憔悴，也不后悔。

昭君怨　园池夜泛

【导读】

这是一首描写月夜泛舟，赏游园池之乐的词。全篇景美境清，情调浓郁，艳丽中透着秀洁，富贵中透着清雅，读完觉得神清气爽，十分耐人寻味。

【原文】

月在碧虚中住[①]，人向乱荷中去[②]。花气杂风凉，满船香。

云被歌声摇动，酒被诗情掇送[③]。醉里卧花心，拥红衾[④]。

【注释】

①碧虚：这里指蓝天。②乱荷：荷花有高低疏密之分，看上去参差不齐，故称乱荷，这里指的是荷花密集的意思。③酒被诗情掇送：指作者诗兴大发，乘兴饮酒。掇（duō）送：这里指打发。④红衾（qīn）：本意是红色的被子，这里指荷花。

【译文】

明月在澄碧的夜空中居住，我驾着小船向荷花密集的地方划去。荷花的香气夹杂着凉爽的微风，满船都是荷花的幽香。

我一边唱着歌，一边划着船浆，云在水中的倒影被我的歌声摇动，我乘兴喝了一壶美酒，酒意送来了我最浓的诗情。酣醉之中我躺卧在了花丛里，美美地睡起了大觉，晕晕乎乎之中，错把那周边的荷花当作红色衾被来拥抱。

卢祖皋

卢祖皋（生卒年不详），字申之，又字次夔，号蒲江，永嘉（今浙江温州）人。宁宗庆元五年（1199）进士，累官至将作少监，兼直学士院。诗词皆工，有《蒲江词稿》。

倦寻芳　春思

【导读】

这是一首写伤春之人怀念情人的词，上片写春景，下片写离别后的伤感及思念之情。全篇对春日景色和春闺女子形象都进行了工笔细描，风格艳丽，含蓄蕴藉，完全是一派清新词风。

【原文】

香泥垒燕[①]，密叶巢莺，春晴寒浅。花径风柔，著地舞茵红软。斗草烟欺罗袂薄[②]，秋千影落，春游倦。醉归来，记宝帐歌慵，锦屏春暖。

别来怅，光阴容易[③]，还又酴醾[④]，牡丹开遍。妒恨疏狂[⑤]，那更柳花盈面。鸿羽难凭芳信短[⑥]，长安犹近归期远。倚危楼[⑦]，但镇日、绣帘高卷[⑧]。

【注释】

①香泥：燕子喜用长在水边的水芹的泥土垒窝，其泥有香味。②斗草：又称斗百草，是中国民间流行的一种游戏，属于端午民俗。其玩法大抵如下：比赛双方先各自采摘具有一定韧性的草，然后相互交叉成“十”字状并各自用劲拉扯，以不断者为胜，这种被称为“武斗”。“武斗”外，还有“文斗”。所谓“文斗”，就是对花草名。女孩们采来百草，以对仗的形式互报草名，谁采的草种多，对仗的水平高，坚持到最后，谁便赢。③光阴容易：指时光容易流逝。④酴醾（tú mí）：又作“荼蘼”。植物名，观赏花类，蔷薇科，又名佛见笑。⑤疏狂：柳絮狂乱飞舞的样子。⑥鸿羽：这里指传信的大雁，古代有大雁传书的说法。⑦危楼：高楼。⑧镇日：一整日。

【译文】

燕子衔来香泥垒窝，黄莺在浓密的树叶间筑巢，春天到了，阳光和煦，只有略微的寒意。柔和的风掠过花间小路，被风吹落的花朵飘舞着散落在地上，像是为小路铺上一条柔软的红色的地毯。玩斗草游戏时，水雾浸透了我单薄的罗衫，等到荡过秋千之后，这一路春游活动使我有些疲倦。醉酒归来时，只记得我在罗帐内慵懒地躺卧在那里哼着歌，即使被锦屏隔绝了外界，我依然能感到暖暖的春意。

光阴易逝，自从我们分别后，我一直怅然不快郁郁寡欢，闲来无事时，还是去园中看那绽放出芳香的黄色花朵的荼蘼，或者去看红遍园圃的牡丹。

最妒恨的就是轻狂之物，最让人无法忍受的就是那胡乱飞舞的柳絮，总是迎面而来粘到脸上，迷乱了双眼。我想写一封表达芳心的书信，可纵然写得再短，也没有传信的鸿雁可以帮我传递，而长安距离这儿再近，你归来的日子却依旧是遥遥无期。我倚靠在高楼栏杆上，但也只能是把绣帘高高地卷起，整日站在那里远望，盼望你能早日归来，与我永不分离。

清平乐

【导读】

这是一首描写女子伤春怀人的词。上片写深院独居的女子想念意中人的痴迷之状，下片以杨花为喻，抱怨意中人的轻薄、放荡和无情。本词在以细节来反映人的心理活动上做得非常成功。

【原文】

柳边深院，燕语明如剪[①]。消息无凭听又懒[②]，隔断画屏双扇。

宝杯金缕红牙[③]，醉魂几度儿家？何处一春游荡，梦中犹恨杨花[④]。

【注释】

①剪：形容燕子的叫声明亮清脆。②无凭：不可靠，无根据。③宝杯：酒杯。金缕：用金缕装饰的衣服。红牙：乐曲中打节拍的拍板，多用红色的檀木做成，故称红牙。④杨花：这里代指薄情的人。

【译文】

柳树旁边，是一座幽深的庭院，燕子的叫声明亮又清脆，如同刀剪般利落。我原以为是燕子又捎来了你的消息，可转念又一想，燕子每次捎来的消息都不可靠，所以也就懒得再听下去，随手关好双扇画屏，隔断了燕子的叫声。

端起酒杯借酒浇愁，然后穿起心爱的金缕衣，打着节拍唱小曲儿解闷儿，每天只能用喝醉酒来麻痹自己的灵魂，可是又有几次能真正排解忧愁呢？这一整个春天，不知你在哪里游荡，我在梦中都还在恨那水性的杨花，像你一样薄情。

谒金门

【导读】

这是一首描写夏日生活情景的词，用充满动态的画图般的描写，表现了夏日闺中人舒适欢乐的生活。全词浅语叙事，神态逼真。

【原文】

香漠漠[1]，低卷水风池阁。玉腕笼纱金半约[2]，睡浓团扇落。

雨过凉生云薄，女伴棹歌声乐[3]。采得双莲迎笑剥，柳阴多处泊。

【注释】

①漠漠：香气弥漫的样子。②金半约：一只手腕上戴着金镯子。笼纱：指以纱巾着臂。③棹（zhào）歌：船歌。棹：用桨划船。

【译文】

荷花的香气在空中弥漫，清风掠过水面，轻轻吹拂池阁上低卷着的竹帘。一个少女披着薄薄的绸纱，一只手腕上戴着金手镯。她睡得那么香甜，在睡梦中，手中的团扇滑落在了地上都不觉得。

雨后气候变得凉爽，天上也多了几片淡淡的白云。女伴们欢乐地唱着船歌，相约一起去驾舟采莲。你瞧，那是谁采到了象征喜庆的双头莲，正迎着阳光笑盈盈地将莲子剥，她们采莲归去，相互嬉闹着将小船划到了岸边，采莲的小舟都在柳荫浓密的地方停泊。

乌夜啼 西湖

【导读】

这是一首描写春天西湖迷人景色的词，全词以短小的篇幅写宏大的场面，显出了杭州西湖春日游览之盛。作者紧扣春天气候的特征和西湖的特色，细致生动地描写了游湖一天的所见、所闻与所感，使人如赏一幅绝美的西湖春游连环画。

【原文】

漾暖纹波飐飐[1]，吹晴丝雨蒙蒙。轻衫短帽西湖路，花气扑青骢[2]。

斗草褰衣湿翠[3]，秋千瞥眼飞红。日长不放春醪困[4]，立尽海棠风。

【注释】

①飐飐（zhǎn zhǎn）：水波摇曳的样子。②青骢（cōng）：青色和白色毛相杂的马。③褰（qiān）衣：掀起衣裳；提起衣裳。④春醪（láo）：春酒。陶渊明《和刘柴桑》诗："谷风转凄薄，春醪解饥劬（qú）。"

【译文】

湖面上水波摇曳荡起微波，细雨蒙蒙的天气夹杂着一丝温暖的风。我穿着轻薄的衣衫，戴着短帽，走在去西湖边游玩的路上，一路走来，花香扑鼻，就连我的青骢马身上也沾满了花的香气。

与朋友们玩起了斗草游戏，在玩耍之中虽然热得提起了衣裳，但我的绿衣衫仍然被流淌的汗水打湿，来到树荫下乘凉，一边飞荡着秋千，一边侧眼欣赏那落红飞花。这美好的春天，白天变长，不喝点春酒就会犯困，我可不想在这儿饮春酒寻求醉意，我只想伫立在春风中，陪伴那盛开的海棠花，不愿归去。

张履信

张履信（生卒年不详），字思顺，号游初，鄱阳（今江西波阳）人。孝宗淳熙中监江口镇，后任潭州通判，官至连江守。存词两首。

柳梢青

【导读】

这是一首咏春怀人的词作。此词描绘江南春色，笔触清淡，语言浅显朴素，风光秀美如画，但美景易生哀情，因此对亲人的思念也更加浓重。

【原文】

雨歇桃繁[①]，风微柳静，日淡湖湾。寒食清明[②]，虽然过了，未觉春闲[③]。

行云掩映春山。真水墨，山阴道间[④]。燕语侵愁[⑤]，花飞撩恨[⑥]，人在江南。

【注释】

①雨歇桃繁：指雨后桃树盛开。②寒食清明：即寒食节和清明节。③未觉春闲：春意仍然很浓。④山阴道：在浙江绍兴，自古以景物美而多著称。

《世说新语·言语》："从山阴道上行，山川自相映发，使人应接不暇。"这里借指山道间春意盎然，如一幅水墨画。⑤燕语：形容燕子的鸣叫如同人在说话。侵愁：侵害而使愁苦。⑥花飞：花瓣随风飘落。撩：勾起，撩起。

【译文】

一场春雨过后，桃花开得更加繁盛鲜艳了，微风轻轻吹拂，树上的柳条显得很安静，柔和的阳光淡淡照在湖面上。寒食节和清明节虽然已经过去了，但这里的春意依旧很浓，令人感觉舒适安闲。

一朵朵浮云掩映，环绕着青山流转。这里的山峰秀美，层峦叠翠，山阴道间也是春意盎然，仿佛是一幅绝美的水墨画卷。可是一听到燕子的呢喃细语，反倒使我增添了无限的愁绪，花瓣随风飘落，更是勾起了我心中的怨恨。多么美好的春天啊，只可惜人不在家乡，而是身在江南。

谒金门

【导读】

这是一首闺怨词。上片写景，景中含情，下片写闺中人的寂寞和对旧情的怀念。语言朴素明净，耐人寻味。

【原文】

春睡起，小阁明窗儿底。帘外雨声花积水，薄寒犹在里。

欲起还慵未起，好是孤眠滋味。一曲广陵应忘记[①]。起来调绿绮[②]。

【注释】

①广陵：即《广陵散》，又名《广陵止息》。是中国音乐史上非常著名的古琴曲，著名十大古琴曲之一。据《晋书》记载，此曲乃嵇康游玩洛西时，为一古人所赠。而《太平广记》记载：有一次，嵇康夜宿月华亭，夜不能寝，起坐抚琴，琴声优雅，打动一幽灵，那幽灵遂传《广陵散》于嵇康，更与嵇康约定：此曲不得教人。公元263年，嵇康为司马昭所害。刑前仍从容不迫，索琴弹奏此曲，并慨然长叹："《广陵散》于今绝矣！"②绿绮：精美的古琴样式，一说为古琴别称。

【译文】

我从春梦中醒来，起身来到闺房明亮的窗户下，凝神望向窗外。窗帘外的雨声淅淅沥沥，落花随着积水漂浮而去，虽然已经春意浓浓，但那微凉的寒意，还躲在我的心里。

我想从床上起身，却又感到一阵困意，慵懒的我实在不愿意坐起，就好像是还想躺下再次品尝孤枕难眠的滋味。据说弹一曲《广陵散》就能够消除愁绪，我连忙起身调试我的古琴绿绮，弹奏一曲来慰藉自己。

周文璞

周文璞（生卒年不详），字晋仙，号方泉，又号野斋、山楹等，阳谷（今属山东）人。曾官溧阳县丞。与韩淲、葛天民、姜夔等人唱和。有《方泉集》。

一剪梅

【导读】

这是一首闺中女子怀念远人的词作。全词紧扣梅花特性而去写人，由插戴梅花的心意到以梅花相陪为慰藉的心理，表达了闺中人的相思之苦。本词题材虽为常见，但却运思巧妙，意味深长。

【原文】

风韵萧疏玉一团①，更著梅花，轻袅云鬟②。这回不是恋江南，只为温柔，天上人间③。

赋罢闲情共倚阑，江月庭芜④，总是销魂。流苏斜掩烛花寒⑤，一样眉尖，两处关山⑥。

【注释】

①萧疏：自然，飘逸洒脱，不拘束。②轻袅云鬟：指秀发飘逸如云。③天上人间：比喻自己与爱人各处一地，如同天上人间那么遥远。李煜《浪淘沙》词："流水落花春去也，天上人间。"④庭芜：庭院内杂草丛生。⑤流苏：以五彩羽毛或丝绒制成的穗子，常用作车马、帷帐的垂饰。⑥关山：关隘山川，

这里指代分隔两地的情人。

【译文】

优雅的风韵、姣美的容颜，一派自然洒脱的气质，要是再在头发上插一朵梅花，就更显得娇艳了，我把秀发高高束起，如云朵一般轻盈飘逸。我这样刻意打扮得如此漂亮，不是留恋江南秀丽的水乡，而是因为思念我的情郎，我与郎君相隔遥远，仿佛一个在天上一个在人间。

抒发了一阵情绪之后，还是觉得无聊，我就戴着梅花倚在栏杆上向远方眺望，只见眼前的江水渺茫月光惨淡，近处则是杂草丛生的庭院，见到此情此景，总是让人徒增感伤。屋内帐前的流苏摇曳，斜掩着蜡烛的光晕也让人感到心中寒凉，想起与我天各一方的情郎，不禁让我原本平展的眉头，又皱成了两座关山。

徐照

徐照（？—1211），字道晖，号山民，永嘉（今浙江温州）人。一生不仕。以诗称，与徐玑、翁卷、赵师秀并称“永嘉四灵”。有《芳兰轩集》。存词五首。

南歌子

【导读】

这是一首描写闺中人生活情调的词。全词把闺中女子无所事事、寂寞无聊的情态和相思无法排遣的况味表现得淋漓尽致，细节描述得非常生动，用词委婉轻柔，情致悠远。

【原文】

帘景筵金线[①]，炉烟袅翠丝[②]。菰芽新出满盆池[③]。唤取玉瓶添水、买鱼儿。

意取钗重碧[④]，慵梳髻翅垂。相思无处说相思。笑把画罗小扇、觅春词。

【注释】

①帘景：帘影。景：同“影”，影子。簁（shāi）：同“筛”。②翠丝：指翠绿的柳枝。③菰（gū）：多年生草本植物，生长于池沼中，其嫩茎可作蔬菜，俗称茭白。④钗重碧：碧钗两股重合在一起，表示团圆不分离。

【译文】

金色的阳光从帘子的缝隙间透过来，仿佛被筛成了一缕缕金线，形成一道道飘动的剪影。香炉中袅袅上升的烟雾，如同翠绿的柳丝一样轻柔地摇摆。只见茭白的嫩芽已经长满了盆池。我呼唤佣人取来玉瓶往盆中添水，又买来些鱼儿放养在盆池之中。

我取来那支玉钗，期待着你拿着另一半碧钗与我重合在一起，心中烦闷，对着镜子慵懒地梳理发髻，让羽翅一般的青丝飘垂在香腮两边。我的相思深重，可无处安放，更无处可去诉说相思。只好强颜欢笑把玩着我的画绢小扇，在心里默默寻觅描绘春情相思的诗词。

清平乐

【导读】

这是一首描写闺房春景的词。全词以动态描写为主，最出彩之处就是对少女娇憨神态的描写。通篇语言轻快、活泼，细节描写得非常形象而富有情趣。

【原文】

绿围红绕，一枕屏山晓[①]。怪得今朝偏起早，笑道牡丹开了。

迎人卷上珠帘，小螺未拂眉尖[②]。贪教玉笼鹦鹉，杨花飞满妆奁[③]。

【注释】

①一枕屏山晓：指一觉睡到天亮。②小螺：这里指螺子黛，螺子黛亦省作“螺黛”。是隋唐时代妇女的画眉材料，制作精致。螺子黛受到当时女性的喜爱，到了宋代，画眉墨的使用更加广泛。③妆奁（lián）：原指女子梳妆打扮时所用的镜匣，后泛指随出嫁女子带往男家的嫁妆。这里指化妆盒。

【译文】

小小闺房的四周都有红花绿叶围绕，我拥着红色的被衾，在绿色的床帐围绕下，美美地一觉睡到天色拂晓，只见屏风上透出了金色的晨光。正奇怪我今

天怎么偏偏起得这么早，抬眼向窗外一看忍不住笑道：原来是那牡丹花开了。

今天还有客人要来，我连忙卷起珠帘迎接客人的来到，突然想起刚才梳妆时画眉还没描到眉梢，一时慌了手脚。来到镜前傻了眼，不知何时那飞扬的杨花已经飘满了我的化妆盒，只怪我因为贪玩，教玉笼中的鹦鹉学舌太过专心，都不知道。

阮郎归

【导读】

这是一首描写春景闺怨的词，写的是一位闺中人对情郎的思念和怨恨，全篇的中心其实就是一个“恨”字，种种描写都为此而来。此词用白描手法绘写春日黄昏的景象，以目睹景物滋生出与情人别离的满腹愁绪。

【原文】

绿杨庭户静沉沉，杨花吹满襟。
晚来闲向水边寻，惊飞双浴禽[①]。

分别后，重登临，暮寒天气阴。
妾心移得在君心，方知人恨深[②]。

【注释】

①双浴禽：正在水中嬉戏的一对水鸟。②妾心移得在君心，方知人恨深：化用李之仪《卜算子》词：“只愿君心似我心，定不负相思意。”比喻自己的相思之苦。

【译文】

幽深的庭院里簇拥着翠绿的杨柳，四周显得静悄悄，被风吹落的杨花随风飘扬沾满了我的衣襟。傍晚时分，闲来无事便走向水边寻觅游玩的好去处，一不小心，惊飞了一对儿正在水中嬉戏的水禽。

自从我们分别之后，我又来到了当初我们游玩的地方，此时此刻，正是暮色苍凉、天气阴沉。倘若能将我的心转移，交换成你的心，你才会知道我的相思之苦，知道我心中的怨恨有多深。

俞灏

俞灏（hào）（1146—1231），字商卿，晚年自号青松居士。先世居杭州，徙居乌程（今浙江湖州）。光宗绍熙四年（1193）进士。授吴县尉。后历知安丰军、常德府，提举湖北常平茶盐。致仕后，居杭州九里松。有《青松居士集》，已佚失。仅传词一首。

点绛唇

【导读】

这是一首咏梅词，借咏梅抒发对意中人的思念之情。作者重游故地，从梅花的姿色中暗寻意中人昔日的情态。全文一个“愁”字，一个“怨”字，让自己的感情从字里行间涌出，写得十分清丽含蓄，耐人寻味。

【原文】

欲问东君，为谁重到江头路？断桥薄暮①，香透溪云渡。

细草平沙，愁入凌波步②。今何许③？怨春无语，片片随流水。

【注释】

①断桥：桥名，在浙江杭州孤山边。②凌波：形容女子步履轻盈。曹植《洛神赋》：“凌波微步，罗袜生尘。”③何许：何处，哪里。

【译文】

我想问一问司春之神，你是为了谁才再次来到这江边小路？这令人伤怀的断桥，已被薄薄的暮色浸透，梅花的香气已经漫过了溪流，穿透了高高的云层。

你看那细茸茸的青草、平坦的沙地，是多么美好的去处，可我却再也看不到你轻盈的脚步。我日夜思念的人啊，如今你身在何处？我怨恨司春之神只知道沉默不语，却不告诉我你的行踪，任那片片凋落的花瓣，跟着流水颠簸奔流。

潘牥

潘牥（fāng）（1204—1246），字庭坚，号紫岩，闽县（今属福建）人。理宗端平二年（1235）进士，任浙西茶盐司干官，后改宣教郎，除太学正，旬日出，通判潭州，卒于官。有《紫岩集》。存词五首。

南乡子

【导读】

这是一首借景怀人的恋情词，写的是对一位昔日恋人的深切思念。全词句意深而隽雅，情意绵绵，堪称意蕴深长的佳作。

【原文】

生怕倚阑干，阁下溪声阁外山。空有旧时山共水，依然。暮雨朝云去不还[①]。

想见蹑飞鸾[②]，月下时时认佩环。月又渐低霜又下，更阑[③]。折得梅花独自看。

【注释】

①暮雨朝云：朝，早晨；暮，傍晚。早上是云，晚上是雨。原指古代神话传说巫山神女兴云降雨的事。后比喻男女的情爱与欢会之事。语本战国宋玉《高唐赋》。②鸾（luán）：中国古代神话传说中凤凰一类的鸟。《说文》：“鸾，亦神灵之精也。赤色，五采，鸡形。鸣中五音。”③更阑：更深夜残。

【译文】

我现在最怕独自倚着栏杆望远，因为我怕见到阁楼下的溪水和那阁楼外的青山。旧时光里我们在一起的美好回忆都已成空，只有这些远山和溪水，依然还宛如从前。而曾经与我朝夕相处、欢会恩爱的人啊，却一去再也没回还。

我想此时的你，一定是乘着飞鸾遨游于蓝天，在皎洁的月光下，时时刻刻不忘看着身上的佩环。此刻，月亮又开始慢慢下沉，寒霜也已经洒满地面，正是夜深人静的三更天。我只能满怀感伤地折一枝梅花独自站在那里，心中默默地把你思念。

刘翰

刘翰（生卒年不详），字武子，长沙（今属湖南）人，尝游于词人吴琚、张孝祥、范成大门下。有诗名。有《小山词》。

好事近

【导读】

这是一首咏春词，写出了从月落乌啼到天明之后这段时间的春色之美。上片写天明之前花鸟的萌动，下片写白天一片生机勃勃的浩荡春景。全词描写精工细致，耐人寻味。

【原文】

花底一声莺，花上半钩斜月。月落乌啼何处[①]，点飞英如雪[②]。

东风吹尽去年愁，解放丁香结[③]。惊动小亭红雨，舞双双金蝶。

【注释】

①月落乌啼：形容天色将明而未明时的景象。②飞英：飞舞在空中的落花。③丁香结：指丁香的花蕊，常比喻抑郁的情怀。李商隐《代赠》诗：“芭

蕉不展丁香结，同向春风各自愁。”

【译文】

忽然听见一只黄莺在花丛中发出了一声啼鸣，抬眼望见花丛的上空，正斜挂着一枚宛如银钩的弯弯月亮。在这天快要亮却又没亮的时候，要问那月下的鸟儿栖身在何处，你看前方颤动的花枝上，片片飞红落英，正像雪花一般翩翩飞舞。

东风吹散了过去一年里所有的忧愁，解放了丁香花蕊的心结，如今才得以尽情绽放。金色的蝴蝶双双飞舞在小亭旁，惊动了花儿的安静，红色的花瓣好似温柔的雨点洒落在地上。

蝶恋花

【导读】

这是一首伤春怀人的闺怨词。上片以春日丽景为映衬，描绘思妇独处闺中的慵懒之态，下片写思妇因思念远人而憔悴不堪。语言风格含蓄，语意真切，委婉地抒发了闺中痴情女子的不尽哀怨的情怀。

【原文】

团扇题诗春又晚[①]，小梦惊残，碧草池塘满。一曲银钩帘半卷，绿窗睡足莺声软。

瘦损衣围罗带减。前度风流[②]，陡觉心情懒。谁品新腔拈翠管[③]？画楼吹彻江南怨[④]。

【注释】

①团扇：圆形的扇子。古代多用于帝王宫内，又称宫扇。②风流：风采。③新腔：新曲调。翠管：这里指笛子。④画楼：华丽有雕饰的楼阁。

【译文】

我在团扇上题诗时，春天已经来了很久，虽然夜短天长，可我常常在短梦中惊醒，只恨那美梦总是残缺不全，比不上那窗外的池塘，总是春水满满，碧草相伴。我用一根银钩将竹帘卷起一半，倾听绿窗下已经睡醒的黄莺在那里轻轻鸣唱，歌声委婉。

因为思念成疾，我的身体日渐消瘦，原本合身的衣围变得宽松，就连束腰的丝带也在不断向内缩减。回想起从前的翩翩风采如今却已不再，只觉得一阵阵心情烦闷、身体慵懒。随手拿起心爱的玉笛，想吹一支新的曲调，可此时又有谁能前来品评呢？画楼中总是响起幽怨的笛音，声声透彻，飞遍江南，你可知那悠悠的曲调中，早已吹尽了我的深深怨恨。

清平乐

【导读】

这是一首描写思妇情态的闺怨词。上片写思妇因受相思的折磨而消瘦不堪，依然盼锦书捎来；下片写思妇长夜难眠，唯借吹箫以排遣愁怨之情的凄苦情态。全词语句清雅，余韵悠长。

【原文】

凄凄芳草，怨得王孙老①。瘦损腰围罗带小，长是锦书来少②。

玉箫吹落梅花③，晓烟犹透轻纱。惊起半帘幽梦，小窗淡月啼鸦。

【注释】

①王孙：本意是对青年男子的尊称，这里指自己的情人。②锦书：夫妻、情人间来往的书信。③梅花：这里指乐曲《梅花落》。

【译文】

芳草已经长满了原野，可你还没有回来，让我不得不心生怨恨。我已经衣带渐宽人憔悴了，这都是因为你，长久不归，却还把书信寄回来的太少。

我每天都是不分日夜地拿着玉箫吹着忧伤的《梅花落》，直吹得落了梅花，白天，晨雾弥漫仿佛要钻进帷帐的轻纱之中。夜晚，在半卷的帘帐里我常从梦中惊醒，只见窗外月光惨淡，乌鸦正声声哀鸣。

刘子寰

刘子寰（huán），字圻父，建阳（今属福建）人。生卒年不详。宁宗嘉定十年（1217）进士。尝知钦州。尝问学于朱熹。善诗文。存词十九首。

霜天晓角

【导读】

这是一首闺怨词。上片以写景为主，景中含情，委婉含蓄；下片以抒情为主，表达了思妇面对孤独寂寞的感伤情怀。通篇用词浅显易懂，读来爽朗上口。

【原文】

横阴漠漠[1]，似觉罗衣薄。正是海棠时候，纱窗外，东风恶。

惜春春寂寞，寻花花冷落。不会这些情味，元不是，念离索[2]。

【注释】

①漠漠：云烟密布的样子。②离索：即“离群索居”，意思就是远离人群，自己一个人居住。

【译文】

窗外阴沉沉的天气，云烟密布、寒气弥漫，此刻似乎让人觉得身上穿的绸衣都有些太单薄了。眼下正是海棠花盛开的季节，可是窗外的东风太凶恶了，无情地将海棠花瓣吹落在了地上。

可叹啊，正值青春年华的我却是如此的寂寞，我想寻看海棠花，可是这花竟然也冷落我。假如不是身处孤寂之中，是难以领会到这种情味的，花原本是因风吹才凋零，不是在将我冷落，或许是因为我长久离群索居，太过于孤独寂寞，才会有这样的错觉吧。

张良臣

张良臣（生卒年不详），字武子，号雪窗，原籍大梁（今河南开封），避居鄞（今浙江宁波）。孝宗隆兴元年（1163）进士。官至监左藏库。有《雪窗小稿》，已佚。

西江月

【导读】

这是一首伤春悲秋而怀人的词作。伤春悲秋是中国古典诗词的永恒题材，但在宋代闺情词中，伤春者占了大多数，而悲秋者却不多，本篇则是伤春作品中的一首佳作。

【原文】

四壁空围恨玉[①]，十香浅捻啼绡[②]。殷云度雨井桐凋[③]，雁雁无书又到。

别后钗分燕尾[④]，病余镜减鸾腰[⑤]。蛮江豆蔻影连梢[⑥]，不道参横易晓[⑦]。

【注释】

①恨玉：失意抱恨的女子。②十香：十个手指头。啼绡：泪水打湿的手绢。绡（xiāo）：生丝织物。③殷云：红黑色的阴云。殷：赤黑色；盛大、多。④钗分：这里比喻爱人的分离。燕尾：钗张开时形状如燕尾。⑤病余镜减鸾腰：形容自己因思念而日渐消瘦。据《异苑》载，罽（jì）宾王有一只鸾鸟，三年不鸣。其夫人说："听说鸾鸟见到同类就会鸣叫。"于是挂起一面镜子。鸾鸟见镜中之影，果然开始哀鸣，后气绝而死。后世"鸾腰"一词含有离愁别恨之意。⑥蛮：古时对南方少数民族的泛称。豆蔻：植物名，多年生常绿草本，其中红豆蔻生于南海诸谷中，古人常以豆蔻比喻少女的青春美丽。杜牧《赠别》诗："豆蔻梢头二月初。"⑦参：即参宿，星座名。参横：指参星已落，形容夜深，即将天明。曹植《善哉行》诗："月没参横，北斗阑干。"

【译文】

我独自待在空荡荡的闺房中，内心充满苦恨，呆呆地用十只香指轻捻着沾满泪水的丝巾。天空中布满红黑色的阴云，带来了密集的雨点疯狂地敲打着庭院里的一切，井旁的梧桐树经受不住这样的风吹雨打，树叶不住地凋落，可叹如此恶劣的天气，恐怕那归来的大雁又不会将书信捎到了。

自从我们分别后，至今还未曾将碧钗并合，它们就像分叉的燕尾一样一直在我的发髻上插着，只因为相思成疾，病好后我已经无比消瘦，照了镜子才发现，柔美的鸾腰比从前细瘦了许多。我走出屋外，靠在栏杆上远眺，仿佛看到了南方江边的豆蔻身影相连、根深叶茂，我在这里久久伫立，直到夜空的参星已经斜照，竟然连这夜已尽、天将拂晓都没有察觉到。

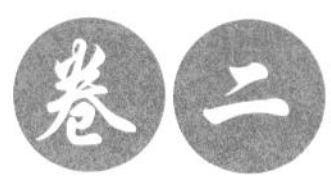
卷二

姜夔

姜夔（1155—1221），字尧章，饶州鄱阳（今属江西）人。少年时流寓于两湖的汉阳、长沙，后寓居浙江武康，与白石洞天为邻，号白石道人。萧德藻爱其才，妻以兄女，与当时著名文人范成大、张镃等均有唱和。精通音律，曾进《大乐议》。长期依附贵胄张鉴之门，得其资助。张鉴死后，姜夔生活贫困，然品行高洁，不肯屈节以求官禄，遂布衣终身。兼工诗词，但主要以词闻名后世。他是南宋词坛巨擘，善自度新腔，创制新调，词律极为严密。与周邦彦齐名，并称“周姜”。有词集《白石道人歌曲》。

暗香

【导读】

这是一首咏梅怀人的词。宋光宗绍熙二年（1191）的冬天，姜夔在大雪中到苏州探访老诗人范成大，在范的石湖别墅盘桓了一个多月。别墅里有许多玉梅，范成大令姜夔以梅为吟咏对象作词。姜遂吟成了姊妹篇《暗香》《疏影》。

【原文】

（序）辛亥之冬，予载雪诣石湖[①]。止既月，授简索句，且徵新声，作此两曲，石湖把玩不已，使工妓隶习之，音节谐婉，乃名之曰《暗香》《疏影》。

旧时月色，算几番照我，梅边吹笛。唤起玉人[②]，不管清寒与攀摘。何逊而今渐老[③]，都忘却、春风词笔。但怪得、竹外疏花，香冷入瑶席[④]。

江国，正寂寂。叹寄与路遥，夜雪初积。翠尊易竭，红萼无言耿相忆[⑤]。长记曾携手处，千树压、西湖寒碧[⑥]。又片片、吹尽也，几时见得？

【注释】

①石湖：宋朝文人范成大，自号石湖居士，晚年居苏州西南的石湖。②玉

人：美人。③何逊：字仲言，南朝梁代人。他早年做过南平王萧伟的记室，在当时很有名气，在扬州有《咏早梅》诗，此处作者以何逊自比。④但怪得：没奈何。竹外疏花：这里指梅花。瑶席：座席的美称。⑤翠尊：翠绿色的酒杯。红萼：本意是红花，这里是指梅花。⑥千树：宋朝时杭州西湖上的孤山梅花成林。

【译文】

记得那一年，我们曾几次一起沐浴在月光下，在梅花旁边吹笛子。我呼唤着你，与我一同冒着严寒去攀折梅枝。可叹啊，如今我已老了，再没有当年的激情和诗兴了。对于这一切，我也很无奈，虽然我没有从前的诗兴了，但竹篱外梅花的阵阵清香仍随着寒气进入室内，沁人心脾。

江南水乡，此刻应是非常的寂静。我想折枝梅花寄给远方的朋友以表达思念之情，可叹路途遥远，音信难通啊，更何况是这大雪纷飞的夜晚。面对着翠玉酒杯，我很容易伤感流泪，对着酒赏花，更引起了我对她深深的思念。我永远记得曾经与她携手赏梅的地方，那时的湖水，湖面上清冷逼人，岸边千树万树盛开着梅花。那一片片梅花都被风无情地吹落，可我们，什么时候才能被风吹到一起呢？

疏影　仲吕宫

【导读】

在《暗香》《疏影》姊妹篇中，《暗香》抒发的主要是作者个人的感慨；而《疏影》则倾注了作者对国家衰微的关切和感触，把个人的愁和恨扩展到整个家国的旧恨新愁上来。比起上篇，本篇用典更多，也更晦涩，但意蕴也更深广。

【原文】

苔枝缀玉[①]，有翠禽小小[②]，枝上同宿。客里相逢，篱角黄昏，无言自倚修竹。昭君不惯胡沙远，但暗忆、江南江北。想佩环、月下归来[③]，化作此花幽独。

犹记深宫旧事，那人正睡里，飞近蛾绿[④]。莫似春风，不管盈盈[⑤]，早与安排金屋[⑥]。还教一片随波去，又却怨、玉龙哀曲[⑦]。等恁时[⑧]，重觅幽香，已入小窗横幅[⑨]。

【注释】

①苔枝：指苔梅，梅的一种。范成大《梅谱》记载绍兴吴兴一带的苔梅，“其枝樛曲万状，苍藓鳞皴，封满花身。又有苔须垂于枝间，或长数寸，风至，绿丝飘飘可玩”。②翠禽小小：这里指绿色的小鸟。③佩环：女子身上所系的玉饰，这里代指王昭君的魂灵。④那人：这里指寿阳公主，南朝宋武帝的女儿，世人传说寿阳公主是梅花的精灵变成的，因此寿阳公主成为正月的花神。蛾绿，女子的眉毛。⑤盈盈：仪态美好的样子，这里借指梅花的英姿。⑥早与安排金屋：用汉武帝时阿娇的故事。汉武帝幼时曾说：“若得阿娇作妇，当以金屋贮之。”这里指要爱护梅花。⑦玉龙哀曲：玉龙，古时候的一种笛子。哀曲：这里指《梅花落》。⑧恁时：那时。⑨横幅：画卷。

【译文】

苔梅像美玉一样点缀在枝头上，在树枝上依偎歇宿的，还有一只翠色的小鸟。客居在此的我，又和梅花在他乡相逢了，在暮色弥漫的篱笆旁，梅花正倚着挺拔的竹子默默无语地绽放，就像孤独高洁的美人一样。远嫁匈奴的王昭君不习惯漠北的风沙，只能暗自思念着大江南北秀丽的故乡。昭君远嫁异国他乡，十分思念故国，可最终也只能化作月下的梅花，魂归故土。

我还记得寿阳宫中的一段旧事，当时寿阳公主正在梦中，有一朵梅花飘落在她的娥眉中间。梅花这么娇美，要爱护梅花，不要像春风那样无情地将花吹落，应像汉武帝对待阿娇那样珍爱梅花，把她早早安排在金房子中。唉，当一片一片的梅花落下随风而去时，我却只能抱怨那玉笛吹奏的《梅花落》太过哀伤。等到春风再次吹过时，又能再去哪里寻觅梅花的幽香呢？我现在能做的，也只有在那小窗边的画卷上看看梅花了。

淡黄柳　客合肥

【导读】

这首词大约作于光宗绍熙二年（1191）姜夔客居合肥时。全词由实写所闻所感所见，再化实为虚，转之为情；由写今日转到明朝，再转为拟行之事与幻想之景，表现出了姜夔运笔善于转折，毫无板滞。

【原文】

（序）客居合肥南城赤栏桥之西，巷陌凄凉，与江左异[①]。唯柳色夹道，

依依可怜。因度此阕，以纾客怀。

空城晓角，吹入垂杨陌。马上单衣寒恻恻[2]。看尽鹅黄嫩绿[3]，都是江南旧相识。

正岑寂[4]，明朝又寒食。强携酒、小桥宅。怕梨花、落尽成秋色[5]。燕燕飞来，问春何在，惟有池塘自碧[6]。

【注释】

①江左：本意是指江东，这里泛指江南。②恻恻：即“侧侧”，形容清寒单薄的样子。韩偓《寒食夜》诗：“侧侧轻寒剪剪风。”③鹅黄嫩绿：早春柳条的嫩绿色。④岑（cén）寂：沉寂。⑤怕梨花、落尽成秋色：只怕梨花一旦落去，转眼就变成秋天的景象了。化用李贺《河南府试十二月乐词》：“梨花落尽成秋苑。”⑥池塘自碧：这里指只剩下池塘的水还保留有碧绿的颜色。

【译文】

（序）客居合肥南城赤栏桥之西，感觉这里的巷陌无比凄凉，与江南大有不同，唯有两边的柳色青翠，摇曳婆娑，楚楚可爱。因此写下此阕，以此来抒发客居他乡的情怀。

寂静空寥的城中，清晨的号角声弥漫在垂杨柳繁密的道路上。我穿着单薄的衣衫，骑着马从街上穿过，感到了一阵阵袭来的寒意。我尽情地欣赏着早春时节嫩绿色的柳条，这一抹婆娑的嫩绿，都是以前我在江南时所见到过的景色。

此刻的我感到十分寂寞无聊，明天早上开始又是一年一度的寒食节了。我强打精神带着新买来的酒，来到了我在小桥下寄宿的一处房舍。我最怕看到梨花绽放，而绽放过后必然会凋零，梨花一旦落尽，转眼就变成了秋天萧瑟的模样。当燕子已经双双飞来筑窝，试问春天你在哪里，眼前只有一片萧索的空城，唯有那池塘里的水还保持着一如既往的碧绿。

小重山　湘梅

【导读】

这首词是作者于孝宗淳熙十三年（1186）在潭州（今湖南长沙）所作。本词借咏写潭州红梅，抒发思念恋人之苦。

【原文】

人绕湘皋月坠时[1]，斜横花自小，浸愁漪。一春幽事有谁知？东风冷，香远茜裙归[2]。

鸥去昔游非，遥怜花可可[3]，梦依依。九疑云杳断魂啼[4]。相思血，都沁绿筠枝[5]。

【注释】

①湘皋（gāo）：湘江岸边。②香远茜裙归：指红梅花瓣凋落之景。茜裙：红色的裙子，这里代指红梅花瓣。③可可：隐约、依稀。④九疑：九嶷山，在湖南宁远县南。传说舜葬于此，舜妃娥皇、女英思帝悲痛，泪洒竹上，竹身皆成斑，谓之斑竹。⑤绿筠（yún）枝：绿竹。血泪沁入成斑竹，借指红梅之色也是血泪所染。

【译文】

我沿着湘水边上徘徊，直到月亮坠落之时，月光似水，只见梅枝疏影横斜，枝头上点缀着小小的花朵，仿佛浸在湖水的涟漪中忧伤地漂荡着。此时的梅花，应该是既孤独又寂寞吧？坠入整个春天的幽幽情怀与难言之事会有谁能懂得？略带寒意的东风，害得梅香飘远弥散而去，红色的花瓣零落满地。

陈年往事已经随着江鸥飞去，今日在此游览时所观赏到的景象，早已不同于往昔，只是我远远地望着那惹人怜爱的梅花，即使在梦中，仍能见到她不惧东风的美丽、楚楚可依。九嶷山上云雾深远迷离，那杜鹃鸟儿断魂般鸣啼。看这眼前斑竹，想是那娥皇、女英前来奔丧时的一腔泪痕血迹，如今都浸透在了这翠绿色的竹枝里。

惜红衣　吴兴荷花[1]

【导读】

这是一首咏物词，是作者在孝宗淳熙十四年（1187）在湖州所作。这是作者的自度曲，不过他并不单纯去咏物，而是借咏荷花抒写作者客居他乡孤苦寂寞、思念故乡和亲人故旧的情绪。

【原文】

枕簟邀凉[2]，琴书换日[3]，睡余无力。细洒冰泉，并刀破甘碧[4]。墙头唤酒，谁问讯、城南诗客。岑寂。高柳晚蝉，说西风消息。

虹梁水陌[5]，鱼浪吹香，红衣半狼藉[6]。维舟试望[7]，故国渺天北。可惜柳边沙外，不共美人游历。问甚时同赋，二十六陂秋色[8]？

【注释】

①吴兴：即今浙江湖州。②簟（diàn）：竹席。③琴书换日：指借弹琴读书而去打发白日时光。④并刀：古时并州（今山西太原）出产的剪刀，以锋利著称。⑤虹梁：指精美的桥梁。⑥狼藉：此指荷花凋零纷乱的景象。⑦维舟：停下小船。⑧同赋：这里作“同赏”。二十六陂（bēi）：这里指众多的水塘。王安石《题西太一宫壁》诗：“三十六陂春水，白头想见江南。”

【译文】

我每天坐在竹枕席上乘凉，依赖弹琴和读书来打发白天的时光，每天昏昏沉沉的，即使睡醒了也觉得浑身疲惫没有力量。我汲取清凉的泉水细细冲洗，再用锋利的并州快刀将甘甜碧绿的瓜果切劈。我每天精心地安排着自己的生活，心中却总是孤独寂寞，不能像杜甫那样寂寞独居时隔着墙头把酒索，又有谁会来问候我这个城南诗客呢？孤寂清冷的家，窗外萧瑟。高高柳树之上哀鸣的老蝉，似乎在将秋天就要到来的消息诉说。

眼前精美的拱桥就像月牙一样，长长的湖堤下，鱼儿随波嬉戏，吹送花香，可水中那红色的荷花却在哀伤中凋落。我停下小舟，系船登岸遥望故乡，我的故乡就在那茫茫的天际北方。只可惜在这水岸沙滩边，不能与旧时的美人一同游览。想问问你，什么时候我们才能携手同赏，眼前这水乡湖塘的秋日风光？

刘仙伦

刘仙伦（生卒年不详），一名儗（nǐ）字叔儗，号招山，吉州庐陵（今江西吉安）人。与同郡刘过齐名，时称“庐陵二布衣”。布衣终生。有《招山小集》，不传。今人赵万里辑有《招山乐章》一卷，录存其词三十一首。

江神子

【导读】

这是一首抒写恋情的词。词中不写实景实事，而是通过叙说神话爱情故事，运用相关典故，采取比喻象征等方法，创造特定的意境，以回忆美好爱情来表现自己现在的感伤失落之情。

【原文】

东风吹梦落巫山①，整云鬟，却霜纨②。雪貌冰肤，曾共控双鸾③。吹罢玉箫香雾湿，残月坠，乱峰寒。

解珰回首忆前欢④，见无缘，恨无端。憔悴萧郎⑤，赢得带围宽。红叶不传天上信⑥，空流水，到人间。

【注释】

①巫山：这里代指男女欢会的场所。出自宋玉《高唐赋》中巫山神女的故事。②霜纨（wán）：代指精致洁白的细绢制品。③共控双鸾：春秋时有萧史者善吹箫，作凤鸣。秦穆公以女弄玉妻之，为作凤台以居，一夕，吹箫引凤而来，萧史与弄玉乘之升天而去。此指曾与情人共享美好时光。④珰（dāng）：耳珠。《古诗为焦仲卿妻作》："腰若流纨素，耳著明月珰。"⑤萧郎：即萧史。这里作者以萧史自比。⑥红叶不传天上信：此指红叶题诗的故事。唐朝年间，后宫的宫女人数众多，而大多数宫女，却只能一生独守空房。相传那时无数的上阳宫女在红叶上题诗，抛于宫中的流水中以寄怀幽情。

【译文】

东风把我的梦吹到巫山之上，只见梦中的她精心梳整了云鬟，但依旧身穿那件精致洁白的细绢裙衫。她有着冰一样晶莹的皮肤，雪一样洁白的容颜，我们一起骑着青鸾遨游于蓝天，享受这鸾鸟一般双宿双栖的美好时光。可我刚刚吹完玉箫一曲，湿润的香雾便四处弥漫，弯弯的月牙坠落的西边，重峦叠嶂透露着一丝清寒。

我卸下你相送给我的耳珰细细观看，回忆着我们欢爱的以前，只可惜现在的我们，却无缘再次相见，每每想到这里，就会让我怅恨无边。两地相思，不知会不会憔悴了萧郎，可我已经是变得消瘦憔悴，衣带渐宽。唉，可惜那

寄情的红叶，即使在天宫，也传不了天上的书信，只能空在那天上银河的水中缓缓流动，直到流入悲苦的人间。

蝶恋花

【导读】

这是一首代思妇抒写怀人念远之情的词。词以上片写景、下片抒情的结构成篇。全篇不但情景逼真，而且人物心理描写细致，比喻象征也很生动。

【原文】

小立东风谁共语①，碧尽行云，依约兰皋暮②。谁问离怀知几许，一溪流水和烟雨。

媚荡杨花无着处③，才伴春来，忙底随春去。只恐游蜂粘得住，斜阳芳草江头路。

【注释】

①小立：伫立了一小会儿。②依约：隐隐约约。兰皋（gāo）：长着兰草的涯岸。皋：岸。屈原《离骚》："步余马于兰皋兮，驰椒丘且焉止息。"③媚荡：娇媚、轻浮。

【译文】

我在东风中伫立了一小会儿，忽然倍感孤独，不知这大千世界谁能与我在一起倾心言语，我抬头望着那清澈的天空，行云悠悠而去，远处暮色渐浓，隐约能看见长着兰草的茫茫水岸。若是有谁来问我满怀离别的思念有多深，我想说，那就像一条长流不断的溪水和那茫茫无际的迷蒙烟雨。

娇媚浮荡的杨花随风飘扬没有固定的归宿，你看她刚刚伴随着春天到来，随后又匆匆忙忙跟着春天

一同离去。我心里只暗暗担心你一去万里不归，盼望那飞舞的蜂蝶能粘住片片飞絮，从而能为我留住一点点春意，我每天都在渴望你的归来，可我所见到的，只有那一条夕阳斜照的江头路，还有那一片芳草萋萋。

一剪梅

【导读】

这是一首叙说离别之情的词。作者就像一个高明的摄影师，将一对男女离别之时和离别之后的一个个“特写镜头”拼接在一起，表现了他们的感伤、迷茫和惆怅之情。尤其是同一时间里两个空间的对比，给人以强烈的美的感受。

【原文】

唱到阳关第四声①，香带轻分②，罗带轻分。杏花时节雨纷纷，山绕孤村，水绕孤村。

更没心情共酒樽，春衫香满，空有啼痕。一般离思两销魂，马上黄昏，楼上黄昏。

【注释】

①阳关第四声：阳关即《阳关三叠》，曲调名。第四声指其中的“劝君更尽一杯酒”。②香带轻分，罗带轻分：古时候离别之际，情人之间互赠香囊、罗带。香带：这里指香囊。

【译文】

谁料想，当唱到了《阳关三叠》的第四声“劝君更尽一杯酒”时，你我就已经面临分别了，曾记得分别时，我们互相赠送了罗带和香囊。那时正值杏花盛开的时节，飘不尽的细雨纷纷，一场离别，相思之苦如同高山环绕孤村，亦如幽幽碧水环绕孤村，源源不断。

更没有心情举起酒樽，不知该如何举杯共饮为你践行，那件熏过香的春衫，空有我不舍而泣的泪痕。你我天各一方，像这样的相思之痛，总是两人各自伤魂，黄昏降临时，你在马上把我追忆，而夕阳西下时，我正在楼上把你寻觅。

孙惟信

孙惟信（1179—1243），字季藩，号花翁，开封（今属河南）人，居婺州（今浙江金华）。弃官不仕，有声名于时。工词，有《花翁集》。

昼锦堂

【导读】

这是一首描写男女相见引发相思的词。词中所讲的主人公偶然相遇佳人，因佳人对其美目流盼便以为对自己有意，而萌生相思之情。全篇人物形象描写比较成功，画面清丽，风格婉美。

【原文】

薄袖禁寒①，轻妆媚晚，落梅庭院春妍。映户盈盈②，回倩笑、整花钿③。柳裁云剪腰肢小，凤盘鸦耸髻鬟偏④。东风里，香步翠摇⑤，蓝桥那日因缘⑥。

婵娟⑦，流慧盻⑧，浑当了、匆匆密爱深怜⑨。梦过栏干犹认⑩，冷月秋千。杏梢空闹相思眼，燕翎难系断肠笺⑪。银屏下，争信有人⑫，真个病也天天。

【注释】

①禁：禁受，禁得起。②映户盈盈：指女子在门口看街时微笑的美态。见周邦彦《瑞龙吟》词：“因念个人痴小，乍窥门户。侵晨浅约宫黄，障风映袖，盈盈笑语。”③回倩：回眸含笑的样子。倩：形容笑靥的美好。《诗经·卫风·硕人：“巧笑倩兮，美目盼兮。”钿：头上的发饰。④凤盘鸦耸：女子发髻盘旋堆垛成凤凰的发式。米芾《醉太平》词：“高梳髻鸦，浓妆脸霞。”⑤翠摇：指步摇，古代妇女首饰的一种，上有垂珠，行走则摇动，以增女子妩媚之态。⑥蓝桥：桥名，在今陕西蓝田东南蓝溪上，此指与情人相遇的地

方。唐《传奇》记载唐长庆间秀才裴航下第，途经蓝桥，渴甚，有女子云英以水浆饮之，甘如玉液。后裴航访得玉杵为聘礼，娶云英为妻。⑦婵娟：形容女子美好之态。⑧流慧眄（miàn）：形容流动如水波的目光。眄：看、望。⑨密爱：男女间亲密相爱。⑩梦过：这里指男女欢爱过后。⑪燕翎：传递书信的信使。⑫争信：怎信。

【译文】

轻薄的衣衫抵御着春寒，傍晚化的淡妆更是妩媚好看，梅花虽然已经开始凋落，但仍在庭院与春天争艳。你在门前笑盈盈倚门而立，你悠然地整理头上的发饰，还有那回眸一笑的姿态是那么的美丽。你那纤柔的腰肢像柳枝那样轻细，像云朵那般飘逸，你将秀发盘旋堆叠成凤凰一般，轻盈地向一边偏垂。东风里，你香步轻移，身上的玉佩步摇交相鸣响，叮咚清脆，好像一首轻柔的乐曲，这就是那天在蓝桥，我有缘相遇时的你。

体态美好的你，一对流动如水波的目光惹人爱怜，含情脉脉之中透着一股灵气，这全都是你我匆匆相遇便深情相爱怜惜的依据。那一刻，虽然像美梦一样稍纵即逝，但我每次见到你曾倚过的栏杆，还能清晰地记起，就连天上那轮寒月和你荡过的秋千，也都会有清晰的记忆。你那杏眼柳眉耗尽了我相思的目光，恐怕再庞大的燕翎也难系满我相思断肠的书信，更难传递我思念你的信息。银色的屏风下，怎会有人因为思念到了这般田地，真是一个害了相思、天天相思不断的大病之人。

夜合花

【导读】

这是一首描写女子思念所爱之人的词。全词声情并茂，风格幽秀，韵律谐美，是孙惟信词的代表作，也是花翁词风的典型篇目。

【原文】

风叶敲窗，露蛩吟甃[①]，谢娘庭院秋宵[②]。凤屏半掩，钗花映烛红摇。润玉暖[③]，腻云娇。染芳情、香透鲛绡[④]。断魂留梦，烟迷楚驿，月冷蓝桥。

谁念卖药文箫[⑤]，望仙城路杳[⑥]，莺燕迢迢。罗衫暗折，兰痕粉迹都销。流水远，乱花飘。苦相思、宽尽香腰。几时重恁[⑦]，玉骢过处，小袖轻招。

【注释】

①蛩（qióng）：蟋蟀。甃（zhòu）：井壁。②谢娘：唐代歌妓名，后泛指歌女。③润玉：形容肌肤像玉石一样润滑。④鲛（jiāo）绡：传说中鲛人所织的绡。亦借指薄绢、轻纱。绡：用生丝织成的薄绸。古时传说有鲛人居于海底，其所织之绡称为鲛绡。李颀《鲛人歌》："轻绡文彩不可识，夜夜澄波连月色。"⑤卖药：这里泛指隐士。古人家贫或求隐时常卖药养生。晋皇甫谧《高士传》载，汉代避世逃名的高士韩康就在市中卖药三十余年。文箫：用典唐代裴铏所著《传奇》。书中说唐太和末年有书生文箫在钟陵西山遇到仙女吴彩鸾，两人互相爱慕，彩鸾唱歌道："若能相伴陟仙坛，应得文箫驾彩鸾。"后两人最终结为夫妻。⑥仙城路杳，莺燕迢迢：形容情人居所遥远，音信难以送达。⑦恁（nèn）：那，那么。此指故地。

【译文】

凉风吹落了树上的叶子，时不时地敲打着门窗，蟋蟀冒着寒露在井壁上轻轻地吟唱，谢娘的庭院里，一派秋夜凄凉的景象。屋内那一扇绘有凤凰的屏风半掩着，红烛晃动的光线映照在金钗之上闪闪发光。玉石般光滑的肌肤是那么暖香，滑腻的秀发高耸而偏垂就像云彩一样娇美漂亮。染满芬芳的情怀，这芳香浸透了身上的轻纱绢帕，可如今这些美艳又有谁能来欣赏呢？那断魂般的思念，只有在梦中，才能在烟云缥缈的楚地驿站中，在一轮寒月高悬的蓝桥之上，任我们互诉衷肠。

是谁还在想着卖药的书生文箫，你看那通往仙境的路是多么迷茫遥远，那莺歌燕舞的地方更是千里迢迢。等待你的那段日子，我的罗衫不知何时悄悄地被磨破，香粉已懒得涂抹，所有香艳之气全消。你看那一片片花瓣纷乱地随风飘落，被流水无情地冲向远方。谁能懂我这苦苦的相思之情，可怜我日渐消瘦，早已衣带渐宽。不知你什么时候才能重回故地，你骑着玉骢马从门前经过，看我在小楼上轻摇着衣袖将你召唤。

醉思凡

【导读】

这是一首相思词，描写了闺中人的怀人念远之情。上片写闺中人夜晚做梦与心上人相会的情形及梦醒后的失落感。下片专写闺中人的相思之苦，表达了闺中人绵绵不尽的哀愁。

【原文】

吹箫跨鸾[①]，香销夜阑[②]。杏花楼上春残，绣罗衾半闲。

衣宽带宽[③]，千山万山[④]。断肠十二阑干[⑤]，更斜阳暮寒。

【注释】

①吹箫跨鸾：指与情人相聚时欢爱的情状。此典出自萧史与弄玉吹箫的故事。②香销：炉中的香已燃尽。夜阑：时间已近深夜。③衣宽带宽：形容自己的消瘦。④千山万山：这里指情人远在天涯。⑤十二阑干：形容小楼的栏杆之多。

【译文】

在梦中，我又梦到了我们一起乘坐鸾凤，吹着笙箫双双飞上蓝天，醒来的时候，炉中的香已经燃尽，香气消失在这深深的夜晚。杏花楼上，早已不是当年的情景，我们在一起相爱的痕迹都已经找寻不见，每日我一人独眠，这么宽大的绣花罗被，有一半都是空闲。

因为过度思念，我早已憔悴不堪，消瘦得连衣带也变得松宽，而你远在天涯，我们之间就像隔着千万座高山。盼你早归，我常常登高望远，那曲折幽深的小楼充满了我对你断肠般的思念，不知倚遍了多少栏杆，可眼前哪里能寻觅到你的身影，只看见斜阳西坠、黄昏风寒。

南乡子

【导读】

这是一首忆旧遣怀的词作。词中人面对璧月澄照、霜冷阑干，一曲箫声之中禁不住回忆起昔日与意中人的欢爱情景，从而感叹自己的年华流逝。全篇写得哀婉缠绵，情韵悠长。

【原文】

璧月小红楼[①]，听得吹箫忆旧游。霜冷阑干天似水，扬州。薄幸声名总是愁[②]。

尘暗鹔鹴裘[③]，裁剪曾劳玉指柔。一梦觉来三十载，风流。空对梅花白了头。

【注释】

①璧月：形容月的皎洁明亮如同圆形玉璧。②薄幸声名总是愁：语出杜

牧《遣怀》诗："十年一觉扬州梦，赢得青楼薄幸名。"薄幸：无情，多用来形容自己的情人。③鹔鹴（sù shuāng）：古书上记载的一种水鸟，长颈，其羽毛可制裘。据《西京杂记》记载，司马相如初与卓文君私奔到成都后，一度生活拮据，司马相如就把自己的鹔鹴裘拿到集市上与人换酒，与卓文君对饮清愁。

【译文】

皎洁明亮的月亮像玉璧一样挂在小红楼上空，听到远处传来一曲悲凉凄楚的箫声，让我禁不住回忆起旧日里悠游的情景。此刻寒霜冷透栏杆，天空像河水一样清冽寒凉，这一切怎能不让人想起扬州。留下那薄情的声名总是让人无尽的愁伤。

灰尘蒙盖了用鹔鹴毛做的衣裳，缝制这件衣服曾让你玉指多日劳累繁忙。一梦醒来，转眼三十年过去了，过往的风流都已成了浮云流觞。纵使旧欢难忘，可是韶华已逝，如今的我已白发苍苍，也只能面对梅花空自叹息，止不住的怅惘。

史达祖

史达祖（生卒年不详），字邦卿，号梅溪，汴京（今河南开封）人。曾经屡试不第，后为宰相韩侂（tuō）胄的堂吏，深受赏识，文书皆出其手。韩侂胄北伐失败，被杀，史达祖也受株连而被流放。其词擅长咏物，刻画精工。留有《梅溪词》。

东风第一枝　灯夕①

【导读】

这是一首感怀词，农历正月十五元宵节期间，夜晚放灯，故称灯夕，也就是元宵灯节。此词的主旨是描写这一夜京城临安（今杭州）万人狂欢、游

玩赏灯的盛况。

【原文】

酒馆歌云，灯街舞绣，笑声喧似箫鼓。太平京国多欢，大酺绮罗几处[2]。东风不动，照花影、一天春聚。耀翠光、金缕相交[3]，苒苒细吹香雾[4]。

羞醉玉、少年丰度[5]。怀艳雪[6]，旧家伴侣。闭门明月关心，倚窗小梅索句。吟情欲断，念娇俊、知人无据[7]。想袖寒、珠络藏香[8]，夜久带愁归去。

【注释】

①灯夕：这里指元宵之夜的放灯活动。②酺（pú）：聚饮。古代国家有吉庆之日时，皇帝特许臣民欢庆聚欢。绮罗：华贵的丝织品或丝绸衣服。③耀翠光、金缕相交：形容灯市上女子衣服金银珠翠，交相辉映的热闹情景。金缕，金缕衣，金线绣成的衣物。杜秋娘《金缕衣》诗："劝君莫惜金缕衣，劝君惜取少年时。花开堪折直须折，莫待无花空折枝。"④苒苒（rǎn rǎn）：柔细貌；轻柔的样子。⑤羞醉玉：指酒醉后的风采。《世说新语·容止》形容嵇康酒醉后："傀俄若玉山之将崩。"丰度：风度，神采。⑥怀艳雪：怀念旧日美丽女子。艳雪：指美丽的情人。⑦无据：不可靠。⑧珠络：缀珠而成的网络。头饰之一种。

【译文】

酒馆林立歌者如云，元宵夜集中放灯的街上随处可见穿着锦绣服饰的人，街上笑语喧天，就像千百个箫鼓在擂阵一样。太平时期的临安城充满欢乐，自从皇帝特许臣民可以欢庆后，穿着绮罗共欢宴的场面非常之多。湖面之上，东风不吹，花儿的影子也清晰地倒映在湖面之上，龙舟渔船一整天都在春色中欢聚。灯市之上，锦绣衣衫的光艳与女子佩戴的金银珠宝交相辉映，轻柔的微风袭来，顿时烟云弥漫香雾缭绕。

醉眼朦胧之中，眼前英俊的少年我羞于细看，一心想着旧时的侣伴。假如我们现在还在一起的话，应该正是携手回家一起闭门赏月，相依而立，共倚在小窗等待窗外的梅花向我们索要诗句。我要果断将沉吟的情思剪短，因为无论我再怎么思念你的娇美俊秀，知道你也不会出现在眼前。呆呆遥想，直到一阵寒意钻进袖中，才将灯放到缀有珍珠的网袋里，带着愁绪回到家中，此时已是深夜。

清商怨

【导读】

这首词又名《钗头凤》。本篇写春景动愁情，描绘了一种感旧伤怀之情。在写作方法上仿照了陆游的名作《钗头凤·红酥手》，意味深长，很值得一读。

【原文】

春愁远，春梦乱，凤钗一股轻尘满①。江烟白，江波碧，柳户清明，燕帘寒食。忆忆。

莺声晚，箫声短，落花不许春拘管②。新相识，休相失，翠陌吹衣，画桥横笛③。得得。

【注释】

①凤钗一股：凤钗原为两股，此处指分一股钗与情人。②拘管：限制，局促。③翠陌吹衣，画桥横笛：在翠绿的田间小路上让风吹拂衣裳，在美丽的小桥边纵情吹笛。

【译文】

每到春天，我的愁绪就会无限滋长，春梦也总是显得那么凌乱，原本是两股的凤钗，如今只剩下孤零零的一半，早已被尘灰落满。江岸之上白色的烟云弥漫，江面水波青碧连天，清明时节，庭户岸边都被青翠婆娑的柳枝遮掩，寒食新燕穿帘而过，栖居在画檐下呢喃耳语。这些往事，都成为了永久的记忆。

傍晚时分，夜莺声声鸣啼，远处传来的箫声为何变得那么短促，落花不允许春天管束自己，独自随风飘远。如果有机会能再次相识，我们一定不要再失去彼此，你看那田间小路上，春风依旧吹拂着春衣，在雕画的小桥边我们曾经纵情吹笛。往事虽然无限美好，只可惜已经再难寻找，罢了，罢了！

蝶恋花

【导读】

这是一首描写春思的词。此词的独特之处在于它并不是一味地实赋春景和春游之事，而是超越一般的景物描写，潇洒自如地抒发了作者自己被春景勾起的客中忆旧之情，娓娓道来，情味十足。

【原文】

二月东风吹客袂[①]，苏小门前[②]，杨柳如腰细。蝴蝶识人游冶地[③]，旧曾来处花开未？

几夜湖山生梦寐，评泊寻芳[④]，只怕春寒里。今岁清明逢上巳[⑤]，相思先到溅裙水[⑥]。

【注释】

①袂（mèi）：衣袖。②苏小：即苏小小，南朝齐时期著名歌伎、钱塘第一名伎。这里作者用来代指自己所思念的歌伎。③游冶：原指野游，后多指嫖妓。④评泊：思量，忖度。⑤上巳：节日名，汉以前以农历三月上旬巳日为上巳，魏以后定为三月三日。古人于此日在水边举行祭礼，以消除不祥。⑥溅（jiān）：洗。

【译文】

二月的东风吹进客人的衣袖，苏小小住宅的门前，长着一棵腰肢一般粗细的杨柳。野游的地方，飞来几只蝴蝶，它们好像认识我这个老朋友，我不禁问它们，过去我曾来过的这些地方，如今开花了没？

曾经有几天夜晚去湖山游赏，竟然生出许多蒙昧的想法，总是思量着要到哪里去寻觅花香，可又怕此时正是春寒季节，花儿还都没有盛开。今年的清明节恰好与上巳节相遇在同一天，因为一席相思，我决定先去她曾洗过裙子的水边，看看她今年还会不会在那里出现。

青玉案

【导读】

这是一首恋情词。写的是作者某一次泊船官河时，因春归人去而产生的对爱侣的思念之情。作者并不直抒其情，而是通过将自己与女子现在的不同环境和心情进行对比，含蓄地表达出这种相思之情。

【原文】

蕙花老尽离骚句[①]，绿染遍，江头树。日瞑酒消听骤雨，青榆钱小[②]，碧苔钱古[③]，难买东君住[④]。

官河不碍遗鞭路[5]，被芳草，将愁去。多定红楼帘影暮，兰灯初上，夜香初炷[6]，犹自听鹦鹉[7]。

【注释】

①蕙：香草名。离骚句：指屈原《离骚》："兰芷变而不芳兮，荃蕙化而为茅。"②青榆钱小：榆树未生叶前先生荚，形似钱而小，连缀成串，也称榆钱。岑参《戏问花门酒家翁》诗："道傍榆荚仍似钱，摘来沽酒君肯否？"③碧苔钱古：苔形圆如钱，又称苔钱。刘孝威《怨诗》："丹庭斜草径，素壁点苔钱。"④东君：指司春之神。⑤官河不碍遗鞭路：指情人远去。遗鞭，留下马鞭，意谓不让情人离去。崔国辅《长乐少年行》诗："遗却珊瑚鞭，白马骄不行。"⑥炷（zhù）：点燃；燃烧。⑦犹自：尚且；仍然。

【译文】

蕙草花朵都已经衰老，就不再会有香气，就像《离骚》中描述的那样化而为茅了，春天的绿色染遍了大地，江边的杨柳树也被润染得碧绿。日暮时分，我的酒意已经消尽，坐在窗前聆听骤雨敲打窗帘的声音，可是这青色的榆钱像铜钱那么小，苔藓又像古钱一样古老，恐怕很难买得司春之神归去的心意。

官河不停地流淌，却不能阻住你归去的路，更不能使你的马鞭在路上遗失，你还是无情地离去，芳草已掩遮了你的足迹，也将那么多的愁绪带去。此时此刻，你或许会在红楼中，站在夕阳余晖的帘影里，兰灯刚刚摆上，夜香也刚刚燃起，而你仍然在香暖灯明的闺房里聆听鹦鹉学语。

高观国

高观国（生卒年不详），字宾王，号竹屋，山阴（今浙江绍兴）人。与史达祖、陆游等交游唱和。甚有名于时。词尚清丽，缠绵婉艳。有《竹屋痴语》一卷。

齐天乐

【导读】

这是一首思旧怀人的词。词中人客居他乡，通过回忆往事，流露出对旧时恋人的深切怀念。此词风格缠绵婉艳，写法上仿效最长于表现这一题材的柳永，而又有自己细巧含蓄、精工俊秀的特色。

【原文】

碧云缺处无多雨[①]，愁与去帆俱远。倒苇沙闲，枯兰溆冷[②]，寥落寒江秋晚[③]。楼阴纵览。正魂怯清吟，病多依黯[④]。怕挹西风[⑤]，袖罗香自去年减。

风流江左久客[⑥]，旧游得意处，珠帘曾卷。载酒春情，吹箫夜约，犹忆玉娇香怨。尘栖故苑。叹璧月空檐，梦云飞观[⑦]。送绝征鸿，楚峰烟数点。

【注释】

①碧云：喻远方或天边。意同云霄，多用以表达离情别绪。②溆（xù）：水边。③寥落：寂寥、冷落。④依黯：心情黯然伤感。⑤挹（yì）：舀；牵引；拉。⑥江左：江东，即长江下游地区。⑦观（guàn）：指楼阁。

【译文】

远在天边那些雨云飘不到的地方，不会有太多的雨，只因忧愁都随着白帆飘远到天边。因为天气干旱，芦苇和兰草都纷纷枯萎倒下，水边小洲也因此变得冷清孤寒，在这萧瑟的晚秋时节，眼前只剩下寂寥空旷的江水汹涌而去不再回还。我登上高楼纵目远看，心中顿时无限伤感。现在心中最畏惧听到清吟的诗言，那会让我对你徒增伤情的思念。我更怕西风灌进我的衣袖，因为我的衣袖上沾满了你的香气，可是自去年起，那香气还在一点一点地消减。

在江东寓居，不经意间竟做了多年的风流客，而在我过去游玩最得意的去处就是你的房间，你曾多次为迎接我而把珠帘高卷。我曾经与你一起在春日里乘船载酒欢歌对饮，也在月下相伴吹箫，至今我还记得你那扑鼻的香气和故作娇嗔的容颜。如今，旧时栖居的花园已洒满尘土。感叹那一轮圆月空悬在房檐，而那月下的美人已经不见，只能在梦中随云飞进楼中与你相欢。我目送远征的大雁，不惜将愁肠望断，年年鸿雁归来却也没有看到你传来的音信，只看到楚地数点山峰上那淡淡的云烟。

玉楼春 宫词

【导读】

这是一首反映宫女生活的词。作者用含蓄的笔调和暗示的手法反映出了宫女孤独寂寞的生活，以及她们悲苦的命运。此词虽然算不得有新意，但用语工整、温婉，情调也比较清雅耐读。

【原文】

几双海燕来金屋[①]，春满离宫三十六[②]。春风剪草碧纤纤，春雨浥花红扑扑[③]。

卫姬郑女腰如束[④]，齐唱阳春新制曲[⑤]。曲终移宴起笙箫，花下晚寒生翠縠[⑥]。

【注释】

①金屋：此处指华丽的宫室。②离宫三十六：形容宫室众多。离宫：帝王正式宫殿以外的宫室。③浥（yì）：湿润。④卫姬郑女：春秋时卫郑二国多产美女，此处指美貌的宫女。腰如束：形容宫女腰肢的柔软纤细如同刻意捆扎的一般。束：捆扎成把或聚集成条状的东西。⑤齐唱阳春新制曲：指宫内唱起新制的乐曲。⑥翠縠（hú）：绿色绉（zhòu）纱制成的跳舞的衣服。縠：绉纱一类的丝织品。

【译文】

几对海燕飞进了华丽的宫室，皇宫宫殿以外的宫室数不胜数，每一处都充满着春意。春风将柔软的小草修剪得碧绿纤细，春雨将宫中的红花润湿，显得更加红扑扑，惹人着迷。

宫中的宫女们个个貌美如花，腰肢柔软如同刻意捆扎的花束，她们一起唱着宫中新制作的乐曲。曲终时，还要来到更换好的宴席之上，奏起笙箫乐曲，开始在花丛树下穿着轻薄的绿纱衣翩翩起舞，尽管晚上天气是那么的寒冷，寒气早已穿透了绿纱衣。

思佳客

【导读】

这是一首闺怨词，写一个青春萌动的闺中少女如花初绽的恋情。全篇笔墨灵动，形象鲜明，心理描写细致，语言新鲜活泼，不愧是闺情词中艳而不俗的精品。

【原文】

剪翠衫儿稳四停①，最怜一曲凤箫吟②。同心罗帕轻藏素③，合字香囊半影金④。

春恩悄，昼窗深，谁能拘束少年心？莺来惊碎风流胆，踏动樱桃叶底铃⑤。

【注释】

①四停：四边。这里指衣服大小、长短正合身。②凤箫：此处引用萧史与弄玉的故事，比喻男女欢爱的场景。③同心罗帕：绣有连环回文样式的罗帕，用作男女相爱的象征。轻藏素：指罗帕中藏有情人的书信。④合字香囊：一对儿香囊各绣半字，合在一起成为一个字，情人各拿一半，分作留念。半影金：指香囊中隐约透着情人赠送的金钗首饰。⑤铃：指护花铃，古人为阻止鸟鹊啄食花或果，常用红丝绳缀以金铃，系于花梢上，当鸟鹊飞来时，牵动红绳以惊之。

【译文】

我剪裁缝制了一件浅翠色的衣衫，做得胖瘦、长短正合适，本是春心萌动的豆蔻年华，却最怕听到凤箫传情的歌声。我不想让我的心思被别人知道，于

是便将那绣好的同心罗帕藏起，素面向外，合字香囊贴身保管，偶尔窥见也只露半边金线的影。

一阵春风吹过，我在悄悄地思春，尽管白天时门窗紧闭，闺房幽深，但什么也拘束不住一颗青春少女求爱的心。与情人私下里约会定终身，一只夜莺突然飞过，吓破了我的风流胆，慌乱寻找藏身的地方，直碰得樱桃树上拴系的铃铛乱响。

谒金门

【导读】

这是一首闺怨词。此词从女子的角度着眼，写男女离情别恨，写得缱绻缠绵，含蓄感人。作者将词中女子的孤单哀怨通过雨、花，采用拟人化的手法充分表现出来，这也是本篇的成功之处。

【原文】

烟墅暝[①]，隔断仙源芳径[③]。雨歇花梢魂未醒，湿红如有恨[③]。

别后香车谁整[④]？怪得画桥春静[⑤]。碧涨平湖三十顷，归云何处问[⑥]。

【注释】

①暝（míng）：黄昏。②仙源：神仙住的地方，这里指情人的居所。③湿红：指雨中的落花。④香车：女子所乘之车。⑤怪得：怪不得，难怪。⑥归云何处问：指情人离去，不知踪迹。

【译文】

黄昏后，雾烟笼罩着小楼，阻断了通往仙境的芬芳路径。雨停了，花枝树梢依然惊魂未定，都还没有清醒，只因那雨水太湿重，淋湿的花朵都显得娇弱无力低下了头，仿佛心中充满很重很重的怨恨。

一场分别后，不知那出游的香车由谁来备整？也难怪画桥旁边没有了往日携手出游的恋人，浓郁的春天也显得出奇的寂静。连平湖千顷的碧波都已经上涨了，可那归来的云朵，究竟在何处，我该向谁去询问！

刘镇

刘镇（生卒年不详），字叔安，号随如，学者称“随如先生”。南海（今广东广州市）人。宁宗嘉泰二年（1202）进士。尝谪居三山二十余年。与弟镕、铎俱以文名。工词。刘克庄曾作《跋刘叔安感秋八词》以盛赞之。有《随如百咏》，已佚。词有赵万里辑本。

玉楼春　东山探梅[1]

【导读】

这是一首咏梅词，是作者在临安所作。所写是去杭州东山探梅的所见与所感，重心在一个“探”字。通过景物描写烘托渲染环境的效果，抒发了失去的青春已经无法追回的慨叹，达到了行文目的。

【原文】

泠泠水向桥东去[2]，漠漠云归溪上住[3]。疏风淡月有来时，流水行云无觅处。

佳人独立相思苦，薄袖欺寒修竹暮[4]。白头空负雪边春，著意问春春不语[5]。

【注释】

①东山：南京、杭州均有东山，此处指杭州的东山。②泠泠（líng）：形容声音清越，此指清越的流水声。③漠漠：云烟密布的样子；广漠而沉寂。④佳人独立相思苦，薄袖欺寒修竹暮：化用杜甫《佳人》诗：“天寒翠袖薄，日暮倚修竹。”⑤著意：执意，特意。

【译文】

清越的溪水向桥东方向流去，广漠而沉寂的行云悠闲地归去，在溪水上空漂浮。清风和淡月交替往来很有规律，而行云和流水却难以探寻到它们的归处。

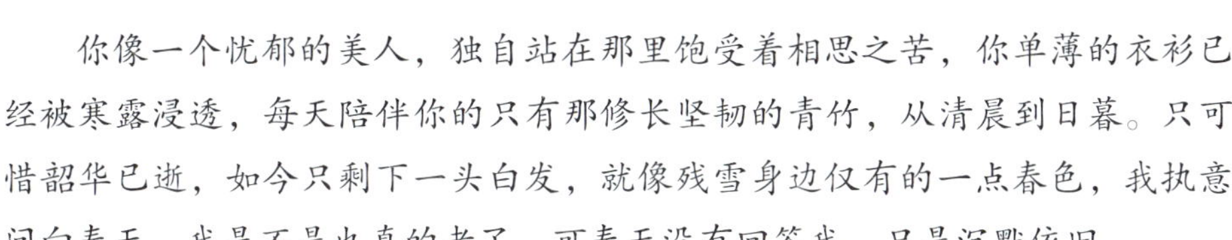
你像一个忧郁的美人，独自站在那里饱受着相思之苦，你单薄的衣衫已经被寒露浸透，每天陪伴你的只有那修长坚韧的青竹，从清晨到日暮。只可惜韶华已逝，如今只剩下一头白发，就像残雪身边仅有的一点春色，我执意问向春天，我是不是也真的老了，可春天没有回答我，只是沉默依旧。

张辑

张辑（生卒年不详），字宗瑞，号东泽，又号庐山道人、东泽诗仙、东仙等。鄱阳（今属江西）人。张履信之子。尝结屋庐山，与冯去非等人交往甚密。得诗法于姜夔，作词也走姜夔一路。所作词多以篇末之语另起调名。有《欸乃集》《东泽绮语绩》传世。

疏帘淡月

【导读】

这首词又名《桂枝香》。这是一首悲秋之词，全文通过刻画由秋雨、秋声、秋风、秋气、秋露、秋月等所构成的容易伤情的景物特色，抒发了一种被秋天触发的羁旅之愁、蹉跎之恨与思乡之情。

【原文】

梧桐雨细。渐滴作秋声，被风惊碎。润逼衣篝①，线袅蕙炉沉水②。悠悠岁月天涯醉。一分秋，一分憔悴。紫箫吹断，素笺恨切③，夜寒鸿起④。

又何苦、凄凉客里⑤。负草堂春绿，竹溪空翠。落叶西风，吹老几番尘世。从前谙尽江湖味⑥。听商歌⑦，归兴千里。露侵宿酒，疏帘淡月，照人无寐。

【注释】

①衣篝（gōu）：薰衣用的薰笼。陆游《秋怀》诗："不惜衣篝重换火，却缘微润得香多。"②线袅蕙炉沉水：香炉中的烟雾呈线状缓缓升起。沉

水：沉水香，一种名贵的香料，燃烧用以薰衣和去居室秽气。③素笺（jiān）：信笺。④夜寒鸿起：此处作者以夜间的大雁来比喻自己孤单寂寞的状态。语出自苏轼《卜算子》："时见幽人独往来，缥缈孤鸿影。"⑤客里：指漂泊他乡客居。⑥谙（ān）：熟悉；尝，经历，经受。范仲淹《御街行》词："残灯明灭枕头攲（qī），谙尽孤眠滋味。"⑦商歌：借指悲凉的歌。

【译文】

窗外下起了绵绵细雨，声声敲打着梧桐。这慢慢滴落的滴滴答答声，就像是秋天被风撕碎的呻吟声。屋内，竹熏笼上熏烤着衣服，那微微的润泽便可得香，燃烧着沉香的铜炉缓缓升起线状的香雾，袅娜缥缈。岁月悠悠而过，可我大部分时间却都是流浪天涯，昏昏沉醉。每经过一次秋天，我的身心就憔悴一次。积压在心中的忧怨，即使紫箫吹断了也是无济于事，素绢纸上依旧布满了怨恨切切的话语，夜晚的寒空中，一只孤单的大雁向南飞去，在夜空中留下声声哀啼，我心中也随之更加悲凄。

我这又是何苦要在异乡漂泊客居而不回归故里。如此既辜负了故乡草堂外的春色绿意，又丢掉了欣赏清澈的溪水与竹林翠透的快乐。西风吹落了一片片树叶，也吹老了我的人生岁月。从前我已尝尽了漂泊江湖的艰辛滋味。如今又听到了这细雨敲击秋叶的悲凉歌声，怎能不萌发我千里归乡之心呢。露水浸湿了我的衣服，昨夜醉酒后到现在还没清醒，只见稀疏的门帘透来暗淡的月光，照得人思乡心切，更加无法入睡。

山渐青

【导读】

本篇原调名是《长相思》，作者取篇末几字，改名《山渐青》。词以清疏之笔，抒写羁旅行役的孤独落寞之感。行文之中，虽语短却情长，清新感人。

【原文】

山无情，水无情，杨柳飞花春雨晴。征衫长短亭①。

拟行行，重行行②，吟到江南第几程。江南山渐青。

【注释】

①长短亭：过了一亭又一亭，这里指路途遥远。庾信《哀江南赋》："十里五里，长亭短亭。"亭：古时设置在路边以供旅人休息、饯别的亭子。②拟行行，重行行：指旅人行踪不定，四处漂泊。这里用《古诗十九首》"行行重行行，与君生别离"句意。拟：打算。

【译文】

山是无情的，水也是无情的，一路之上，我穿过杨柳飞花的迷蒙，从春雨纷纷到天晴。征路遥遥，我的衣衫不知磨破了几件，就这样走过了一个驿亭又一个驿亭。

计划着一步一步地走，重又一步一步地前行，就这样孤孤单单地四处漂泊，一路吟咏到江南，不知走了第几程。不是我的双脚会认路，而是越往江南方向走，山越青。

谒金门

【导读】

此词为代言体。写的是闺中女子的怀人念远之情。上下两片各用一个典故，以状思妇思念之情。通篇除了使用语典准确生动之外，以春日景物烘托情感的浓郁也是值得学习借鉴的。

【原文】

花半湿，睡起一帘晴色。千里江南真咫尺①，醉中归梦直②。

前度兰舟送客③，双鲤沉沉消息④。楼外垂杨如此碧，问春来几日⑤。

【注释】

①咫尺：距离很近。咫：长度单位，周代八寸为一咫。②直：到，抵达。③兰舟：小舟的美称。④双鲤：古人用鲤鱼代指书信。《饮马长城窟行》："客从远方来，遗我双鲤鱼。呼儿烹鲤鱼，中有尺素书。"⑤楼外垂杨如此碧，问春来几日：楼外的柳树如此碧绿，不知春天已经来了多少日了。此是叹息春天如此美好，而自己的心上人仍没回来。

【译文】

昨夜下了一场雨，花朵被淋得半湿，今晨一觉醒来，看见帘外满是温暖的晴空亮色。看到如此美景，忽然觉得千里之外的江南就真实地近在咫尺，而酣醉之中来到梦里，江南的风光就更是直接来到了眼前。

前段时间，我用小兰舟送客人离去，就再也没有收到客人寄回来的消息。我终日惦记，无心观看外面的景色，直到忽然见到高楼外的垂杨柳已经如此碧绿，才意识到春天已经来了很久，连忙问春天，你是何时来到的这里？

念奴娇

【导读】

这是一首咏景抒情词。主要描写了秋日西湖的美丽风光和作者游湖的欢乐之情，造境优美而层次井然。通篇清新隽雅，是典型的"白石派"作品，也是南宋中后期典型的风雅词风。

【原文】

嫩凉生晓，怪得今朝湖上[①]，秋风无迹。古寺桂香山色外[②]，肠断幽丛金碧[③]。骤雨俄来，苍烟不见，苔径孤吟屐[④]。系船高柳，晚蝉嘶破愁寂。

且约携酒高歌，与鸥相好，分坐渔矶石[⑤]。算只藕花知我意[⑥]，犹把红芳留客。楼阁空蒙[⑦]，管弦清润，一水盈盈隔[⑧]。不如休去，月悬良夜千尺。

【注释】

①嫩凉：微寒。今朝：此刻。②古寺：这里指杭州的灵隐寺。③金碧：指远处的古寺金碧辉煌。④俄：忽然，顷刻。吟屐（jī）：发出响声的鞋。屐，木鞋。⑤矶：水中积石或水边突出的岩石。⑥藕花：这里指荷花。⑦空蒙：模糊不清的样子；隐隐约约。⑧盈盈：丰满；晶莹清澈的样子。

【译文】

一般微凉的寒意袭来，都是在清晨拂晓时分，难怪此刻这平静幽碧的湖面之上，毫无秋风吹动的痕迹。古寺就在桂花香气浓郁的青山边上，那里的羊肠小道曲曲折折，丛林幽深，簇拥着金碧辉煌的殿宇。一场骤雨突然来临，又顷刻间如同苍茫的烟云消散不见踪迹，长满苔藓的潮湿路上，只有木鞋踩踏地面发得出“吱吱叽叽”。我把小船拴系在一棵高大的柳树上，此刻岸上空寂无人，只有晚蝉的鸣叫声打破了这里的愁闷与空寂。

暂且相约几个好朋友携带美酒在此开怀畅饮，纵情高歌，飞来几只鸥鹭与我们遥遥相对，各占着一处江边的石头。只可惜这些鸥鹭不懂我，算来算去也只有眼前的荷花能知道我的心意，这些荷花开得娇红艳丽，还把芳香徐徐相送，让我的客人因迷恋它们而久久不愿离去。对岸的楼阁隐隐约约传来清润的管弦音乐，只可惜被这一道晶莹清澈的湖水，就把我们分隔了两地。我想不如今夜就留在这里不要归去，你看，那静谧的夜空上一轮高悬的明月，是多么的美丽。

祝英台近

【导读】

这是一首抒发离别之情的词。此词叙写作者与一位女子依依不舍的别情。上片回顾与女子相处所度过的美好春光，惋惜好事不能长久，料想不到暮春时节便面临分别；下片设想分别之后，山长水远，双方都感到无可奈何，只能两地相思。

【原文】

竹间棋，池上字，风日共清美。谁道春深，湘绿涨沙觜[①]。更添杨柳无情，恨烟颦雨，却不把、扁舟偷系。

去千里，明日知几重山，后朝几重水。对酒相思，争似且留醉[②]。奈何琴剑匆匆[③]，而今心事，在月夜、杜鹃声里。

【注释】

①湘绿：湘水以碧绿著称，这里形容湖水像湘水一样碧绿。沙觜（zuǐ）：即“沙嘴”，沙洲的入口处。觜：通“嘴”。②争似：怎似。③琴剑匆匆：意为相聚匆匆，转眼又将离别。琴剑：代指自己的漂泊生涯。

【译文】

曾记得，我们一起在竹林间下棋，在池塘边写字，在风和日丽的天气里一起享受大自然的美好清丽。可谁料想就在春意正浓时，在碧绿的春水涨到沙洲入口处的时候，你便乘舟自此远离。更是增添了我对杨柳如此无情无义的怨恨，平时你只知道恨烟雾怨阴雨，这个时候却不帮我将那扁舟偷偷地紧系，从而让她无法离去。

你这一去就是千里之别，不知道你明天又要翻过几座山，不知道你后天又要渡过几重水。我只能借酒浇愁，空对着酒杯长寄相思，我多希望自己就这么长醉不醒，只因清醒之时痛苦万分，怎似这昏昏沉醉之中？奈何你就那么匆匆地离我而去，却带走了我无尽的思念，而如今我的心事，都藏在了这惨淡的月夜里，还有那杜鹃的声声哀鸣之中。

卷三

刘克庄

刘克庄（1187—1269），字潜夫，号后村。莆田（今属福建）人。以荫入仕，理宗淳祐六年（1246）赐同进士出身，官至龙图阁学士。工诗，为“江湖派”重要作家。词学辛弃疾，喜作壮语，词笔豪荡奔放，慷慨激越。有《后村先生大全集》。词集名《后村长短句》，或称《后村别调》。

卜算子　海棠为风雨所损

【导读】

刘克庄是南宋后期的爱国志士，他遗世独立，耿介不群，因此不被当时的政党所喜欢，经常遭到弹劾和贬谪，政治生涯的阴晴冷暖使他不得不将心情发泄在诗词之中，本篇就是其中一首。全词构思精巧，语句清丽自然，耐人寻味。

【原文】

片片蝶衣轻①，点点猩红小②。道是天工不惜花③，百种千般巧。

朝见树头繁，暮见枝头少。道是天工果惜花，雨洗风吹了。

【注释】

①蝶衣：形容海棠花瓣轻盈如蝴蝶双翅。②猩红：似猩猩血的深红色。陆游《花下小酌》诗：“柳色初深燕子回，猩红千点海棠开。”③天工：即天公，大自然。黄庭坚《蜡梅》诗：“天工戏剪百花房，夺尽人工更有香。”

【译文】

海棠花瓣片片灵动，就像蝴蝶的翅膀一样轻盈，花朵星星点点，小巧玲珑，颜色像猩猩血一样深红。看来大自然格外垂爱海棠花。有道是，倘若天公不怜惜这花儿，怎么会给予它们这般千娇百媚的娇巧玲珑。

清晨观看海棠花儿枝叶繁茂，等到傍晚时分，枝头上的海棠花儿便开始稀疏减少。看来大自然有时候也不爱惜海棠花。有道是，如果是真心爱惜它，就不会让它经受风吹雨打了。

清平乐

【导读】

这首词委婉温柔，是典型的“女儿”词。作者将一个舞姬的曼妙身姿和温柔性情写得活灵活现，惹人怜爱。

【原文】

（序）**顷在维扬，陈师文参议家**[1]**舞姬绝妙，为赋此词**。

宫腰束素[2]，只怕能轻举。好筑避风台护取[3]，莫遣惊鸿飞去[4]。

一团香玉温柔，笑颦俱有风流。贪与萧郎眉语[5]，不知舞错伊州[6]。

【注释】

①维扬：扬州。陈师文：作者的朋友。参议：幕官。②宫腰束素：形容女子纤细的腰。束素，洁白的轻丝。③避风台：相传汉赵飞燕身轻不胜风，汉成帝怕她被风吹入水中，故为其筑七宝避风台来保护她。④惊鸿：形容女子体态轻盈，身体如飞翔的大雁。曹植《洛神赋》：“翩若惊鸿，婉若游龙。”⑤萧郎：泛指意中人，这里指作者。眉语：眉目传情。⑥伊州：曲调名，商调大曲。白居易《伊州》诗：“老去将何散老愁，新教小玉唱伊州。”

【译文】

（序）那时我在扬州做客，酒宴上，好友陈师文参议家的舞姬献舞，舞技容颜堪称绝妙，故而写下此词以记之。

只见眼前的女子，纤细的腰如同一束洁白的轻丝，轻盈柔美，恐怕用手轻轻一举便能将她举起来。最好是应该为她建一个避风台，然后将她好好保护起来，不要让大风将她吹入水中，你看她那婀娜多姿的体态是多么轻盈，我真担心她跳舞时舞着舞着便会像受惊的雁儿一样飞离而去。

她的样貌温柔可爱，就像一块软软的香玉，无论是一颦一笑都透着风流，简直令人着迷。我目不转睛地欣赏她的柔美，而她只顾与萧郎我眉目传情，浑然不知自己一不留神竟然跳错了《伊州》这支舞曲。

生查子 灯夕戏陈敬叟[1]

【导读】

这是一首颇有风趣的调侃友人的词，其所以题为“戏赠”。是因为陈敬叟这个人原本十分旷达，而且才华横溢，但中年之后心理却不平衡了，大有改变，所以作者要打趣他一下。

【原文】

繁灯夺霁华[2]，戏鼓侵明发[3]。物色旧时同[4]，情味中年别[5]。

浅画镜中眉，深拜楼中月。人散市声收，渐入愁时节。

【注释】

①陈敬叟：即陈以庄，名敬叟，号月溪，是作者的朋友。②霁华：月光。③明发：指天刚亮。有本作“明灭”。④物色：景物，景色。⑤情味：情趣，心情。中年别：进入中年而改变。暗用《世说新语·言语》中谢安语：“中年伤于哀乐，与亲友别，辄作数日恶。”

【译文】

夜晚繁华璀璨的节日灯光胜过了月光，表演杂戏的锣鼓喧天，一直敲打到天明。今年元宵节的景物和往年的相同，只是人到中年竟是大有不同，情趣玩味都已经没有了年轻时的心情。

对着镜子，描了描淡淡的眉，然后再去深拜楼外的月亮。等到街市上的人都散去了，锣鼓喧天的喧闹声全部收尽，人生恐怕也就渐渐陷入了愁苦之中。

吴潜

吴潜（1196—1262），字毅夫，号履斋，宣城宁国（今属安徽）人。宋宁宗嘉定十年（1217）进士第一，官至左丞相兼枢密使，封许国公。以论丁大全等人之奸，贬循州安置，后死于贬所。能词，《四库全书总目提要》评云：“激昂、凄厉兼而有之，在南宋不失为佳手。”有《履斋诗余》等。

满江红　金陵乌衣园①

【导读】

这首词作于宋理宗端平元年（1234年）的寒食、清明两节期间，当时作者在建康（今江苏南京）任淮西财赋总领，与其兄吴渊同游乌衣园，写下此作。全词有沉郁顿挫之感，感情的抒发由隐到显，逐步展开，含蕴深远，颇耐人寻味。

【原文】

柳带榆钱，又还过、清明寒食。天一笑、满园罗绮②，满城箫笛。花树得晴红欲染，远山过雨青如滴。问江南、池馆有谁来，江南客。

乌衣巷，今犹昔。乌衣事，今难觅。但年年燕子，晚烟斜日。抖擞一春尘土债③，悲凉万古英雄迹。且芳樽、随分趁芳时④，休虚掷。

【注释】

①金陵乌衣园：地名，在今南京市东南。东晋时王导和谢安等名门望族所居之地。②天一笑：指天晴。罗绮：华丽精美的衣饰。此借指来园中游玩的仕女。③抖擞：抖动，振动。④随分：随便。李清照《鹧鸪天》词：“不如随分尊前醉，莫负东篱菊蕊黄。”

【译文】

柳树的枝条长得就像带子一样随风飘拂，榆荚繁茂，又一年的清明节和寒食节过去了。天一放晴，只见满园来游玩的仕女们穿着华丽精美的锦绣衣裙，满城飘扬着笛曲笙歌。在阳光的照耀下，满树的红花开得十分艳丽，就像染红的一般，远处的群山，细雨过后显得更加青翠欲滴。试问江南，还会有谁来这乌衣园流连忘返，或许只有我这个江南的客人。

如今乌衣巷的景致，还似往昔。可乌衣巷中的往事，今日却难以寻觅。所能看到的，也只有年年春来秋去的燕子，以及苍茫暮色中斜落的残阳。我来这里游玩，本想抖掉为官时的杂尘烦忧，可此情此景，却为古今沧桑、英雄已去而又生发了无尽的忧郁和悲伤。且让我端着酒杯尽情地随意畅饮，趁着这芳华还在，不要虚度了这花红柳绿的大好时光。

南柯子

【导读】

这首词抒发的是一种惜春之情。虽然此词只是一首小令，但语句酣畅、生动且形象，特别是其中的一句“杨柳系春风”成为了千古绝唱，至今仍为后人吟诵不已。

【原文】

池水凝新碧，阑花驻老红[①]。有人独倚画桥东。手把一枝杨柳、系春风。

鹊伴游丝坠，蜂粘落蕊空。秋千庭院小帘栊[②]。多少闲情闲绪、雨声中[③]。

【注释】

①老红：即将凋谢的暗红色花朵。②帘栊（lóng）：指窗帘。栊：窗户上的棂木。③闲情：闲散的心情。闲绪：与正事无关的思绪。

【译文】

因为春天的到来，池塘的水凝练成崭新的碧绿，花栏中伫立着即将凋零的花朵，还依然挂着残红。有人独自倚着画桥东面的栏杆。手中拿着一枝杨柳丝，幻想着能拴住春风。

飘拂的游丝被喜鹊冲乱，相伴在一起坠落，被蜜蜂采摘过的花蕊空空，花朵也都已落尽随风。庭院中的小秋千静静地呆立在那里，遥望着高楼轩窗上的小帘栊。如今有多少闲情闲绪都飘落在细雨敲窗的寂寥之中。

尹焕

尹焕（生卒年不详），字惟晓，号梅津，福州长溪（今属福建）人，寓居山阴（今浙江绍兴）。宁宗嘉定十年（1217）进士。理宗淳祐年间（1241—1252），累官朝奉大夫太府少卿兼尚书左司郎中兼敕令所删定官。与吴文英唱和。有《梅津集》，已佚，传词仅本书所录三首。

霓裳中序第一　茉莉

【导读】

这是一首吟咏茉莉花的词。作者将拟人手法贯通全篇，由形及神，将花的特点描写得形象生动。全词意境凄美，风格纤巧幽丽，虽有一种幽怨之气，但并不令人感到忧伤。

【原文】

青颦粲素靥①，海国仙人偏耐热②。餐尽香风露屑。便万里凌空，肯凭莲叶。盈盈步月，悄似怜、轻去瑶阙③。人何在，忆渠痴小④，点点爱轻撧⑤。

愁绝，旧游轻别。忍重看、锁香金箧⑥。凄凉今夜簟席，怕杳杳诗魂，真化风蝶⑦。冷香清到骨。梦十里、梅花霁雪。归来也，厌厌心事⑧，自共素娥说⑨。

【注释】

①粲（càn）：鲜明；美好。靥（yè）：酒窝。②海国仙人偏耐热：这里将茉莉比喻成是海上来的仙子，却能忍受人间的酷热。③瑶阙：指月宫。④渠：第三人称代词，此指茉莉。⑤撧（juē）：折断。⑥锁香金箧：把茉莉花瓣珍藏在箱中。金箧（qiè）：闺房中的首饰箱子。箧：小箱子。⑦簟席：指的是竹席。风蝶：蝴蝶。⑧厌厌：即“恹恹”，精神不振的样子。⑨素娥：这里指月宫里的嫦娥。

【译文】

青绿色的茉莉花叶好像美人微微皱起的黛眉，洁白的茉莉花朵宛如美人的一张笑脸，她就像是从海上飘来的仙子，偏偏又能忍受极致的酷热。茉莉花仿佛是喝尽了世上的香风和晶莹的甘露玉汤，不然她的气息怎么会如此芳香。她的香味悠远，能够飞跃万里以外的长空，当飘浮在杯中时，却宛如一朵依靠在莲叶上的小小芙蓉。她仿佛是一位在月宫中轻盈漫步的仙女，悄无声息、又十分惹人爱怜地轻轻飘入仙宫。可是她为何会飘落到人间？想必是她太过娇小痴情，不懂世风险恶，只因为别人的一点点喜爱，就这么轻易地被人折取了。

真为她感到愁苦，轻易地离别了她的故土。我不忍心再看到她如今的境遇，那么芳香，那么美的茉莉花瓣竟然被锁藏在箱子中。今夜，我将在竹席上陪着茉莉花度过凄凉的一夜，我怕那杳远而难以捉摸的诗魂，真的会化作蝴蝶飞远。茉莉花清幽冷傲的香气，也早已沁入我的骨子里。如今在我十里之长的梦境之地见到她，她就像梅花在雪后初晴之中伫立。我躺在凉爽的竹席上，暗暗将茉莉花召唤，归来吧，请将你心中那不尽的愁苦心事，独自同月宫里的嫦娥慢慢诉说。

眼儿媚

【导读】

这是一首咏柳抒情词。全词以咏柳为主题，利用拟人的手法，将柳树的柔之美转换成了女人之美，使柳树像美人一样风致可人。并由柳及人，暗写两地离别的相思之情。

【原文】

垂杨袅袅蘸清漪①，明绿染春丝。市桥系马，旗亭沽酒，无限相思。

云梳雨洗风前舞，一好百般宜。不知为甚，落花时节，都是颦眉②？

【注释】

①袅袅：修长柔弱的样子。②颦（pín）眉：皱眉。

【译文】

垂杨柳修长的枝条袅袅娜娜地轻拂水面，蘸起了一圈圈清澈的涟漪，春天的温暖将它的每一根枝条都染得鲜绿。我将我的马拴在街市尽头的桥旁，来到旗亭中买酒畅饮，尽享酒中的情趣，抬眼见酒楼外两旁的杨柳互相对视，似乎彼此有无限相思的寄语。

看这杨柳正值春风得意，白云为她梳理长发，春雨为她洗浴柔媚的身体，尽情地在风前翩翩起舞，一身美好百般合宜的娇美，总是那么令人陶醉。可

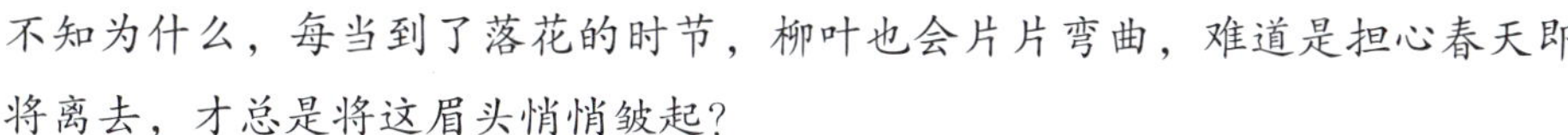

不知为什么，每当到了落花的时节，柳叶也会片片弯曲，难道是担心春天即将离去，才总是将这眉头悄悄皱起？

唐多令　苕溪有牧之之感[①]

【导读】

这首词写的是一段恋爱故事。本篇从一开始便展开铺叙，并作了一定的细节描写，因此本篇有一定的叙事性特征。通过叙事来抒情，使这首词在表现手法和艺术风格上显得别具一格。

【原文】

蘋末转清商[②]，溪声共夕凉。缓传杯、催唤红妆。慢绾乌云新浴罢[③]，裙拂地、水沉香。

歌短旧情长，重来惊鬓霜。怅绿阴、青子成双[④]。说着前欢佯不睬[⑤]，飏莲子、打鸳鸯[⑥]。

【注释】

①苕（tiáo）溪：在浙江省北部，浙江八大水系之一，是太湖流域的重要支流，由于流域内沿河各地盛长芦苇，进入秋天，芦花飘散水上如飞雪，引人注目，当地居民称芦花为“苕”，故名苕溪。牧之：指杜牧。《太平广记》记载：唐代诗人杜牧曾游湖州，路遇一绝色女子，以重币聘之，并与之曰：“十年不来，从他适。”十四年后杜牧始归，则该女子已嫁人三年，并生二子，杜牧赋诗一首：“自去寻春去较迟，不须惆怅怨芳时。狂风落尽深红色，绿叶成阴子满枝。”②蘋（pín）：一种蕨类植物，生在浅水中，也叫田字草。商：商声，这里指秋声。古时候以宫商角徵（zhǐ）羽为“五声”，秋属商，故称。③绾（wǎn）：将头发盘绕打成结。形容女子乌黑的头发。④怅绿阴、青子成双：指所爱女子已有归宿，且有子女。⑤佯（yáng）：假装。⑥飏（yáng）：同“扬”，扬起。

【译文】

秋风从蘋叶下吹起，簌簌之声转化成了凄清的商音，溪水流动的声响与黄昏一起送来了阵阵寒凉。我缓缓地端起酒杯，频频催唤歌女换红装。终于，她沐浴后缓步而来，只见她将乌黑的头发盘绕高绾，仿佛一朵漂浮的云，一身飘逸的长裙拖地，身上散发着的香气，正是淡淡的水沉香。

她唱歌的时间虽然很短，可我旧日的深情却依旧绵长，多年后再次来到此地与她相逢，惊讶地发现她的双鬓已经变白如霜。我无比怅恨啊，只恨那绿树长大会有树荫，可叹自己所爱的女子有了归宿，已经儿女成双。谈起以前欢爱的情事，她故意装作听不懂的样子而不去理睬，只是扬起手中的莲子，恨恨地追打那一对戏水的鸳鸯。

赵以夫

赵以夫（1189—1256），字用父，号虚斋，长乐（今属福建）人，宋室后裔。宁宗嘉定十年（1217）进士。历知邵武军、漳州，有政绩。官至资政殿学士。有《虚斋乐府》。

忆旧游慢　荷花

【导读】

这是一首咏荷花的词。与大多数咏荷词不同的是，作者在词中极少有对荷花的正面描写，而是描写人如何赏花以及赏花时都看见了什么，因此不重花之形而重花之神，不重花本身而重花所生长的环境，这也算是该词的一种特色。

【原文】

望红蕖影里[①]，冉冉斜阳，十里沙平。唤起江湖梦，向沙鸥住处，细说前盟。水乡六月无暑，寒玉散清冰。笑老去心情，也将醉眼，镇为花青[②]。

亭亭。步明镜，似月浸华清[③]，人在秋庭。照夜银河落，想粉香湿露，恩泽亲承。十洲缥缈何许[④]，风引彩舟行。尚忆得西施[⑤]，余情袅袅烟水汀[⑥]。

【注释】

①红蕖：即芙蕖，荷花的别名。②青：这里指青眼。据传晋人阮籍的眼睛为青白眼，见凡俗之士，以白眼对之。嵇康携酒挟琴来访，籍大悦，对以

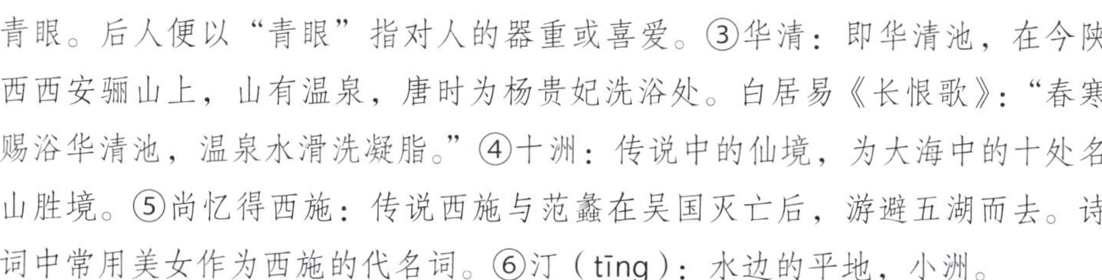
青眼。后人便以“青眼”指对人的器重或喜爱。③华清：即华清池，在今陕西西安骊山上，山有温泉，唐时为杨贵妃洗浴处。白居易《长恨歌》：“春寒赐浴华清池，温泉水滑洗凝脂。”④十洲：传说中的仙境，为大海中的十处名山胜境。⑤尚忆得西施：传说西施与范蠡在吴国灭亡后，游避五湖而去。诗词中常用美女作为西施的代名词。⑥汀（tīng）：水边的平地，小洲。

【译文】

遥望那红艳艳的荷花摇曳的影子深处，斜挂着一轮缓缓西坠的夕阳，再远处，是十里空旷的平平沙滩。在此闲暇的时光，唤起了我游赏江湖的旧梦，我准备去沙鸥栖身的地方，向它们细细诉说我们曾经的约定。江南水乡的六月，没有酷暑的炎热，如同寒玉般的湖面，长满了冰清玉洁的芙蓉。可笑我已经苍老到了这个年纪，竟然还有喝醉时赏荷花的心情，其实我也想像晋人阮籍那样，将醉眼抬起，此刻正是满眼的对荷花的垂青。

眼前的荷花似美人一样亭亭玉立。船在湖中行驶，似在明亮的镜面上滑行，水中银光闪烁，恍如皎洁的月光浸没在华清池中，湖面微风扑面，而人此刻仿佛正惬意地端坐在秋香飘扬的庭院之中。湖水映照着夜空，仿佛银河跌落到了湖水之中，莫非这天上的星星也想亲近这点缀着湿露的芙蓉，亲自享受一番人间娇艳润泽的美景。十洲广远，海中神仙的居处本来就缥缈不定，只能任凭清风引着我们的彩舟随意前行。看着眼前娇艳的荷花，尚且还能想起当年西施的娇容，一种爱恋之情禁不住油然而生，就像袅袅升起的烟云，弥漫在广漠的水洲沙汀。

姚镛

姚镛（yōng），字希声，一字敬庵，号雪篷，剡（shàn）溪（今浙江嵊（shèng）县）人。生卒年不详。宁宗嘉定十年（1217）进士，尝为吉州判官，擢赣州太守，坐事贬衡阳。有《雪篷集》。

谒金门

【导读】

这是一首描写闺中怨情的词。词的上片写春日庭院，景中含情，道出了闺中人的闲寂无聊。下片写闺中人久等直至深夜而情郎不归，表达了一种满腹怨恨、又无可奈何之情。全词设想新奇，使人回味无穷。

【原文】

吟院静，迟日自行花影[1]。熏透水沉云满鼎[2]，晚妆窥露井[3]。

飞絮游丝无定，误了莺莺相等[4]。欲唤海棠教睡醒，奈何春不肯。

【注释】

①迟日：春日。②云满鼎：形容香雾充满香炉。③露井：庭院。④飞絮游丝无定，误了莺莺相等：指情人不知何处游冶，只留自己一人空等待。

【译文】

你说这庭院是多么的安静，春日独自随着花影缓缓地向前移动。炉鼎中的水沉香燃烧通透，所散发出的烟雾缭绕，已经将整个屋内充盈，我一边化着晚妆，一边隔窗偷看庭院中的动静。

空中漂浮的柳絮和游丝总是飘忽不定，迷误了夜莺飞去的时间，活似我那可恨的冤家你，误了我的青春，害得我总是苦苦相等。我想唤醒海棠花来与我做伴，教我夜里如何入睡，怎样才不能让美梦惊醒，怎奈春天也怜惜海棠花，不肯让它来到我这里。

罗椅

罗椅（1214—？），字子远，号涧谷，庐陵（今江西吉安）人，出身豪富之家，好施财结客，驰名江湖。理宗宝祐四年（1256）进士，曾为江陵、潭州教官，知赣州信丰县，迁榷货务提辖。以诗名，有《涧谷遗稿》。存词四首。

柳梢青

【导读】

这是一首与情人分别后追忆旧事的词。全词意境旖旎入情，情意绵绵，但也不乏给人一种莫名的惆怅感。

【原文】

萼绿华身[①]，小桃花扇，安石榴裙[②]。子野闻歌[③]，周郎顾曲[④]，曾恼夫君。

悠悠羁旅愁人[⑤]，似零落、青天断云。何处销魂？初三夜月，第四桥春[⑥]。

【注释】

①萼绿华：中国古代传说中道教女仙名，简称萼绿。②安石榴裙：指如同石榴一样鲜红的裙子。安石榴：石榴的别名。以汉武帝时张骞自西域安息国传入内地，故名安石榴。③子野：即桓伊，字叔夏，小字子野。东晋将领、名士、音乐家。桓伊善吹笛，有“笛圣”之称，琴曲《梅花三弄》是根据他的笛谱改编的。桓伊唱的挽歌与羊昙唱的乐歌、袁山松唱《行路难》辞，被时人称为“三绝”。④周郎：这里指周瑜，善识曲。李端《听筝》诗：“欲得周郎顾，时时误拂弦。”⑤羁（jī）旅：指的是长久寄居他乡；或指客居异乡的人。⑥第四桥：即吴江城外的甘泉桥，以其泉品居第四而得名，在今江苏苏州城外。

【译文】

我第一次见她时，只见她有着女仙萼绿华一般的身姿容颜，手中拿着一把小巧玲珑的桃花团扇，身穿仿佛安石榴一样红艳艳的衣裙。她能像东晋的桓伊一样吹奏深情的笛曲，像三国的周瑜那样精通音律，如此曾经深深打动了我的心。

这漫长的旅途啊，总是使人忧愁平添，四处漂泊的我，就像是秋叶零落，难以回到枝头，最终只能化作泥土灰尘，又像是那青天之上的片片浮云，总是飘忽不定。这是在何时何地让我如此黯然销魂？正是那初三夜晚空中的一弯新月，还有那苏州城外第四桥边的春天。

方岳

方岳（1199—1262），字巨山，号秋崖，歙州祁门（今属安徽）人。理宗绍定五年（1232）进士。累官至吏部尚书左郎官。以诗名，著有《秋崖先生小稿》。亦工词，词集名《秋崖先生词》。

江神子　牡丹

【导读】

这首词咏牡丹。其主要表现手法便是将牡丹拟人化，但作者并不满足于泛泛的以美人比花朵，而是选取美人中形貌与韵味与牡丹最相像的杨贵妃来相比，并且一比到底，表现了牡丹的矜贵、富态和娇艳。

【原文】

窗绡深掩护芳尘[①]，翠眉颦[②]，越精神。几雨几晴，做得这些春。切莫近前轻著语，题品错，怕花嗔[③]。

碧壶难贮玉粼粼[④]，碎苔茵，晚风频。吹得酒痕，如洗一番新。只恨谪仙浑懒事[⑤]，辜负却，倚阑人。

【注释】

①窗绡（xiāo）：蒙在窗上的细薄纺织品。②翠眉颦（pín）：皱眉头。③嗔（chēn）：生气；怨恼。④粼粼：形容水、石等明净的样子。⑤谪（zhé）仙：李白曾被称为“谪仙人”，此处代指作者。

【译文】

就像是将窗上细薄的纱帘紧紧关闭掩护住芬芳，不让它沾染到灰尘，牡丹花将花瓣紧紧闭合，看起来像是一个皱着眉头的美人，反而更显出一番别致的风韵。要经过几番晴丽的阳光沐浴，还要经历几番雨露滋润，才能培养出这么青春娇美的牡丹。切莫在牡丹花的近前随随便便地评点花容，只怕评定不当，会引起她们的嗔怪恼恨。

碧翠的花瓶很难装得下这么美玉一般纯洁明净的牡丹花，即使花瓣掉落在长满苔藓的地上，看起来也像是碎玉一般，直惹得晚风也忍不住频频偷看。洁白的牡丹花，就像是美人被轻风吹消了酒醉后脸上的红晕，又像是用水洗浴过一样清新。只恨谪仙李白懒于动心神，不写些赞美白牡丹的好诗句，辜负了眼前倚栏赏花的人。

杨伯嵒

杨伯嵒（yán）（？—1254），字彦瞻，号泳斋，居临安。理宗淳祐间除工部郎，出守衢州。著有《六帖补》二十卷、《九经补韵》一卷。存词一首。

踏莎行　雪中疏寮借阁帖，更以薇露送之[①]

【导读】

这是一首迎客词。高似孙是南宋中后期一位多才多艺而好交游的诗人，与辛弃疾等名人都有过酬答，这首词写的就是杨伯嵒与高似孙之间的深厚友谊。

【原文】

梅观初花，蕙庭残叶，当时惯听山阴雪[②]。东风吹梦到清都[③]，今年雪比前年别。

重酿宫醪[④]，双钩官帖[⑤]，伴翁一笑成三绝[⑥]。夜深何用对青藜[⑦]，窗前一片蓬莱月[⑧]。

【注释】

①疏寮（liáo）：即高似孙，字续古，号疏寮，鄞（yín）县（今浙江宁波）人。孝宗淳熙十一年（1184）进士，调会稽县主簿，宁宗庆元六年（1200）通判徽州。嘉定十七年（1224）为著作佐郎。理宗宝庆元年（1225）

知处州。晚家于越。阁帖：即《淳化阁帖》，法帖名，一种对名家书法的拓本或印本，因藏于淳化阁而得名，宋时流传。薇露：即蔷薇露，官酒名，香气袭人。②山阴雪：晋人王子猷居山阴，曾于雪夜乘舟访友人，此指作者与高似孙的深厚友谊。③清都：古时指天帝所居的宫阙，此指南宋都城杭州。④宫醪（láo）：供帝王宫中饮用的酒；泛指美酒。⑤双钩：以法书摹刻石上，沿其笔墨痕迹，两边用细线勾出，使其不失真。南朝梁陶弘景称为"填廓书"，宋人称为"双钩书"。⑥三绝：指酒、帖、人。⑦青藜（lí）：这里指夜读照明用的灯烛。王嘉《拾遗记》："刘向于成帝之末校书天禄阁，专精覃思。夜有老人着黄衣，植青藜杖，扣阁而进。见向暗中独坐诵书，老父乃吹杖端烟然（燃），大明，因以照向，说开辟以前事。向因受《五行洪范》之文。"后人以"青藜之士"比喻博学之人。⑧蓬莱：传说中的海上仙山。

【译文】

院子里的梅花刚刚开放，此时是观赏的最佳时节，庭院中蕙兰还没有长出新芽，上面依旧是去年遗留的残叶，这段时间，已习惯于朋友前来造访，整日里客人络绎不绝，一同共赏山阴之雪。东风将梦吹送到临安的大街，这次来访的客人非同一般，今年的大雪相比前年也有所区别。

新酿的宫酒，名贵的双钩官帖，加上相伴疏寮翁一起欢声谈笑可称得上是人生三绝。深夜时我们何必用青藜照明，你看那窗前就高悬着一轮来自蓬莱仙境的明月。

周晋

周晋（生卒年不详），字明叔，号啸斋。先世济南（今属山东）人，寓居吴兴（今浙江湖州）。周密之父。理宗绍定四年（1231）知富阳县，淳祐五年（1245）通判衢州，宝祐三年（1255）知汀州。存词三首。

点绛唇　访牟存叟南漪（yī）钓隐[1]

【导读】

这是一首访友词，写的是春日访问友人之所见所感。周晋的词多写清逸自然之趣，巧思妙笔，令人回味。

【原文】

午梦初回[2]，卷帘尽放春愁去。昼长无侣，自对黄鹂语。

絮影蘋香[3]，春在无人处。移舟去，未成新句，一砚梨花雨[4]。

【注释】

①牟存叟：这里指作者的朋友牟子才，字存叟。南漪钓隐：指牟存叟园中小溪。②午梦初回：午梦醒来。③蘋：一种蕨类植物，生在浅水中，也叫田字草。④研：同“砚”，即砚池，露天的输水石槽。梨花雨：牟氏园中硕果轩旁有大梨树一棵，故云。

【译文】

刚刚从午睡的梦中醒来，我将窗帘卷起，打开窗户将一春的愁绪都释放出去。如此漫长的白天，又没有同我吟诗作对、把酒言欢的人，我只好独自对着黄鹂轻声细语。

柳絮纷飞的掠影，伴着蘋草吐露的香气，原来春天就在我这个没有他人的庭院里。我和友人一起划船四处游览，去寻觅春意，心中想吟一首春情诗，但还没构思成新句，忽见砚池中已经洒满了梨花雨。

清平乐

【导读】

这是一首闲适词，表现的是宋代士大夫幽雅芳洁的书斋韵味。与其他赏花饮酒的闲适词不同的是，这首词写出的是一种书斋清雅的生活气息。

【原文】

图书一室，香暖垂帘密。花满翠壶熏研席[1]，睡觉满窗晴日。

手寒不了残棋[2]，篝香细勘唐碑[3]。无酒无诗情绪，欲梅欲雪天时。

【注释】

①翠壶：指花瓶。研席：放笔墨纸砚的席子。研，同“砚”。②不了：结束不了。③篝（gōu）香：薰衣服的竹笼上所发出的香味。唐碑：唐代的刻石或碑帖。

【译文】

图书摆满了整间屋子，屋内充盈着梅花的香气，悬垂的窗纱帘子将屋内掩盖得很严密。瓶子中插满了鲜花，就连摆放笔墨纸砚的席子也沾满了香气，在这儿可以美美地一觉睡到阳光照进窗户里。

屋里还有昨夜因为手寒而没下完的棋局，薰衣服的竹笼上依旧散发着香味，我走上前继续细细体会唐代碑文的含义。只可惜现在没有美酒可饮，自然就没有了吟诗作赋的情绪，此刻我真想入住到那梅花怒放、大雪纷飞的环境里。

柳梢青　杨花

【导读】

这首一首咏花词。咏花词中多为咏荷花、海棠花等艳丽的花卉，咏杨花的实在少见。世人多以“水性杨花”这个词来贬低杨花，而作者在此词中运用了连珠式的比喻和拟人化的手法，为杨花赋予了一种新的生命，令人爱怜不已。

【原文】

似雾中花，似风前雪，似雨余云①。本自无情，点萍成绿②，却又多情。

西湖南陌东城。甚管定、年年送春。薄幸东风③，薄情游子，薄命佳人④。

【注释】

①余（yú）云：雨后的云彩。②点萍成绿：古人以为水中的浮萍是杨花落水后化成的。③薄幸：轻薄。④薄情：无情。薄命：天命短促，命运不好。

【译文】

杨花飞起，像是雾中的花，洁白得像是风中的飞雪，一身轻盈像是雨后的浮云。杨花本是没有情感，可她舍了身躯落入水中就能化作绿色的浮萍，却又展现了难能可贵的多情。

西湖南岸的杨柳成荫，连接着东城。更可赞扬的是，原本没有人在约束她，可她每年都在主动默默地将春天迎送。可叹她这一生，却要遭受无情的东风将她吹落而凋零，还要遭受薄情的游客将她践踏、嘲弄，如同红尘之中的红颜佳人那般薄命。

杨缵

杨缵（zuǎn）（约1201—1265），字继翁，号紫霞翁，又号守斋。开封（今属河南）人，居钱塘（今杭州）。宋度宗妃父。曾任司农卿、浙东帅，赠少师。博雅好古，善画墨竹，精音律，能自度曲，周密、张炎皆出其门下。尝与临安词人结“西湖吟社”。其词清丽婉约，声律谨严。存词三首。

八六子　牡丹次白云韵[①]

【导读】

此词咏牡丹。在作者之前，唐宋诗词中咏牡丹者数不胜数，后来者难出新意。本篇利用拟人手法，形容雨后的牡丹娇弱有如浴后的杨贵妃；又化用《洛神赋》的句子，将牡丹临风玉立的轻盈唯美之态展现无余，使牡丹形神兼备，令人禁不住随之赞美。

【原文】

怨残红，夜来无赖[②]，雨催春去匆匆。但暗水新流芳恨，蝶凄蜂惨[③]，千林嫩绿迷空。

那知国色还逢。柔弱华清扶倦[④]，轻盈洛浦临风[⑤]。细认得凝妆[⑥]，点脂匀粉，露蝉耸翠[⑦]，蕊金团玉成丛[⑧]。几许愁随笑解，一声歌转春融。眼朦胧[⑨]，凭阑干、半醒醉中。

【注释】

①白云：南宋词人赵崇嶓（bō），字汉宗，号白云，南丰（今属江西）人，有《白云稿》。②无赖：刁钻泼辣，不讲道理；令人无奈。③蝶凄蜂惨：因为春的离去，蝴蝶和蜜蜂都显得凄惨悲伤。④柔弱华清扶倦：指牡丹娇弱如同浴后的杨贵妃。华清，指陕西临潼骊山下的华清池，杨贵妃曾在此洗浴。⑤轻盈洛浦临风：形容牡丹轻盈如洛水女神临风玉立。洛浦：洛水

之滨，此代指宓妃。曹植《洛神赋》："凌波微步，罗袜生尘。"⑥凝妆：指浓妆。⑦露蝉耸翠：形容牡丹像女子翠绿的蝉鬓。露蝉，指蝉鬓，古代时女子的一种发式。⑧蕊金团玉：牡舟金黄色的花蕊和碧玉色的花瓣。⑨眼朦胧：形容半醉的状态。

【译文】

令人怨恨的是，是谁让这些娇艳的百花凋残、红颜褪去，原来是昨晚那场令人无奈的大雨，这场无赖般的夜雨，像是在催促春天匆匆离去。但雨水还在地下暗暗流动着，汇聚成新的小溪，却不知已经招惹得众花恼恨不已，因为春天的离去，蝴蝶和蜜蜂都显得凄惨伤悲，此后将无处可依，更让千林万树的嫩绿从此彷徨迷离。

哪知那有国色之称的牡丹却正逢其时。看她雨后的姿态，娇弱得犹如刚出浴时要人搀扶的杨贵妃，轻盈的体态有如洛水之滨的女神一般临风玉立。仔细观看她浓妆打扮的娇容，多么像可人的少女，涂着胭脂、匀抹着香粉，左右缠绕的枝叶像美人的蝉鬓一样清秀飘逸，她那金黄色的花蕊和碧玉色的花瓣层层相连，紧紧地拥抱在一起。看到这些情景，昨夜夜雨摧花残的诸多愁绪，都随着我的笑声消解而去，随后开怀地放歌一曲，又唤来了春天的气息。倚着栏杆、醉眼朦胧地观赏娇艳的牡丹，也许这就是半醉半醒中的最大情趣。

一枝春　除夕

【导读】

这首词写的是除夕盛景。宋代歌咏除夕的诗词很多，但被公认为佳作者只是少数。此词之所以能为当时所称，主要在于全词偏于客观描写，而又饱含着作者的主观感情，把除夕辞旧岁迎新年的欢乐气氛和热闹情景，以及人们在这一天的独特感受表现得淋漓尽致。

【原文】

竹爆惊春，竞喧填、夜起千门箫鼓[1]。流苏帐暖[2]，翠鼎缓腾香雾。停杯未举。奈刚要、送年新句。应自有、歌字清圆，未夸上林莺语[3]。

从他岁穷日暮。纵闲愁、怎减刘郎风度[4]。屠苏办了[5]，迤逦柳欺梅妒[6]。宫壶未晓[7]，早骄马、绣车盈路。还又把、月夜花朝，自今细数。

【注释】

①喧填：即“喧阗（tián）”，哄闹声。王维《同比部杨员外十五夜游有怀静者季》诗：“香车宝马共喧阗，个里多情侠少年。”②流苏：以五彩羽毛或丝线制成的穗子，常用作车马、帷帐的垂饰。③上林：即上林苑，是古代园林建筑，汉武帝刘彻于建元三年（前138）在秦代的一个旧苑址上扩建而成的宫苑，规模宏伟，宫室众多。上林苑既有优美的自然景物，又有华美的宫室组群分布其中，是包罗多种多样生活内容的园林总体，可以说是我国最早的植物园动物园，更是秦汉时期建筑宫苑的典型，据传苑中豢养有许多珍禽异兽。④刘郎：此处作者用唐代诗人刘禹锡来代指自己。⑤屠苏：酒名，古人常于农历正月初一饮屠苏，以祛瘟疫。陆游《除夜雪》诗：“半盏屠苏犹未举，灯前小草写桃符。”⑥迤逦（yǐ lǐ）：曲折连绵。⑦宫壶：宫中报时所用的铜壶。

【译文】

一阵阵噼里啪啦的爆竹声，将沉睡的春天惊醒，此刻街头巷尾一片喧闹之声，箫鼓敲击的声音响遍千家万户，彻夜不停。家家户户都把五彩流苏悬挂在暖帐上，炉鼎中缓缓升起了缕缕香烟。我停下刚举起的酒杯，又放到了一边。这个美好的时刻，我先要作出新诗句来恭贺又一个新年的诞生。诗词之中自然是应该有一些清新圆润的歌词，来响应节日的气氛，虽说不如上林苑的莺歌燕语甜美，也未必能够得到别人的赞美声。

眼下已是一年将尽的傍晚时分。即便是随意抒发心中愁苦闲情，也不能缺少当年刘郎豪放洒脱的风度。我备办好了屠苏酒，眼看春天即将来临，马上就要看到曲折连绵的街头巷尾，婆娑的杨柳气盛，即将离场的蜡梅嫉妒声声。天还未破晓，清晨时分还未在滴漏上露出，可街上已经热闹非凡，赶早的人马络绎不绝，华丽的绣车堵满了道路。我要将这夜晚的明月、拂晓的花树，从头到尾一点一滴细细地记住，然后将新年的好日子细细慢数。

被花恼 自度腔[1]

【导读】

这是一首“惜花”词。作者因夜闻风雨声而为花的命运产生种种担忧，而等到雨过天晴时，看到花儿“正千红万紫竞芳妍”，忽然感悟自己已老迈，对芳香艳丽的花儿产生一种“恼恨”的心理状态。

【原文】

疏疏宿雨酿寒轻[2]，帘幕静垂清晓。宝鸭微温瑞烟少[3]。檐声不动，春禽对语，梦怯频惊觉。攲珀枕[4]，倚银床，半窗花影明东照。

惆怅夜来风，生怕娇香混瑶草。披衣便起，小径回廊，处处多行到。正千红万紫竞芳妍，又还似、年时被花恼[5]。蓦忽地[6]，省得而今双鬓老[7]。

【注释】

①自度腔：词人自己新创作的曲调。②疏疏：稀疏。宿雨：隔夜雨。③宝鸭：鸭形的香炉。④攲（yǐ）珀枕：斜靠在琥珀装饰的枕头上。攲：通“倚”，斜靠。珀枕：琥珀枕头。⑤年时：当时。⑥蓦忽地：不经意，忽然间。⑦省得：省悟，发现；意识到。

【译文】

淅淅沥沥的一夜细雨酝酿出了微微凉意，此刻已是清晨拂晓时分，屋内帘幕低垂，四周悄无声息。鸭形香炉中的熏香还未燃尽，余温尚存，一缕稀薄的烟雾依旧从炉内缓缓升起。屋外房檐的滴水声已经停止，鸟儿在春晓中相互鸣啼对语，我担心一夜的细雨把花瓣打落而睡不好觉，频频在梦中惊醒坐起。我斜靠在琥珀枕头上，倚躺在银床上也不能踏踏实实地休息，直到看见太阳渐渐从东方升起，照在窗户上，已有半窗晃动的花影。

昨夜凉风起，我不禁生出无限愁绪，生怕狂风将花儿摧残而坠落在芳草地。于是起身披上衣服走到院子里，来到小路边、回廊旁，处处走遍查看仔细。只见眼前的花儿万紫千红正竞相比美，这又像是当年，我总是护花心切，又似乎总是多余，为此总是被花惹来了一丝烦恼之意。现在突然间意识到，如今我已是双鬓发白，垂垂老矣，还依旧对花如此痴情，是不是有些不太合时宜。

翁孟寅

翁孟寅（生卒年不详），字宾旸，号五峰，宋末钱塘（今浙江杭州）人。理宗开庆元年（1259）右丞相贾似道率军援鄂时，孟寅赴其军中为幕僚，吴文英有《沁园春》词送翁孟寅游鄂渚。有赵万里辑《五峰词》。

齐天乐　元夕[1]

【导读】

这是一首节序词，写元宵节感怀。词人重游临安城，观赏繁华的临安城元宵节的盛景。此词本意不在反映元宵节本身，而是借对元宵景物的描写，追忆承平时代，抒发对往事的感慨之情。

【原文】

红香十里铜驼梦[2]，如今旧游重省。节序飘零[3]，欢娱老大，慵立灯光蟾影[4]。伤心对景。怕回首东风，雨晴难准。曲巷幽坊[5]，管弦一片笑相近。

飞棚浮动翠葆[6]，看金钗半溜[7]，春妒红粉。凤辇鳌山[8]，云收雾敛，迤逦铜壶漏迥[9]。霜风渐紧。展一幅青绡，争悬孤镜[10]。带醉扶归，晓醒春梦稳[11]。

【注释】

①元夕：元宵夜。②铜驼梦：繁华梦。铜驼：铜制的骆驼。陆机《洛阳记》："汉铸铜驼二枚，在宫之南四会道，夹路相对。俗语曰：'金马门外聚群贤，铜驼陌上集少年。'言人物之盛也。"这里指临安闹市。③节序：时节次序。④慵立：慵懒地站立。蟾影：月影。神话中，月中有蟾蜍，故名。⑤曲巷幽坊：指歌馆青楼。⑥飞棚：宋真宗年间，洛阳风俗，富家常以车载酒食声乐，游玩下街衢，称之为"棚车鼓笛"。翠葆：绿色车盖，古时常以翠羽为饰。⑦金钗半溜：此是形容女子发髻的光滑柔顺让金钗滑动。⑧凤辇（niǎn）：

皇帝所乘坐的车子，络带、门窗皆绣云凤，车顶饰有金凤。这里代指华丽、高贵的车子。鳌（áo）山：古时灯景的一种，把彩灯堆叠成山，如海中巨鳌的形状，称为鳌山。⑨迤逦：连绵不断。这里形容铜壶传出的绵延不断的声音。铜壶：漏壶。⑩孤镜：指月亮。⑪酲（chéng）：形容醉后神志不清。

【译文】

元宵之夜，十里临安城重现了当年洛阳铜驼繁华梦，如今我再次重游故地，再次观赏到这里的盛景，心里难免平添了诸多反省。岁月匆匆而过，自感岁月沧桑一度飘零，可叹如今已经老了，再也没有年轻时爱玩闹的兴致心情，只是慵懒地站立在灯光下、月影中，伤心地望着眼前的夜景。我总怕回想起以前的事情，人生就像东风送雨一样难以捉摸，无法准确预知是阴是晴。此刻，只知道弯曲的小巷里、幽深的乐坊中，不时地相继传来阵阵弦乐和喧闹的欢笑声。

飞快行驶的篷车晃动着绿色的盖顶，只见车中女子光滑柔顺的发髻上，金钗随着颠簸的节奏半溜半滑动，手中捧着的小暖炉映着浓施红粉的俏容，惹来春风的嫉妒。傍晚时分，华丽的车辆、堆叠成大山形的彩灯陆续点亮，等这些如云雾般的情景消散时，时间流逝已是夜深人静，此刻远远就能听见铜漏壶里绵延不断的滴落声。忽然，一阵夹霜的寒风一阵紧似一阵地迎面吹来。我抬头向上观看，青碧的夜空如同一幅展开的丝绸，一轮孤独的月亮正高高悬挂于其中。我带着醉意被搀扶着踏上了回家的归程，在清晨时还醉得神志不清，不过，醉意朦胧之中，稳稳当当地做了一个美美的春梦。

阮郎归

【导读】

这是一首描写舞女生涯的词。此词虽然是写一个歌舞乐妓，但不是一般应酬式的赠妓之作，而是一首充满了对赠送对象的爱怜和同情的恋情词。全篇情深意浓，风格清丽，凄婉感人。

【原文】

月高楼外柳花明，单衣怯露零[①]。小桥灯影落残星，寒烟蘸水萍[②]。

歌袖窄，舞环轻[③]，梨花梦满城。落红啼鸟两无情，春愁添晓醒[④]。

【注释】

①单衣怯露零：指衣裳单薄，耐不住夜晚的寒冷。②水萍：水中的浮萍。③舞环：歌女歌舞时所佩戴的玉环。④晓酲（chéng）：清晨醉酒。酲：形容醉后神志不清。

【译文】

月亮高悬在楼外的天空，将婆娑的杨柳与摇曳的花草照得鲜明，今夜真的很冷，身穿的衣裳单薄，恐怕就会耐不住夜晚的寒冷。小桥上的灯影闪烁，陪伴着跌落水中的星星，清寒的烟雾笼罩着飘荡在水中的浮萍。

歌女的袖口又细又窄，舞动飘带时却很轻盈，雪白的梨花纷纷飘落，洒满全城，此刻的风景如幻似梦。然而最无情的，就是这风吹花落的凋零和杜鹃的凄厉啼鸣，它们的出现，也就意味着春天即将踏上归程，如此关乎春天的忧愁，都添注进了这清晨的酒醉之中。

赵汝茪

赵汝茪（guāng），字参晦，号霞山，又号退斋，宋室后裔。生卒年及事迹不详。有今人所辑《退斋词》一卷，存词九首。

梦江南

【导读】

这是一首触景抒发情怀的词，也是作者春日自我排遣时所作。通篇意境清丽，情辞两佳，有含蓄蕴藉之美。

【原文】

帘不卷，细雨熟樱桃。数点雰霞天又晓[①]，一痕凉月酒初消。风紧絮花高[②]。

萧闲处[③]，磨尽少年豪。昨梦醉来骑白鹿[④]，满湖春水段家桥[⑤]。濯发听吹箫[⑥]。

【注释】

①霁（jì）霞：雨后的彩霞。②风紧：形容风的猛烈。絮花：柳絮。③萧闲：闲散，清闲。④骑白鹿：传说游仙经常骑着白鹿赏玩。白鹿：白色的鹿，古人常以白鹿为祥瑞的象征。⑤段家桥：即西湖断桥，在杭州西湖边。⑥濯（zhuó）：洗去污垢。

【译文】

一觉醒来后，我没有卷起窗帘，便直接向外看去，蒙蒙细雨滋润着已经成熟的樱桃。零星的小雨点停止后，晴朗的天空上出现了几片彩霞，这时又迎来了一天的清晨拂晓，一弯清凉的月牙挂在天边，我的酒意也刚刚退消。风很大，一阵紧似一阵地将柳絮飞花吹得很高。

这萧瑟清闲之地，磨尽了我少年时的身姿豪气。昨夜，我梦到了喝醉后骑着神奇的白鹿，看到段家桥边的春水溢满了西湖。梦中的我实在是惬意逍遥，一边洗着头发一边听别人吹箫。

恋绣衾

【导读】

这是一首写离别之情的词。通过对闺中女子心理活动的细致描写，并以女子的口吻写别情，娓娓道来。全篇构思精巧，用笔十分俊俏，写得委婉曲折，真切感人。

【原文】

柳丝空有万千条，系不住、溪头画桡[①]。想今宵、也对新月，过轻寒、何处小桥。

玉箫台榭春多少[②]，溜啼痕、盈脸未消。怪别来、燕支慵傅[③]，被春风、偷在杏梢。

【注释】

①画桡（ráo）：画船，即装饰华丽的船。②台榭：本意是华丽美丽的楼阁，这里指女子的阁楼。③燕支慵傅：无心用胭脂打扮。燕支：同“胭脂”。傅：通“敷”，涂、抹。

【译文】

长长的柳丝空有万千条，却不能将停靠在溪头的画船拴牢。回想今宵，也像那天一样，天空一弯新月斜照，可是已经度过了那个轻寒的季节，又该去哪里寻找我们当初相会时的小桥。

亭台楼榭上一起吹玉箫的好日子随风飘摇，美好的青春又能有多少，一行行思念的泪水止不住流淌，满脸的泪痕至今也难消。我心中无比怨怪你可知道，自从你我一别后，我无心梳洗打扮，懒于涂搽胭脂打扮容貌，就连化妆的胭脂都被春风偷去，涂抹在了杏树的花儿和枝梢。

如梦令

【导读】

这是一首描写闺情的词。虽然篇幅短小，但全词用精练浓缩的笔墨，充分表现了闺中思妇的怀人念远之情，将思妇的幽怨情态、心理活动刻画得非常逼真贴切，令人忍不住怜惜。

【原文】

小砑红绫笺纸①，一字一行春泪。封了更亲题，题了又还坼起②。归未？归未？好个瘦人天气。

【注释】

①小砑（yà）红绫：经过砑光的红绫。砑：用石头磨纸、帛等，使其平滑光泽，宜于书写，称之为砑光。吕渭老《醉桃源》词："檀香新染砑红绫，腰肢瘦不胜。"②坼（chè）：拆开。化用张籍《秋思》诗："洛阳城里见秋风，欲作归书意万重。忽恐匆匆说不尽，行人临发又开封。"

【译文】

我把红绫信纸小心地磨到非常光滑，每写下一个字，便会流下一行思春的泪。内心的思念永远说不尽，写过将信封亲笔题姓名，可是封过以后又不放心，唯恐有所疏漏，所以我把书信拆了又封，封了又拆起。你怎么还不回来？你怎么还不回来？好个恼人的天气，为何让人越来越消瘦，越来越憔悴。

冯去非

冯去非（1192—？），字可迁，号深居，南康军都昌（今江西星子县）人。理宗淳祐元年（1241）进士。曾为淮东转运干办。宝祐四年（1256），召为宗学谕。后忤权臣，罢归庐山。存词三首。

喜迁莺

【导读】

这是一首描写旅途情景和心中感慨的词。大约是宋理宗宝祐四年间，作者因受权奸丁大全排挤而被罢官，乘舟返回故里南康途中所作。词在对旅途景物的描写中，回顾了十多年的宦海生涯，表达了大有离弃官场、隐居终老的情怀。

【原文】

凉生遥渚，正绿芰擎霜①，黄花招雨②。雁外渔灯，蛩边蟹舍③，绛叶表秋来路④。世事不离双鬓，远梦偏欺孤旅。送望眼，但凭舷微笑，书空无语⑤。

慵觑清镜里⑥，十载征尘，长把朱颜污。借箸青油⑦，挥毫紫塞⑧，旧事不堪重举。间阔故山猿鹤⑨，冷落同盟鸥鹭。倦游也，便樯云柁月⑩，浩歌归去⑪。

【注释】

①绿芰（jì）：这里指荷叶。擎：托举。②黄花：菊花。③蛩（qióng）：蟋蟀。蟹舍：以捕蟹为业的人家。④绛叶：此指霜后的枫叶。表秋来路：预示了秋天即将到来。⑤书空：用手指在空中虚划字形，指内心的忧虑。《世说新语·黜免》："殷中军被废，在信安，终日恒书空作字。扬州吏民寻义逐之，窃视，唯作'咄咄怪事'四字而已。"⑥觑：斜视。⑦借箸：为人谋划，即做幕僚。青油：军中的帐幕。⑧紫塞：即长城。崔豹《古今注》："秦筑长城，土色皆紫，汉塞亦然，故称紫塞焉。"⑨间阔：久别。⑩樯（qiáng）：桅杆。

柁（duò）：通“舵”。⑪浩歌：放声高歌。

【译文】

远处的沙洲透着微微的凉意，近处的荷叶托举着薄凉的寒霜，遍野的菊花招唤着潇潇秋雨。塞外江边的渔火不停闪烁，蟋蟀在渔人家茅舍旁一声声鸣叫着，绛红色的枫叶在枝头摇曳，仿佛在证明秋天正从这里路过。世间事总是有不尽的波折，这双鬓上的白发，最能体现人生的沧桑经历，独身出游在外，已离去的往事偏爱凌欺孤独的旅客，连思念故乡的梦都因路程太远而无法到达。放眼向前方望去，对于那些曾经的忧虑，我也无可奈何，只能倚着船舷慵懒地一笑而过，一如晋代殷浩望空虚写，默默无语，什么也不想说。

我懒得去看镜子中的自己，十多年的宦海生涯不必去说，这征途上的灰尘，就常让我脸上沾满污泥。回顾军中幕僚的生涯，我在边塞上舞文弄墨，不知有多少忧愁，往事更是不堪回首，不必重新列举叙说。我久别了故乡山中的猿鹤，也将故土常相伴的鸥鹭冷落。仕途之路不过是一场疲倦的游历罢了，我早就心生厌倦，眼下就让那桅杆高举着白云，迎月把好前行的船舵，行进在回归路上，一路我放声高歌。

许棐

许棐（fěi）（？—1249），字忱夫，自号梅屋。海盐（今属浙江）人。理宗嘉熙中，居于秦溪，家多藏书。工诗词，多与江湖派诗人交游，诗风亦接近。有《梅屋诗稿》及《梅屋诗余》。

鹧鸪天

【导读】

这是一首闺情词。一般的闺情词都是写闺愁，这首却别开生面地写闺中欢乐，因而新鲜靓丽，别有情趣。此词篇幅虽短小，却有很强的叙事性，虽

然没有过深的主题，但用词秀倩娇柔，给人一种轻松舒畅的感觉。

【原文】

翠凤金鸾绣欲成[1]，沉香亭下款新晴[2]。绿随杨柳阴边去，红踏桃花片上行。

莺意绪，蝶心情。一时分付小银筝[3]。归来玉醉花柔困，月滤窗纱约半更[4]。

【注释】

①翠凤金鸾：这里指翠绿的凤凰和金色的鸾鸟，古人常以凤凰和鸾鸟比喻恩爱的夫妻。②沉香亭：在唐都长安，相传唐玄宗与杨贵妃曾在此观赏牡丹。这里指美丽的亭子。款：招待。③分付：寄托，托付。④半更：半夜。

【译文】

我很快就要把翠绿的凤凰和金色的鸾鸟绣成了，闲暇之际，我就到沉香亭去看雨后的天晴。喜爱绿色时就去看渐渐变得翠绿的杨柳，喜爱红色时就踏在落下的桃花上行走。

我的情绪像欢快歌唱的黄莺一样惬意，我的心情像翩翩起舞的蝴蝶一样轻松。我把快乐的心情分给风筝一些，让它也沾染一些我的快乐。游玩归来，觉得有些累了，我们的醉态像花朵一样困倦欲收，皎洁的月光透过了窗纱，此时已是半夜时分。

琴调相思引

【导读】

这是一首闺怨词。全词以新巧的构思和鲜美的意象，写出了闺中少妇的一片怀春念远的痴情。

【原文】

组绣盈箱锦满机[1]，倩人缝作护花衣[2]。恐花飞去，无复上芳枝。

已恨远山迷望眼，不须更画远山眉[3]。正无聊赖，雨外一鸠啼。

【注释】

①组绣：精美的丝织品。②护花衣：以锦绣织之，护在花上，以避风雨和鸟啄。③远山眉：古代妇女画眉涂黛，淡淡一弯墨绿，望之如远山。

【译文】

箱子和织机旁堆满了精美的锦缎丝绣，我请人用这些锦缎丝绣织成了护花衣。我怕这些花开后被风吹去，不复光顾枝头。

我恨眼前这座山挡住了我遥望丈夫的视线，自从丈夫离开后，我再也没有画过远山眉。正在我百无聊赖地在闺房中徘徊时，忽然雨中传来一声斑鸠的啼鸣，吓了我一跳。

后庭花

【导读】

这也是一首闺怨词，它通过几个有意味的细节的精彩描写，充分反映了闺中人的孤单寂寞和精神痛苦。

【原文】

一春不识西湖面，翠羞红倦。雨窗和泪摇湘管[①]，意长笺短。

知心惟有雕梁燕[②]，自来相伴。东风不管琵琶怨，落花吹遍。

【注释】

①湘管：用湘竹做的毛笔。②雕梁：饰有浮雕、彩绘的梁；装饰华美的梁。

【译文】

整个春天，我都自己一个人住在房中，一直没有去西湖欣赏春景，如今的西湖绿叶暗淡，红花稀少，早已经春意阑珊了。窗外一直下着雨，我坐在窗边一边流泪一边摇动着毛笔，可心中的思念那么长，信笺却这么短，我想表达的情意，怎么能写得完。

如今懂我心意的，应该只有这雕梁上的春燕了吧，她每天都会飞来飞去地与我作伴。我弹了一首琵琶曲，可东风哪会晓得我琵琶声中的忧怨，它只会吹来吹去，把美丽的花儿都吹落了。

陆叡

陆叡（ruì）（？—1266），字景思，号云西，会稽（今浙江绍兴）人。理宗绍定五年（1232）进士。曾任礼部员外郎、秘书少监、起居舍人、中大夫、集英殿修撰、江南东路节度转运副使兼淮西总领等职。度宗成淳二年（1266）卒。存词三首。

瑞鹤仙

【导读】

这是一首思妇念远之词。古时候有折梅赠别的习俗，作者就该习俗结合人的离别之情加以咏唱。全词抒情曲折委婉，心绪描写极有层次，十分细致感人。

【原文】

湿云粘雁影[①]。望征路、愁迷离绪难整。千金买光景，但疏钟催晓，乱鸦啼暝。花悰暗省[②]。许多情、相逢梦境。便行云、都不归来，也合寄将音信。

孤迥[③]。盟鸾心在[④]，跨鹤程高，后期无准。情丝待剪，翻惹得，旧时恨。怕天教何处，参差双燕，还染残朱剩粉。对菱花与说相思[⑤]，看谁瘦损。

【注释】

①湿云：湿润的云气。②悰（cóng）：心情，思绪。③孤迥：感叹离别，自感孤独。④盟鸾：结成双鸾之好的盟约。⑤菱花：镜背刻有菱花的铜镜，古代镜子背面多铸有菱花纹路。

【译文】

大雁的影子在湿润的云气中似乎被粘住了。我遥望着它远去的路程，越望下去，满腹的愁绪越难以梳整。从前的光景，纵使是千金也难买啊，我们难舍难分，可稀疏的钟声却在提醒着我们，天快亮了，该走了，一群乌鸦在昏暗的天空上胡乱地飞着，发出急促的哀鸣，真叫人心烦。回忆当初相恋的时候，我们有那么多的柔情，如今这一切看起来，像一场梦一样。你的行踪像天上的云一样行踪不定，即使你人不回来，也应该给我寄一封书信啊。

我的孤独寂寞，无法用语言来形容。我们双鸾同飞的誓言，我一直信守着，等待着我们相聚的那一天。如今你骑鹤远走高飞，走的路程又那么远，连个准确的日期都无法定下，将来我们能否重逢都是未知数。我想把这情丝剪断，反而又浮现出了旧时的情怨。我怕上天让我们在某一个地方再次相逢，就像比翼双飞的燕子一样，所以我还要将这剩下的脂粉搽在脸上，再涂上残余的口红。对着菱花镜跟它诉说相思之情，再比比看，究竟是谁瘦得没了人形。

萧泰来

萧泰来（生卒年不详），字则阳，一字阳山，号小山，临江（今江西清江）人。理宗绍定二年（1229）进士。淳祐末，为御史。宝祐元年（1253），自起居郎出知隆兴府。著有《小山集》。

霜天晓角　梅

【导读】

这是一首咏梅词。作者借梅花以自明心曲，自表品格。梅花是一种品格高尚、极有文化意味的奇花，与松、竹并称“岁寒三友”，极受宋人推崇。宋人咏梅诗词多如牛毛，此首却能不落俗套，自具特色，写出自己的个性，非常难得。

【原文】

千霜万雪，受尽寒磨折。赖是生来瘦硬，浑不怕、角吹彻①。

清绝。影也别②，知心惟有月。元没春风情性③，如何共、海棠说？

【注释】

①浑：全。角吹彻，指吹奏乐曲《梅花落》。角，军中的乐器。古代军旅中使用的号角是用兽角做成的，故称角，由于号角发声高亢凌厉，所以在

战场上用于发号施令或振气壮威。②影也别：指梅的孤迥，连影子也不与自己做伴。③元：原本，向来。

【译文】

经过了千层霜打和万层雪裹，梅花受尽了寒冷的折磨。多亏梅花的骨骼强硬，即使城头画角吹遍了《梅花落》，自己仍迎风绽放。

梅花是超凡脱俗的。梅花也是的孤独，孤独得连影子也不与自己做伴，能懂它的，或许只有那天上的明月了吧。梅花的性格，是孤高自傲的，它没有在春风中受到宠爱的性格，所以，怎么可能会与海棠花为伍，互诉衷肠呢？

赵希迈

赵希迈（生卒年不详），字端行，号西里，永嘉（今浙江温州）人。宋室后裔。理宗朝知武冈军。有《西里藁》，已佚。存词二首。

八声甘州　竹西怀古[1]

【导读】

这是一首怀古伤今的咏景词。词人在竹西触景生情，涌发出历史兴亡的悲叹。风格凄婉，格调苍凉。

【原文】

寒云飞万里，一番秋、一番搅离怀。向隋堤跃马[2]，前时柳色，今度蒿莱[3]。锦缆残香在否[4]？枉被白鸥猜。千古扬州梦，一觉庭槐[5]。

歌吹竹西难问，拚菊边醉著[6]，吟寄天涯。任红楼踪迹[7]，茅屋染苍苔。几伤心、桥东片月，趁夜潮、流恨入秦淮。潮回处[8]，引西风恨[9]，又渡江来。

【注释】

①竹西：扬州古亭名。②隋堤：指汴京（今河南开封）附近汴河一带的堤，因是隋朝修建，故称隋堤。③蒿莱：野草。④锦缆：这里指当年隋炀

帝下扬州时浩荡壮观的船队以及用锦缆拉船的宫女们。⑤一觉庭槐：李公佐《南柯太守传》中写淳于棼一日于梦中到了大槐安国，娶了公主，并任南柯太守，享尽人间富贵，后因兵败被遣归，醒后方觉察所谓大槐安国即是槐树下的大蚁穴。后多用于比喻富贵得失的无常。⑥拚（pàn）：舍弃，不顾惜。⑦红楼：歌舞繁华之地。⑧潮回处：潮水退去的地方。⑨西风：秋风。

【译文】

万里长空，飘着阴冷的云雾，眼前的秋色，一片苍凉，搅动着我满腹的伤心失意之情。我骑着马奔向隋堤，当年的这里，满岸的桃红柳绿，可如今却是萧条不堪、野草遍地。当年隋炀帝下扬州时浩荡壮观的船队以及艳丽可人的宫女妃嫔们，你们还在吗，我该去哪里寻找你们？或许只能问河边的白鸥，让它们去猜了。一场千古扬州如梦般的经历，仿佛南柯一梦，梦醒后，一切成空。

我走到当年夜夜笙歌的竹西亭，也问不出什么有用的信息，我只好醉倒在这秋菊之下，将我吟唱出的感怀送到天边去。无情的岁月，抹去了当年繁华红楼的痕迹，当年繁华的红楼也已经变成了长满苔藓的茅屋了。多少伤心的回忆，就像那桥东上空一弯黯淡无光的残月。趁着夜晚涨潮时分，就让我的遗恨随着潮水流进秦淮河里吧，只怕我的遗恨在潮水退去的地方遭到秋风的妒忌，又将潮水退回来，让我的遗恨再随着江水流回扬州竹西。

赵崇嶓

赵崇嶓（1198—？），字汉宗，号白云。南丰（今属江西）人，宋室后裔。宁宗嘉定十六年（1223）进士，授石城令，改淳安。官至大宗正丞。有《白云稿》。

蝶恋花

【导读】

这是一首描写春景的词，全词一气呵成，轻快而不寡味。表达了对远在故乡的妻子深长的思念。

【原文】

一剪微寒禁翠袂[①]。花下重开，旧燕添新垒。风旋落红香匝地[②]，海棠枝上莺飞起。

薄雾笼春天欲醉。碧草澄波，的的情如水[③]。料想红楼挑锦字[④]，轻云淡月人憔悴。

【注释】

①一剪：指春风。翠袂：柳条。②匝地：满地。③的的：明亮、晶莹的样子。④挑锦字：这里指作者猜想此时远在故乡的妻子正在给自己写信。

【译文】

春风吹来了微寒的天气，柳树也停止了变绿。直到花开了，才又生出暖意，旧燕们也开始忙着衔泥筑巢了。一阵风吹过，花香扑鼻，香气布满了大地，莺儿们在海棠花的枝头上飞来飞去。

春天被薄雾笼罩着，大地像喝醉了酒一样显得迷离。芳草萋萋和清澈的河水，一股惜春的情感从心底滋生，在心中荡起了一层涟漪。我在猜想，此时此刻远在故乡的妻子，一定在给我写信，然后在风轻云淡的月下伤感，伤感自己变得消瘦憔悴。

菩萨蛮

【导读】

这是一首春闺怨词。词中多用暗喻手法，写桃花有情、春意浓重，人对镜子生出遐想。可一觉春梦醒来，思念的人却不见，心中只能充满了失落，更加愁苦怨恨了。

【原文】

桃花相向东风笑，桃花忍放东风老[①]。细草碧如烟，薄寒轻暖天。

折钗鸾作股，镜里参差舞。破碎玉连环[②]，卷帘春睡残。

【注释】

①忍放：不忍放走。②破碎玉连环：指与情人的分离。玉连环：古代的一种玉器玩具。朱敦儒《浣溪沙》词：“结子同心香佩带，帕儿双字玉连环。”

【译文】

桃花灿烂地对着东风笑，因为她不愿意让春天过早地离开，一旦春天离开了，自己只会被东风吹得凋零。芳草萋萋如烟雾般地遮盖着大地，此时此刻，正是不冷不热的好天气。

我将金钗分为两股，自己留下了带有鸾鸟的一股，在镜子中看去，像是一对儿比翼双飞的鸟儿在翩翩起舞。当初解不开的玉连环，如今已经破碎了，卷起的帘子内，是一个梦醒后孤独流泪的可怜人。

赵希彭

赵希彭（1205—1266），字清中，号十洲，四明（今浙江宁波）人，宋室后裔。理宗宝庆二年（1226）进士，曾除南雄守，不赴。存词三首。

霜天晓角　桂

【导读】

这是一首咏桂花的词。作者写这首词时不落俗套，不拘泥于对物形物态的逼真描绘，而是发挥丰富的艺术想象力，创造出区别于其他词的意境。因此本篇堪称古代众多咏桂诗词中别具一格的创新之作。

【原文】

姮娥戏剧①，手种长生粒②。宝干婆娑千古③，飘芳吹、满虚碧④。

韵色，檀露滴⑤，人间秋第一。金粟如来境界⑥，谁移在、小亭侧?

【注释】

①姮娥（hén gé）：即嫦娥，因避汉文帝（刘恒）讳，改称常蛾或嫦娥。戏剧：儿戏，开玩笑。②长生粒：这里指桂花。传说嫦娥吃了类似桂花的长生不老药后飞到月宫，所以把桂花比作长生粒。③婆娑：形容桂树枝繁叶茂的样子。④虚碧：天空。⑤檀露：此处形容桂叶上的露水清香袭人。⑥金粟

如来：佛名，即维摩诘大士。李白《答湖州迦叶司马问白是何人》诗："湖州司马何须问，金粟如来是后身。"金粟：桂花的别名，因其花蕊如金粟点缀而名。

【译文】

桂花，是月宫仙子嫦娥在天上与仙女们开玩笑时种下的"长生粒"。你看那桂树的枝干，枝繁叶茂，一定是经历了数千年才形成的。一旦有风吹过，桂花的香气就会四处飘动，充满整个天空。

桂花的气味和神韵，无物可比，桂叶上的露水，清香袭人，人间秋季的花卉有千万种，唯独桂花才能称得上是第一。桂花本是生在神圣的佛界里面，究竟是谁把它移到这里来，栽在小亭的旁边？

秋蕊香

【导读】

这是一首描绘美女形态的词，词意细腻逼真，宛如一幅形神兼备的工笔仕女图。此词描写人物的成功，多半得力于从绘画艺术借鉴过来的工笔细描功夫。

【原文】

髻稳冠宜翡翠，压鬓彩丝金蕊①。远山碧浅蘸秋水②，香暖榴裙衬地③。

亭亭，二八余年纪④，恼春意。玉云凝重步尘细⑤。独立花阴宝砌⑥。

【注释】

①彩丝金蕊：鬓发上以金丝装点的花形饰品。②远山：即远山眉，一种细长而舒扬，颜色略淡，清秀开朗的眉。秋水：形容女子双眸如秋水一样晶莹明澈。③榴裙：红艳的裙子。④亭亭：苗条的样子。二八：十六岁。苏轼《李钤辖座上分题戴花》诗："二八佳人细马驮，十千美酒渭城歌。"⑤玉云：脸部色泽、神态如白玉般光洁沉静。步尘细：轻盈的碎步。⑥宝砌：装饰华丽的台阶。

【译文】

美人发髻上稳稳地戴着适宜的翡翠簪，她拿起金丝装点的花形饰品，将它压在鬓发上。淡淡的碧绿色的远山眉，配着如秋水一样晶莹明澈的双眸，她的身上香气四溢，红艳的长裙拖在地面上。

亭亭玉立的身姿，十六岁多一点的青春年华，让春天瞧着也有几分妒忌。她的脸庞光洁如玉，步子迈得轻盈纤细。当她独自站在花荫下凝思时，宛若一尊用玉石堆砌成的仙女。

王澡

王澡（1166—？），字身甫，号瓦全，四明（今浙江宁波）人。光宗绍熙元年（1190）进士，宁宗嘉定中为国子博士，后通判平江（今江苏苏州）。著有《瓦全集》，存词二首。

霜天晓角　梅

【导读】

这是一首咏梅词。这首咏梅词意不在梅花本身，而是将梅花人性化，借梅花生不逢时的遭遇和孤高自赏的品性来表达对人生的某种体验和认知。

【原文】

疏明瘦直①，不受东皇识②。留与伴春终肯，千红底、怎著得③？

夜色，何处笛？晓寒无奈力④。飞入寿阳宫里⑤，一点点、有人惜。

【注释】

①疏明瘦直：形容梅花的姿态疏朗直挺。②不受东皇识：不受司春之神的喜爱。东皇：司春之神。③千红底：这里指百花。④无奈力：经受不住。⑤寿阳宫：这里指寿阳妆。寿阳妆是指古代女子在额上贴一梅花形的花子妆饰，也称梅花妆，额妆，额黄之妆，花钿妆或佛妆。是女子妆饰中非常重要一部分。

【译文】

梅花的姿态，过于疏朗直挺，所以它不可能受到司春之神的赏识。生性素洁的梅花即使同意留下来陪伴春天，可在争奇斗艳的百花中又哪有它的容身之处呢？

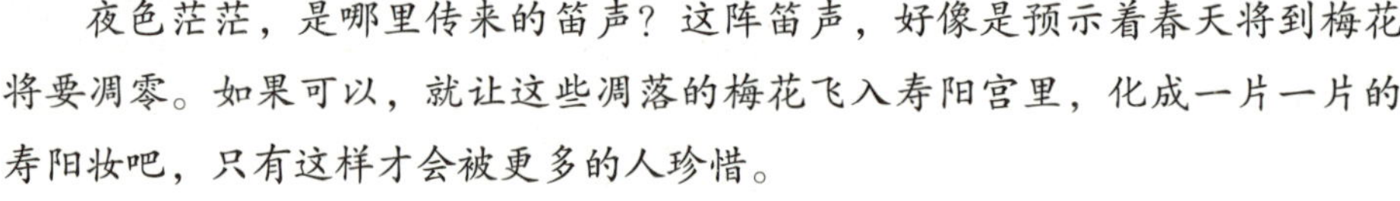

夜色茫茫，是哪里传来的笛声？这阵笛声，好像是预示着春天将到梅花将要凋零。如果可以，就让这些凋落的梅花飞入寿阳宫里，化成一片一片的寿阳妆吧，只有这样才会被更多的人珍惜。

赵与𫓶

赵与𫓶（生卒年不详），字庆御，号昆仑，宋室后裔。理宗淳祐十年（1250）进士。存词一首。

谒金门

【导读】

这是一首抒发离别之情的词。此词托为女子的口吻，对恋爱中薄幸轻浮的一方进行了谴责，含蓄地表达了惧怕岁月流逝难以寻觅及盼望意中人早日回家的感情。

【原文】

归去去①，风急兰舟不住。梦里海棠花下语，醒来无觅处。

薄幸心情似絮②，长是轻分轻聚③。待得来时春几许？绿阴三月暮。

【注释】

①去去：形容回去的急切心情。②薄幸：薄情。③轻分轻聚：比喻情人总是来去匆匆，不能与自己长相厮守。

【译文】

你走的时候，急匆匆的，狂风急催着船儿，似乎也不想让船在这里停留。梦里我们还在海棠花下互诉衷肠，可醒来之后我就再也寻觅不到你的身影了。

薄情的人，就像天空中胡乱飞舞的柳絮，从不把分别和相聚放在心里。即使将来有重新相聚的一天，只怕都已经到了春季，即便大地铺满绿荫又能怎么样，只怕那时三月转眼就要过去。

楼槃

楼槃（生卒年不详），字考甫，号曲涧，鄞县（今属浙江宁波）人。理宗绍定初（1228）为庆元府学教谕。词传二首。

霜天晓角　梅

【导读】

这是一首咏梅词。这首咏梅词的别致之处，在于通篇将梅花拟人化，并用第一人称的口气，由梅花自己来诉说自己的心事和想法。作者借梅花来表现像他一样的人的孤芳自赏的品格和缺少知音的苦闷。

【原文】

月淡风轻，黄昏未是清。吟到十分清处，也不啻①、二三更。

晓钟天未明，晓霜人未行。只有城头残角，说得尽、我平生。

【注释】

①不啻（chì）：不仅。

【译文】

我这么素洁幽静，月淡风轻的黄昏怎能比得上我的清雅。如果说夜晚是美妙至极的，那我至少比得过最美的二更和三更。

晓钟敲响时，天还没亮，晨霜已经落下了，人们还没有出行。谁能真正地了解我呢，或许只有那历经沧桑的城头隐约的角声，才能说尽我的平生吧。

霜天晓角

【导读】

本篇是前一篇的姊妹篇，它还是用拟人化的手法和第一人称的口气，承接前一篇末尾"只有城头残角，说得尽、我平生"的话头，诉说梅花在人世缺少知音的苦闷。

【原文】

剪雪裁冰①，有人嫌太清。又有人嫌太瘦，都不是、我知音。

谁是我知音？孤山人姓林②。一自西湖别后，辜负我、到如今。

【注释】

①剪雪裁冰：这里指梅花性情高洁宛如冰雪做成的。②孤山人姓林：这里指宋代诗人林逋（bū）。林逋，字君复，后人称为和靖先生，汉族，奉化大里黄贤村人，北宋著名的隐逸诗人。林逋隐居西湖孤山，终生不仕不娶，唯喜植梅养鹤，自谓"以梅为妻，以鹤为子"，人称"梅妻鹤子"。

【译文】

我性情高洁，就像是剪出的雪花和裁出的冰，世间有人嫌弃我太过清高，还有人嫌弃我太过瘦弱，这些人，都不是我的知音。

谁能称得上是我的知音呢？只有那个叫林逋的孤山人。自从上次我们西湖一别后，他再也没有为我写过诗句，他辜负了我，直到如今。

钟过

钟过（生卒年不详），字改之，号梅心，庐陵（今江西吉安）人。理宗宝祐三年（1255）中解试。存词一首。

步蟾宫

【导读】

本篇的主旨是伤春。作者因荼蘼花开而油然伤春，感叹岁月无情，又受到了春景的感染，使自己仿佛回到了十年前。

【原文】

东风又送荼蘼信[①]，早吹得、愁成潘鬓[②]。花开犹似十年前，人不似、十年前俊。

水边珠翠香成阵[③]，也消得、燕窥莺认[④]。归来沉醉月朦胧，觉花气、满襟犹润。

【注释】

①东风又送荼蘼信：古人认为风应花期而来，简称花信风。由小寒到谷雨共八个节气，一百二十日，每五日为一候，计二十四候，每候应一种花信。荼蘼为最后一番花信，此花一开意味着春天即将进入尾声，所以“荼蘼信”即指暮春时节。②潘鬓：两晋时的潘岳年方三十二岁，即生白发。后以“潘鬓”指代中年头发初白。③珠翠：泛指用珍珠翡翠做成的各种装饰品。④燕窥莺认：形容青年男女恋爱的欢乐场景。

【译文】

东风又吹得荼蘼花儿开放，预示着已经到了暮春时节，一想到春天就快要被风吹走，我就不禁生出愁绪，愁得就像潘鬓一样。如今的荼蘼花开得同十年前一样芬芳，可我却已经失去了十年前的俊俏模样。

水边有许多穿戴华丽的女子在那里游玩，见到此景，我也准备同她们一起欢快地游玩一场。回去时，我沉醉在天空中那轮朦胧的月亮下，水边的花香如此的浓郁，似乎我身上都被这清润的芳香打湿了。

李肩吾

李肩吾（生卒年不详），名从周，肩吾为字，一字子我，号蠙洲，彭山（今属四川）人。为魏了翁门客，精六书之学，著有《字通》一卷，极为魏了翁所称许。传词十首。

抛球乐

【导读】

这是一首闺怨词，主旨是对春色流逝的感叹。全词用简洁的笔墨，描写清明时节忽雨忽晴，女主人公春思缭乱的情节，恰切地传达了相思念远时的缭乱感伤之情。

【原文】

风罥蔫红雨易晴[1]，病花中酒过清明[2]。绮窗幽梦乱于柳，罗袖泪痕凝似饧[3]。冷地思量著[4]，春色三停早二停[5]。

【注释】

①罥（juàn）：牵挂。蔫红：枯萎的花。②病花中（zhòng）酒：因花落而伤感甚至大醉一场。③饧（xíng）：用麦芽或谷芽熬成的饴糖类食物，此处比喻泪水之多如同饧的稠汁。④冷地：突然。⑤三停早二停：这里指三分春色已去了二分。

【译文】

清明时节，天气忽雨忽晴，狂风将落花扫得漫天飞舞，我沉溺在赏花醉酒中无法自拔。缭乱伤感的我还在梦中贪恋着柳色，醒来后衣服上已经沾满了泪水，泪水多得如同饧的稠汁一样。等我冷静下来时，突然发觉清明已过，三分春色早已没了二分。

清平乐

【导读】

这是一首描写留恋之情的词，言简意赅且娇柔动人。此词造境和抒情十分委婉含蓄，表现在对话里的一些用语有双重乃至多重的含义。

【原文】

美人娇小[1]，镜里容颜好。秀色侵人春帐晓，郎去几时重到？

叮咛记取儿家[2]：碧云隐映红霞。直下小桥流水，门前一树桃花。

【注释】

①美人：词中的自称。②记取：记住。儿家：我家，女子自称。

【译文】

我身材娇小玲珑，镜子中的我，有着美丽的容颜。与情郎在一起还没有欢爱够，天就已经亮了，情郎啊，你这一走，什么时候还能再回来？

离别时，我曾反复叮嘱你要记得我家的位置：我家上面的蓝天，经常隐露出红霞。你从流水的小桥上一直向下走，就能看见我家门前的一树桃花。

乌夜啼

【导读】

这是一首闺怨词，写作者春寒到来之时对一位昔日女相好的深切思念，和在离人去后环境冷落、旧梦新愁中觉得孤独冷清。通篇语婉情深，真挚感人。

【原文】

径藓痕沿碧甃[①]，檐花影压红阑。今年春事浑无几[②]，游冶懒情悭[③]。

旧梦莺莺沁水[④]，新愁燕燕长干[⑤]。重门十二帘休卷[⑥]，三月尚春寒。

【注释】

①甃（zhòu）：以砖瓦砌的井壁。②浑：简直，几乎。③悭（qiān）：欠缺、缺乏。④莺莺：指所思念的女子。沁水：代指女子家的园林。汉明帝为他的女儿沁水公主建了一座沁园。⑤长干：代指里巷。古建康城（今江苏南京）有长干巷。⑥重门十二：泛指庭院很深，门户很多。

【译文】

井壁上布满苔藓，尾檐下红花的影子落在了栏杆里。春天所剩的时间不多了，面对着眼前春意阑珊的景象，顿时就没有外出游乐的兴致了。

在梦中，我常常会见到你，见到我们在你家园林中欢乐的场景。眼前一对儿一对儿的燕子从里巷飞出，又引起我无尽的愁绪。现在正值寒冷的三月，你要注意爱护自己的身体啊，千万不要在这寒冷的天气里卷起门帘向外望。

鹧鸪天

【导读】

这是一首闺思词，写的是春闺怨情。和前一篇一样，本篇也因其情真意切而受到况周颐《历代词人考略》卷三十六的称许："此等词所谓生香真色，

人难学也。"

【原文】

绿色吴笺覆古苔[①]，濡毫重拟赋幽怀[②]。杏花帘外莺将老，杨柳楼前燕不来。

倚玉枕，坠瑶钗。午窗轻梦绕秦淮[③]。玉鞭何处贪游冶[④]，寻遍春风十二街[⑤]。

【注释】

①吴笺：吴地所产笺纸。古苔：指苔纸，古人用水藻类植物制成的纸，有苔藓一样的绿色。②濡（rú）毫：将毛笔濡湿，这里指写信。幽怀：深藏于内心的绵长情怀。③秦淮：秦淮河，这里代指酒楼妓馆一类的繁华场所。④玉鞭：马鞭的美称，这里代指代心中那个薄情的人。⑤春风十二街：这里代指歌楼妓馆。

【译文】

吴地所产的笺纸像是蒙着一层古旧的绿苔，我将毛笔濡湿，蘸了墨汁之后开始写信来抒发我的感情。帘外杏花枝头上的黄莺啼声变得微弱，看来也是老了，就像即将老去的我一样，美貌尽失，楼前杨柳枝条上的燕子也一直没有飞回来，就像你一样，一去不回。

我慵懒地倚着玉枕，凤钗歪歪斜斜地戴在头上。午睡时我做了一个很短的梦，梦里出现了很多酒楼妓馆。薄情的人啊，你是不是正在外面贪恋别人的美色，我要寻遍街上的所有歌楼妓馆把你给找出来。

黄简

黄简（生卒年不详），一名居简，字元易，号东浦，建安（今属福建）人。隐居吴郡光福山，理宗嘉熙中卒，通判翁逢龙葬之虎丘。传词三首。

柳梢青

【导读】

这是一首闺思怀人的词，描写了作者在异乡的寒食节和清明节两个节日所触发的思念之情。全篇含思深婉，精于炼字炼句，文情俱妙。

【原文】

病酒心情，唤愁无限，可奈流莺[1]。又是一年，花惊寒食，柳认清明。

天涯翠巘层层[2]，是多少、长亭短亭[3]！倦倚东风，只凭好梦，飞到银屏[4]。

【注释】

①可奈：怎奈，无奈。②巘（yǎn）：山峰。③是多少、长亭短亭：形容归去的路途遥远。化用李白《菩萨蛮》词："何处是归程，长亭更短亭。"亭是古代官道中供人休息的驿站，有"十里一大亭，五里一小亭"之说。④银屏：镶嵌银的屏风。古时屏风上多为山水画，诗词中多提及此，大抵是因为山水画中的场景像脑海中似曾相识的地图，极易引发人的联想。

【译文】

此刻的心情就像喝醉了酒，涌现出了无限的思愁，对于如流莺飞过一样快的青春年华，我也是无可奈何。转眼又是一年，直至见到花开的时候，才惊讶寒食节的到来，当看到柳树碧绿时，才知道已经到了清明节了。

翠绿的山峰没有尽头，像是通向天涯的路，这条路很遥远，不知道期间有多少个长亭和短亭啊！我在东风中苦苦等候着你，十分疲倦，我做这一切，只是为了做一个美梦，在梦里，我们一同飞进银屏的山水中四处游玩。

玉楼春

【导读】

这是一首闺情词，一般的闺情词都是写闺怨，本篇却单写闺中人之乐，塑造了一个聪明颖悟、娇憨活泼的富贵人家青春少女的形象。

【原文】

龟纹晓扇堆云母[1]，日上彩阑新过雨。眉心犹带宝觥醒[2]，耳性已通银字谱[3]。

密夜彩索看看午，晕素分红能几许？妆成援镜问春风[4]，比似庭花谁解语[5]？

【注释】

①龟纹晓扇堆云母：形容扇子的精美，上面绣有龟纹，装饰有云母。云母，矿石名，能分裂成透明薄片。古人以为此石是云之根，故名云母，常用作装饰屏风、扇子等。②觥（gōng）：觥是中国古代的盛酒器，流行于商晚期至西周早期。椭圆形或方形器身，圈足或四足。酲（chéng）：喝醉了神志不清。③耳性：记忆、记性。银字：笙笛类管乐器上用银作字，以表示音调的高低，也借指乐器。这里比喻鸟儿的叫声。④挼（ruó）：挪。⑤解语：王仁裕《开元天宝遗事》："明皇秋八月，太液池有千叶白莲数枝盛开，帝与贵戚宴赏焉。左右皆叹羡久之，帝指贵妃示于左右，曰：'争如我解语花？'"后人遂以"解语花"来比喻美女。

【译文】

清早起来，她推开窗户悠闲地看着天空，天上堆满了白云，雨过天晴的天气显得格外温馨。刚刚醒酒的她，眉宇间还带着酒醉的红晕，在窗边聆听着花丛间的鸟鸣声。

她在闺房中不断地梳洗打扮，涂脂抹粉直到中午。化好妆后，她挪开了镜子询问春风，我与庭院中的鲜花相比，哪一个更好看呢？

陈策

陈策（1200—1274），字次贾，号南墅，上虞（今属浙江）人。早年试科举不利，屡为李曾伯、马光祖等人辟为幕属，积官阶至训武郎。度宗咸淳十年（1274）卒。其词今存二首。

摸鱼儿　仲宣楼赋①

【导读】

这是一首登临怀古之词。全词因登高而生情，因怀古而伤今，格调悲壮，凄婉动人，堪称宋词中的《登楼赋》。

【原文】

倚危梯、酹春怀古[②]，轻寒才转花信[③]。江城望极多愁思，前事恼人方寸[④]。湖海兴[⑤]，算合付、元龙举白浇谈吻[⑥]。凭高试问，问旧日王郎，依刘有地，何事赋幽愤[⑦]？

沙头路，休记家山远近。宾鸿一去无信[⑧]。沧波渺渺空归梦，门外北风凄紧。乌帽整，便做得、功名难绿星星鬓[⑨]。敲吟未稳，又白鹭飞来，垂杨自舞，谁与寄离恨。

【注释】

①仲宣：即王粲，字仲宣，汉末人，以文学见长，曾流落荆州，依附刘表，未被重用。在荆州，他曾登江陵（今属湖北）城楼，写了著名的《登楼赋》，抒发去国怀家之悲。后人遂名此楼为“仲宣楼”。②危梯：高耸的楼阁。酹（lèi）：把酒浇在地上以祭奠别人。③花信：开花的消息。④方寸：指内心。⑤湖海兴：豪迈不凡的英雄气概。⑥元龙：即陈登，字元龙，下邳淮浦（今江苏涟水西）人。东汉末年将领、官员。⑦幽愤：郁结于心的悲愤。⑧宾鸿：指鸿雁南北迁徙如人四处作客他乡。⑨星星：指头上的白发。

【译文】

我登上高楼，倚靠着高耸的楼阁，把酒浇在地上，在楼上怀古，此时微寒的天气刚过，天气逐渐变暖，百花也即将迎来开放。我站在江边的城头上望向远方，心底不时地涌出一阵阵愁绪，往事历历在目，不堪回首。我这种豪迈不凡的英雄气概，一身的雄心壮志，也只有像陈登这样的英雄人物才配跟我交谈。我站在这高处试问，当年王粲依附刘表后已经有了立足之处，为何还要登上城楼发泄心中的悲愤呢？

走在江边的沙洲上，哪里还顾得上家乡离得远近，我就像一直迁来迁去的鸿雁，一去就是杳无音信。这么多年的沧桑经历，最后都化成了一场空梦，世事险恶啊，就像那门外凄厉的北风一样。乌纱帽再高大端正，即使戴得稳固取得了功名，也不能让双鬓的白发重新变青。我一边敲击一边吟诵，胸中的愤懑还是无法泄尽。我见到了天上的白鹭悠闲地飞着，垂杨自顾自地舞弄着枝条，不禁发出一声长叹，我这满腔的忧愁，又能有谁为我传送呢。

满江红　杨花

【导读】

同上一篇《摸鱼儿》一样，本词也是写词人感怀自己的身世。只不过，前篇是借登楼以遣怀，本篇却是借咏杨花以抒悲。

【原文】

倦绣人闲，恨春去、浅颦轻掠[①]。章台路[②]，雪粘飞燕，带芹穿幕[③]。委地身如游子倦，随风命似佳人薄。叹此花、飞后更无花，情怀恶。

心下事，谁堪托。怜老大[④]，伤漂泊。把前回离恨，暗中描摸。又趁扁舟低欲去，可怜世事今非昨。看等闲、飞过女墙来[⑤]，秋千索。

【注释】

①浅颦：微皱着眉头。②章台路：汉时长安的街名，后多以喻歌妓居住之所。③芹：这里指芹泥，水芹是生长在水边的草本植物，其泥有香，燕子喜以筑巢。④老大：年老。⑤等闲：无端、平白地。女墙：垒在建筑上的矮墙，有射孔，呈凹凸形。

【译文】

刺绣绣得累了，就停下针线休息一会儿，不禁为春天的离去而感到惆怅，双眉也因此轻轻地皱了起来。看向那片热闹的歌妓住所，杨花像雪花一样舞动纷纷，粘在飞来飞去的燕子身上，燕子一边载着它一边衔着用来筑巢的芹泥。杨花飘落在地上时，就像不喜欢漂泊的游子一样，随风摇摆时，如同红颜薄命的佳人一样。我不得不感叹，杨花一旦飞落，百花也会先后凋谢，一想到这些，心情瞬间就变坏了。

心中的忧愁事，无人能够为我解脱。我现在老了，很怕将来会再次居无定所。心中还在思量着上次的离恨，现在想要乘一叶扁舟偷偷地将他寻觅，可又担心世事难料、人心今非昔比。只好呆呆地看着杨花飘过女墙，粘落在秋千的绳索上。

黄昇

黄昇（生卒年不详），字叔旸，号玉林，又号花庵词客，晋江（今属福建）人。或谓建阳或闽县（均属福建）人。不事科举，吟咏自适。有《散花庵词》一卷。另编有《绝妙词选》二十卷。

清平乐　宫词

【导读】

这是一首宫怨词。词中描写了一位宫女失宠后的寂寞哀怨，语言明快流畅而又有余韵，结构颇有特色。

【原文】

珠帘寂寂，愁背银釭泣①。记得少年初选入，三十六宫第一②。

当时掌上承恩③，而今冷落长门④。又是羊车过也⑤，月明花落黄昏。

【注释】

①银釭（gāng）：银色的油灯。②三十六宫：形容宫殿之多。班固《西都赋》："离宫别馆，三十六所。"③掌上承恩：相传赵飞燕体态轻盈，能在掌上跳舞。④长门：汉武帝时陈皇后失宠，幽居于长门宫。⑤又是羊车过也：指君王车驾已过。羊车：羊拉的车。相传晋武帝所宠的嫔妃很多，有时武帝也不知道该宠幸哪一位，所以就坐着一辆由羊拉的车，任羊随意拉自己到哪个宫院。于是嫔妃就让宫女们取些竹叶插在门口，在地上撒上些盐汁来引羊车到自己那儿。后以羊车指代皇帝车驾。

【译文】

珠帘静静地低垂，她心情苦闷，背对着油灯默默地流泪。记得还是少女时，她就被选入了宫中，所有宫殿里的妃子，数她最美。

当年她备受君王恩宠，如今却被冷落在了长门宫中。又传来一阵皇帝车驾从这里经过的声音，而她却只能呆呆地坐在那里，看着黄昏中的落花，明月下，只有一个孤单的身影。

李振祖

李振祖（1211—？），字起翁，号中山，闽县（今属福建）人，理宗宝祐四年（1256）登进士第。传词一首。

浪淘沙

【导读】

这是一首咏景词，写春游中的湖上风光。这首词的叙事成分很重。如此短的一首词，作者能将环境、事件和男女双方的动作情志充分描绘出来，既是写实，又具象征性。足见词人用笔精练，表现技巧很高。

【原文】

春在画桥西，画舫轻移[①]。粉香何处度涟漪[②]？认得一船杨柳外，帘影垂垂。

谁倚碧阑低，酒晕双眉。鸳鸯并浴燕交飞[③]。一片闲情春水隔，斜日人归。

【注释】

①画舫：指装饰漂亮、美丽的游船。②粉香：这里指代美人。③燕交飞：双飞的燕子。

【译文】

春色就在这画桥的西边，画舫在湖中慢慢地移动着。我看到了一个貌美如花的女子，她将要划船去到什么地方游玩？我看见了，那位美人的船就在对面的杨柳下，她的船舱还隐隐垂挂着珠帘。

是谁在倚着绿色的船栏，羞红的脸上泛着红光。她看着那一对对游泳的鸳鸯和飞翔的春燕。一片温暖的闲情在这春水中弥漫，直到夕阳西下的时候，人们才恋恋不舍地归还。

薛梦桂

薛梦桂（生卒年不详），字叔载，号梯飙，永嘉（今浙江温州）人。理宗宝祐元年（1253）进士。曾知福清县，仕至平江通判。存词四首。

醉落魄

【导读】

这是一首描写初春景色的词。全词以清丽的笔触勾绘了初春时节的景色，词意生动明快，给人以清新鲜活之感。

【原文】

单衣乍著①。滞寒更傍东风作②。珠帘压定银钩索。雨弄新晴，轻旋玉尘落③。

花唇巧借妆红约，娇羞才放三分萼。樽前不用多评泊④。春浅春深，都向杏梢觉。

【注释】

①乍著：刚穿上。②滞寒：滞留的寒气。③玉尘：指白色的落花。④评泊：评定，商议。

【译文】

初春时分，天气慢慢变暖，我刚穿上单衣。东风正在吹送着滞留的寒气。我用银钩拉下珍珠帘子，用来抵御寒气。刚放晴的天气又下起了细雨，像一片片白色的落花轻轻地洒在地上。

那红艳的花朵，巧妙地借来了脂粉把自己装扮得异常红艳，微微绽开的花瓣还带着几分娇羞，透出了三分春意。要说我犯了禁忌，就是饮酒时不应该对花随意评定。如果你想知道春浅、春深，或是春天已经走到哪里，你去看看杏花的枝头，就能找到谜底了。

眼儿媚　绿笺[1]

【导读】

这是一首咏物词。一幅信纸，其实本无多少东西可写，但作者善于联想发挥，对绿笺前后左右与之相关的事物及用绿笺之人加以描绘渲染，写出了它的文化意蕴，写出了用绿笺之人的感情。此词虽为游戏之笔，但写出了人情，写出了意境，是咏物词中有境界、有情趣的佳作。

【原文】

碧筒新展绿蕉芽[2]，黄露洒榴花[3]。蘸烟染就，和云卷起，秋水人家。

只因一朵芙蓉月[4]，生怕黛帘遮。燕衔不去，雁飞不到，愁满天涯。

【注释】

①绿笺（jiān）：绿色的信纸。②绿蕉芽：形容信笺的碧绿。③黄露洒榴花：这里指绿笺上印有精美的石榴花。④芙蓉月：指代闺中女子。

【译文】

我从碧玉筒中取出了一张蕉芽般嫩绿的信笺，这张信笺上，印着精美的石榴花。我蘸了下墨汁，举手投足间便将信笺写满了，那思念的语言如同白云一样翻卷，我真的希望，这封信笺能被秋水那边的人儿看见。

只因那张如芙蓉月般俊俏的脸经常在我心中浮现，我怕这张脸随时会消散，甚至都不敢眨眼。可惜啊，这封用绿笺写的信，永远也无法寄到情人那里，燕子不衔走这封信，大雁也不帮我传这封信，我的忧愁啊，已经布满了天涯。

三姝媚

【导读】

这是一首闺思词，也是一篇风格凄婉、清丽而不流于纤艳的抒情佳作。

【原文】

蔷薇花谢去，更无情、连夜送春风雨。燕子呢喃[1]，似念人憔悴，往来朱户。涨绿烟深，早零落、点池萍絮[2]。暗忆年华，罗帐分钗，又惊春暮。

芳草凄迷征路。待去也、还将画轮留住[3]。纵使重来，怕粉容销腻，却羞郎觑[4]。细数盟言犹在，怅青楼何处？绾尽垂杨，争似相思寸缕[5]。

【注释】

①呢喃：轻声细语，此指燕子的鸣叫声。②点池萍絮：落入池塘的杨花柳絮。③画轮：雕刻有花纹的车辆。④觑（qù）：看。⑤争似：怎似。

【译文】

蔷薇花都凋谢了，更无情的，是老天又送来了一夜的风雨。燕子在豪门朱户间飞来飞去，轻轻地鸣叫着，像是挂念着我这个憔悴的人。绿水升涨，柳烟浓郁，杨花早已凋落，飘入池塘化作浮萍飘絮。回忆起当年的光景，我们在罗帐中将金钗分开彼此留作纪念，我非常害怕春暮，因为春天过去了，你也要走了。

送别你的那条路，芳草凄凄，你当时恋恋不舍，也希望能将车留在这里。哎，即便你能再回来，只怕那时我已经粉容失色，不好意思再见你了。仔细想来，我们的山盟海誓仿佛还在，可我又能去哪个青楼妓馆中找寻你的身影呢？纵使挽尽所有的柳条，揽尽所有的杨花飞絮，也比不上我对你的无尽柔情，和相思的愁绪。

浣溪沙

【导读】

这是一首春情词。作者既善于写景，更善于借景抒情。一般的春词多是上片写景，下片抒情，本篇却打破常格，通篇亦景亦情，将景与情融合在一起来写。从而准确生动地传达出闺中人在仲春时节的敏锐感受和复杂心情。

【原文】

柳映疏帘花映林。春光一半几销魂。新诗未了枕先温①。

燕子说将千万恨②。海棠开到二三分。小窗银烛又黄昏。

【注释】

①枕先温：枕头已被日光烘暖，时间已近中午。②千万恨：这里指闺中人的愁怨。

【译文】

柳树的枝条透进门帘，红色的花朵点缀着树林。春天才过了一半，就已经让人销魂。我的新诗还没作好，枕头就已经被太阳烤得暖烘烘的了，原来，已经到了晌午了。

庭院里的燕子不停地鸣叫着，好像是在替我倾诉着愁怨。海棠花儿还没完全绽放，才展露出二三分姿色。一天过得真快啊，好像才没过多久，小窗上的银烛就被点亮了，转眼间，又是一个黄昏。

曾揆

曾揆（kuí）（生卒年及事迹不详），字舜卿，号懒翁，南丰（今属江西）人。存词三十余首。

西江月

【导读】

这是一首怀人词，写的是旅居在外的男子对妻子的思念。全篇心理描写细腻，风格轻柔幽婉。

【原文】

檐雨轻敲夜夜，墙云低度朝朝。日长天气已无聊，何况洞房人悄[①]。

眉共新荷不展，心随垂柳频摇。午眠仿佛见金翘[②]，惊觉数声啼鸟。

【注释】

①洞房：内室。②金翘：金制的一种妇女首饰，形如鸟尾上的长羽。这里代指所思念的人。

【译文】

连着好几个夜晚都是阴雨绵绵的天气，雨水不停地敲打着屋檐，今天的云雾下降得很低，都快低到墙头上了。一到夏天，就经常出现这样的天气，让人百无聊赖，房内一个人都没有，只有我每天在这里孤单地生活着。

我的愁眉，就像是未展开的新荷，心思就像频频摇摆的柳条，飘摇不定。午睡时，我梦见了我的妻子，我仿佛看到了她长了一双金翅向我飞来，都怪那几只突然啼叫的鸟，把我的好梦给惊醒了。

卷

四

吴文英

吴文英（1200？—1260？），字君特，号梦窗，晚年又号觉翁，四明（今浙江宁波）人。本姓翁，与翁元龙、翁逢龙为亲兄弟，因过继为吴氏后嗣，遂改姓吴。一生未第，游幕终身，于苏州、杭州、越州三地居留最久。喜交游，与尹焕、沈义父、周密等词人均有交往。为南宋词坛巨擘，与周邦彦、姜夔齐名，人称“周吴”和“姜吴”。其词重视格律声情，善于修辞、用典，运意曲折幽深，意象绵密华丽，但有晦涩之弊。有《梦窗甲乙丙丁稿》。

青玉案

【导读】

这首词是作者为悼念亡妾而作。此词情景交融，风格婉丽，颇受广大诗词家的青睐。

【原文】

短亭芳草长亭柳，记桃叶[①]，烟江口。今日江村重载酒，残杯不到[②]，乱红青冢[③]，满地闲春绣[④]。

翠阴曾摘梅枝嗅，还忆秋千玉葱手[⑤]。红索倦将春去后[⑥]。蔷薇花落，故园蝴蝶，粉薄残香瘦。

【注释】

①桃叶：王献之妾的名字，古代词中多以桃叶代指心爱的女人，这里代指作者的亡妾。②残杯：喝剩下的酒。③乱红青冢：落满花朵的坟墓。青冢：本指王昭君墓，相传冢上草色常青，故名。后指坟墓。杜甫《咏怀古迹》诗：“一去紫台连朔漠，独留青冢向黄昏。”④春绣：形容园中盛开的百花。⑤玉葱手：形容女子手指的纤细。白居易《筝》诗：“双眸剪秋水，十指剥春葱。”⑥红索：秋千的绳索。宋祁《好事近》词：“昨夜一庭明月，冷秋千

红索。”

【译文】

短亭边的芳草萋萋，长亭旁的柳树成荫，我在这烟雾蒙蒙的江边追忆着我逝去的爱妾。今天我再一次带着酒来到江村，将一杯喝剩下的酒，洒在落满花朵的坟墓上，漫山遍野院子中花儿们开得那么美丽。

当年我们在青翠的梅树下摘果嗅着梅的清香，我还清晰地记得，扶在秋千架上你纤细的玉手。可惜啊，我们美好的时光在这秋千的绳索上，就像春天离去后一样消失了。蔷薇花凋谢了，残余的花香散尽，故园的蝴蝶也因此消瘦不堪，就像你走了以后，我也变得万般憔悴。

好事近

【导读】

此词为感秋怀人之作。上片写夏、秋季节的转换，描写转瞬即逝的欢情。下片写湖上的秋景并以此寓情，表现出了伊人云水相隔，情意终难维系的思想感情。

【原文】

飞露洒银床①，叶叶怨梧啼碧。蕲竹粉连香汗②，是秋来陈迹。

藕丝空缆宿湖船，梦阔水云窄。还系鸳鸯不住，老红香月白。

【注释】

①洒：有本作“湿”。银床：银色的井架。②蕲（qí）竹：竹名，出于湖北蕲州，用它做的竹笛、箫管，音质清幽且柔和。这里指用蕲竹做的凉席。

【译文】

天上飞洒着蒙蒙细雨，雨水打湿了银色的井栏石壁，滴滴敲打，传来梧桐叶子的声声叹息，哀叹自己的一身绿色即将要褪去。用蕲竹做的凉席上还沾染着你的脂粉和香汗，这是那年秋天你留下的痕迹。

藕丝虽长却空把投宿的小船拴系，怎样也无法让船上的人永久留宿，我也只能在水阔云低的梦中陪伴着你。真是空有那么多的藕丝，却不能将你我两只鸳鸯系在一起，眼前的花红香色已经枯萎，月光也变得惨白，此情此景，怎能不令人生出无尽的离愁别绪。

风入松

【导读】

这首词是吴文英伤春伤别词的代表作之一，写于清明期间的西园，词中通过对清明风雨和西园景色的描写，表达了作者度过清明的寂莫情怀和对旧情的思念。

【原文】

听风听雨过清明，愁草瘗花铭①。楼前绿暗分携路②，一丝柳、一寸柔情。料峭春寒中酒③，交加晓梦啼莺④。

西园日日扫林亭，依旧赏新晴⑤。黄蜂频扑秋千索，有当时、纤手香凝。惆怅双鸳不到⑥，幽阶一夜苔生⑦。

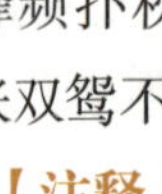

【注释】

①瘗（yì）花铭：即葬花的铭文。瘗：埋葬。南北朝文学家庾信曾著有《瘗花铭》。铭：古代的一种文体。②分携：分手，别离。③料峭：寒风吹袭肌肤，让人发抖的样子，多用于春寒。中（zhòng）酒：醉酒。④交加：缤纷杂乱。⑤新晴：风雨过后，天气晴朗。王维《新晴野望》诗："新晴原野旷，极目无氛垢。"⑥双鸳：指美人的绣鞋。⑦一夜苔生：一夜之间长满了苔藓。

【译文】

听着窗外杂乱的风声和雨声，我度过了清明，心中的愁绪无法排解，便写起了葬花的铭文。楼前就是我们曾经分别的地方，那里绿柳成荫，每一根柳丝都充满着一寸柔情。寒风不停地吹着我的身体，使我瑟瑟发抖，我在这春寒的天气中借酒消愁，直到早上黄莺纷乱啼鸣时才从梦中惊醒。

我每天都把西园打扫得干干净净，心想着如果你归来，我们依旧可以在这干净的西园中观赏雨后初晴的清新。蜜蜂不断扑向秋千的绳索，因为那秋千上还凝有当时你的纤纤玉手残留的香味。哎，可惜你不会回来了，再也听不到你绣鞋落地的声音，你看那外面幽静的台阶上，一夜之间竟是苔藓丛生。

朝中措

【导读】

这首词是一首闺情词，写的是独守空房的闺中人春日的寂寞无聊之态和伤感怨悱之情。

【原文】

晚妆慵理瑞云盘[①]，针线傍灯前。燕子不归帘卷，海棠一夜孤眠。

踏青人散，遗钿满路[②]，雨打秋千。尚有落花寒在，绿杨未褪青绵[③]。

【注释】

①瑞云盘：女子发髻的样式，将头发如祥云一样盘起来。②遗钿（diàn）：因热闹拥挤遗落在地上的首饰。钿：古代一种嵌金花的首饰。③青绵：尚绿未老的杨花。

【译文】

晚上梳妆时，懒得再去梳理瑞云发髻，独自坐在灯下，默默地做着针线活儿。门帘虽然高卷着，却看不见从此飞走的燕子再飞回来，看来今夜只有屋外的海棠陪我孤独入眠了。

外出踏青游玩的人们已经散去了，路上到处都是游人遗落的钗钿首饰，窗外雨水敲打着秋千，眼前只有一幅游人散去凄楚伤感的画面。将花儿吹落的风还透着阵阵轻寒，绿杨上的杨花并没有褪去，还带着绵绵绿色。

浪淘沙

【导读】

这是一首伤逝词，是作者为悼念亡妾而作。上片写羁旅行愁，写得婉转动人。下片怀想西园中的往事，写得一往情深，缠绵悱恻。

【原文】

灯火雨中船，客思绵绵[①]。离亭春草又秋烟。似与轻鸥盟未了[②]，来去年年。

往事一潸然[③]，莫过西园[④]。凌波香断绿苔钱[⑤]。燕子不知春事改，时立秋千。

【注释】

①绵绵：连绵不断的样子。②鸥盟：与鸥为盟，这里作者想表明自己隐居江湖的决心，一生与鸥鹭为伴。③潸（shān）然：流泪的样子。④西园：诗词中对园林的泛称，这里指作者在临安的住所。⑤凌波：本意是美人飘逸的步履，这里代指所思念的女子。绿苔钱：即绿苔。因苔点形状圆如铜钱，故称苔钱。

【译文】

两岸灯火通明，照耀着雨中的小船，在异地为客的我，思愁连绵不断。我们分离的时候，亭子边春草才刚刚长出新芽，转眼间，秋风已经开始吹送云烟。就像是当年与鸥鹭结下的隐居避世盟约一直没有实现，所以只能年年在江湖上，来来去去不停漂泊了。

往事不堪回首，每当想起时眼泪就止不住流下来，我们曾经一起游玩过的西园，我再也不忍心经过那里，只怕触景生情。你已经不在人世了，你美丽的身影和轻盈的步履，也都不会再出现在那长满绿色苔藓的路径。燕子似乎不知你已经离开人世，它们依然经常光顾这里，时而在你曾经荡过的秋千上站立。

高阳台　丰乐楼分韵得“如”字①

【导读】

本篇是作者在应酬场合中的分韵填词之作，却不落俗套，而是能借题发挥，抒写自己心中的愁思。全篇意象既美丽，又含有作者惊恐、零乱等主观感受，像极了在国破家亡前夕的凄惶预感。

【原文】

修竹凝妆②，垂杨驻马，凭阑浅画成图。山色谁题，楼前有雁斜书③。东风紧送斜阳下，弄旧寒、晚酒醒余④。自销凝⑤，几许花前，顿老相如⑥。

伤春不在歌楼上，在灯前攲枕⑦，雨外熏炉。怕有游船，临流可奈清臞⑧。飞红若到西湖底，搅翠澜、总是愁鱼。莫重来，吹尽香绵⑨，泪满平芜⑩。

【注释】

①丰乐楼：西湖之滨著名的酒楼。②凝妆：盛妆，浓妆。③雁斜书，指雁阵排列成的“人”字形。形容斜飞的雁仿佛为远山的画面题字落款。④醒余：酒醒后。⑤销凝：消魂。⑥相如：这里指西汉的文人司马相如，此处作

者用司马相如自比。⑦攲（qī）枕：斜靠着枕头。⑧清臞（qú）：清瘦。⑨香绵：柳绵，柳絮。苏轼《蝶恋花》词："枝上柳绵吹又少，天涯何处无芳草。"⑩平芜：平旷的草地。

【译文】

修长的竹子就像盛装打扮的美女，一棵棵垂杨柳就像站立在那里的骏马，我登上高楼，凭栏远望，远处的山色就像是一幅浅描淡写的水墨画。不知如此美丽的山色是谁题写，但见楼前有斜飞的大雁从空中飞过，或许是大雁书写的吧。东风使劲地吹着，好像要将夕阳赶紧吹落，这场风不仅吹出了和去年一样的春寒，还让我从晚上醉酒中醒来。此刻我独自伤感凝思，人的一生，到底能有多少次花前月下，纵然我有司马相如那样的才华，也抵挡不住岁月瞬间染白了我的头发。

伤春的心情，不会在歌楼上的宴饮乐舞当中，而是独自斜倚着枕头面对着孤灯，听帘外的雨声潇潇，屋内熏炉里的香气缭绕，这才是最孤独寂寞的时候。我最怕乘船出游时在岸边停船，无奈的是临水而立时看到水中自己消瘦的身影。倘若落红飞花飘到西湖的水底，搅起层层绿浪，定会惊扰了鱼儿，总是让鱼儿也同我一样充满愁苦。我不想再来这里了，看着东风把柳絮吹得四处飘散，我思念的泪水，也将洒满这平旷荒芜的草地之上。

思佳客

【导读】

这是一首伤逝词，是作者有感于亡妾而作。本篇借用《庄子·齐物论》中庄子化蝶的典故，来表达自己的感情，写得含蓄蕴藉，深婉有味。

【原文】

迷蝶无踪晓梦沉[①]，寒香深闭小庭心。欲知湖上春多少，但看楼前柳浅深。

愁自遣，酒孤斟，一帘芳景燕同吟[②]。杏花宜带斜阳看，几阵东风晚又阴。

【注释】

①迷蝶无踪：昔日的美妙时光如梦幻般逝去，此处暗用了庄子化蝶的典故。②燕同吟：燕子和我一同吟唱。

【译文】

曾经的美好时光如梦幻般沉沉逝去，清晨梦醒时都没有了影踪，我将庭院的大门深深紧闭，自己一个人待在家中不想走出小庭院。如果我想知道外面的春色怎么样了，只看这楼前的柳丝颜色是浅还是深。

没有你的日子，我只能孤独地自斟自饮，用醉酒的方式来自我将忧愁排遣，每天对着帘外的美景作诗，和燕子一起吟唱曲子。窗外的杏花正开得娇艳，最适合在日落的时候观看，伴随着几阵东风吹过，天边又出现了阴云，看来今晚又会是一个令人忧愁的阴天。

翁元龙

翁元龙（生卒年不详），字时可，号处静，四明（今浙江宁波）人。为吴文英胞兄。二人作词各有所长。曾同其弟一起与词人沈义父交游唱和。理宗朝曾为右丞相杜范门下客，有词集刻于当时，杜范为之作跋。其集已佚。赵万里《校辑宋金元人词》辑有《处静词》一卷，载其词二十首。

醉桃源　柳

【导读】

这是一首咏柳词。作者因古来就有折柳送别的习俗，便将柳拟人化，借咏柳以诉离情。

【原文】

千丝风雨万丝晴，年年长短亭①。暗黄看到绿成阴②，春由他送迎。

莺思重，燕愁轻，如人离别情。绕湖烟冷罩波明③，画船移玉笙。

【注释】

①亭：这里指供人休息的驿站，一般在古代官道上设置。②暗黄：这里指柳枝刚抽芽时的暗黄色。③烟：指柳烟，形容柳色浅黄如同烟雾。

【译文】

千万条柳丝迎着风雨沐浴着万缕阳光的晴日，每一年，这些柳树都会在驿站为人们送行。从春天初来时的柳芽暗黄色，看到春天离去时，柳枝繁茂碧绿成阴，每一年的春天也都由它迎来送去。

莺鸟们在柳条间啁啾缠绵思绪重，燕子们在柳条间穿行发愁情太轻，这一幕幕场景多么像驿站上人们依依难舍的情景。柳树沿着西湖环绕，浅黄的颜色如同薄凉的云雾一般，将西湖水映衬得水波明净，一叶画舟在水面慢慢移动，载着一曲曲悠扬的玉笙声声。

谒金门

【导读】

这是一首春情词。翁元龙的词，情真意切，杜范形容为“如荷湿露”，周密赞其“真花间语”，本篇就是这样的佳作。全篇犹如一幅风光艳丽的春光图画。

【原文】

莺树暖，弱絮欲成芳茧[①]。流水惜花流不远，小桥红欲满。

原上草迷离苑，金勒晚风嘶断[②]。等得日长春又短，愁深山翠浅[③]。

【注释】

①芳茧：这里指翻滚成球形的柳絮，如同蚕吐丝成的茧一样。②金勒：本意是金饰的带嚼口的马络头，这里代指所骑的马。③山翠：浓绿的山色。

【译文】

春风和煦，天气转暖，莺儿们在树上欢快地唱着歌，柔弱的柳絮被风吹得滚成了一团，如同洁白的蚕茧一般。流水因为爱惜落花，不忍心让它们飘流得太远，因而那小桥下，堆满了红色的花瓣。

不论是原野上的绿草地，还是苍茫迷离的林苑，你看那装饰华丽的骏马，在凄凉的晚风中嘶鸣不断。等到白天的时间变长，春天也就离开了，我内心的忧愁变得越来越深，相比之下，浓绿的山色却变得越来越浅淡。

郑楷

郑楷（生卒年不详），字持正，号眉斋，三山（今福建福州市）人。曾著《文房拟制表》一卷。传词一首。

诉衷情

【导读】

这是一首闺情词，写的是一位面对满园春光的女子盼着意中人，能在鲜花怒放时归来的心理活动。

【原文】

酒旗摇曳柳花天，莺语软于绵①。碎绿未盈芳沼②，倒影蘸秋千。

奁玉燕，套金蝉③，负华年。试问归期，是酴醿后④？是牡丹前⑤？

【注释】

①绵：这里指新生雏莺的叫声像柳絮一样又柔又软。②碎绿：水中的绿萍。③奁（lián）：指女子梳妆打扮时所用的镜匣，这里用作动词。玉燕、金蝉：女子头上的饰物。④酴醿（tú mí）：即荼蘼，花名，蔷薇科，花黄白色，开于暮春。亦因颜色似酒，故从酉部以取花名。⑤牡丹：属草木植物，因花美丽而被广泛栽培，花单瓣或重瓣，多在夏初开放。素有“花中之王”的美誉。

【译文】

酒旗迎风招展，柳絮飞花漫天，新生的黄莺欢快地啼叫着，那叫声像柳絮一样又柔又软。庭院池塘中的浮萍一片片翠绿，但还没有长满，秋千的影子倒映在池水中，清晰可见。

我打开梳妆镜匣，将金灿灿的玉燕和金蝉戴在头上，对着镜子好好打扮一番，不能辜负了我的青春华年。我想问问郎君你什么时候才能回来，是在荼蘼花开花之后？还是在牡丹花开花之前？

黄孝迈

黄孝迈（生卒年不详），字德文，号雪舟，黄师参之子，福州闽清（今属福建）人。宋理宗时词人。与刘克庄同时而稍晚，刘克庄曾跋其词集。有《雪舟长短句》，已佚。存词四首。

湘春夜月

【导读】

这是一首漂泊者倾诉孤独郁闷的词作。从题材内容上看，这首词所写的，无非是宋词中常见的羁旅怀人的感伤之情，但其抒情艺术颇为高妙。全词浅显易懂，后人对此评价很高，称其为："风度婉秀，真佳词也！"

【原文】

近清明，翠禽枝上消魂[1]。可惜一片清歌[2]，都付与黄昏。欲共柳花低诉，怕柳花轻薄[3]，不解伤春。念楚乡旅宿，柔情别绪，谁与温存？

空樽夜泣[4]，青山不语，残月当门。翠玉楼前[5]，唯是有、一波湘水，摇荡湘云。天长梦短，问甚时、重见桃根[6]？这次第[7]，算人间没个并刀[8]，剪断心上愁痕。

【注释】

①翠禽：翡翠鸟。②清歌：这里指翠鸟的歌声清凉欢快。③柳花轻薄：指柳絮四处飘浮，性情轻浮。④空樽：喝光酒的酒杯。⑤翠玉：这里指绿竹。欧阳修《刑部看竹效孟郊体》诗："见此苍翠玉。"⑥桃根：原指王献之的妾。这里代指作者所思念的人。⑦这次第：这些情形。李清照《声声慢》词："这次第，怎一个愁字了得。"⑧并刀：古时并州（今山西太原）出产的剪刀，其地精于冶炼，自古以制造锋利的刀剪著称。

【译文】

临近清明节，翡翠鸟在枝头上欢快地唱着歌。只可惜这么清逸欢快的歌声，都交给了这个灰暗的黄昏。我想把心中的愁绪轻声向柳絮诉说，可又怕柳絮飞花天性轻浮，不懂我为何伤怀春天的心事。想想我在楚地独自一人漂泊旅居，每当想起柔情时刻，或是离愁别绪一涌而出时，又有谁能来给我温存安慰我？

喝尽了杯中酒之后，我整夜都在哭泣，青山听见却沉默不语，天上的一轮残月正冷冷地照在门上。长着一簇绿竹的楼前，只有这一条湘水无情地流淌着，扬起浑浊的浪花与天上的阴云应和着。每一天都生活在天长梦短的日子里，我试问苍天，什么时候才能再见到我思念的人？面对眼前这些顺次而来的情形，猜想这人间早已没有了并州出产的锋利剪刀，不然，我一定会用这把刀来剪断我心头千丝万缕的愁痕。

水龙吟

【导读】

这是一首暮春时分羁旅途中感慨人生的词。这首词曾得到当时许多词人的推崇。如著名词人刘克庄谓其清辞丽句堪与秦观、晏几道媲美。上片写春夜独居旅舍的所见、所闻及所感，下片伤春怀人，诉说别离之愁，相思之苦。尾句向春天发问，将郁积在胸的怨情全都宣泄了出来。

【原文】

闲情小院沉吟，草深柳密帘空翠。风檐夜响[①]，残灯慵剔，寒轻怯睡。店舍无烟，关山有月[②]，梨花满地。二十年好梦，不曾圆合，而今老、都休矣。

谁共题诗秉烛[③]？两厌厌、天涯别袂[④]。柔肠一寸，七分是恨，三分是泪[⑤]。芳信不来，玉箫尘染，粉衣香退。待问春，怎把千红换得，一池绿水[⑥]？

【注释】

①风檐：屋檐下悬挂的小铁片，又称铁马，风吹时互撞有声。②关山：关隘山川。泛指高峻险要的地方。③谁共题诗秉烛：情人不在身边，再没人与自己烛下作诗。④别袂（mèi）：举手道别。厌厌：生病的样子。⑤柔肠一寸，七分是恨，三分是泪：内心的情思大半为愁怨，还有小半是泪水。

⑥待问春，怎把千红换得，一池绿水：试问春天为何把一池碧绿的池水换成满塘落花，意指春天如此无情，让青春易逝，红颜易老。

【译文】

偶尔有闲情的时候，便在客舍小院中低声沉吟，看一帘绿色幽幽，处处柳密草深。屋檐上的铁马在夜风中轻轻鸣响，屋内将要熄灭的灯火忽明忽暗，却懒得拨弄，天气不算太寒冷却害怕沉沉睡去入梦。旅舍之中没有香炉，关山月照无人处，梨花飘零皆入尘土。总是陷入思念之中，可是这二十年来，我年年夜里好梦连连，却没有一年能够实现，如今我已如此衰老，一切都将停止，就更无法如愿了。

是谁曾与我秉烛题诗？两情相悦，到头来却因为即将各自分飞天涯，一副忧伤不堪的样子。如果说我有柔肠一寸，那么有七分是离愁别恨，余下的三分全都是泪痕。长久没有听闻你的音信，如今你我曾一同吹过的玉箫已经蒙满了灰尘，衣衫上你曾余留的香粉也都消退了香馨。待我问一问这归来的春天，你为何要把那万紫千红的美艳，却换成这浮萍幽怨的池水一潭？

江开

江开，字开之，号月湖。生卒年、里籍及事迹均不详。现存词四首。

浣溪沙

【导读】

这是一篇恋情词。上片写自与“小蘋”分别之后，手捻花枝百般思念，如今重来旧处，不料人去楼空，令人十分惆怅。下片写看见呢喃的双燕，耳闻熟悉的卖花声，更加想念伊人，只好托付行云传达相思之情。

【原文】

手捻花枝忆小蘋①，绿窗空锁旧时春，满楼飞絮一筝尘。

素约未传双燕语[②]，离愁还入卖花声，十分春事倩行云[③]。

【注释】

①捻（niǎn）：用手指头夹；捏。小蘋：歌女名，此指思念的女子。晏几道《临江仙》词："记得小蘋初见，两重心字罗衣。"②素约：旧约；曾经的约定。③十分春事倩行云：希望流云能将自己的思念之情传达给对方。

【译文】

手里轻捏着花枝思念着我的小蘋，绿窗内空落落，却封锁着我旧时的春梦。但现实竟然如此残酷，如今满楼的欢乐如同飘散的飞絮，筝琴上也落满了灰尘。

又一个春天已来临，归来的双燕没有传来我们曾经的约定，只听见它们在屋檐下窃窃低语，高楼下的卖花声又勾出我更多的离愁别苦。请流云你停下来，多么希望能将我满怀的思念之情传达给对方。

杏花天

【导读】

此词反映的是歌妓的爱情生活。歌女在日复一日的承欢卖唱生涯中，也在热切地追求和期盼爱情，但又不能掌握自己的命运，所以心情常常是矛盾而迷惘的。上片以静态的描写，反映出这位女子苦盼爱情不得而致青春耗尽。下片则侧重于刻画抒情主人公矛盾的心绪，结句"待倩杨花去问"表现出她天真的性格，是本篇的传神之笔。

【原文】

谢娘庭院通芳径[①]，四无人、花梢转影[②]。几番心事无凭准[③]，等得青春过尽[④]。

秋千下、佳期又近，算毕竟、沉吟未稳[⑤]。不成又是教人恨？待倩杨花去问[⑥]。

【注释】

①谢娘：谢秋娘，唐宰相李德裕家姬，后用做歌妓代称。温庭筠《归国谣》词："谢娘无限心曲，晓屏山断续。"②花梢转影：花梢随着太阳的移动而转动影子，指时光的流逝。③凭准：凭据。④青春：春天，也指女子的美好年华。⑤算毕竟、沉吟未稳：意为在良宵佳节思虑情郎会不会回来。⑥不

成又是教人恨？待倩杨花去问：难道又让自己再失望一回？还是请杨花替我去问问吧。不成：难道。

【译文】

谢娘又从庭院踏上前去约会的小径，此时四处无人，一片寂静，只有花枝影儿朦朦胧胧。可恨的是，几次约定都没个准儿，直等得青春都将要耗尽。

约定相会秋千下，看看时间又快临近。想东想西，毕竟心中还是不安稳。难道他又爽约不来相见了，再让我心中恼恨？哼，让我还是先派空中飞舞的杨花去问一问。

谭宣子

谭宣子（生卒年及里籍不详），字明之，号在庵。通音律，能自度曲。词风近姜夔，格调清远。赵万里《校辑宋金元人词》辑有《在庵词》一卷，存词十三首。

谒金门

【导读】

词中描述了一个闺中女子的春愁。首句以“病酒”点明主题，喝酒的原因则是为了排遣内心的春愁。接着写了女子无聊倚窗所见的春景，柳枝迎风舞动似与海棠花相互亲昵，相比之下更反衬出女子的孤单处境是何等不幸。

【原文】

人病酒，生怕日高催绣①。昨夜新番花样瘦②，旋描双蝶凑③。

闲凭绣床呵手，却说春愁还又。门外东风吹绽柳，海棠花厮勾④。

【注释】

①生怕：只怕，就怕。②新番花样：新作的刺绣图案。③旋描双蝶凑：指很快绣上一双蝴蝶。④厮勾：亦作“厮够”。贴近；相接，接近。

【译文】

人喝醉了酒，就怕太阳一点一点地升高，催促你去刺绣。昨夜新描了一幅花样，但有些嫌它薄瘦，很快又补描了两只蝴蝶飞舞，让画面显得更紧凑。

悠闲地靠着绣床呵气，暖暖冰凉的双手，迟迟不想动针线，却还说心中又有春愁。你看，门外东风多么温柔，轻拂杨柳，吹绽了柳絮飞花，还不忘与海棠花接近相偎依，活像相亲相爱的小两口。

江城子　咏柳

【导读】

这是一篇咏柳的佳作，围绕体态、情韵两方面突出新柳“娇”的特征。这个“娇”包括了外形的娇小柔美，更主要是内在的多情。正因为新柳如此可爱，才折柳相送，引得行人对它念念不忘，以至千里返乡只为一睹早春柳枝的芳容。

【原文】

嫩黄初染绿初描①，倚春娇，索春饶②。燕外莺边，想见万丝摇。便作无情终软美，天赋与、眼眉腰③。

短长亭外短长桥，驻金镳④，系兰桡⑤。可爱风流⑥，年纪可怜宵⑦。办得重来攀折后，烟雨暗，不辞遥⑧。

【注释】

①嫩黄初染绿初描：柳芽像刚染的嫩黄，柳叶也被春风染绿。②倚春娇，索春饶：指柳树备受春天的宠爱。饶：丰富；多；怜惜。③天赋与、眼眉腰：大自然赋予柳树的叶子和枝条如同美女的秀眉和细腰。④镳（biāo）：勒马的用具，与衔合用，衔在马口中，镳是两头露在外的部分，此处代指马。⑤兰桡（ráo）：小舟的美称。⑥可爱风流：形容柳枝娇柔有风韵。⑦可怜：惹人怜爱。宵：通“小”。⑧办得重来攀折后，烟雨暗，不辞遥：意为柳树的妩媚可爱让人挂念，为了能重新攀折到它，行人不辞烟雨，千里迢迢赶回来。

【译文】

和暖的春风吹来，杨柳起初被染上嫩黄，继而又像刚刚描绘出翠绿，倚赖春天对它的娇宠，凭着娇柔的姿色，又向春天索要更多的怜惜。燕子在它旁边飞舞，黄莺在它身边唱歌儿，都想看它万根青丝迎风飘摇。纵然说它不够多情，但终究它还是称得上很柔美，它的各种美态都是上天赋予，你看它的芽儿如眼睛，叶儿如眉，枝条如细腰，无论怎样观看都似窈窕美女。

它在短长亭边长，它在短长桥边立，能把征人的骏马拴，能把游子的舟船系。春天里，它最可爱，它有正值风流的年纪，犹如惹人爱怜的芳龄少女。这样的姿色，这样的年纪，让人不忍长久远离，纵使要经行万里之遥，为了能够重新攀折到它，也会不怕万重幽暗烟雨，不辞千里迢迢也要归来，与它相聚在一起。

陈逢辰

陈逢辰，宋朝人，号所庵。生卒年、里籍、事迹均不详。代表作《乌夜啼》《西江月》。存词仅此二首。

乌夜啼

【导读】

此词语法新奇，耐人寻味。词人以满天雨水比喻临别女子所流之泪，既突出了女子内心的极端痛苦，又写出了其在分别之时毫无顾忌地在情人怀里大哭一场的特点，真实道出了平民女性真率、灼热的爱情心理。

【原文】

月痕未到朱扉。送郎时，暗里一汪儿泪、没人知。

揾不住[①]，收不聚，被风吹。吹作一天愁雨、损花枝[②]！

【注释】

①揾（wèn）：拭、擦。②吹作一天愁雨、损花枝：眼泪被风吹作满天细雨，连花朵都被这愁泪雨所损坏。

【译文】

那一日，月光还未照到朱红色的门扉，却是我送别郎君离去时。看着郎君你越走越远，我把心中万般酸苦强忍，怎奈终于忍不住暗地里一汪儿泪水滚滚，却没人能知。

这泪水擦不干、止不住，想收也无法聚拢，只能任那风儿吹。散作满天的忧愁雨，谁料想，竟打折了花枝，衰败了容颜。

西江月

【导读】

这是一首惜春词。上片以景为主，但无论是落花还是残蝶，都是来自于一双失意、孤寂的眼睛，从而衬托了下文那个身着轻纱，面带泪痕的年轻女子。至于女子为何而泣，是为了未归的郎君还是为了无法挽留的青春？这一切则让读者陷入深深的联想之中。

【原文】

杨柳雪融滞雨，酴醾玉软欺风①。飞英簌簌扣雕栊②。残蝶归来粉重③。

罨画扇题尘掩④，绣花纱带寒笼⑤。送春先自费啼红⑥。更结疏云秋梦。

【注释】

①酴醾玉软欺风：酴醾洁白柔软的花朵被风欺凌。酴醾（tú mí）：同“荼蘼”。花名，味香。②飞英簌簌扣雕栊（lóng）：落花纷纷掉落在窗格子上，发出轻微的响声。簌簌：形容风吹叶子等的声音。雕栊：精美的格子窗户。栊：有窗框格、窗栊等释义。③残蝶归来粉重：暮春之际，蝴蝶带着一身沉重的花粉归来。④罨（yǎn）画扇：绘有彩画的扇子。罨画：色彩纷繁的绘画。⑤绣花纱带：绣有花纹的衣带。纱，绢之细者为纱。寒笼：被寒气笼罩。⑥啼红：指女子的眼泪。

【译文】

杨柳如雪花一样的花絮被雨淋湿，变成黏糊糊的一团滞留在积水里，荼蘼开出白玉色的花朵也被风吹得软绵绵。落红飞花被春风吹得不断扑打着门窗，簌簌作响。被雨水打败而归的蝴蝶，粉翅沉重不能伸展。

色彩纷繁的绘花团扇上的题诗，如今已经被厚厚的灰尘遮掩，那曾经爱不释手的绣花纱带，也被寒意笼罩，冷落在屋子的一边。将要送走春天，我却已先暗自伤心为那落花流泪。更何况又梦见云稀风寒的秋天，让我更觉无限凄凉。

楼采

楼采（生卒年不详），字君亮，鄞县（今浙江宁波）人，宁宗嘉定十年（1217）进士。词风与吴文英相近，宋末广为流传。存词六首。

瑞鹤仙

【导读】

词中上片写回到昔日与情人相处的地方，但眼前满天落梅飞洒，倍添心中的惆怅。下片则转写相思女子，情郎为她而思念怅惘，她又何尝不是日日盼望着他的消息？面对孤独，只能依靠回忆来消遣漫长时光。结句以乐景写哀情，更突出她内心的绵绵之痛。

【原文】

冻痕销梦草①，又招得春归，旧家池沼。园扉掩寒峭，倩谁将花信，遍传深窈②？追游趁早，便裁却、轻衫短帽。任残梅、飞满溪桥，和月醉眠清晓。

年小，青丝纤手③，彩胜娇鬟④，赋情谁表⑤？南楼信杳⑥，江云重，雁归少。记冲香嘶马⑦，流红回岸，几度绿杨残照。想暗黄，依旧东风，灞陵古道⑧。

【注释】

①冻痕销梦草：青草上的冰冻之痕已经消去。②倩谁将花信，遍传深窈（yǎo）：请谁将花开的消息告诉深闺中的人？深窈：幽深曲折，此指闺房。③青丝纤手：乌黑的头发和纤细的手。青丝：指乌黑的头发。④彩胜娇鬟：鬟上插着彩纸剪成的人胜。娇鬟：美丽的环状发髻。彩胜：古代风俗在人日（阴历正月初七日）剪彩纸或金箔为人形，贴于屏风上或戴在头上。⑤赋情：天性。⑥南楼：古楼名，在湖北鄂城县，也叫玩月楼，为古代文人欢聚之所。此指代所思男子。⑦冲香嘶马：回忆过去与情人在花丛中骑马游

玩的情形。⑧灞（bà）陵：古地名。本作霸陵。故址在今陕西省西安市东。汉文帝葬于此，故称。古人常以此比作离别伤心地。

【译文】

池水上的浮冰已经有消融的痕迹，水岸边是一片从梦中醒来的小草，故乡的池塘湖沼、又把久违的春天招回。花园的门外寒意料峭，请问是谁把这春天的信息，传遍这幽深曲折的庭院街角？看来，寻春踏青就要趁早，此时便要脱下冬装，换上郊游的轻衫短帽。一路之上，任那凋残的梅花纷飞，飘满溪水小桥，游玩累了就在月下醉眠，一觉睡到拂晓。

正值少女芳龄，乌黑的头发，纤细白嫩的秀手，美丽的环状发髻上插着鲜艳的彩胜，但不知这浪漫的天性向谁去表露，又有谁来欣赏我这靓丽的姿容？遥望那南楼，关于你的消息依旧是杳无踪影。江上云浓雾重，天空中的归雁稀少，纵有书信又有谁能为我送到？回忆起昔日和你乘坐香车驰马郊游的情景，我们在落花漂浮的岸边徘徊观赏，又曾有多少次在绿柳下缠绵，直到残阳晚照。遥想那芳草返青、杨柳黄绿的季节，依旧是春风习习，你会踏上归程，不要再灞陵折柳惜别，相思洒满古道。

玉漏迟

【导读】

这是一首春情词。描写了一对情人分离后，男子重返旧地时的所见所感。上片写寒食节来到故居，只见尘土锁屋，一片冷清。下片忆其曾经金屋藏娇，与情人一起欢歌笑舞，互约佳期。如今这些往事已成前尘梦影，空留下自己独与冷雨杏花相伴。结句凄清的景物点染了离人内心的苦寂。

【原文】

絮花寒食路，晴丝罥日①，绿阴吹雾。客帽欺风，愁满画船烟浦。彩柱秋千散后，怅尘锁、燕帘莺户②。从间阻③，梦云无准，鬓霜如许④。

夜永绣阁藏娇，记掩扇传歌，剪灯留语。月约星期⑤，细把花须频数⑥。弹指一襟幽恨⑦，谩空趁、啼鹃声诉。深院宇，黄昏杏花微雨。

【注释】

①絮花：柳絮。晴丝罥（juàn）日：指晴朗的白日下飘浮的游丝。罥：缠挂，缠绕。②怅尘锁、燕帘莺户：指人去楼空，房内一片凄凉之景。

③从：任凭，任从。④梦云无准，鬓霜如许：与情人相会的日子毫无准信，自己只落得满头白发。梦云：巫山之云，常喻欢爱。这里指所恋之女子。用典于《高唐赋》。无准：无凭据。如许：如此多。⑤月约星期：与月亮相约，与星星定日期。指期盼情人回来。⑥细把花须频数：旧时数花须多少、单双数来占卜凶吉和日期。此指闺中人以花瓣的奇偶数来猜测情人能否回来。⑦弹指：弹动指头，比喻时间极短暂。表示叹息，悲伤。一襟：满怀。

【译文】

寒食节到了，道路上飘扬着柳絮飞花，晴空下游丝四起，缠绕着日光，杨柳的绿荫在风中摇摆，影影绰绰，仿佛被风吹起的绿色烟雾。风儿时时地掀歪我的帽子，此刻的江边烟雾弥漫，而我的忧愁也装满了画船。我们在彩柱秋千旁分别后，可叹那蒙满尘土的铁锁，一直紧守着那曾经燕语莺声、让我深感温馨的家园。然而任凭时间阻隔，你再也没有音信，而我也早已花白了如此之多的鬓发。

长夜漫漫，那时的绣阁中总有你娇美的身影，犹记得你用扇子掩面，欢笑着传递歌声，我们一起西窗剪烛，留下彼此爱慕的绵绵细语、贴心的情话。就如同年年岁岁里的月亮与星星的约定，即使一时分开，也会频频细数花须，期盼中占卜相逢的日期。然而，弹指一挥间，美好岁月已经逝去，只留下满怀的幽怨怅恨，还是不要再空悲叹了，趁现在，暂且借这杜鹃的声声悲啼，将我的忧愁郁闷倾诉给你。庭院深深孤独沉寂，看眼前景象一片苦凄，暮色中一树颤抖的杏花正经受着无尽的细雨。

法曲献仙音

【导读】

这是一首闺情词。描绘了女子面对情人已离去，空留下琵琶、双陆还散发着从前快乐的气息，叹息如今只能梦中相会，但美梦易醒，难免忍受寒夜的孤单冷清。而白天，羞于对镜梳妆，眼见荼蘼花开，春光将逝，容颜难留，又怎能不让她惆怅满怀，聊以玉箫一曲自我安慰呢？

【原文】

花匣幺弦[①]，象奁双陆[②]，旧日留欢情意。梦到银屏，恨裁兰烛，香篝夜阑鸳被[③]。料燕子重来地，桐阴锁窗绮。

倦梳洗，晕芳钿、自羞鸾镜[4]。罗袖冷，烟柳画阑半倚。浅雨压荼蘼，指东风、芳事余几[5]。院落黄昏，怕春莺、惊笑憔悴。倩柔红约定[6]，唤取玉箫同醉。

【注释】

①幺弦：琵琶第四弦，弦音幽怨哀切。在各弦中最细，故有此名。张先《千秋岁》词："莫把幺弦拨，怨极弦能说。"②象奁（lián）：象牙装饰的匣子。双陆：古代博戏用具，同时也是一种棋盘游戏。③兰烛：蜡烛的美称。香篝（gōu）：熏香笼。④钿（diàn）：古代用金翠珠宝等制成的花朵形首饰。自羞鸾镜：因容貌憔悴，无心妆饰，故不愿照镜子。⑤浅雨压荼蘼，指东风、芳事余几：看见雨中低垂的荼蘼花，不禁想到春天将去，余下的春光已无多。⑥柔红：娇嫩的花。

【译文】

雕花的琴匣里装着的琵琶，象牙盒子里装着我们一起游戏过的双陆，它们都留下了旧日里我们曾经欢乐深情的痕迹。梦中畅游屏风上的山水，醒来时却踪影全无，我走近兰烛前恨恨地剪断那烛火上的灯花，香笼中烟雾升腾，夜深人静，鸳鸯被中孤眠难挡寒冷。料想那本应是燕子归来之地，却无奈这梧桐的阴影遮盖了窗户。

懒得梳洗打扮妆容，害怕金玉花钿的光泽刺伤我的眼睛，自我感觉已日渐衰老而羞于面对鸾镜。寒气穿透罗衣袖，只觉得阵阵寒冷，半倚着小楼上的栏杆，看那远处的云烟绿柳。绵绵细雨敲打，压低了盛开的荼蘼，只见那花瓣飘落一地，暗暗地指责东风，美好的春意被你践踏得几乎所剩无几。庭院中降落下了黄昏的幕帷，此时真怕黄莺飞来，定会嘲笑我的憔悴。这样的心情会让自己活得太累，还是暂且抛掉痛苦的忧思吧，请让我先与娇嫩的花儿约定一个日期，明年的此时此刻，我要取来玉箫吹上一曲，与你一同沉醉。

好事近

【导读】

这是一首闺情词。词中女子心爱的人离去不归后，整日借酒浇愁，看着急风吹柳，雨打春花，更是无限惆怅，但还要强打精神斜靠秋千出神，幻想着情郎此刻能出现在眼前。全文表达了痴情女子的落寞之情。

【原文】

人去玉屏闲①，逗晓柳丝风急②。帘外杏花细雨，罥春红愁湿③。

单衣初试曲尘罗④，中酒病无力⑤。应是绣床慵困，倚秋千斜立。

【注释】

①人去玉屏闲：指随着情人的离去，闺房中的人也显得闲暇无聊。玉屏：镶嵌美玉的屏风，此指代闺中女子。②逗晓：到晓，指破晓，天刚亮。③罥（juàn）：挂，缠绕。春红，指春花。④曲尘：酒曲上生的菌，色淡黄如尘，因此以“曲尘”指淡黄色。⑤中酒：指醉酒。

【译文】

你这一去不归，屋内的美玉屏风闲置在那里没有了用处，天到拂晓时分，柳丝不停地摇动，只因春风急骤。帘外的杏花鲜艳，迎着细雨簌簌，怎不令人牵挂着春花的命运，担忧她们面临风雨能否经受得住。

刚刚换上我淡黄色的罗纱春衣，想要出去走走，可昨夜借酒浇愁醉酒后，宛如大病一场，到现在依然浑身无力。本应该是刺绣的时候，却慵懒乏困而不想动针线，满腹惆怅独自来到庭院，斜倚着秋千在雨中呆呆站立。

玉楼春

【导读】

这是一首闺情伤春词。自古知心人一旦长久不在身边，闺中人自是魂不守舍，心情慵懒，而心中的怨恨便也油然而生，这个“恨”字在细雨蒙蒙的万千群山中更显缠绵悱恻，动人心弦。

【原文】

东风破晓寒成阵，曲锁沉香簧语嫩①。凤钗敲枕玉声圆②，罗袖拂屏金缕褪③。

云头雁影占来信④，歌底眉尖萦浅晕。淡烟疏柳一帘春，细雨遥山千叠恨。

【注释】

①曲：门窗上的花格子。这里指代门窗。簧语：形容莺燕啼鸣的娇柔之声。②凤钗敲枕玉声圆：指闺房中的女子醒来，头上的凤钗碰着玉枕发出清脆的声响。③金缕：金色的线。④云头雁影占来信：看见云间的大雁，猜测是否有远方的来信。

【译文】

春风在拂晓吹起，吹来了寒意阵阵。雕花门窗关闭着沉香的气息，屋外传来莺燕婉转柔嫩的鸣啼。凤钗坠落枕上的声音像玉石一样圆润，罗袖拂拭屏风，不小心把罗袖上的金丝线磨损。

推开窗子抬头远望，只见云头南归的大雁成行，心想追寻雁影来占卜是否有无你的来信，可又禁不住低声哼起思念的曲子，眉尖萦绕着淡淡的愁云。堤岸上杨柳枝叶稀疏，水面烟波袅袅，一帘春影清新，可是眼前这细雨绵绵笼罩着青青远山，却撩起我心中千层怨恨。

奚淡

奚淡，南宋词人，字倬然，号秋崖。生卒年及里籍不详。善音律，曾师从杨缵，并与词坛名流李彭老、周密、施梅川等交游。有《秋崖词》一卷，存词十首。

芳草　南屏晚钟[1]

【导读】

词中描写了做客之人正在心情愁闷之时，忽被南屏晚钟唤醒，同时还有山中白云以及忘归的林鸟。一弯新月随着钟声冉冉升起，这钟声带给世间的是宁静和心灵的洗涤。可叹世间俗人正沉沦在红尘诱惑中不能自拔，无法领略这钟声的美妙。只可惜转眼夕阳西下，钟声也无法留住时光，面对时光飞逝，使人内心充满无限伤感。

【原文】

笑湖山、纷纷歌舞，花边如梦如薰。响烟惊落日[2]，长桥芳草外[3]，客愁醒。天风送远，向两山、唤醒痴云[4]。犹自有、迷林去鸟，不信黄昏。

销凝，油车归后[5]，一眉新月，独印湖心[6]。蕊宫相答处[7]，空岩虚谷

应，猿语香林。正酣红紫梦，便市朝、有耳谁听[8]？怪玉兔、金乌不换[9]，只换愁人。

【注释】

①南屏晚钟：西湖十景之一。②响烟：指南屏山上暮霭中的钟声。③长桥：在南屏山下的西湖边。④天风送远，向两山、唤醒痴云：南屏晚钟的声音被风吹向山间，山间的云朵都被它唤醒了。两山：指长桥附近的南屏山和夕照山。⑤油车：即油壁车，古时妇女所乘之车，因车壁以油涂饰而名。⑥一眉新月，独印湖心：指西湖十景之一的“三潭印月”。⑦蕊宫：道家传说天上的上清宫有蕊珠宫，神仙所居，常指道士的宫观，简称“蕊宫”。⑧“正酣红紫梦”：意谓沉迷于世间繁华的俗人无法领会到这种美景。⑨玉兔、金乌：分别指代月亮和太阳。韩琮《春愁》诗：“金乌长飞玉兔走，青鬓长青古无有。”

【译文】

湖边山间充满了欢笑的声音，大家纷纷载歌载舞，花丛中都是如梦如醉的人群。南屏山上暮霭中传出的钟声把即将落山的太阳惊动，长桥边、芳草外，身处异乡的客人都从忧愁中清醒。天上的风儿将这深沉的钟声传送到远方，这钟声传遍南屏和夕照两山，唤醒了正在发呆痴念的云朵。自然还有那迷失了林中窝巢的飞鸟，它们甚至不敢相信，黄昏竟然已经来临。

稍后一切又复归平静。等到那游玩的油壁车返回后，只留下一弯新月，独自将自己的倒影悄悄印在湖水之中。天宫中传出的春雷，好似在高空处应答南屏钟声，就连世间的空岩虚谷也在作出回应，一时之间，鸟鸣猿啸，山林间布满了奇妙的响声。可是，正沉迷于灯红酒绿、醉生梦死的凡俗之人却无法领会到这种境界，他们正在做着荣华富贵的梦，即使有人没有入睡，身处热闹的街市以及富丽堂皇的宫廷，又有谁肯用双耳去把这种声音聆听？只怪那太阳升起、月亮落下，总是如此循环往复永不变动，而变动最快的是那让人忧愁伤感的时光消逝。

华胥引 中秋紫霞席上[1]

【导读】

这首词描绘了中秋之夜澄空万里的清美景色，词人在飘然欲仙的感觉之中想象着月宫里玉兔捣药、嫦娥起舞的情景，继而记述紫霞席上吟咏歌舞的

美妙，令人流连忘返。全词意境清逸脱尘，音律严密，巧妙运用夸张、联想的修辞手法，把中秋聚会的场景描绘得如同仙境。

【原文】

澄空无际，一幅轻绡，素秋弄色[②]。翦翦天风，飞飞万里，吹净遥碧[③]。想玉杵芒寒[④]，听佩环无迹。圆缺何心，有心偏向歌席。

多少情怀，甚年年、共怜今夕。蕊宫珠殿，还吟飘香秀笔[⑤]。隐约霓裳声度，认紫霞楼笛[⑥]。独鹤归来，更无清梦成觅[⑦]。

【注释】

①紫霞：南宋词人杨缵，字继翁，号紫霞翁。精音律，能自度曲，周密、张炎皆出其门下。尝与临安词人结“西湖吟社”，定期集会。②一幅轻绡(xiāo)：形容夜空的澄净明朗如同一幅轻丝展开。绡：生丝。素秋：即秋季。五行以金配秋，金尚白，故称素秋。③翦(jiǎn)翦：形容风轻微而带寒意。遥碧：高远的碧空。④玉杵(chǔ)：玉制舂杵。传说月中白兔持杵捣药，因以玉杵指月亮。芒寒：光色清冷。⑤蕊宫珠殿，还吟飘香秀笔：在紫霞席上，大家拿起笔吟咏创作着新词。蕊宫：此指杨缵富丽的家园。⑥隐约霓裳声度，认紫霞楼笛：指宴席上，有人吹起笛子，仿佛天上飘下的仙乐。霓裳：唐乐曲名，即《霓裳羽衣曲》，传说是月宫中的仙乐。⑦独鹤归来，更无清梦成觅：指日后回忆起来，这样的美梦再难以寻觅。独鹤归来：传说汉代辽东人丁令威外出学道，成仙后化鹤归来，落在城门华表柱上，有少年欲射之，鹤作人语说：“有鸟有鸟丁令威，去家千年今始归，城郭如故人民非，何不学仙冢累累。”后人以此比喻人世的变迁。

【译文】

天空澄澈，无边无际，月光仿佛一幅平整的轻纱倾泻，任清秋挥舞玉手在调彩弄色。一飞万里的碧空中，一袭微寒的轻风吹拂，把高远的碧空吹得清净无尘。想必那月宫中的玉兔挥舞玉杵闪烁寒光，听不到嫦娥佩环响动的声音。不知那月圆月缺是何用心，或许是有意将月光偏向歌舞宴席。

有多少激荡的情怀，不可能年年出现，所以大家更要共同怜惜今夜这难得的夜晚。天宫似的楼台宝殿，还有这飘香的秀笔写出美妙的歌曲在这里吟咏唱弹。忽然隐隐约约听到《霓裳》曲的旋律飘来，那正是出自紫霞楼中的玉笛。那感觉如乘坐一只得道成仙的鹤归来，如此超凡脱俗的境界，何须再向梦中寻觅。

赵闻礼

赵闻礼（生卒年不详），字立之，一字粹夫，号钓月，临濮（今山东濮县）人。其生活时代约在宋末理宗、度宗前后。博雅多识，诗词兼工，有《钓月集》，已佚。另编有《阳春白雪》，为两宋词人选集。赵万里《校辑宋金元人词》辑有《钓月词》一卷，存词十余首。

千秋岁

【导读】

正是早春时节，面对“春如绣”的美景，闺中女子却是一副懒散、无聊之态，原来是与情人的分离导致自己“恹恹瘦”。于是一句“问春归”问得辛酸、苦涩，无奈之极又无助之至。然而春天就要过去，盼情郎回来的希望仍是渺茫虚无。

【原文】

莺啼晴昼，南国春如绣。飞絮眼，凭阑袖[①]。日长花片落，睡起眉山斗[②]。无个事，沉烟一缕腾金兽[③]。

千里空回首，两地恹恹瘦[④]。春去也，归来否？五更楼外月，双燕门前柳。人不见，秋千院落清明后。

【注释】

①凭阑：即“凭栏”，指身倚栏杆。②睡起眉山斗：指愁眉紧锁。③金兽：铸成兽形的铜香炉。④恹恹（yān yān）：精神不振的样子。

【译文】

晴天白日里黄莺声声鸣啼，南国的春色如锦绣一样秀丽。倚在栏杆上远远望去，满眼所见都是飘扬的飞絮。春日里的白天时间很长，不知这一天能有多少花片凋零飘落，每天睡醒起来总是因此愁得双眉皱起。整日闲暇无聊空虚，无事可做，便呆看着沉香的烟气从金兽香炉中袅袅升起。

人隔千里空相思，不堪回首，两地相思只会萎靡不振日渐消瘦。春天就要溜走了，不知你还回来否？已经夜至五更，窗外明月照着小楼，燕子双双飞过门前的杨柳。无论白昼还是月夜，眼前的景象总是勾起我的思愁。日夜思念的人却不见回来，现在已是清明后，可院落里的秋千上却仍是空悠悠。

风入松

【导读】

这是一首伤春词。词中人目睹春雨花沉、粉香花艳，总是难以忘却昔日情人，想起过去和她一起度过的美好时节，渴求能有机会再和她重温旧梦。结句是词人再也无法忍受这份相思之痛，发出“何时剪烛重盟”，与情人恩爱一生的悲凉呼唤。

【原文】

曲尘风雨乱春晴①，花重寒轻。珠帘卷上还重下，怕东风、吹散歌声。棋倦杯频昼永②，粉香花艳清明。

十分无处着闲情，来觅娉婷③。蔷薇误罥寻春袖，倩柔荑、为补香痕④。苦恨啼鹃惊梦，何时剪烛重盟？

【注释】

①曲尘风雨乱春晴：在幽深的小院里，一阵风雨破坏了晴朗的好天气。曲尘：亦作“麴尘”，指淡黄色。②棋倦杯频昼永：无心下棋，只有不停地饮酒来打发漫长的白日。③娉（pīng）婷：用来形容女子姿态美好的样子。亦借指美人。④柔荑（tí）：初生柔嫩的草芽。古时候借指女子柔嫩洁白的手。

【译文】

初春来临，遍地黄绿色的芳草还很柔嫩，突来的风雨乱了春天的晴日，只见花儿低垂着头，空气中透着轻轻的寒意。我将珠帘刚刚卷上又重新将它放下，是怕那东风将那外边的歌声吹进我的屋里，从而勾起我痛苦的回忆。连日来只觉得下棋下得疲倦，而且频频饮酒不断，一整天就这样打发时间，却还是觉得白天太漫长，就连这清明时节，任那郊外粉香花艳，也无心赏观。

十分无聊，无处打发这万般闲情，来到庭院寻觅春花的柔美娇艳。看到蔷薇花开，又将我记忆中的往事勾动。那年我们观花携手在院中，蔷薇花刺

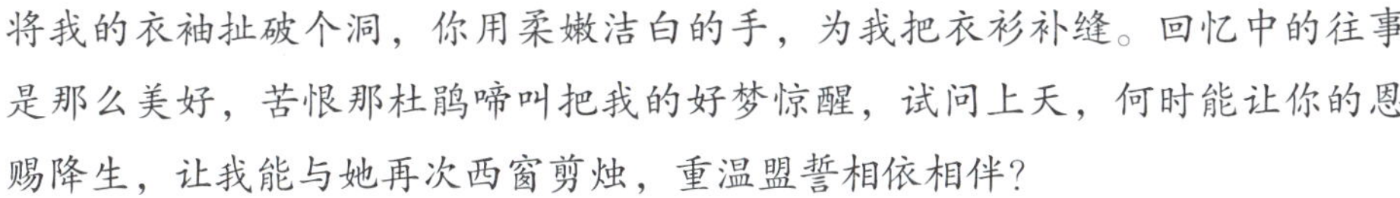
将我的衣袖扯破个洞，你用柔嫩洁白的手，为我把衣衫补缝。回忆中的往事是那么美好，苦恨那杜鹃啼叫把我的好梦惊醒，试问上天，何时能让你的恩赐降生，让我能与她再次西窗剪烛，重温盟誓相依相伴？

隔浦莲近

【导读】

这是一首闺情词。词中人与意中人别离，遂对春日中的一切都兴趣索然，目睹的一切总与旧情相连，从而生出新的伤悲。她白日里昏昏沉沉不知不觉来到梦乡寻找慰藉，然而却无端被啼鸟惊梦。醒后被“离情中酒”折磨，既懒画蛾眉，又怕歌板响起，勾起伤心往事。最后只好来到花园，一个“捻”字活化了她无聊烦闷的情态。

【原文】

愁红飞眩醉眼，日淡芭蕉卷。帐掩屏香润，杨花扑、春云暖。啼鸟惊梦远，芳心乱，照影收奁晚[①]。

画眉懒，微醒带困，离情中酒相半[②]。裙腰粉瘦，怕按六幺歌板[③]。帘卷层楼探旧燕，肠断，花枝和闷重捻[④]。

【注释】

①奁（lián）：原指女子梳妆打扮时所用的镜匣。②离情中（zhòng）酒相半：内心里伤离怀远之情与酒醉的痛苦相互参半。中酒：醉酒。③六幺：又名《绿腰》《录要》《乐世》，是唐代有名的大曲之一，《教坊记》载有此曲，属于软舞，为女子独舞。歌板：即拍板，乐器。歌唱时用以打拍子，故名。④捻（niǎn）：本意是用指取物，也指用手指搓转。

【译文】

忧愁之中，看落红纷飞，迷乱了一双醉眼，只觉得一阵天旋地转，看此刻的阳光清淡，直照得芭蕉叶儿翻卷。放下帐幕，掩好屏风，把香炉点燃，只想梦中与你相见，任那窗外杨花飞舞扑人面，春风和煦浮云送轻暖。忽然之间一阵鸟儿鸣啼，将我的美梦惊断飞远。顿时芳心大乱，梦中之事依稀在，却为何好梦难圆，本想照镜梳妆，却见天色已晚，只得收起镜匣把盒盖关。

自从你走后，我一直懒得画眉打扮，况且小睡刚醒还有些困倦，这其中

的缘由，是相思别离的苦情和借酒浇愁醉酒各占一半。如今我已经腰细粉面瘦，裙带又松宽，最怕弹起《六幺》的旋律，又怕听见歌板拍起，我已弱不禁风，而这些舞曲又能勾起我伤心的回忆。只好将门帘高卷，上高楼探寻归来燕，谁料到又是一阵睹旧物惹得肠又断，带着一腔愁闷，将折取的花枝在指尖反复搓转。

施岳

施岳，字仲山（有本作中山），号梅川，吴（今苏州）人。客寓临安，是宋末临安词人中的主要词人之一。精通音律，能依声度曲，常与杨缵、周密、李彭老等词人商榷音律、修订琴谱、分题唱和。与杨缵、张枢等人共同组织了西湖吟社。施岳的词几乎散佚殆尽，今仅传六首。

水龙吟

【导读】

这首词所抒写的是作者在淮河边登临远望所产生的忧国之感。上片写淮水两岸的青山阅尽人世沧桑。下片则写作者对南宋时局发出的悲凉慨叹。当时朝廷时局危机四伏，但统治者却毫无察觉，任英雄老去，如此也为全篇蒙上了一层英雄报国无路的悲凉。

【原文】

翠鳌涌出沧溟①，影横栈壁迷烟墅②。楼台对起，栏干重凭，山川自古。梁苑平芜③，汴堤疏柳④，几番晴雨。看天低四远，江空万里，登临处、分吴楚⑤。

两岸花飞絮舞，度春风、满城箫鼓。英雄暗老，昏潮晓汐，归帆过橹⑥。淮水东流，塞云北渡，夕阳西去。正凄凉望极，中原路杳，月来南浦⑦。

【注释】

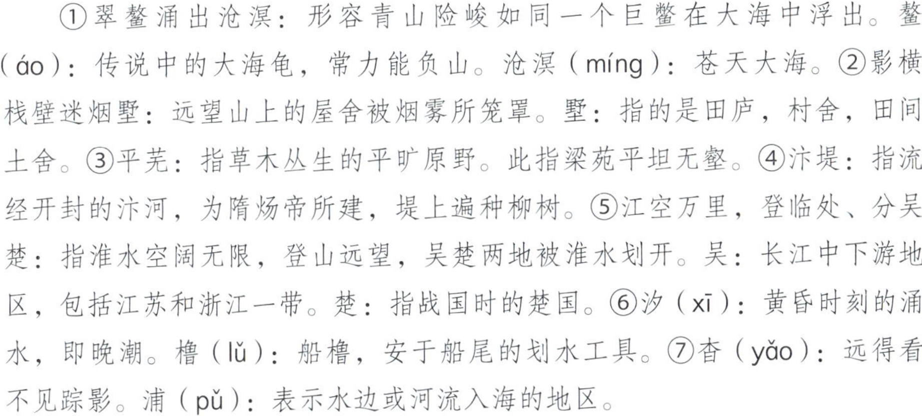

①翠鳌涌出沧溟：形容青山险峻如同一个巨鳌在大海中浮出。鳌（áo）：传说中的大海龟，常力能负山。沧溟（míng）：苍天大海。②影横栈壁迷烟墅：远望山上的屋舍被烟雾所笼罩。墅：指的是田庐，村舍，田间土舍。③平芜：指草木丛生的平旷原野。此指梁苑平坦无壑。④汴堤：指流经开封的汴河，为隋炀帝所建，堤上遍种柳树。⑤江空万里，登临处、分吴楚：指淮水空阔无限，登山远望，吴楚两地被淮水划开。吴：长江中下游地区，包括江苏和浙江一带。楚：指战国时的楚国。⑥汐（xī）：黄昏时刻的涌水，即晚潮。橹（lǔ）：船橹，安于船尾的划水工具。⑦杳（yǎo）：远得看不见踪影。浦（pǔ）：表示水边或河流入海的地区。

【译文】

青翠的山峦如同一只巨鳌浮出苍茫江海之中，远远望去，仿佛身影穿越栈道峭壁，山间的屋舍笼罩着袅袅烟雾。在这楼台相对叠立之处，登高再次凭栏远眺，只为看这亘古不变的山川湖泽。你看那梁苑宽阔平坦无壑，汴堤上稀疏的绿柳婆娑，但不知它们曾经历了多少晴日暴晒，又经过了几番风雨折磨。看那天空低垂的四周，远远地与大地相连，天空下的江水滔滔涌向万里之远，我登临的高山正是吴、楚的界线分隔。

两岸的落花飞絮随风飘舞。春风一度来到之时，就会迎来满城的锣鼓喧天。只有那豪杰英雄却是在暗暗衰老，每日里相伴黄昏拂晓，看湖光暮色，听潮起潮落，迎归来的白帆，目送摇不完的橹篙经过。淮水滚滚向东流去，难以阻隔，塞外风起云涌，一路向北奔波，残阳一抹向西边沉落。我正在凄凉的景象中远望，中原之路又开始变得渺渺茫茫踪影难觅，只有一轮明月升上南浦岸头的树梢。

解语花

【导读】

此为一首咏梅词。上片描写暮色中小梅花似乎在召唤春天，略去形体描写但也突出了梅花的含笑多情，似乎懂得人的心思，不愧为“解语花”。下片描绘之中提示人们趁着冬雪未消，快意地弹琴吹笛，与梅花共舞，不要等到春风来临，梅花凋谢，才恍然失落，坠入相思之苦。

【原文】

云容冱雪[①]，暮色添寒，楼台共临眺。翠丛深窅[②]，无人处、数蕊弄春犹小[③]。幽姿谩好，遥相望、含情一笑。花解语，因甚无言？心事应难表[④]。

莫待墙阴暗老[⑤]。称琴边月夜，笛里霜晓[⑥]。护香须早，东风度、咫尺画阑琼沼[⑦]。归来梦绕。歌云坠、依然惊觉。想恁时[⑧]，小几银屏冷未了。

【注释】

①冱（hù）：寒冷凝结。②窅（yǎo）：深远。李白《山中问答》诗："桃花流水窅然去，别有天地非人间。"③数蕊弄春犹小：指梅花迎着春风摇摆，看上去花蕊尚且还小。④花解语，因甚无言？心事应难表：梅花善解人意，但它却不说话，一定是有难传的心事。解语：唐玄宗曾称赏杨贵妃为"解语花"。此是形容梅花的聪明可爱。⑤莫待墙阴暗老：不要等梅花在墙角老去凋谢。⑥称琴边月夜，笛里霜晓：指与赏梅相称的雅事唯有月下弹琴，凌晨吹笛。⑦东风度、咫尺画阑琼沼：东风很快就会来到楼阁池塘边，意指梅花也很快就凋谢。咫尺：比喻距离很近。画阑：即"画栏"。有画饰的栏杆。⑧恁时：那时。

【译文】

云朵容许冷空气冻凝成雪片，为黄昏增添了几分清寒，我们登上楼台一起临高望远。只见远处的绿树草丛幽暗深远，无人常去的地方，有几枝小小的梅花在春风中摇摆，仿佛在召唤着春天，不过看上去花蕊尚且还小。它摇曳着幽清娇美的身材，舞姿曼妙，与我们遥遥相望，伫立在春光里脉脉含情，一度腼腆含笑。梅花如仙子般善解人意，但不知此刻，她因为什么站在那里默默不语，看来，一定是有太多的心事难以言表。

请你不要静静待在墙阴处，暗暗地等着自己残败衰老。你最适合在静夜里月光下，玉立在瑶琴边，在人们赞美你的笛声中舒展腰肢，在晨霜清冷中露出你的微笑。其实，爱护梅花的馨香就要及时趁早。你看那东风吹来时，近在咫尺的身边，有画饰的栏杆旁，美丽的池塘边，都会有梅花的身影出现。归来时，你依旧在我的梦中萦绕。歌声让我从梦中跌落下云端，突然惊醒后才发现只是一场虚幻。想到那个时候，入画的你应该正在茶几旁的屏风上经受着风寒，不禁又心生怜惜。

兰陵王

【导读】

此词分为三叠。一叠叙寒食来临之时，想念西湖边的情人，两人因种种原因不能团聚，致使自己饱尝思念之苦，整日以酒消愁。二叠则写其看见室中之物无不带有女子残留的痕迹，无论是她指间的香味还是衣物上的唾痕，恍惚间还能听到她婉转的歌声。三叠则是欲寄书信但因重城阻隔无法如愿，自己只能面对无边长夜，抱恨长叹了。

【原文】

柳花白，飞入青烟巷陌。凭高处，愁锁断桥[①]，十里东风正无力。西湖路咫尺，犹阻仙源信息[②]。伤心事，还似去年，中酒恹恹度寒食[③]。

闲窗掩春寂，但粉指留红，茸唾凝碧[④]。歌尘不散蒙香泽[⑤]。念鸾孤金镜[⑥]，雁空瑶瑟[⑦]。芳时凉夜尽怨忆，梦魂省难觅。

鳞鸿[⑧]，渺踪迹。纵罗帕亲题，锦字谁织？缄情欲寄重城隔[⑨]。又流水斜照，倦箫残笛。楼台相望，对暮色，恨无极。

【注释】

①断桥：在西湖孤山边。②西湖路咫尺，犹阻仙源信息：虽然西湖近在眼前，但仍然无法获得情人的消息。仙源：指所思女子的住所。③中酒：因酒醉而身体不爽；醉酒。杜牧《睦州四韵》诗：“残春杜陵客，中酒落花前。”恹恹：精神不振貌。④茸唾：指女子刺绣时咬断线头所吐的线绒。茸：同“绒”，刺绣用的丝线。高启《效香奁》诗：“青琐初空别恨长，绣茸留得唾痕香。”⑤歌尘不散蒙香泽：女子的歌声至今还在房内萦绕，散发着浓浓的香气。形容女子歌声优美，余音不绝。⑥鸾孤：鸾鸟雌雄相守，常比喻恩爱的夫妻。鸾孤则指离散的情人。⑦雁空瑶瑟：指没人再弹奏情人曾经弹过的琴瑟。雁：指琴瑟上排列成雁形的弦柱。⑧鳞鸿：即鱼雁，指书信或信使。⑨缄（jiān）：为书信封口，封闭；或者扎束器物的绳。重（chóng）城：重重叠叠的城池，此指相距遥远。

【译文】

柳絮飞花白茫茫一片，飞进青烟笼雾的小路和深巷。登临高处向远方眺望，无限忧愁凝结在这断桥之上，十里东风一路吹拂，此时让人感觉一副懒洋洋、绵软无力。去往西湖的路近在咫尺，却犹如千里之遥无情地阻挡了你的消息。伤心的往事涌上心头，思念你的心情还像去年一样，终日借酒浇愁，只觉得在昏昏沉沉之中度过了寒食节。

关闭着的门窗总想遮掩初春的空寂。可是这屋子里，你粉白细腻的纤指摸过的地方，依然还留有淡淡的芳香，你刺绣时咬断线头所吐的线绒至今仍粘在碧纱窗上。你的歌声至今还在屋内萦绕，散发着浓浓的芳香，就连你跳舞时荡起的尘灰也被这香气润泽。可如今我形单影只，如同想念伴侣的鸾鸟一样孤独惆怅，曾为我们带来无数欢乐的琴瑟再也没有人去弹响。春色弥漫的凉夜里全都是我幽怨的回忆，无数次在梦中与你相会，可是醒来后却不知你在何方。

可怜那捎信的大雁、传书的鲤鱼，如今却都渺然不见踪迹。纵使我想在罗帕上亲笔题上情意绵绵的诗句送给你，可你不在身边，又有谁能来将这锦字钩织？封闭完好的情书想寄送给你，将心中的无数情思向你表达，却无奈这条条街巷、道道城墙阻隔，让我无法传递。又见那夕阳斜照，流水潺潺而去，哀怨的箫声掺杂着呜咽的短笛又声声响起。登上高高的楼台遥遥相望，面对这茫茫的暮色，我的怨恨愁思变得无边无际。

曲游春　清明湖上

【导读】

这是一首浏览西湖咏春景的词。全词以时间为顺序，写出了西湖一天的热闹繁盛，甚至直到傍晚，虽满身清露，却仍然沉浸在白天的兴奋之中，以至辗转反侧无法入睡，表现了西湖人间天堂般的美丽。据载，同游者有周密等人。周密曾在自己所写的《曲游春》中题序说到此次游湖赋词的情景。

【原文】

画舸西泠路①，占柳阴花影，芳意如织。小楫冲波，度曲尘扇底，粉香帘隙②。岸转斜阳隔，又过尽、别船箫笛。傍断桥、翠绕红围，相对半篙晴色。

顷刻，千山暮碧③。向沽酒楼前，犹系金勒④。乘月归来，正梨花夜缟⑤，海棠烟幂⑥。院宇明寒食。醉乍醒、一庭春寂。任满身、露湿东风，欲眠未得。

【注释】

①画舸（gě）：彩绘的船。西泠（líng）：桥名，为杭州西湖孤山下的名胜景点。②小楫冲波，度曲尘扇底，粉香帘隙：指小船在西湖上行进，船内

的女子手持淡黄歌扇，一阵粉香从帘内透出。③千山暮碧：群山在夜幕中呈现深碧色。④金勒：金马嚼子。这里指代马匹。⑤梨花夜缟（gǎo）：形容梨花在月色下更显洁白妩媚。缟：细白的生绢。⑥海棠烟幂：海棠被烟雾笼罩如同披上一层纱巾。幂：覆盖；罩。

【译文】

游览的画船从西泠桥边驶过，占尽岸边绿柳红花的阴影，就好像是用锦绣织出的一派春色。小船在湖面上冲起一道道水波，从另一只游船旁边经过，透过飘出脂粉香气的船帘空隙，可以隐隐约约看到船上佳人的俏容姿色，只见她们娇嫩的玉手将那淡黄色的团扇摇着。这边的湖岸转眼间就轻轻驶过，岸边景物将那西坠的斜阳阻隔。很快又超过了几只游船，转而还能听到别的船中传出的箫笛奏出的音乐。我们将画舟靠着断桥边停泊，只见桥旁边绿柳环绕、红花鲜丽婀娜，从船的一侧望去，欣赏着对面的晴空春色。

在断桥边停驻不过片刻之间，暮色便已悄然来临，只见那千山的葱翠变成了深碧色。我们来到卖酒的楼前，所骑的马匹还在门前拴着。开怀畅饮之后，我们乘着皎洁的月光返程归来，此时的夜色中，那盛开的梨花正披着白纱，夜幕如烟笼罩着海棠繁茂的花枝。虽然是在不点燃烟火的寒食节，庭院中却有天宇明月高悬，宛如白昼。深夜从酒醉中突然惊醒，抬眼望，满院充盈着春天的寂静。任凭全身沾湿露水，沐浴着和煦的东风，就这样想睡却睡不着，久久回味在白天畅游西湖的美丽心情之中。

步月　茉莉[①]

【导读】

这首咏物词是一曲对茉莉花的赞歌。在作者的眼中，茉莉来自于“广寒霏屑”，是天上仙宫冰霜所化，故它的冰清玉洁在世间无与伦比。所以倍加怜惜而加以吟咏。

【原文】

玉宇薰风，宝阶明月[②]，翠丛万点晴雪[③]。炼霜不就，散广寒霏屑[④]。采珠蓓、绿萼露滋[⑤]。嗔银艳、小莲冰洁[⑥]。花魂在，纤指嫩痕，素英重结[⑦]。

枝头香未绝，还是过中秋，丹桂时节。醉乡冷境，怕翻成消歇。玩芳味、春焙旋熏[⑧]，贮秾韵、水沉频爇[⑨]。堪怜处，输与夜凉睡蝶。

【注释】

①茉莉：一种常绿灌木，叶子卵形或椭圆形，夏季开花，白色，香味浓郁，其花可用来熏制茶叶。一年可开三次花。②玉宇：传说中神仙住的宫殿，此指月宫。薰风：和暖的风。指初夏时的东南风。宝阶：佛教语。指佛自天下降的步阶。③翠丛万点晴雪：在一片翠绿的枝叶间散落着洁白的茉莉花。晴雪：指茉莉洁白的花瓣。④炼霜不就，散广寒霏屑：茉莉花本是用来炼作白霜的，因没有炼成，故从月宫飞落人间。⑤蓓（bèi）：本意是蓓蕾的简称，是指含苞未放的花，花骨朵儿。绿萼：特指花瓣下部的一圈叶状绿色小片。⑥嗔：生气。这里有怜惜、喜爱的意思。⑦素英重结：白色的茉莉花重新生苞开花。茉莉生于江南，花期较长，从初夏开到秋天，采后能复长，可以反复采摘。素英：白色花朵。⑧玩芳味、春焙（bèi）旋熏：指茉莉花被采摘下来烘焙成茶。焙：用微火烘烤。⑨秾（nóng）：繁盛，浓郁；美丽。水沉频爇（ruò）：像点燃沉香一样把茉莉花反复冲泡。水沉：沉香，一种名贵香料，可点燃。爇：点燃、焚烧。

【译文】

天宫里散发出和暖的风，天阶上映照着月亮的光明，茉莉花犹如万点晴日下的白雪，点缀在一片翠绿之中。仿佛玉兔炼霜没炼成，便将这银末玉屑撒出了广寒宫。采摘下这朵朵珠玉一般的洁白的蓓蕾，还有那片片绿色的花萼，都像露水滋润过一般晶莹，好不令人怜爱，这银白色的娇容，像小小莲花一样玉洁冰清。茉莉花自有魂魄凝聚，纤纤细指将它采摘后，就会形成娇嫩的疤痕，但令人惊讶的是，过几天就会有新的白色花苞从中重生。

茉莉花枝头的香气绵绵不断，从不消停，花开一直坚持到中秋，桂花已经绽露笑容。不用担心它进入这秋意微寒的环境，仍继续吐香笑迎，是否反倒会危及它的生命。欣赏茉莉花香味的幽清，可以把它加工烘焙、反复熏蒸成花茶，这样就像贮存了它美丽的神韵魂灵，还可以像点燃沉香一样把茉莉花反复冲泡，这样就使茉莉花的芳香可以永生。但也有特别值得可怜它的地方，那就是到了深秋风起后，茉莉花将渐渐从枝头匿迹销声，与那睡眠的蝴蝶凉夜中安卧花丛。

卷五

陈允平

陈允平（1205？—1280？），字君衡，一字衡仲，号西麓，四明（今浙江宁波）人。与杨缵、吴文英同辈。德祐年间任沿海制置司参议。宋亡后，被征至大都，不受官，放还。有《西麓诗稿》及词集《日湖渔唱》和《西麓继周集》。

绛都春

【导读】

这是一首描写春闺怨情的婉约词。上片写春景，景中含情，通过乍暖还寒、忽晴忽雨的环境描写，烘托出思妇的孤独寂寞哀伤。下片通过对黄昏时分思妇在庭院里的活动的描写，反映了她伤春怀人的心情。

【原文】

秋千倦倚，正海棠半坼[①]，不奈春寒。殢雨弄晴[②]，飞梭庭院绣帘闲。梅妆欲试芳情懒[③]，翠颦愁入眉弯。雾蝉香冷，霞绡泪揾，恨袭湘兰[④]。

悄悄池台步晚，任红醺杏靥，碧沁苔痕[⑤]。燕子未来，东风无语又黄昏。琴心不度香云远[⑥]，断肠难托啼鹃。夜深犹倚，垂杨二十四栏。

【注释】

①坼（chè）：裂开。此指花开。②殢（tì）雨弄晴：细雨在风中飘洒，似乎与晴日相戏耍。殢：困扰、纠缠。③梅妆：以梅花状之花钿贴于眉心或额上或两靥。④雾蝉香冷，霞绡泪揾，恨袭湘兰：指女子发髻上的香味渐渐消失，用红色的丝绡擦泪水，一阵阵恼恨袭上心头。雾蝉：女子梳理成蝉翼一样的发髻。霞绡（xiāo）：美艳轻柔的丝织物。揾（wèn）：擦。湘兰：佩在身上的兰草，此指女子。⑤醺（xūn）：酒醉。沁：渗入，浸润。⑥琴心不度香云远：内心的情思无法通过云朵传到远方。琴心：比喻柔情，儒雅。此

指女子的情思。

【译文】

我疲倦地倚靠着秋千，看那海棠花正羞答答半开半合之间，只怕它难以经受这突来的春寒。细雨绵绵在风中舞弄，刚刚停下来便迎来了一个晴天，燕子在庭院如梭般飞来飞去，悠闲地掠过绣帘前。想学寿阳公主将梅妆描扮，无奈此刻心情慵懒。禁不住翠眉微皱，满腹的忧愁悄悄爬上了两道眉弯。鬓发上的香水早已经消散，用红丝巾擦的泪水至今未干，怨恨的心情时时冲击着我的心田。

夜晚来临，我常独自徘徊在池台旁边，任凭那嫣红醉了杏花的笑脸，任那碧绿浸润了厚厚的苔藓。春天来了却不见燕子归来双双呢喃，东风也是悄无声息，转眼又是黄昏，但见庭院暮色弥漫。想用柔情满满的琴声将我的情意表白，可郎君离我遥远，再柔美的琴声也传不到他的耳边。可怜我满腹断肠的悲苦，难以托付给这声声哀啼的杜鹃。夜已深沉，我还在一心期盼，倚遍了河堤的垂柳，望尽了楼阁上的栏杆。

瑞鹤仙

【导读】

这也是一首春闺怨词。作者以春闺怨妇形象的塑造为中心，从始至终将春情与春景融合在一起来造景抒情，从而委婉细致、具体而细微地表现出了闺中人的幽怨情绪。

【原文】

燕归帘半卷，正漏约琼签①，笙调玉琯②。蛾眉画来浅，甚春衫懒试，夜灯慵剪。香温梦暖。诉芳心、芭蕉未展③。渺双波、望极江空④，二十四桥凭遍⑤。

葱蒨⑥，银屏彩凤，雾帐金蝉，旧家坊院。烟花弄晚。芳草恨，断魂远。对东风无语，绿阴深处，时见飞红数片。算多情、尚有黄鹂，向人睍睆⑦。

【注释】

①琼签：古代漏壶中标示时刻的竹签。②玉琯（guǎn）：古乐器名，即玉管，有六孔。③诉芳心、芭蕉未展：内心被愁思紧裹，如同未展开的芭蕉结。李商隐《代赠》诗："芭蕉不展丁香结，同向春风各自愁。"④双波：形

容女子的美目。⑤二十四桥：在江苏扬州。这里用以泛指桥。⑥葱蒨（qiàn）：青翠之色。江淹《杂体诗》之二十四："青林结冥濛，丹巘被葱蒨。"⑦睍睆（xiàn huǎn）：形容黄鹂的声音清脆圆润。《诗经·邶风·凯风》："睍睆黄鸟，载好其音。"

【译文】

飞归的燕子掠过半卷起的门帘，漏壶中的刻尺正显示时间已临近傍晚，远处传来悠扬的笙箫和玉管的乐曲声。我淡淡地描画了蛾眉，心情不好多么漂亮的春衫也懒得试穿，夜晚的灯芯凝结了也无心修剪。回想起梦中与你相见，心中无比香甜温暖。多么想向你诉说离别后的无限思念，你可知我的心已被愁思紧裹，如同这芭蕉叶得不到舒展。渺渺茫茫之中，我望穿了流波含情的双眼，望断江河无际碧空高远，为了寻觅你的踪迹，我已将这二十四桥的栏杆倚遍。

这银色屏风上的绿水青山苍翠美艳，绘制的彩凤更是起舞翩翩，可这香雾弥漫的纱帐之中却只有我一人独眠，一切美好的期盼都深锁在这乐坊歌院。烟花绚丽渲染着寂寞的夜晚。满地芳草却和我一样含着深深的恨怨，只恨这令人断魂的思念太过遥远。面对清冷的东风我默默无言，遥望绿荫深处，时而看见凋零飞落的花瓣一片又一片，楚楚可怜。算起来更多情的，还有这黄鹂鸟，你听它向人鸣叫的声音多么圆润婉转。

恋绣衾

【导读】

此词为代言体，是在代歌妓抒其恋情。全词采用浅白的口语，以深婉的比兴手法，写出了一位歌妓对意中人的热恋和分别后的相思寂寞之情，巧妙地将抽象的相思之情表现得十分具体形象，令人动情不已。

【原文】

多情无语敛黛眉①，寄相思、偏仗柳枝。待折向、樽前唱②，奈东风、吹作絮飞。

归来醉抱琵琶睡，正酒醒、香尽漏移③。无赖是、梨花梦，被月明、偏照翠帷④。

【注释】

①敛：收起；收住。此处指皱起双眉。②樽（zūn）：酒樽，指古代的盛酒器具。③香尽漏移：房内香已燃尽，漏壶中的竹签又移动了许多。指夜已深。④无赖是、梨花梦，被月明、偏照翠帷（wéi）：指明亮的月光照在闺房中的帷幕里，把女子的好梦都惊散了。无赖：无聊、烦扰。梨花梦：与情人相会的美梦。翠帷：指翠羽为饰的帏帐。

【译文】

心中有无限深情却说不出口，只能微微皱起我的眉头，想寄去相思，偏偏此时，也只能倚仗这青青的杨柳。等到折了柳枝，来到酒樽前把相思的歌儿唱，怎奈忽然一阵东风袭来，直吹得柳絮四处飞散，真是可恼啊可恼！

归来时心里难受，酒醉后抱着琵琶昏昏入睡，正酣睡中却突然梦断酒醒，抬眼看，计时的香漏已快挪移到了尽头。最无聊烦恼的是，我们相会的美梦总是朦朦胧胧，又要被这月光的明亮惊扰，月光啊月光，不知你为何偏偏要照进我这挂着绿纱帐的床头。

一落索

【导读】

这是一首写离愁别恨的词。在写作顺序上与多数词相反，是先抒情，再描景。采用了景中含情的写法，同时又加重了对景物的象征性和感情化的描绘，从而使离情别绪更加具体可感，绵绵动人。

【原文】

欲寄相思愁苦，倩流红去①。泪花写不断离怀，都化作、无情雨！

渺渺暮云江树，淡烟横素②。六桥飞絮，夕阳西尽，总是春归处③。

【注释】

①倩流红去：希望自己的愁苦和相思能被水中的落花带给情人。流红，

水中的落花。②淡烟横素：淡淡的轻烟像一抹细绢横铺在江上。素，白色的绢。③夕阳西尽，总是春归处：夕阳西下，那就是春天归去的地方。

【译文】

想给你寄去我相思的离愁别苦，就请涓涓的流水载着我题字的红叶前去向你倾诉。满眼的泪花倾泻，也表达不尽我的离怀别绪，无尽的思绪，都已化作了无情的绵绵细雨！

渺茫深远的暮霭遮掩了江边的树木，淡淡的云烟就好像一道横铺在江上的白色细绢。六桥边漫天飘散着杨柳飞絮，此刻夕阳已坠落西山，总归是春天的归处。

垂杨

【导读】

这是一首伤春词，借咏物抒情，所咏为南宋京城之柳。词中借咏垂杨柳而抒发了南宋覆亡后客居杭州的词人对故国的难忘难舍之情。这种感情的传达经过了三次转折，感伤气氛极为浓厚，情感表达较为柔细，体现了作者独特的词风，也切合了这一时期遗民的普遍心态。

【原文】

银屏梦觉，渐浅黄嫩绿[①]，一声莺小。细雨轻尘，建章初闭东风悄[②]。依然千树长安道，翠云锁、玉窗深窈[③]。断肠人、空倚斜阳，带旧愁多少。

还是清明过了，任烟缕露条、碧纤青袅[④]。恨隔天涯，几回惆怅苏堤晓[⑤]。飞花满地谁为扫？甚薄幸、随波缥缈[⑥]。纵啼鹃、不唤春归，人自老。

【注释】

①浅黄嫩绿：指垂柳刚露出嫩黄色的芽和浅绿的叶。②建章：宫殿名，为汉武帝时所建。后泛指宫阙。③长安：唐朝都城，在这里借指临安。深窈（yǎo）：幽深；深远貌。④碧纤青袅：形容青翠柔细的柳枝摇曳的样子。⑤苏堤：即苏公堤，苏轼任杭州刺史时所筑。“苏堤春晓”为西湖十景之一，堤上有“六桥烟柳”等胜景。⑥薄幸：指薄情，无情，负心，也是对情人的怨称。缥缈：隐隐约约，若有若无的样子。形容空虚渺茫，不可捉摸。

【译文】

一觉睡醒，起身来到银色的屏风旁，只见窗外的垂杨柳渐渐由浅黄转为

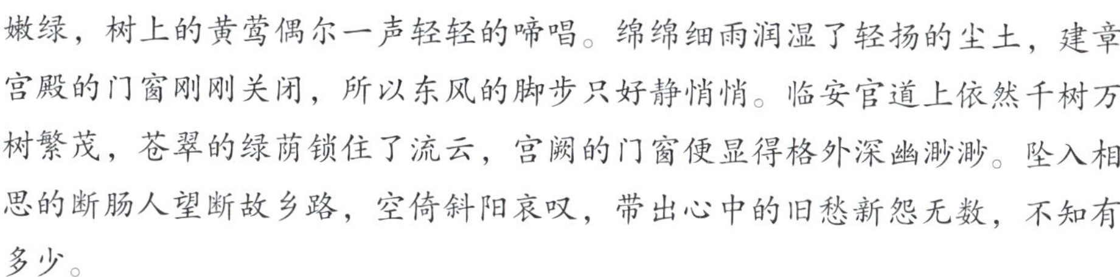
嫩绿，树上的黄莺偶尔一声轻轻的啼唱。绵绵细雨润湿了轻扬的尘土，建章宫殿的门窗刚刚关闭，所以东风的脚步只好静悄悄。临安官道上依然千树万树繁茂，苍翠的绿荫锁住了流云，宫阙的门窗便显得格外深幽渺渺。坠入相思的断肠人望断故乡路，空倚斜阳哀叹，带出心中的旧愁新怨无数，不知有多少。

毕竟还是清明时节已经过去了，任凭烟雨丝丝缕缕将杨柳的枝条缠绕，挡不住它碧绿纤细的枝条，随着春风摇曳，娜娜袅袅。可恨这天涯阻隔、路途遥遥，曾几次徘徊在苏堤春晓，想起家乡便涌出无限离恨与惆怅。看这满地落叶飞花，不知会有谁来将它打扫？真是太过薄情了，但也只能任它坠入湖水之中，随波流向无限缥缈。纵使杜鹃声声啼叫，也唤不回春天离去的脚步，而人，自然也就免不了走向衰老。

张枢

张枢（生卒年不详），字斗南，一字云窗，号寄闲。祖籍西秦（今属陕西），居临安。张炎之父。通音律，善作词，曾与杨缵、周密等人发起西湖吟社。存词九首。

瑞鹤仙

【导读】

这是一首伤春词，描写了春日的闲愁，写得极为多情而婉转。词所述的西湖春景比较细腻动人。既有近镜头的细微，又有广角镜头的宽度，仿佛若干摄影照片的组合。词中伤春气味较为含蓄清淡，让人读起来既深受感染，又没有过度伤感的沉重。

【原文】

卷帘人睡起[1]。放燕子归来，商量春事。风光又能几？减芳菲、都在卖花声里[2]。吟边眼底，披嫩绿、移红换紫[3]。甚等闲、半委东风，半委小溪流水[4]。

还是，苔痕湔雨[5]，竹影留云，待晴犹未。兰舟静舣[6]，西湖上、多少歌吹。粉蝶儿、守定落花不去，湿重寻香两翅。怎知人、一点新愁，寸心万里。

【注释】

①卷帘人：语出李清照《如梦令》："试问卷帘人，却道海棠依旧。"古时一般指婢女、仆人。这里指闺中人。②减芳菲：百花凋谢。芳菲：芳香的花草。③移红换紫：形容花朵的颜色由红色变成了深紫。④甚等闲、半委东风，半委小溪流水：指百花一半被东风吹落，一半被流水带走。等闲：寻常；无端。委：托付。⑤苔痕湔（jiān）雨：青苔上还留有雨水冲刷后的痕迹。湔：冲洗；洗涤。⑥舣（yǐ）：使船靠岸。

【译文】

卷帘人睡醒起床后，来到窗前。放春归的燕子飞进屋中，和它们商量春天的事情。还有多少春光能让百花吐艳露红？百花会逐渐凋谢，它们日渐叶残色衰的现实都藏在卖花声里。可眼前的花草并不忧虑将来的处境，它们吟咏旁物、目光浅低。它们披着嫩绿的颜色，却想着移除红艳，转而又换成紫。它们认为这种变换是很寻常的事情，竟然把自己的命运一半交给喜怒无常的东风，一半交给小溪流水。

更值得一说的是，苔藓还带着雨水冲刷过的痕迹，云雾便又在竹林中滋生，这天气说雨不雨，说晴不晴。兰木舟船静静地泊停在岸边，西湖水面之上，此刻不知有多少吹拉弹唱伴随的歌声。粉色的蝴蝶儿死守着落花不肯离去，只为贪寻花香，它们宁可让双翅被雨水淋湿变得沉重。不知有谁能理解我心头涌出的一点新愁，寸心之中，总是牵挂着心上人的万里行程。

南歌子

【导读】

此词是一篇代言体，描写一个歌妓对其相好男子的怀念。上片写这个歌妓独居青楼的寂寞和她对旧相好的怀念。下片睹物思人，倾诉相思之苦，反映了独处深闺难续旧欢的无限愁思。

【原文】

柳户朝云湿[1]，花窗午篆清[2]。东风未放十分晴，留恋海棠颜色、过清明。

垒润栖新燕[3]，笼深锁旧莺。琵琶可是不堪听[4]，无奈愁人把做、断肠声！

【注释】

①柳户朝云湿：指歌妓的居处。朝云：原指“旦为朝云，暮为行雨”的巫山神女，此暗指歌妓。②午篆：一种盘香名。③垒润栖新燕：新燕在刚垒好的新窝里栖息。④可是：真是，实在是。

【译文】

绿柳簇拥的院落，清晨空气清新湿润，雕花窗内香炉升起的午篆香烟清清淡淡，袅袅如云。东风还没有肆意狂放，此刻吹得轻柔，因而天气十分晴朗，仿佛在贪恋海棠花的娇颜之色，恋恋不舍之中度过了清明。

春天归来的新燕住进了刚垒成的泥巢，还有些湿润，竹笼中紧锁着旧日的莺鸟。一阵音乐传来却难以进入心中，难道是琵琶弹奏得不好，还是声音实在太难听？令人深感无奈的是，再好的音乐，如此愁绪满怀的人也会把它当作是断肠的悲声。

谒金门

【导读】

这是一首闺情词，它用近于画家工笔细描的技巧，按时间的顺序和空间的变换，对闺中少妇从春日早上起床，到梳洗打扮画眉着装，到花园游玩、捕捉蝴蝶等活动，进行了细致生动的描绘，如同一幅画卷展现在眼前。

【原文】

春梦怯[1]，人静玉闺平帖。睡起眉心端正贴[2]，绰枝双杏叶[3]。

重整金泥蹀躞[4]，红皱石榴裙褶。款步花阴寻蛱蝶[5]，玉纤和粉捻[6]。

【注释】

①怯：羞怯。②眉心端正贴：在眉心处粘贴红痣、花卉图案等饰物以增其美。③绰枝双杏叶：形容美人双眉如两片杏叶娇媚。绰（chāo）：抓起。杏叶：草名，即金盏草。④金泥：用以饰物的金屑、金粉。蹀躞（dié xiè）：一

种佩带上面的小饰物。陈允平《江城子》词"瘦却舞腰浑可事，银蹀躞，半阑珊。"⑤款步：小步缓慢行走貌。蛺蝶（jiá dié）：蝴蝶的一类。形体较一般蝴蝶大。⑥玉纤和粉捻：女子的纤手轻捏着蝴蝶的粉翅。玉纤：嫩白纤细的手指。

【译文】

春梦中梦到的事情让我感到羞怯，好在闺房里只有我一人，环境很平静妥帖。睡醒起床后，端坐在镜前，在眉心处把梅花粘贴端正，随后抓起两枝金盏草，速将我的心事占卜拆解。

重新整理一下我用金泥涂抹完好的佩带饰物，再仔细顺一顺这身红石榴裙上出现的皱褶。轻轻地缓步慢行，走进花丛中的阴凉处寻找蛺蝶，用我那嫩白如玉的纤细手指，很快便捻捏住一只扇动双翅的粉蝶。

李演

李演（生卒年不详），字广翁，号秋堂（一作秋田）。理宗景定三年（1262）任郴（chēn）州推官。与李彭老有词唱和。有《盟鸥集》，不传。存词七首。

摸鱼儿　太湖

【导读】

这是一首咏物抒情词。描绘了初秋的太湖美丽的景色。太湖作为古代文人一直向往的隐居之所，已成为文人雅士游览寓居的圣地。整首词境界疏朗明快，充分表达了一个高雅文士的隐居之乐。

【原文】

又西风、四桥疏柳[①]，惊蝉相对秋语。琼荷万笠花云重，袅袅红衣如舞[②]。鸿北去，渺岸芷汀芳，几点斜阳宇[③]。吴亭旧树，又系我扁舟，渔乡钓里，秋色淡归鹭[4]。

长干路[5]，草莽疏烟断墅，商歌如写羁旅[6]。丹溪翠岫登临事[7]，苔屐尚粘苍土[8]。鸥且住，怕月冷，吟魂婉冉空江暮。明灯暗浦[9]，更短笛衔风，长云弄晚，天际画秋句。

【注释】

①四桥：太湖边的甘泉桥，在今江苏苏州。②红衣：荷花。③渺岸芷汀芳，几点斜阳字：指夕阳下，鸿雁排成人字形从湖面飞过。芷（zhǐ）：一种香草。屈原《离骚》："扈江离与辟芷兮，纫秋兰以为佩。"汀（tīng）：水边沙地；小洲。④扁舟：小船。鹭（lù）：一种水鸟。生长在水域附近，以尖锐的嘴捕食水生动物，通常成群营巢于林间。⑤长干路：此指苏州古道。⑥商歌：悲凄的歌。因为音律中的商音悲凉凄厉，故称。羁旅：指的是长久寄居他乡。⑦丹溪翠岫（xiù）：形容太湖的青山绿水。丹溪：盛产丹砂的溪流。岫：山穴，多指山峰。⑧屐（jī）：一种木底鞋，泛指鞋。⑨浦（pǔ）：指池、塘、江河等水面。

【译文】

又是一季西风时，阵阵吹拂着甘泉桥边稀疏的绿柳，受惊的蝉儿们相互将怨言诉说给初秋。玉石般的湖面，荷叶就像千万只斗笠，簇拥着如云般的芙蓉一重重，又仿佛是千万个红衣仙女袅袅起舞。大雁展翅凌空北去，渺渺茫茫的湖岸边，一丛丛芬芳的芷草摇曳在水边的沙洲，看那斜阳下飞鸿数只，好似用笔墨在碧空中点染的文字。吴亭旁的老树，如今又系上了我的一叶扁舟，整日悠闲在渔乡的垂钓中，醉看秋色消淡，还有那归来的鸥鹭。

苏州古道上，野草茫茫，稀疏的轻烟缕缕遮掩着零散的农户，那悲凄的商歌，似乎就是为长久寄居他乡的人而写。如今能够登临太湖如此怡人心境的清溪翠岭，观赏到太湖的美景真是一件幸事，不知不觉中已沾满了苔藓的鞋

底又沾上了一层尘土。湖面的鸥鸟暂且把双翅收住，只怕这月光清冷，能否让我吟诗作赋的思绪，悠然婉转地缓缓飘浮到空中，陪伴那江河湖畔的日暮。明亮的灯火照耀着幽暗的水面。更有那短笛吹奏，衔来一缕西风倾诉孤独，长长的云彩在夜空中飞舞，天际如画，那正是深秋的住处。

醉桃源　题小扇

【导读】

此词是题扇之作。扇面上一个女子正漫步园中，杏花已在冰雪中绽放，蝴蝶也早早留情于园中花草。但在微微轻寒中，却是女子无限的哀愁，如同无边无际的春草东风吹又生。至此，画扇中女子的轻轻叹息也飘然落下，在读者耳中悠悠回响。

【原文】

双鸳初放步云轻[①]，香帘蒸未晴。杏熔暗泪结红冰[②]，留春蝴蝶情。

寒薄薄，日阴阴，锦鸠花底鸣。春怀一似草无凭[③]，东风吹又生。

【注释】

①双鸳：绣有鸳鸯的一双鞋子。②杏熔暗泪结红冰：指园中的杏树正化去身上的残冰而绽放花朵。③无凭：没有凭据；毫无理由。

【译文】

只见女子刚刚穿好一双鸳鸯绣鞋，便放开脚步轻轻移动，但见脚步云朵般轻盈，帘内有香炉熏蒸，帘外细雨不停天未晴。只见那园中的杏树仿佛在暗流血泪，原来是正在化去身上的残冰而绽放了花朵，那定是在留恋春天的蝴蝶依偎，而萌发出万般春情。

画面之上，薄薄的寒意，天阴日不明，好在这鲜艳的花丛下，还有锦鸠声声啼鸣。当春光满怀，那颗怀春的心就像这遍野的春草，东风一吹，便毫无理由地被东风唤醒，从而又一次肆意滋生。

南乡子　夜宴燕子楼[①]

【导读】

本词描写了在歌舞宴席之上认识了一位美丽歌女，不禁让人怦然心动。

歌女自然也是对作者眉目传情，这正是一对才子佳人的良好姻缘，但结果却是棒打鸳鸯，各自分飞。表达了词人懊恼、沮丧的神态。

【原文】

芳水戏桃英，小滴燕支浸绿云[②]。待觅琼觚藏彩信，流春[③]，不似题红易得沉[④]。

天上许飞琼[⑤]，吹下蓉笙染玉尘。可惜素鸾留不得[⑥]，更深，误剪灯花断了心[⑦]！

【注释】

①燕子楼：在今江苏徐州。唐代张建封为其爱妾盼盼所建造，张建封死后，盼盼守楼十余年不嫁。②燕支：即女子化妆用的胭脂。绿云：女子乌黑光亮的云形发髻。③待觅琼觚藏彩信，流春：指寻觅一个酒器，把彩信放进去，让它随波流去。觚（gū），古代酒器，长身细腰，口部呈大喇叭状，底部呈小喇叭状。④不似题红易得沉：酒樽中的信不像红叶题诗那样容易沉没水中。⑤许飞琼：仙女名，相传为王母侍女，此指宴会上的歌女。⑥可惜素鸾留不得：指无法把歌女留在自己的身边。鸾：是古代中国神话传说中凤凰一类的神鸟。⑦误剪灯花断了心：剪灯花时，一不小心剪断了灯芯，暗指与歌女从此分别。

【译文】

好一副娇美的容颜，宛如是水中戏看桃红落英，只见她面如桃花，轻轻涂抹了淡淡的胭脂，乌黑润泽而光亮的发髻如云朵一般。此刻我只想寻来琼玉酒壶，然后暗藏深情的书信一封，以此表白春心，我想，这样的传情方式，不像传送题诗的红叶那般容易下沉。

她的美貌如同天上的仙女许飞琼，又像是芙蓉仙子吹着笙竹下凡间。只可惜想把这白凤凰一般神韵的佳人留住太难，此刻已经更深夜晚，我想剪去灯花，却误将此心剪断，怎能不叫我暗自伤心！

八六子　次贫房韵[①]

【导读】

这是一阕步韵词，但李彭老《八六子》的原词已佚失。李演此词则是“人面桃花”一典的旧曲重唱。不过与前人咏叹情缘的失落、怅惘不同，此词虽也伤感，但能把这份失意融在一个典雅的景致之中，达到了冲淡平和，怨而不怒的境界。

【原文】

乍鸥边、一番腴绿[2]，流红又怨蘋花[3]。看晚吹、约晴归路，夕阳分落渔家。轻云半遮。

萦情芳草无涯。还报舞香一曲[4]，玉瓢几许春华[5]。正细柳青烟，旧时芳陌，小桃朱户，去年人面[6]，谁知此日重来系马，东风淡墨攲鸦[7]。黯窗纱，人归绿阴自斜。

【注释】

①篔（yún）房：南宋词人李彭老，字商隐，号篔房。②腴（yú）绿：形容水边浓绿的树木。腴：丰满；肥沃。③流红：流水中的落花。蘋（pín）：一种生长在浅水中的水草，叶有长柄，柄端四片小叶成一“田”字形。《诗经·召南·采蘋》：“于以采蘋？南涧之滨。”④还报舞香一曲：意为飘落的花朵如同乐曲中起舞。⑤玉瓢：此指西湖。⑥去年人面：化用崔护《题都城南庄》诗：“去年今日此门中，人面桃花相映红。人面不知何处去，桃花依旧笑春风。”⑦攲（qī）：斜，倾侧。

【译文】

突然惊飞的沙鸥旁边，一派肥沃浓绿的景观，但见飞扬的落花入水泛起涟漪，仿佛又在抱怨湖水中的蘋花。看傍晚风吹处，相约归去的道路在晴朗的天色中隐约可见，那夕阳的余晖洒落，分别照耀着几户渔家。茫茫天际，浮云轻轻将夕阳落日半掩半遮。

萦绕着痴情的芳草萋萋，无边无涯。还有那报春的香风歌舞依旧绵绵不断，西湖的春色还能展露几许芳华。正是柳细烟青的好时节，旧年里芳草飘香的小路旁，清新的小桃树依然相伴着朱红色的门户，犹记得去年，在那里曾遇到过艳如桃花的美人娇颜，让人心中常常怀念，谁知今日重来树下拴马，却只见到那东风中斜着飞穿，宛如淡墨点画的几只乌鸦。暮色逐渐暗淡，光线即将远离窗纱，独行人怏怏不乐踏上归途，绿树的阴影在渐坠西山的暮色里独自倾斜。

祝英台近　次筼房韵①

【导读】

李演此作虽是步韵，但并未露出一般文人和作中出现的牵强、补缀、全篇不能神气自足的弊端。李彭老的《祝英台近》抒发了文士清雅之怀。而李演此词则变文人的清雅为“心已在、绿成阴处”的深情概叹，正因情事的加入，故而多了几番缠绵，几番惆怅。

【原文】

采芳蘋，萦去橹②，归步翠微雨。柳色如波，萦恨满烟浦。东君若是多情，未应花老③，心已在、绿成阴处。

困无语，柔被褰损梨云④，闲修牡丹谱。妒粉争香，双燕为谁舞。年年红紫如尘⑤，五桥流水⑥，知送了，几番愁去。

【注释】

①筼（yún）房：同上一首词，指南宋词人李彭老，字商隐，号筼房。②橹：使船前进的工具，比桨长而大，安在船尾或船旁，用人摇动。③东君若是多情，未应花老：假如春神多情，就不应让百花凋谢。东君：传说中的司春之神。④柔被褰（qiān）损梨云：醒来后，自己与春天永伴的温柔美梦也随之被撩起破坏了。褰：撩起；揭起。梨云：原指男女相思之梦，此指与春相伴的美梦。⑤红紫如尘：百花凋谢，弃入尘土。⑥五桥：西湖苏堤上有“六桥烟柳”，李演词中常称“五桥”。这里泛指，而非实数。

【译文】

我们摇橹乘舟，围绕着湖边采摘芳蘋，归来时漫步在翠绿的山色之中游览，只见细雨蒙蒙的远山一片绿意葱葱。青青柳色在风中摇摆，宛如阵阵波涛涌动，萦绕满怀的离愁恨怨，漫布在水边沙洲的云烟之中。司春之神若是多情，就不应让春花过早地衰残寿终，只怕是他的心早已经在那绿荫浓重的地方流连居处。

忽然感觉到困倦无力，默默不语之中昏昏睡去，轻柔的被衾仿佛被人掀动，猛然间打破了我的梨云春梦，只好起身，却是生了闲情，随手便去修整牡丹花谱。妒忌粉蝶寻花逐香，不知那燕子双双为谁飞舞。年年百花姹紫嫣红，却难逃凋谢的命运，掩没入尘土，不知五桥下无情的流水，你可知载走了我几番忧愁，漂走了多少落花的性命。

莫仑

莫仑（生卒年不详），字子山，号两山，江都（今江苏扬州）人。寓居丹徒（今江苏镇江）。度宗咸淳四年（1268）进士。入元不仕。词存五首。

水龙吟

【导读】

此词伤春怀人，以男子的身份抒写与情侣之间的离愁别恨。上片描绘春意阑珊之时，情人不在，故情绪低落，懒于出游。下片继续睹物伤情，触景感怀，以霜月做伴的凄冷结束全篇。

【原文】

镜寒香歇江城路，今度见春全懒。断云过雨①，花前歌扇，梅边酒盏②。离思相欺，万丝萦绕③，一襟销黯④。但年光暗换，人生易感，西归水，南飞雁⑤。

也拟与愁排遣，奈江山、遮拦不断。娇讹梦语⑥，湿荧啼袖⑦，迷心醉眼。绣毂华茵⑧，锦屏罗荐，何时拘管⑨？但良宵空有，亭亭霜月，作相思伴。

【注释】

①断云过雨：化用巫山神女的故事，指与情人相爱之景。②花前歌扇，梅边酒盏：昔日与情人在花下歌舞，梅前饮酒。③萦绕：萦回环绕。④一襟

销黯：内心充满了伤感。一襟：满怀。⑤西归水，南飞雁：意谓时光不可回转，犹如流水不能西归，春天的大雁不会向南飞回。⑥娇讹梦语：梦中与情人娇声细语。⑦湿荧啼袖：眼泪打湿了衣袖。湿荧：形容泪光闪动的样子。⑧绣毂（gǔ）华茵：锦绣车轿，华丽的褥垫。毂：车轮。茵：褥垫。⑨拘管：限制，局促。

【译文】

去年，我们分别在湖水寒凉、花落香消的江城路，今年的此时又逢春天，却是心灰意懒，所有的兴致全都已消失不见。片片阴云已散，细雨过后迎来晴天，有多少人在花前歌舞、摇动着团扇，还有人在梅花树边驻足观赏，频频端起酒盏狂欢。可我却被离别的相思之苦侵犯，千丝万缕的思绪萦绕在心间，满怀不尽的忧愁，心中笼罩着阴暗。但年华悄悄流逝，时光暗自转换，人生苦短，怎能不让人很容易就伤感，要想找回昔日的欢乐，犹如让河水向西流归，冬天迎来南飞的大雁。

也曾筹划着将心中忧愁排遣，可怎奈纵使有这万里江山遮拦，也难将我的思念阻断。梦中听到你娇声细语，竟误以为你就在我的身边，醒来时，泪眼已经哭湿了衣袖，心中依旧痴迷不减，醉眼朦胧之中总能看见你的身影出现。空有名贵的锦绣马车配着华美的褥垫，就算是锦绣屏风、罗缎床单，可是没有了你，谁会来为我看管？只可惜空有这迷人的良宵，却只有这空空的亭阁，还有那孤独的霜月，与我的相思作伴。

玉楼春

【导读】

此词也是伤春怀人之作，但比前篇风格较为清疏悠远，意味也较浑厚。上片描写早春景致及独居者居住环境之冷寂。下片写相思之情的悠远绵长和对时光流逝的焦虑。

【原文】

绿杨芳径莺声小，帘幕烘香桃杏晓。余寒犹峭雨疏疏①，好梦自惊人悄悄。

凭君莫问情多少，门外江流罗带绕。直饶明日便相逢，已是一春闲过了②。

【注释】

①峭：料峭。形容轻寒或风力尖利、寒冷。②直饶明日便相逢，已是一

春闲过了：即使我们明日就可相逢，春天也已是白白过去了。直饶：纵使；即使。

【译文】

翠绿的杨柳迎风扮俏，芳草路上听到莺鸟轻轻啼叫，帘幕前的熏笼里烘烤着熏香，袅袅香气萦绕，这一切，庭院中的桃花杏树最先知晓。冬季的余寒还很凌厉，细雨又绵绵不消，人在好梦中独自惊醒，此刻屋内静悄悄。

任凭你去猜测，请君不要问我心中的愁情有多少，恰似那门外江流滚滚，又似这长长的罗带环环缠绕。即使我们明日就可以相逢，可这美好的春天，却早已经被白白闲赋过去了。

生查子

【导读】

此词为悲秋之作。上片先以浅近流畅的口语描写风凉月冷之景，然后借景抒情。下片先写室内单衾独宿、灯烛暗淡欲灭之状，然后以蟋蟀鸣声为衬托，突出了一种浓重愁思与落寞情怀。整首词读之有五言诗的轻快感。

【原文】

三两信凉风[①]，七八分圆月。愁绪到今年，又与前年别。

衾单容易寒，烛暗相将灭。欲识此时情，听取鸣蛩说[②]。

【注释】

①三两信凉风：指初秋阵阵凉风。凉风：初秋凉爽的西南风。②欲识此时情，听取鸣蛩说：若想知道我此时的心情，就听听墙角蟋蟀是如何凄苦地鸣叫吧。蛩（qióng）：蟋蟀。

【译文】

吹过去三两阵放任的凉风，夜空里出现了七八分满的圆月。不知不觉中愁绪积压到了今年，但又与前年有所区别。

衾被单薄难挡寒，烛光昏暗，烛火似乎将要熄灭。要想知道我此时的心情，就请细听那声声哀鸣的蟋蟀，对你慢慢诉说。

卜算子

【导读】

这是一首闺情词。上片写室外春景，以暮春花事阑珊之景引出伤春惜春之情。下片抒相思念远之情，但不是直抒其情，而是先以月下倚栏吹笛、夜深绕池徘徊的场景描写，来表现闺中人的寂寞孤独。

【原文】

红底过丝明，绿外飞绵小①。不道东风上海棠②，白地春归了。

月笛曲栏留，露舄芳池绕③。争得闲情似旧时，遍索檐花笑④。

【注释】

①绿外飞绵小：指在绿柳中飘扬而来的飞絮。飞绵：飞絮。②不道：不知不觉。③舄（xì）：古代一种加木底的双层底鞋。泛指鞋子，也指脚。④争得闲情似旧时，遍索檐花笑：化用杜甫《舍弟观赴蓝田取妻子到江陵喜寄》诗之二："巡檐索近梅花笑，冷蕊疏枝半不禁。"意谓此女子不再像从前那样无忧无虑地在屋檐下寻花嬉戏，暗指其止经受相思之苦。争得：怎得，怎能够。

【译文】

鲜艳的花朵下，即使有游丝般大小的东西经过，也格外分明，碧绿的柳荫外，飘扬的飞絮显得十分渺小。不知不觉中东风吹红了海棠，白茫茫的原野上，春天就这样悄悄地来到了。

月下笛声穿过曲折的栏杆在空中萦绕，沾着露水的绣鞋围绕着幽碧的池水展俏。怎能得闲情逸致像过去一样高，看来，我将要赏遍屋檐下的梅花，一路开怀大笑。

丁宥

丁宥（yòu），生卒年及事迹不详，字基仲，号宏庵，钱塘（今杭州）人。与吴文英交游，吴文英曾赠宏庵词多首。此处存词一首。

水龙吟

【导读】

这首羁旅行役词是写词人做客他乡的栖迟之苦，同时也是吊亡伤逝之作。丁宥曾娶过一位小妾周氏，不仅美貌，并且能歌善舞，琴棋书画、填词作赋无所不能，后不幸早逝。所以词中既有羁旅之人的憔悴、孤寂，也有梦回故里，并以与爱人相聚的梦境来反衬现实的冷清与寂寞。

【原文】

雁风吹裂云痕[①]，小楼一线斜阳影。残蝉抱柳，寒蛩入户，凄音忍听。愁不禁秋，梦还惊客，青灯孤枕。未更深，早是梧桐泫露[②]，那更度、兰宵永[③]。

空叹银屏金井，醉乡醒、温柔乡冷。征尘倦扑，闲花漫舞，何心管领[④]。葱指冰弦[⑤]，蕙怀春锦[⑥]，楚梅风韵。怅芙蓉城杳，蓝云依黯，锁巫峰暝[⑦]。

【注释】

①雁风：指秋风。②早是：指已是，也指幸而，幸好。泫（xuàn）露：降露；滴落露水。泫：水珠滴下的样子。③兰宵：美好的夜晚。④管领：管理、统领，打理收拾。⑤葱指冰弦：指所思女子善于弹琴的细指。⑥蕙怀春锦：如同绚烂彩锦般的温柔情怀。蕙：香草名。蕙怀：比喻女子纯美高洁的品质。特指满怀才情。⑦芙蓉城杳，蓝云依黯，锁巫峰暝：意为情人远离自己，无法再相聚。芙蓉城：此指传说中仙人所居之所。蓝云：蓝桥上的云。典出《太平广记》，唐人裴航曾在蓝桥遇见仙女云英，后求娶为妻。

依黯：形容伤离别，怀远人的黯淡心情。巫峰：即指神女所居的巫山，出自宋玉的《高唐赋》。

【译文】

秋风无情地将云彩吹断，孤单的小楼披着一缕夕阳的光影。衰老的秋蝉紧紧地抱着赖以栖身的杨柳，蟋蟀悄悄躲进庭户人家的屋里避寒，它们凄凉的哀鸣让人不忍心听见。无限忧愁在这秋天里禁不住蔓延滋生，梦境更是让人心酸，惊醒后的我面对青灯孤枕，止不住潸然感叹。还没到夜半更深的时刻，但已是梧桐叶滴落露水时，遥想你在世的时候，这一刻我们正在一起设想，期盼这美好的长夜能够永久永久。

对着银色的屏风和庭院，禁不住哀声长叹，我从酒醉后的梦乡中醒来，谁料沉醉的温柔之乡却从此寒冷。当仕途劳累神情疲倦归来，看闲庭花絮漫舞，如此人闲景灿之时，而你却已不在，还能有谁来为我操心统领。你的美好形象时时出现在我的眼前。你那玉葱般的手指拨动着琴柱上的冰玉银弦，你满怀的才情，吟诗作赋妙如锦缎，你南国梅花般貌美，亦有不凡的风韵。令人怅恨的是，你如仙境芙蓉城般杳然消失不见，此刻，蓝桥仙云依然黯淡，我与你的巫山情结，将被牢牢地闭锁在这深幽的夜晚。

储泳

储泳（生卒年及事迹不详），字文卿，号华谷，云间（今上海松江）人，著有《诗家鼎脔》《华谷祛疑说》。在此存词一首。

齐天乐

【导读】

这是一首描写寒食节时分的景致，借以怀旧思人的词。词中以春愁、春怨为主线，通篇景色点缀其间似为愁怨作铺垫，像一首怨曲愁歌，娓娓倾诉

深情。作者想象丰富，富有浓厚的生活气息，其中的痴语、奇语、妙语颇带有民歌的清新。

【原文】

东风一夜吹寒食，红片枝头犹恋[1]。宿酒初醒，新吟未稳，凭久栏干留暖。将春买断。恨苔径榆阶，翠钱难贯[2]。陌上秋千，相逢难认旧时伴。

轻衫粉痕褪了，丝缘余梦在，良宵偏短。柳线穿烟，莺梭织雾，一片旧愁新怨。慵拈象管[3]。待寄与深情，怎凭双燕。不似杨花，解随人去远[4]。

【注释】

①红片枝头犹恋：东风过后，仍有一些红花眷恋在枝头。有本作“枝头片红”。②翠钱：指榆荚，榆钱。③拈：用手指头夹；捏。象管：以象牙装饰的笔。④不似杨花，解随人去远：埋怨燕子不能像杨花一样可以跟随远去的情人，把信捎过去。解：懂得，知道。

【译文】

仿佛是一夜东风吹来了寒食节，红花不忍落下枝头，还在绵绵眷恋枝头的绿叶。昨晚喝醉酒，直到今晨才清醒，想吟赋一阕新词，但尚未斟酌妥帖，只好久久地倚着栏杆，迎着阳光取暖。好想将这明媚的春天全部买断。只恨这翠绿的榆荚洒满台阶，小径之上也长满了厚厚的苔藓，只可惜这满眼的绿钱却无法用线贯穿。走在道路上时，看见有人荡着秋千，因与故人很久不见，相遇之时恐怕也难辨认出旧时的伙伴。

她的粉痕已在我的春衫上消退不见，但丝丝情缘还在我梦中纠缠，只恨这良宵偏偏又太短。柔嫩翠绿的柳丝穿过青烟，黄莺来回穿梭，好似要把薄雾织成锦缎，禁不住睹景生情，招惹出我的一片旧愁新怨。懒懒地捏着象牙雕饰的笔管，本想把心中的深情写成书信一篇，但投寄给她，怎能依靠眼前这飞舞的双燕。哀叹自己不如这随风舞动的杨花，懂得跟着思念的人飘浮飞远。

赵汝迕

赵汝迕（wǔ），字叔午（一作叔鲁），号寒泉，乐清（今属浙江）人。生卒年不详。宋室后裔。宁宗嘉定七年（1214）进士。佥判雷州，谪官而卒。存词一首。

清平乐

【导读】

痴心女子负心郎乃是宋词中常见的主题，像许多优秀之作一样，此词成功地塑造了一个多情、执着的女性形象。凸显了女子内在的情感，虽悲凉哀怨，却又执着无悔的思想境界。

【原文】

初莺细雨，杨柳低愁缕。烟浦花桥如梦里[①]，犹记倚楼别语。

小屏依旧围香[②]，恨抛薄醉残妆[③]。判却寸心双泪[④]，为他花月凄凉。

【注释】

①浦（pǔ）：表示水边或河流入海的地区。②小屏依旧围香：此指闺中人依然居住在香气浓郁的房中。小屏：古人常用屏风把卧室与外屋隔离。③恨抛薄醉残妆：因愁闷满怀，自已无心妆扮，只能饮酒消愁。④判却：豁出；拼上；甘愿。判：同“拚”。柳宗元《奉酬杨侍郎丈因送八叔拾遗戏赠诏追南来诸宾》诗：“一生判却归休，谓著南冠到头。”

【译文】

雏莺躲避着绵绵细雨，杨柳低垂，轻轻舞弄着枝条，仿佛要摆脱缕缕愁绪。烟云流转的江岸，以及春花丛生的桥边，都恍如昨天的醉梦里，唯独我还清楚地记得，我们双双倚靠着小楼的栏杆，你对我所说的那些分别的话语，依旧缠缠绵绵。

小屏风依旧围着香炉中袅袅升起的香烟，此刻又在怨恨薄情的你将我狠心抛弃，微醉中我竟将妆容画残。我豁出去这寸心插满相思的利箭，怎奈早已是双眼泪流不断，却也甘愿为你在花下月圆时，独忍凄凉无限。

楼枎

楼枎（fū），字叔茂，号梅麓，鄞县（今浙江宁波）人。楼钥之孙。生卒年不详。理宗端平中（1234—1236），任沿江制置司干官。淳祐年间（1241—1252）知泰州、邵武。约卒于理宗宝祐年以前。存词三首。

水龙吟　次清真梨花韵

【导读】

此为赞颂梨花的和韵之作（清真，即周邦彦）。词中采用拟人手法描述了梨花的圣洁清雅，以及具有仙风道骨的姿质，并通过对嫦娥、宫中美人、仙子、闺中思妇等意象的刻画，赋予梨花以高洁自守的人格魅力，使之更加千娇百媚，令人怜惜。

【原文】

素娥洗尽繁妆①，夜深步月秋千地。轻腮晕玉，柔肌笼粉，缁尘敛避②。霁雪留香，晓云同梦，昭阳宫闭③。怅仙园路杳④，曲栏人寂，疏雨湿、盈盈泪⑤。

未放游蜂叶底，怕春归、不禁狂吹。象床困倚⑥，冰魂微醒，莺声唤起。愁对黄昏，恨催寒食，满襟离思⑦。想千红过尽，一枝独冷，把梅花比⑧。

【注释】

①素娥洗尽繁妆：指梨花的洁白如同天上的嫦娥。素娥：月中嫦娥，此指梨花。②轻腮晕玉，柔肌笼粉，缁（zī）尘敛避：指梨花如同嫦娥有着圆润轻秀的脸颊，柔嫩肌肤被脂粉轻敷，它的冰清玉洁让周围的尘土避之不及。

缁：黑色。③昭阳：宫殿名，汉成帝时被封为昭仪，受成帝专宠近十年，贵倾后宫的赵飞燕姐妹所住，后多以“昭阳”指称皇后之宫。此指梅花就像深闭宫中的宫女。④怅：失意、不痛快的样子。⑤疏雨湿、盈盈泪：形容梨花被雨水打湿就像泪水盈盈的宫娥。白居易《长恨歌》：“玉容寂寞泪阑干，梨花一枝春带雨。”⑥象床：有象牙装饰的精美床具。⑦满襟：满怀。⑧想千红过尽，一枝独冷，把梅花比：意为百花凋零之后，梨花一枝独存，可与孤傲的梅花相媲美。因为按“二十四番花信风”的划分，梨花开在春分前后，以后即是桐花、麦花、柳花，都无法与之相比，故有此说。

【译文】

素雅的梨花就像嫦娥洗掉了面容上的浓妆，然后夜深人静的时候漫步在月宫的千顷之地，时而又在秋千上轻荡。只见她面庞如玉般莹润，两腮泛着淡淡的红晕，柔滑的肌肤上敷着淡淡的香粉，冰清玉洁的她使周围漆黑的尘土默默收敛，纷纷逃避。她似雪花飘散后的晴日普照，可又比雪花能散发出阵阵清香，她宛如梦中清晨轻袅的白云，就连美貌的昭仪赵氏姐妹也羞于攀比，直羞得赶紧将昭阳宫门紧闭。她如蓬莱仙子怅叹仙园之路渺渺茫茫，又嫌曲坊人稀过于沉寂，置身于空旷的原野，她被稀疏凌乱的雨点打湿裙衣，滴落令人怜惜的盈盈清泪。

梨花还没有完全绽放，嗡嗡的游蜂就已经紧紧盯在叶子底下徘徊不去，只怕这春天离去，梨花禁受不住东风的狂吹，终会被吹得落花遍地。她的倩魂仿佛结束了梦中的欢畅，困乏地在象牙床上斜倚，直到几只黄莺声声啼唱，才将她慢慢唤起。忧愁之中，面对落日黄昏阵阵叹息，只恨这匆匆到来的寒食节，不该如此心急，惹来了满腹的离愁别绪。想那万紫千红的花朵，此一时都已经繁华落尽，唯有梨花自己独自绽放，而这一枝独冷的孤寂，真是可与那凌风傲雪绽放的梅花相比美。

菩萨蛮

【导读】

这是一首闺怨词。薄情郎“笑指花梢待”这一句“一定会回来”的承诺，饱含了女子多少期待、惆怅、失落。

【原文】

丝丝杨柳莺声近，晚风吹过秋千影。寒色一帘轻，灯残梦不成[①]。

耳边消息在，笑指花梢待[②]。又是不归来，满庭花自开。

【注释】

①灯残：指将要熄灭的灯。②耳边消息在，笑指花梢待：指耳边还回响着情人离别时的许诺，那时他笑指花枝说，等春暖花开时他就回来。

【译文】

细柔的杨柳随风摇摆，清亮婉转的莺鸟啼鸣声就在近前，晚风吹过秋千，影子随风飘动。一袭寒意扑满轻盈的门帘，此刻灯火黯淡将要熄灭，本想梦中与你相会，可是却难以入睡。

当年你笑指花梢让我耐心等待，你说等到春暖花开的时候就会归来，如今你所说的这句许诺还在耳畔萦绕。可是至今你还是没有归来，你看这满院的春花早已暗自绽开。

史介翁

史介翁（生卒年、里籍及事迹均不详），字吉父，号梅屋。仅存词一首。

菩萨蛮

【导读】

这是一首代言体的词。所描写的是一个能诗善赋的才情女子，面对一片细雨带来的美景与莫名的春愁，懂得如何在雨天打发时光。看她拉动纸张，忙于把灵感记录下来，连窗外的蔷薇也似乎受到感染，散发出阵阵轻香来为女子增添诗兴。全词虽是春愁老调，但境界轻灵，含蓄而又富有诗意。

【原文】

柳丝轻飏黄金缕[①]，织成一片纱窗雨。斗合做春愁[②]，困慵熏玉篝[③]。

暮寒罗袖薄，社雨催花落[4]。先自为诗忙，蔷薇一阵香。

【注释】

①飏（yáng）：飞扬。黄金缕：形容金黄色的柳条。②斗合（dòu hé）：指凑在一起；聚集。③困慵熏玉篝：在熏衣的香炉旁倍感困倦慵懒。玉篝：玉质的熏笼。《说文》："篝，笿也，可熏衣。"④社雨：春社祭祀求雨。社：即春社，古人为祈求丰收而祭祀土地的风俗。

【译文】

杨柳枝条轻轻飞扬，仿佛一条条黄金丝缕，在纱窗外编织成了一片毛毛细雨。它们凑在一起，竟然搅和出一片春愁，让人倍感困倦慵懒，无心拿起玉熏笼燃香熏衣。

黄昏时分略感轻寒，罗袖裙衣显得单薄，春社祭祀祈求来的春雨飘落，阵阵催促花开花落的日期。面对这样的春景，何必满怀愁绪，我独自先行排遣闲愁，只为忙作诗，此刻，只觉得窗外传来一阵阵蔷薇的花香。

周端臣

周端臣，字彦良，号葵窗，建业（今南京市）人。生卒年不详。为南宋中期之江湖词客，飘泊不遇。晚年入临安为御前应制。约卒于宋理宗淳、宝年间。今存词九首，风格轻俊，尤以吟咏西湖风光者较为出色。

木兰花慢　送人之官九华

【导读】

本篇为送人到九华山为官之作，被送者为男性，但体现的是阴柔婉约的词风。上片表达对友人的留恋、惜别之意。下片祝颂对方前程远大，一路顺风，以及分别后彼此想念之情。全篇不用阳刚之调而用轻清婉约的风格来叙写男人之间的友谊，正是此词独特的艺术特点。

【原文】

霭芳阴未解[①]，乍天气、过元宵[②]。讶客袖犹寒，吟窗易晓，春色无聊[③]。梅梢，尚留顾藉[④]，滞东风、未肯雪轻飘。知道诗翁欲去，递香要送兰桡[⑤]。

清标，会上丛霄[⑥]。千里阻、九华遥。料今朝别后，他时有梦，应梦今朝。河桥，柳愁未醒，赠行人、又恐越魂销[⑦]。留取归来系马，翠长千缕柔条[⑧]。

【注释】

①霭（ǎi）：云气；轻雾。此即“霭霭”，形容昏暗的样子。②乍：才，刚刚。③讶客：迎接宾客。讶：同“迓”，迎接。唐代韩愈《闲游》诗之二：“林乌鸣讶客，岸竹长遮邻。”无聊：由于清闲而烦闷。④尚留顾藉（jiè）：指梅梢上尚有几朵梅花未曾凋落。顾藉：顾惜。⑤知道诗翁欲去，递香要送兰桡（ráo）：梅花似乎知道诗人要远去，故未肯在寒风中飘落，等待着为他送行。诗翁：指去九华任职的友人。兰桡：小船的美称。⑥清标：形容梅花的清美脱俗。会：定当，定要。⑦柳愁未醒，赠行人、又恐越魂销：柳条尚未从愁中苏醒，用它来赠行人只能增加离别的痛苦。未醒：此指尚未发芽。行人：指即将远行的友人。⑧留取归来系马，翠长千缕柔条：留下这些未发芽的柳条，等友人归来时，就用这千万缕绿条来系他的马。

【译文】

天空阴沉沉的，轻雾笼罩的昏暗的影子尚未散开，就在这乍暖还寒的天气，已经悄悄过了元宵节。迎接客人到来时，这衣袖还带着一丝寒冷，我们时常一起在窗前吟诗填词，很快就到了拂晓，只是这初春的天气时阴时晴，让人感到烦闷难熬。一想到你即将远行，更是忧虑难消。你看那梅花的树梢，尚有数朵残梅在迎风怒放，仿佛对枝头无比顾惜留恋的模样，滞留在东风的清寒中，不肯让花瓣像雪片一样随风飘。它们似乎知道诗翁你要就此远去，所以用扑鼻的清香送你上船，以此来慰藉你我离别的心伤。

你文采高逸，拥有梅花般的清美脱俗，预兆着你定会直上九天云霄。九华山路途遥远，何止于千里之遥，更何况是高山险阻不可预测。料想今日一别后，将会很难相见，但愿日后会有梦中相会，而梦里应该会有今朝分别难舍难分的情景。在那河桥两侧，杨柳愁肠百结，尚未睁开迷蒙的睡眼，我很想折一枝翠柳赠与即将远行的友人，又怕你思恋更重，而我也会使心中的伤感难消。还是暂且留着它吧，等到将来有一天友人归来，再以绿柳系马，遥想那时，它定是翠绿高大、柔枝万条。

玉楼春

【导读】

这是一首恋情词，清婉沉郁。词中描写了一个多情男子对一貌美女子的爱慕，以及偶然相遇后所产生的失落感，表现的是一种单相思的况味，其中有求之不得而终日相思的愁苦，化用典故，表意缠绵，颇有韵味。

【原文】

华堂帘幕飘香雾①，一搦楚腰轻束素②。翩跹舞态燕还惊③，绰约妆容花尽妒④。

樽前漫咏高唐赋⑤，巫峡云深留不住。重来花畔倚栏杆，愁满栏杆无倚处⑥。

【注释】

①华堂：华丽的楼阁。泛指房屋的正厅。②搦（nuò）：握、持。楚腰轻束素：形容女子细腰如束帛。楚腰：泛指女子的细腰。《韩非子》："楚灵王好细腰，而国中多饿人。"③翩跹（piān xiān）舞态燕还惊：形容女子舞姿优美，连燕子也要惊讶。燕：即指轻盈的燕子，又暗指汉代著名美人赵飞燕。翩跹：飘逸的样子，形容轻盈的舞姿。④绰（chuò）约妆容花尽妒：化妆后的美貌连花朵也要妒忌。绰约：形容女子姿态柔美的样子。⑤高唐赋：即宋玉《高唐赋》，描写了楚王曾游高唐，与神女相遇交欢的故事。⑥重来花畔倚栏杆，愁满栏杆无倚处：进一步刻画了男子无所依托的相思愁苦。

【译文】

华美的楼阁厅堂里，帘幕前飘荡着香雾，只见那美女的细腰用素绢裹束，仿佛只要一把就能握住。她翩翩起舞体态轻盈，就连飞舞的燕子也惊讶到自愧不如，她那柔美的姿态，婉约的气质，加上俏丽的妆容，令娇艳的百花也会深感忌妒。

酒席宴前，端起酒杯慢慢地吟咏着《高唐赋》，当年楚王都能够如愿以偿，而眼前如此貌美有才情的女子，恐怕云深香重的巫峡仙境也留她不住。我再一次来到花香四溢的湖畔，倚着华堂的栏杆神情恍惚，我这满怀的愁苦浸满栏杆，竟然想倚靠都没有可倚之处。

杨子咸

杨子咸（生卒年、里籍及事迹均不详），号学舟，宋末词人。存词一首。

木兰花慢　雨中荼蘼[1]

【导读】

这是一首咏物抒情词。描绘了荼蘼花盛开之际已是晚春，一场风雨即宣告了它的凋谢，此时的荼蘼如同憔悴的美人，让人倍加怜惜。故词人叹息曾经在月下满斟美酒，与荼蘼花相伴，慨叹了这种人生美景不知何时才能再次拥有。全词情景交融，意蕴深长。

【原文】

紫凋红落后，忽十丈，玉虬横[2]。望众绿帏中，蓝田璞碎，鲛室珠倾[3]。柔条系风无力，更不禁、连日峭寒清。空与蝶圆香梦，枉教莺诉春情。

深深，苔径悄无人，栏槛湿香尘。叹宝髻蓬松，粉铅狼藉[4]，谁管飘零。不愁素云易散[5]，恨此花、开后更无春[6]。安得胡床月夜[7]，玉酯满蘸瑶英[8]。

【注释】

①荼蘼（tú mí）：落叶灌木，攀缘茎，茎有棱，并有钩状的刺，羽状复叶，小叶椭圆形，花白色，有香气。②紫凋红落：荼蘼开在春末，此指百花凋谢。玉虬（qiú）横：形容荼蘼弯曲的枝干犹如虬龙。虬，传说中一种无角的龙。③望众绿帏中，蓝田璞碎，鲛（jiāo）室珠倾：形容荼蘼在绿叶扶疏中，盛开的白色花朵如同打碎的美玉、名贵的珍珠倾泻在绿丛中。鲛：神话传说中生活在海中的人，其泪珠能变成珍珠。亦作“鲛人”。鲛室：指海中的龙宫。④宝髻蓬松，粉铅狼藉：形容雨中荼蘼花的残败就像女子散乱的头发和面上凌乱的脂粉。⑤素云：白云。⑥恨此花、开后更无春：荼蘼盛开，已是晚春，百花凋零，春天即将离去。⑦安得：如何能得，怎能得，含有不可

得的意思。胡床：一种可以折叠的轻便坐具。又称交床。⑧玉醅（pēi）满蘸瑶英：即举杯饮酒与落花相伴。玉醅：美酒。

【译文】

等到春天里的紫花凋零、红花坠落后，荼蘼花就像十丈长的玉龙，忽然横空昂首飞来。遥望广阔的绿野中，仿佛呈现出一片蓝田的碎玉，又像是深海中龙宫里的鲛人将万粒珍珠倾洒。它柔软的枝条被风拴系，无力地摇摆，更受不住连日来的料峭寒意的凄清。它空与彩蝶圆着香浓美梦，枉教黄莺登枝倾诉春情。眼下虽然有别于早春花朵枝头繁茂，可到头来还都是一场虚空。

林苑深深，长满苔藓的小路上寂静无人，栏杆已然潮湿，沾着落花的香气与灰尘。可叹这荼蘼花如美女沉沦，只见它发髻蓬松散乱，脸上的眉铅脂粉狼藉不堪，但有谁会在意它何时凋败飘零。不怕它素云般的花朵容易凋零飘散，只恨它开花以后，更是已经没有了芳春。人生苦短，如何能得以在这胡床之上，享受这美好的月夜，我想应该趁着此刻夜色美好，端起杯中美酒，蘸满那荼蘼落英的香魂。

汤恢

汤恢（生卒年及事迹不详），字充之，号西村，眉山（今属四川）人。理宗宝祐年间（1253—1258）在世。存词六首。

祝英台近

【导读】

此词是代言体的春日怀念情人之作。春梦醒来，竟是断肠时节，面对一地落花，心情自然沉重压抑，故此时的煮酒园林便不是洒脱高兴，而是以酒为消忧之物了。然而女子的执着守望也让人动容，不想却是“十年幽梦”，绝望在凄苦的杜鹃声里。

【原文】

宿醒苏[①]，春梦醒，沉水冷金鸭[②]。落尽桃花，无人扫红雪[③]。渐催煮酒园林，单衣庭院，春又到、断肠时节。

恨离别。长忆人立荼蘼[④]，珠帘卷香月。几度黄昏，琼枝为谁折？都将千里芳心，十年幽梦，分付与、一声啼鴂[⑤]。

【注释】

①酲（chéng）：形容醉后神志不清。②沉水冷金鸭：鸭形香炉中的沉水香已燃尽。③红雪：指凋落的桃花如红雪覆地。④荼蘼（tú mí）：落叶灌木，攀缘茎，茎有棱，并有钩状的刺，羽状复叶，小叶椭圆形，花白色，有香气。⑤鴂（jué）：鶗（tí）鴂，鸟名，是在暮春时节啼叫的鸟，叫声很悲切，即杜鹃。

【译文】

从隔夜的酒醉中苏醒，春梦也随之消失得没有了踪影，抬眼看那香炉里的沉香早已燃尽，金鸭香炉早就变冷。此时桃花落尽，铺满一地的残红，却无人将这红雪扫清。一次次催促着煮酒在园林，转眼间，现在已是能够穿着单衣信步在庭院的时令，原来是春天又到了，却是一个令人断肠愁思的时节。

最恨是离别。常回忆起我们一起伫立在荼蘼花旁，珠帘高卷，花儿的芳香里携手欣赏那皎洁的月亮。几度风雨，又过了几度暮色黄昏，如今这花枝为谁折取，又为谁戴上？我心中对你的思念有千里长，只可惜这一别十年的日子，如同幽幽幻梦，全都交给了杜鹃那一声哀啼。

祝英台近　仲秋[①]

【导读】

此词为秋月之夜遣兴之作。在仲秋时节，词人面对良宵，感叹时光易逝，岁月无情。但抬眼望去，万里乾坤，一片清爽，词人的兴致也高涨起来，提笔挥毫，一醉方休，忘记了刚才的烦恼，且美美享受这眼前的大好秋景。

【原文】

月如冰，天似水，冷浸画栏湿[②]。桂树风前，醲香半狼藉[③]。此翁对此良宵，别无可恨，恨只恨、古人头白。

洞庭窄。谁道临水楼台，清光最先得？万里乾坤，原无片云隔。不妨彩笔云笺，翠樽冰酝[④]，自管领、一庭秋色[⑤]。

【注释】

①仲秋：秋季的第二个月，即农历八月。②画栏：有彩绘的栏杆。③醲（nóng）香半狼藉：形容桂花凋落，杂乱地堆满一地。醲：古同“浓”。④彩笔云笺：对笔、纸的美称。翠樽冰酝：翠玉制的酒樽和像冰雪一样澄澈的美酒。⑤管领：掌管，拥有，占有。

【译文】

明月如冰雕成一般清冷，天似水一般凄清，这冰这水将楼台栏杆浸泡得异常冷湿。风在桂树面前吹送，沉郁香浓的桂花被吹得半数凋零，杂乱地堆满一地。老翁我面对此良宵易逝，别无恨生，恨只恨古人皆因悲秋而头发变白，只怪时光太无情。

朗朗天宇之下，洞庭也会显得狭窄。谁说临近水的楼台，能够最先得到月亮？万里乾坤，原本没有片云可以阻隔。面对大好时光，不妨舞动彩笔，铺开白云一般的纸笺，拿出翠玉杯，倒上冰玉一般通透清澈的美酒，独自占有这满庭芬芳的清艳秋色。

八声甘州

【导读】

此词写寄隐孤山时的隐逸情怀。词中虽有对山野隐居的羡慕，但仍不忘追忆繁华旧梦，品词、赏景，惆怅年华虚度。如此可见，虽然寄隐在西湖山下，但词人依然未能彻底出世，而是对人世饱含深情。而其词背后除了对生命流逝的无限伤感，更有对宋朝难以割舍的故国之情。

【原文】

摘青梅荐酒[①]，甚残寒、犹怯苎萝衣[②]。正柳腴花瘦，绿云冉冉，红雪霏霏[③]。隔屋秦筝依约[④]，谁品春词？回首繁华梦，流水斜晖。

寄隐孤山山下[⑤]，但一瓢饮水[⑥]，深掩苔扉。羡青山有思，白鹤忘机[⑦]。怅年华、不禁搔首，又天涯、弹泪送春归[⑧]。销魂远[⑨]，千山啼鴂，十里荼蘼。

【注释】

①荐酒：以果品时鲜等佐酒。荐，进献之意。古人尤喜于青梅初熟时，以蜜渍之佐酒，其风习甚古。②苎（zhù）萝衣：指山野隐士所穿的粗布

衣。苎：苎麻，一种多年生草本植物。萝：一种蔓生植物。③柳腴花瘦，绿云冉冉，红雪霏霏：形容翠绿的柳条浓密繁盛，红色的花瓣迎风飘落。霏霏：原指很密集的雨雪飘落的样子，此处形容落花纷纷。④依约：隐约。⑤孤山：在今浙江杭州西湖。⑥一瓢饮水：形容生活的贫寒。用典《论语·雍也》："子曰：贤哉回也！一箪食，一瓢饮，在陋巷，人不堪其忧，回也不改其乐。"⑦青山有思，白鹤忘机：指归隐青山，与白鹤相伴。忘机：与世无争，无巧诈之心。⑧弹泪：挥泪，泛指伤心流泪。⑨销魂：因过度刺激而神思茫然，仿佛魂将离体。多用以形容悲伤愁苦时的情状。

【译文】

准备采摘青梅用来佐酒，可此时的天气依旧残余着冬天的清寒，所以还是很害怕吹透我单薄的粗布衣衫。现在正是柳肥花瘦的时节，绿叶如云层叠簇拥，落花却纷纷不断，宛如飘落的红雪霏霏。邻屋里的秦筝之声隐隐约约飘了过来，是谁在欣赏曲调而又将那新填写的《春词》品鉴？回顾昔日里的繁华旧梦，都已在这涓涓流水和夕阳的余晖之中渐渐消散。

寄隐在这孤山的山脚下，只追求古人颜回那样"一瓢饮"的清贫生活，长满苔藓的柴门常常紧闭。总是羡慕青山的博大广宽有情思，喜爱白鹤那与世无争、毫无巧诈之心的坦诚。时常怅恨年华飞逝，禁不住搔弄满头的白发伤感，可又只能在这天涯山林之间挥泪送春归返。过度神伤，仿佛魂将离体飘远，此刻，千山都是悲啼的杜鹃，何不将这无数幽怨都隐藏在这十里荼蘼花之间。

何光大

何光大（生卒年、里籍及事迹均不详），字谦履，一字谦斋，号半湖。存词一首。

谒金门

【导读】

此词为夏日遣兴之作，它如同盛夏的一阵凉风，带给读者无限的惬意。在酷热之际，词人眼中却只见夏日的凉爽、宁静，淡淡清香的荷花、绿意葱葱的垂柳、轻盈舞动的萤火虫，这一切组成了一幅夏日消暑图，令人读来惬意无比。

【原文】

天似水，池上藕花风起①。隔岸垂杨青到地，乱萤飞又止。

露湿玉阑闲倚，人静自生凉意。泛碧沉朱供晚醉②，月斜才去睡。

【注释】

①藕花：即荷花。②泛碧沉朱：意谓日落时在碧绿的水波中乘船赏景。泛碧：泛舟。沉朱：日落水面。

【译文】

天空像湖水一样清碧，池塘里的藕花随风垂落又挺起。隔岸的垂杨郁郁葱葱，青翠的枝条随风轻扫大地，那点点闪亮的是流萤，正时飞时停，相互追逐游戏。

悠闲地倚着夜露沾湿的白玉栏杆，人心清静，自然就会生出丝丝凉意。在湖中泛舟游赏，直到日落水面，那一抹晚霞的余晖就足以供我陶醉，等到月亮斜坠才去安然入睡。

赵溍

赵溍（jìn）（生卒年不详），字元晋，号冰壶，衡山（今属湖南）人。南宋名臣赵葵之子。度宗咸淳年间（1265—1274）任沿江制置使、知建康府。宋亡后弃家而遁，南徙不返，死葬海旁山上。存词二首。

临江仙　西湖春泛

【导读】

这是一首描绘西湖春景的词。此词出语明快，温暖如春，一扫宋词香而软的传统，充分写出了西湖热闹、繁盛的民俗风情。人们泛舟湖中荡漾在百花中，到处笑语欢歌，丝毫没有断肠愁苦的立足之地。

【原文】

堤曲朱墙近远①，山明碧瓦高低。好风二十四花期，骄骢穿柳去②，文艗挟春飞③。

箫鼓晴雷殷殷，笑歌香雾霏霏。闲情不受酒禁持④，断肠无立处，斜日欲归时。

【注释】

①堤曲：堤岸曲折。②骄骢（cōng）：指壮健的骢马。泛指骏马。③文艗（yì）：画船。艗：即“鹢”，水鸟名。因古代富贵人家常在船头画鹢而得名。④闲情不受酒禁持：指游春的好心情需开怀畅饮。禁持：摆布。秦观《阮郎归》词：“日长早被酒禁持，那堪更别离。”

【译文】

远望西湖，堤岸曲折，岸上红墙由近及远，远山明丽，近楼碧瓦高低相间。美好的和风吹开二十四节气的花期，骏马穿过绿柳飞驰而去，鹢鸟画船携带着满湖春色一路飞奔追随。

箫鼓声声震天直冲云霄，宛如晴天隆隆响雷一般，香雾在湖面弥漫，笑语歌声连绵不断。闲逸的情趣不断涌现，哪里还能受酒的摆布束管？如此欢快怡人的美景面前，我冷眼旁观，就算是有了忧愁断肠的思绪，也没有可立足之处，到了日落西山之时，也正是人们纷纷准备归返的时候。

吴山青　水仙

【导读】

这是一首咏物言志之词。词人以“清”为中心，围绕“清”字，将水仙与人完美地结合在一起。这里的“清”既指水仙的冰雪节操，又暗含着词人以水仙自比，耐人寻味，使人耳目一新。

【原文】

金璞明，玉璞明[①]，小小杯柈翠袖擎[②]。满将春色盛。

仙佩鸣，玉佩鸣，雪月花中过洞庭[③]。此时人独清。

【注释】

①金璞明，玉璞明：分别指水仙金黄色和白玉色的花瓣。璞：未经雕琢的玉。②小小杯柈（pán）翠袖擎：形容水仙花如同女子扬起青翠衣袖擎着金盏玉盏。柈：同“盘”。③雪月花中过洞庭：比喻水仙如同仙子轻盈地行走在洞庭湖。

【译文】

黄色的水仙明艳，白玉色的水仙更显明丽，小小的杯盘之中，青翠的叶子托着芳香的花朵，仿佛美艳的女子翠衣舞袖飞扬，擎着金盏玉盏，笑将漫天的春色满满盛装。

像仙女的佩环在鸣响，像轻触玉佩在鸣唱，你如凌波仙子在雪月飞花中飘飞过洞庭。你临水而独立的清新脱俗而又甘愿超凡出世、独守寂寞的人格追求，此刻，只有善于观花的人，才能看得最清楚。

赵淇

赵淇（1239—1307），字元德，一字元建，号平远，又号太初道人、静华翁，衡山（今属湖南）人。赵葵之次子。宋末官直龙图阁、广南东路发运使。加右文殿修撰，刑部侍郎。入元，署广东宣抚使，拜湖南道宣慰使。卒谥文惠。有文集二十卷，不传。存词一首。

谒金门

【导读】

词中描写了冬去春来之时，残雪融化如断珠滴落，作者眼望远方，既感

到春天来临时的暖意，却又为梅的离去而倍感惋惜，表达了一种对报春之梅的依依惜别之情。

【原文】

吟望直，春在阑干咫尺[①]。山插玉壶花倒立[②]，雪明天混碧。

晓露丝丝琼滴，虚揭一帘云湿。犹有残梅黄半壁，香随流水急。

【注释】

①阑干：纵横错落。咫尺：比喻很近的距离。②山插玉壶花倒立：形容水面澄静，山峰和花朵如同倒立在水中。玉壶：形容澄澈的水面。

【译文】

一边吟咏一边远望着前边远方，春色纵横交错而来，忽然之间就已经近在咫尺。山影仿佛直插入湖面，摇曳的花枝在水中倒立，白雪漫漫，一片明净与碧空混成一片。

清晨，残雪融化就像玉液琼浆丝丝滴悬，轻将门帘揭卷，云雾竟偷偷沾湿了一帘。还有那几株残梅的花瓣，被积雪晕黄了半边，飘落的香魂随流水而去，转眼之间就消逝不见了。

毛珝

毛珝（xǔ），字元白，号吾竹，柯山（一作桐山）人。生卒年及事迹不详，著有《吾竹小稿》一卷。词存二首。

浣溪沙　桂

【导读】

此词咏桂。在词人眼中，桂树的芳香让他着迷，他想象着月宫的桂树，还有美丽的嫦娥，可怜独守一生的嫦娥只有桂树相伴，打扮得再美丽又有谁能欣赏呢？这里善意的调侃背后，隐藏着词人对桂树的怜爱之情。

【原文】

绿玉枝头一粟黄[1]，碧纱帐里梦魂香。晓风和月步新凉。

吟倚画栏怀李贺[2]，笑持玉斧恨吴刚[3]。素娥不嫁为谁妆[4]。

【注释】

①粟黄：桂花金黄色的花蕊。②吟倚画栏怀李贺：指唐代诗人李贺所作的《金铜仙人辞汉歌》，其诗中有“画栏桂树悬秋香，三十六宫土花碧”语。③吴刚：神话中仙人名，相传学仙犯错，被罚砍月中桂树，桂树随砍随合，吴刚只能无休止地砍下去。④素娥：月中嫦娥。

【译文】

翠玉一般的绿叶簇拥着枝头，上面开满了粟米粒般大小的黄花，如同宿居在青碧纱帐里的仙女，魂魄正在香甜的梦里游荡。晨风陪伴着明月漫步，享受着初秋里的清凉。

我惬意地倚着栏杆吟唱，怀念唐代诗人李贺歌咏桂花的诗章，只恨那笑持玉斧的吴刚，竟将桂树砍伐。嫦娥守着月宫中的桂花不出嫁，却不知天天是在为谁细细化妆。

潘希白

潘希白（生卒年不详），字怀古，号渔庄，永嘉（今浙江温州）人。理宗宝祐元年（1253）进士。干办临安府节制司公事。恭帝德祐年间（1275—1276）起为史馆检校，不赴。存词一首。

大有　九日[1]

【导读】

此词为重阳节游子思乡之作。古人在重阳节这一天往往与家人一起登高采菊，饮黄酒，佩茱萸，而身处异乡的游子在此日则充满了思乡之情，尤其是回想起家乡的种种美食，越发烘托出词人当下凄苦的境况。

【原文】

戏马台前[②]，采花篱下，问岁华、还是重九。恰归来、南山翠色依旧。帘栊昨夜听风雨[③]，都不似、登临时候。一片宋玉情怀，十分卫郎清瘦[④]。

红萸佩、空对酒[⑤]。砧杵动微寒[⑥]，暗欺罗袖。秋已无多，早是败荷衰柳。强整帽檐攲侧[⑦]，曾经向、天涯搔首[⑧]。几回忆、故国莼鲈[⑨]，霜前雁后。

【注释】

①九日：即九九重阳节。②戏马台：在今江苏铜山县南。③帘栊（lóng）：亦作“帘笼”。窗帘和窗牖（yǒu）。也泛指门窗的帘子。④卫郎：即卫玠（jiè），晋人，风姿秀美，有“玉人”之称，后人亦以“卫郎”喻俊美的青年男子。⑤红萸佩、空对酒：古代重阳节习俗，要饮酒、佩茱萸。茱萸：植物名，有浓烈的香味，可入药。古代重阳佩茱萸以祛邪辟恶。⑥砧杵（zhēn chǔ）：指捣衣用的捣衣石和棒槌。亦指捣衣。⑦强整帽檐攲侧：强打精神把歪斜的帽子摆正。帽檐：即帽沿。攲（qī）侧：偏在一边；倾斜。⑧搔首：以手搔头。焦急或有所思貌。⑨莼鲈（chún lú）：即莼羹鲈脍（kuài）。晋人张翰异地为官，因思念家乡吴中的菰（gū）菜、莼羹、鲈脍，遂命驾回乡。后以“莼鲈”比喻思念家乡之情。

【译文】

戏马台前，晋朝刘裕曾把诗宴摆下，东篱下陶渊明独自采摘菊花，若问岁月年华，这些都是什么时候发生的事，那都是在九月初九这一天啊。如今恰好又逢九月九，南山的翠色黄花依旧。昨夜只听得窗外风急雨骤，都不像是最适宜登高的好时候。此刻我心中有如战国宋玉一样的悲秋情怀，我的形体像晋人卫玠一样清瘦。

我将红色茱萸佩戴在胸口，面对着酒壶却无心饮酒。阵阵砧杵的捣衣声将微寒的空气穿透，寒凉的风儿悄悄侵入我的罗袖。再看那秋日已所剩不多，池中岸边也早已是一派败荷衰柳。迎着秋风，勉强将倾斜到一侧的帽子整理好，重新戴上我的头，曾经遥望家乡的方向，而身在天涯只能无奈地叹息挠头。不知曾有多少次，美美地回忆我过去的时光，在霜降之前、雁归之后，故国家乡的莼羹鲈脍是那么的鲜香可口。

李珏

李珏（jué）（1219—1307），字元晖，号鹤田，吉水（今属江西）人。宋时批差充干办御前翰林司，主管御览书籍，除阁门宣赞舍人。入元不仕。与汪元量多有酬唱。存词二首。

击梧桐　别西湖社友

【导读】

李珏是南宋末词人，宋亡后隐居不仕。此词是作者告别西湖词社诸友，准备回乡隐居时所作。上片言与诸友别时的依依不舍之情，下片则想象自己回乡后对友人的深切思念。词中除以伤别为主题外，更以鹤帐梅屋、山扉紧掩来突出自己将不与新朝合作，甘于清贫的人生态度。

【原文】

枫叶浓于染，秋正老、江上征衫寒浅。又是秦鸿过[①]，霁烟外，写出离愁几点。年来岁去，朝生暮落，人似吴潮展转[②]。怕听阳关曲[③]，奈短笛唤起，天涯情远。

双屐行春，扁舟啸晚[④]。忆著鸥湖莺苑。鹤帐梅花屋，霜月后、记把山扉牢掩[⑤]。惆怅明朝何处，故人相望，但碧云半敛。定苏堤、重来时候[⑥]，芳草如剪。

【注释】

①秦鸿：从北地向南飞的大雁。②人似吴潮展转：形容自己像潮水一样四处漂泊，居无定所。展转：同“辗转”，循环反复。③阳关曲：王维的《送元二使安西》一诗被谱成《阳关三叠》，成为盛行的送行曲。④双屐（jī）行春，扁舟啸晚：指作者回忆与友人在西湖边着屐赏春和夜晚荡舟吟啸的情景。屐：用木头作鞋底的鞋，泛指鞋。唐以前是旅游用的鞋，在宋代以后常

用作专门的雨鞋。⑤鹤帐梅花屋：形容隐士的洒脱生活。鹤帐：指隐逸者的床帐。霜月：指农历七月，意思是说，月白霜清，给人们带来了寒凉。⑥苏堤：苏轼知杭州时，筑堤于西湖，用以开湖蓄水，堤上夹道植柳，后人称之为"苏堤"。

【译文】

满山枫叶好像被染上了一层浓浓的红色，正是深秋时节，秋天即将过去，在江面上乘船远行，连衣服上都会沾着微寒。又见北雁南飞从空中掠过，雨晴后的云烟外，那南飞雁的点点身影就像是在空中书写的离愁点点。如此年来年去，日升日落，人似吴江的潮水时涨时退，循环反复而没有定所。最怕听到《阳关曲》那离别的歌声，无奈短笛又将此曲吹起，唤起我虽身在天涯海角，却也难舍难断的一片深情。

犹记得，我们曾在春来时，一起穿着木屐步行游春，也曾乘着一叶扁舟，畅饮后对着夜空高声歌咏。常记起那落在湖中戏水的鸥鹭，那苑林里婉转啼鸣的黄莺。忘不掉我们在梅花旁建造的小屋，还有那野鹤翔集的林间帷帐，深秋来临以后，月白霜清，难免有些寒凉，一定要记得将山野庭院的柴门关掩牢固。此刻我不禁无限惆怅，不知道明天我将身在何处，而思念故人时只能遥遥相望，也只能让愁云半卷，紧锁着自己的眉峰。今天我们就此约定，来年重归的时候，定要在苏堤相聚，再一起看那遍地宛如修剪过的芳草，绿茵茸茸。

木兰花慢　寄豫章故人[①]

【导读】

此词为思念友人之作。显然这位友人是个生活清贫，品德高尚的隐士，也正是在情意相合的基础上，作者才能对他念念不忘，怎奈自己客居他乡，为谋生而四处漂泊，从而会面遥遥无期，表达了作者思念友人的凄苦心情。

【原文】

故人知健否？又过了、一番秋。记十载心期，苍苔茅屋，杜若芳洲[②]。天遥梦飞不到，但滔滔、岁月水东流。南浦春波旧别[③]，西山暮雨新愁[④]。

吴钩[⑤]，光透黑貂裘[⑥]，客思晚悠悠。更何处相逢，残更听雁，落日呼鸥。沧江白云无数[⑦]，约他年、携手上扁舟[⑧]。鸦阵不知人意，黄昏飞向城头。

【注释】

①豫章：地名，在今江西南昌市。②杜若：香草名，叶作针形，味辛香。③南浦：南面的水边。泛指送别的地方。④西山：山名。⑤吴钩：钩，兵器，形似剑而曲。相传吴王阖闾命国人作金钩，有人杀掉自己二子，以血涂钩，铸成二钩，献给吴王，后来以吴钩泛称利剑。⑥光透黑貂裘：典出《战国策·秦策》："苏秦说秦王，书十上而不行，黑貂之裘敝，黄金百斤尽，资用乏绝，去秦而归。"这里指作者壮志未酬，境况落拓。⑦沧江：沧，青色，因江水呈青苍色，故以沧江泛称江水。⑧约他年、携手上扁舟：指相约友人一起泛湖隐居。

【译文】

别来无恙吧？我的老朋友，自从那日分手后，转眼又过了一番秋。我们已在心中期盼了十年之久，总想隐居在那长满青苔的茅屋，立脚于那满是香草的水边洲头。无奈这天涯遥远，有梦想也是飞不到，只有那岁月却如滔滔江水无情地向东奔流。想当年，春江南岸我们一别之后，西山暮色里，时常阴雨连绵，不知为人增添了多少新愁。

有志不能展，灯下看吴钩，整日在仕途上奔波，黑貂裘都已磨透，客居异地，思乡之切从早到晚悠悠无尽头。更是不知道何时何地我们才能重逢聚首，只能是在残更夜半之时听归去的雁鸣声声，落日时分呼唤鸥鹭同行。面对江河之上的白云无数，却不知哪一片能为我停留，倘若他年能让我们的约定实现，与你携手共登扁舟泛游。群鸦永远不知人的心意，只知道黄昏时分飞上城头。看着如此凄凉的景象，不免让人又生几分担忧。

利登

利登（生卒年不详），字履道，号碧涧，南城（今属江西）人。其家时为南城望族，他早年无意仕进，生活超脱，常与文友聚游登览，赋诗论文。绍定二年（1229），汀州爆发农民起义，很快波及南城。他带着家人逃奔在外三年之久。淳祐元年（1241）方中进士。他是“江湖派”里比较朴素而不专讲工致细巧的诗人。诗多记叙流离奔走之苦，间也触及社会不合理现象，语言质朴自然。著有《皾稿》一卷，代表诗作《田家即事》等，著有《碧涧词》一卷，存词十余首。

风入松

【导读】

此词写出了一个浪迹天涯的游子的苍凉心境。上片突出自己在路途上的艰辛，眼见又是秋天，风光景物的变化令人不禁感慨季节变化竟是如此迅速。下片则写出自己的风霜之感。语法上自然流畅，情景相融，是羁旅题材中的佳作。

【原文】

断芜幽树际烟平[①]，山外更山青。天南海北知何极，年年是、匹马孤征。看尽好花结子，暗惊新笋成林。

岁华情事苦相寻，弱雪鬓毛侵[②]。十千斗酒悠悠醉[③]，斜河界、白月云心[④]。孤鹤尽边天阔，清猿啼处山深。

【注释】

①断芜幽树际烟平：指路途上杂草丛生，树木幽暗不明，林边的云烟苍茫一片。芜：草长得多而乱；乱草丛生的地方。际：边际，边缘。②弱雪鬓毛侵：指头上渐渐生长的白发像雪一样。③十千斗酒：形容酒美价贵。曹植《名都篇》：“我归宴平乐，美酒斗十千。”④斜河界：指天上银河。白月：皎洁的月光。云心：指云端、高空，是古代神话中的仙境。

【译文】

杂草丛生的原野尽头，树木幽暗不明，林边的云烟苍茫一片，不过在那青山之外的山更青。天南海北不知何处是端顶，年年都是如此单枪匹马孤独踏征程。一路之上，看遍了好花初绽直到结子凋零，只是这数寸长的新笋转眼长成茂密竹林，更是让我暗暗吃惊。

年年都在苦苦寻觅美好的事情，可如今已是白发稀疏却仍然一事无成。满腹忧愁只有借助这万杯千盏的美酒悠悠醉去，仰望那静寂的夜空有银河为界，一轮明月悬挂高空，洒落皎洁的月光。孤鹤哀鸣的尽头应该是天地广阔，

那不断传来山猿凄清啼声的地方，定是人迹罕至的深山老林。但不知何日才能得归宿，能避开尘世喧嚣，得清静余生。

曹邍

曹邍（yuán）（生卒年及里籍不详），字择可，号松山，尝为贾似道门客。据周密《武林旧事》记载：周端臣、曹邍二人皆善诗词，能自制曲。曾任御前应制，多受皇上之命而作奉诏应制之词。留有《松山词》一卷。

玲珑四犯　荼蘼应制①

【导读】

这是受皇帝之命，咏写清雅脱俗的荼蘼花而作，属于“应制”的咏物词，所以就难免专尚形似而缺少寄托和情感。但极为可取的是其艺术描写十分成功，采用烘托和比喻两种艺术手法来描绘荼蘼花，从而达到了一定的审美效果。

【原文】

一架幽芳，自过了梅花，犹占清绝。露叶檀心②，香满万条晴雪。肌素静洗铅华③，似弄玉、乍离瑶阙④。看翠虬、白凤飞舞⑤，不管暮鸦啼鴂⑥。

酒中风格天然别。记唐宫、赐樽芳冽⑦。玉蕤唤得余春住⑧，犹醉迷飞蝶。天气乍雨乍晴，长是伴、牡丹时节。夜散琼楼宴⑨，金铺深掩⑩，一庭春月。

【注释】

①应制：受皇帝诏令而作诗词。本篇一题作“被召赋荼蘼”。②露叶檀心：指沾满露水的绿叶和散发浓浓香气的花蕊。③肌素静洗铅华：比喻荼蘼花的洁白似女子洗去脂粉的肌肤。④弄玉：相传为秦穆公之女，萧史之妻，后与萧史成仙升天而去。⑤翠虬：形容荼蘼翠绿弯曲的枝干。虬，传说中一种无角的龙，此处形容枝干蜷曲蜿蜒的样子。白凤飞舞：形容荼蘼的白花如一只白凤起舞。⑥鴂（jué）：即鶗鴂，又名杜鹃。⑦唐宫：指皇宫。芳

洌：形容酒的芳香清洌。⑧玉蕤（ruí）：比喻莹洁的花。⑨琼楼宴：在皇宫中举办的宴会。⑩金铺：即金饰铺首，古人常以铜做成兽面，衔环置于门上。

【译文】

整个花架之上都是荼蘼的幽幽芳香，自从梅花凋残后，它在清香的花卉中称得上是独绝。晨露般圆润的叶子，好似檀木一般幽香的花蕊，芳香的白色花儿缀满万根枝条，宛如裹着晴雪素妆。仿佛美女洁白的肌肤洗尽了脂粉，又像是仙女弄玉下凡，刚刚飘然离开了瑶台宫阙仙乡。你看那青翠弯曲的枝干，好似一条绿龙腾跃，又如同一只飞舞的白玉凤凰，不管那春色将去，暮鸦如何翻飞啼叫，也不管那杜鹃怎样哀唱。

荼蘼花酒的风格与其他美酒有天然之别。曾记得唐宫中专门用它赏赐大臣，那味道真是芳香清洌。它那莹洁繁茂的白花喊停了残春的脚步，尤其还迷醉了千万只贪恋美色的飞蝶。任凭天气忽雨忽晴也不胆怯，长期陪伴在牡丹花盛开的时节。琼楼的欢宴散于深夜，金饰铺首的大门紧闭，已与外界隔绝，此刻再来欣赏这夜晚的荼蘼花开，满庭都是迷人的春光月色。

刘澜

刘澜（？—1276），字养源，号江村，天台（今浙江临海）人。曾入山为道士十年，后还俗。与周密等交游唱和。工诗词，有诗集四卷，另有词结集，俱请刘克庄为序，然俱不传。存词四首。

庆宫春　重登蛾眉亭感旧①

【导读】

此词为作者重登采石矶蛾眉亭感旧之作。词中上片尽力铺写从亭中远望长江与天门山的壮阔之景，不禁浮想万千，以景衬托李白洒脱不羁的性情。下片则在兴致高昂的基础上神游八极，正兴高采烈之际，词的基调陡然转入低沉，想到南宋末期宋军节节败退的历史事实，又怎能不把酒高歌，痛恨俱生！

【原文】

春剪绿波，日明金渚，镜光尽浸寒碧。喜溢双蛾②，迎风一笑，两情依旧脉脉。那时同醉，锦袍湿、乌纱攲侧③。英游何在④，满目青山，飞下孤白⑤。

片帆谁上天门⑥，我亦明朝，是天门客。平生高兴⑦，青莲一叶⑧，从此飘然八极⑨。矶头绿树⑩，见白马、书生破敌⑪。百年前事，欲问东风，酒醒长笛。

【注释】

①蛾眉亭：故址在安徽马鞍山采石矶上。②双蛾：指女子的双眉。③那时同醉，锦袍湿、乌纱攲（qī）侧：此指李白。传说李白醉后在采石矶上采月落水而死。攲侧：偏在一边；倾斜。④英游：指英俊之辈；才智杰出的人物。⑤孤白：指月亮。张炎《壶中天》词："扣舷歌断，海蟾飞上孤白。"⑥片帆谁上天门：天门，即天门山。化用李白《望天门山》诗："天门中断楚江开，碧水东流至此回。两岸青山相对出，孤帆一片日边来。"⑦高兴：高雅的兴致。⑧青莲一叶：青莲：青色莲花，瓣长而广，青白分明。李白自号青莲居士。此指作者想象像李白一样悠游江湖。⑨八极：八方极远之地。⑩矶：江河水中石滩或水边突出的岩石。⑪见白马、书生破敌：指南宋初年虞允文在采石矶大败金兵的战役。白马：比喻虞允文在战争中的洒脱状。因虞允文为文官，故称其为"书生"。

【译文】

春风剪出了一条条绿波，阳光明媚，把水岸边的沙洲染成了金色，江水如一面巨大的镜子，照映着两岸碧树千棵，又将它们完全浸泡在了寒凉的碧波。东西梁山夹江相互对望，远远望去恰似美女的双眉溢满春色，只见她迎风嫣然一笑，耸立万年依旧含情脉脉。遥想当年，李白与崔宗就在这里醉中游乐，锦袍被江水浸湿，乌纱帽歪斜在一侧。如今那才智杰出的人物在哪里，然而潇洒泛舟人早已不见，只看见这满目的青山座座，还有那飞泻而下的皎然月色。

不用问是谁曾扬起片帆从天门山经过，明天的我，也是天门山客。平生无求，最欢畅的就是拥有高雅的兴致，驾着一叶扁舟，从此悠然游遍八方极远之地。看那石滩山头的绿树抽出新芽，再去看那当年兵马厮杀，祭奠白马将军虞允文，大破金兵于采石矶的豪壮。百年前的事已如清风散去，我欲向东风问个究竟，诗仙、白马谁是英雄？忽然间，远处的长笛声声让我蓦然酒醒呆坐。

瑞鹤仙 海棠

【导读】

此词借咏海棠抒写亡国哀思。上片着力写出海棠的形体之美，把海棠比喻成湘水女神，既清高又美丽。下片则遗憾如此美丽之花只能在南宋繁华都城盛开，与山野隐士无缘，想起当年海棠在京城盛开，全城人为之疯狂的情景。相比如今南宋已经灭亡，当初盛景也已成为不堪回忆的旧梦，突出了作者疼惜故国的感叹之情。

【原文】

向阳看未足，更露立阑干，日高人独。江空佩鸣玉[①]。问烟鬟霞脸[②]，为谁膏沐[③]？情闲景淑[④]，嫁东风、无媒自卜[⑤]。凤台高，贪伴吹笙，惊下九天霜鹄[⑥]。

红蹙[⑦]，花开不到，杜老溪庄，已公茅屋[⑧]。山城水国，欢易断、梦难续。记年时马上，人酣花醉，乐奏开元旧曲[⑨]。夜归来，驾锦漫天，绛纱万烛[⑩]。

【注释】

①江空佩鸣玉：比喻海棠如身戴玉佩的女神在江边站立。②烟鬟霞脸：如烟雾缭绕的发髻，如云霞般灿烂的脸颊。③膏沐：古代妇女润发的油脂，这里指打扮。《诗·卫风·伯兮》：“自伯之东，首如飞蓬。岂无膏沐？准适为容！”④淑：指景色美好。⑤嫁东风、无媒自卜：指海棠在春风中无需媒介自行绽放。⑥凤台：传说中秦穆公之女弄玉吹箫引凤的台子。鹄(hú)：天鹅。⑦红蹙：指海棠花面带愁容。蹙：皱起，收缩。⑧已公：即已上人，唐时幽居之僧，与杜甫有交往。杜甫有《已上人茅斋》诗，首句云“已公茅屋下”，诗中写到已上人所种的瓜及江莲、天棘等，无海棠花。⑨开元旧曲：即《霓裳羽衣曲》。开元：唐玄宗年号。白居易《新乐府·法曲》注曰：“《霓裳羽衣曲》起于开元，盛于天宝也。”此指南宋盛行的曲子。

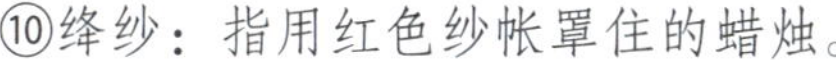
⑩绛纱：指用红色纱帐罩住的蜡烛。

【译文】

迎着阳光没看够这娇美的海棠，我索性在更深露重之时紧靠着栏杆细细欣赏，直看到太阳高高升起人影孤单怅惘。你看她像江边伫立的美人，任那风吹动腰间的佩玉在清脆鸣响。请问你秀发如云，脸如彩霞娇艳，你这是在为谁梳妆？为何有如此清婉闲逸的神韵，又有贤淑美好的模样？你一生无须媒人说合，自己选择嫁给东风做了新娘。像弄玉站在高高的凤台之上，贪恋与萧郎作伴，携手共享丝竹笙箫的悠扬，直惊得九天上的白天鹅也好奇地下降。

忽然看见海棠似乎在皱眉感伤，难道是花开不到杜甫的溪庄，又或是没有开到巳公隐居的草房。生长在这水国里山城上，欢乐最易被中断，美梦惊醒也难再续上。曾记得当年，骑在高头骏马上游赏，人酣醉在海棠花旁，尽情地欢乐，整日把开元盛世的旧曲弹唱。夜深观花归来的路上，迎接圣驾的锦旗招展，鼓乐漫天飘扬，万盏大红灯笼的烛火把夜空映得通红明亮。

齐天乐　吴兴郡宴遇旧人①

【导读】

此词也是抒写亡国哀思之作。作者于宋亡后偶然重遇旧日相好的一位歌妓，内心自然百感交集。上片描写两人重逢都异常惊喜，但岁月的沧桑也无情地刻在了她的脸上。下片则紧承上片，言自己也已满鬓风霜，再没有昔日吟诗作曲的风雅情怀，同时感伤彼此情缘太短。而此时的“泪溅”，不只是个人情场上的失落，更饱含亡国之悲。

【原文】

玉钗分向金华后②，回头路迷仙苑。落翠惊风，流红逐水③，谁信人间重见。花深半面④，尚歌得新词，柳家三变⑤。绿叶阴阴⑥，可怜不似那时看。

刘郎今度更老⑦，雅怀都不到，书带题扇⑧。花信风高，苕溪月冷⑨，明日云帆天远。尘缘较短，怪一梦轻回，酒阑歌散。别鹤惊心，感时花泪溅⑩。

【注释】

①吴兴：古郡名，即今浙江湖州市。②玉钗分向金华后：指与旧日歌女曾在金华分别。玉钗分：钗一分为二，比喻情人间的离别。金华：即金华山，山名。在浙江省金华市北，相传赤松子于此处得道仙去。③落翠惊风，流红逐水：在风中吹落了绿叶，在流水中飘走了红花，指时光流逝。④花深半面：花朵大半凋谢，此指旧人已年老色衰。⑤柳家三变：北宋词坛名家柳永，原名柳三变。其词趋近于歌坊，世俗多咏仿之。这里泛指风格类似柳永的新词。⑥绿叶阴阴：以花比人，喻色衰，已嫁人。化用杜牧《叹花》诗："绿叶成阴子满枝。"⑦刘郎：借指作者自己。⑧雅怀都不到，书带题扇：自己也已衰老，再没有心情为旧人在罗带、扇面上题诗留念。⑨苕（tiáo）溪：在今浙江湖州，相传此水两岸多生苕花，秋时飘散于水面上如飞雪，故名。⑩别鹤惊心，感时花泪溅：化用杜甫《春望》诗："感时花溅泪，恨别鸟惊心。"

【译文】

自从在金华相赠玉钗分别后，你在仙境中徘徊逗留，忘记了回归的路。翠绿的落叶随风飘走，落花逐波而流，谁敢确信人间还能有我们重逢的时候。想不到此时，你就在鲜花深处半掩半露，多亏我还能辨别出，你吟唱柳永新词时的歌喉。可岁月已将你的青春带走，感叹你

容貌已不如旧。

刘郎我如今更是衰老，风雅的情怀早已褪消，再也没有情致在绸带上写字，或者在团扇上题写情诗。“二十四番花信风”已飘到最高峰，苕溪上苕花飞尽，也只空留寒月冷照，而明日我也将要挂起云帆向天涯远漂。恨只恨我们在尘世间的缘分太短，只怪这一场美梦就这样轻易中断，如同这酒宴结束而这歌声也会随之消散。相别离的仙鹤固然伤心，我们刚刚重逢又要匆匆分别，怎不令人心寒，我此刻的伤感，即便是花儿看到，也会将泪花飞溅。

张龙荣

张龙荣（生卒年、里籍及事迹均不详），一名张矩，或作张榘，字成子，号梅深。宋末词人。曾与周密、陈允平各写十首吟咏西湖风景的词。今存词十二首。

摸鱼儿

【导读】

此词的主题为感旧。词中人长久漂泊吴地，如今终于回到西湖，眼前片片白云平铺湖面，周围小舟飞驰而过，耳边传来动听的歌声，这一切勾起了他曾经湖边泛舟赏春的回忆。可如今各奔东西，尝尽分离之苦。作品以喜开端却以悲作结，充分体现出一个重游故地的旅人的复杂心境。

【原文】

又吴尘、暗斑吟袖，西湖深处能浣[①]。晴云片片平波影，飞趁棹歌声远。回首唤，仿佛记、春风共载斜阳岸。轻携分短[②]。怅柳密藏桥，烟浓断径，隔水语音换。

思量遍，前度高阳酒伴[③]。离踪悲事何限。双峰塔露书空颖[④]，情共暮鸦盘转。归思懒，悄不似、留眠水国莲花畔[⑤]。灯帘晕满。正蠹帙重翻[⑥]，沉煤半冷[7]，风雨闭宵馆。

【注释】

①“又吴尘”句：指自己漂泊吴地，衣上沾满尘土，只有回来用西湖的水才能洗尽。②轻携：与情人携手同行。分短：缘分短浅，意指分别。③高阳：西汉郦食其（lì yì jī）见汉高祖，自称是高阳酒徒，此处泛指酒客。④双峰塔：杭州西湖南高峰、北高峰上各立一塔。书空颖：指双峰塔顶直刺天空，如同两只巨笔在空中书写。颖：形容笔尖。⑤水国：多河流、湖泊的地区。此指西湖。⑥蠹帙（dù zhì）：被虫蛀坏的书籍。蠹：蛀蚀；蛀虫。帙：古代书画外面包着的布套，一套线装书叫一帙。可指代书籍。⑦沉煤：带有香气的煤炭。沉：沉香。

【译文】

再一次漂泊吴地，我衣袖的斑纹里暗暗沾染的满是灰尘，也只有这西湖深处的水才能把它浣洗干净。晴空中片片白云在平静的湖面上留下倒影，船桨飞快地划动，能听到远处传来的歌声阵阵。蓦然回首往事，从记忆中唤出过去的事情，依稀记得那斜阳普照的湖岸，我们一同乘着小船共同沐浴着春风。那时候，总嫌轻携时光的缘分太浅，不能让人欢乐的心情尽兴。我禁不住哀声怅叹，此时，眼前杨柳茂密处藏着旧时游玩的小桥，只可惜，浓密的烟云遮断了过去行走的路径，隔水相望，感叹沧桑变迁，从前的风景、心情、人声都有所变换。

仔细思量了一遍又一遍，寻找过去我们一起湖上饮酒狂欢的同伴。只可惜，走的走，散的散，一想到悲事离情真是让人无限伤感。双峰塔像刺向天空的巨大笔尖，笔端尚且还留有过去的情意，可如今，此情却与那暮色里的乌鸦在空中盘旋流转。归来时，情绪低落心灰意懒，已经悄然没有了如同过去在莲花盛开的西湖岸边留眠的欢乐。此刻住宿的地方，灯光昏暗，明明灭灭地照着窗帘。屋角处的书桌上，正想重新翻开被虫蛀坏的书卷，只见香炉中沉香已快燃尽，一阵阵散发着冷寒，窗外的风雨声，整个通宵都笼罩着我居住的驿馆。

卷六

李彭老

李彭老（生卒年不详），字商隐，号筼（yún）房，德清（今属浙江）人。与其弟李莱老（字周隐）并称“龟溪二隐”。淳祐年间（1241—1252）任沿江制置司属官。与吴文英、周密、杨缵等人交游唱和。宋亡后曾参与《乐府补题》的咏物聚会。周密曾赞其词“笔妙一世”。后人辑其兄弟二人的词为《龟溪二隐词》，其中彭老的词为二十一首。

木兰花慢

【导读】

此词为清明感怀之作。上片写节序风物、暮春景色，在榆荚飘落、凄冷似秋的渲染中，透出愁思。下片感怀旧游，以景致凄凉之状抒发了夜月帘栊下的凄清冷落之情。

【原文】

正千门系柳，赐宫烛、散青烟[①]。看秀靥芳唇，涂妆晕色，试尽春妍[②]。田田，满阶榆荚[③]，弄轻阴、浅冷似秋天[④]。随处饧香杏暖[⑤]，燕飞斜鞚秋千[⑥]。

朱弦，几换华年[⑦]？扶浅醉、落红前。记旧时游冶，灯楼倚扇，水院移船[⑧]。吟边，梦云飞远，有题红、都在薛涛笺[⑨]。听绝残箫倦笛，夜堂明月窥帘。

【注释】

①赐宫烛、散青烟：化用韩翃（hōng）《寒食》诗：“春城无处不飞花，寒食东风御柳斜。日暮汉宫传蜡烛，轻烟散入五侯家。”②看秀靥芳唇，涂妆晕色，试尽春妍：指闺中女子开始在秀脸和芳唇上涂彩施粉，展露青春美丽的芳颜。③田田：意指莲叶，形容荷叶相连、盛密的样子，又引申为形容鲜碧、浓郁。此指榆荚堆满台阶。榆荚：榆树的果实，榆树未生叶前先生荚，形似钱而小，连缀成串，也称榆钱。④浅冷：稍微寒冷。⑤饧（xíng）

香：饴（yí）糖所发出的香味；或为甜杏粥的香味。明高启《寒食逢杜贤良饮》诗："杨柳无烟江水长，邻家风雨杏饧香。"⑥亸（duǒ）：下垂。⑦朱弦，几换华年：指美好年华流逝。化用李商隐《锦瑟》诗："锦瑟无端五十弦，一弦一柱思华年。"朱弦：泛指琴瑟类弦乐器。⑧"记旧时游冶"三句：回忆自己从前的风流韵事，或看歌妓在楼前歌舞，或与她乘舟游玩。游冶：出游寻乐，追逐声色。⑨薛涛笺：唐元和初，薛涛居四川百花潭，好作小诗，自己特制一种彩色小笺，时人称为"薛涛笺"。

【译文】

正是千家万户门前插柳的寒食节这一天，宫中赐燃巨烛，榆木钻火，烟雾弥散五侯家。大街小巷都能看到那些抹着红红的嘴唇，展露秀美的容颜，或者是涂脂抹粉的女孩们，纷纷争先恐后地在与春天比试娇艳。到处是鲜碧、浓郁的景象，庭院台阶上也都飘满了榆钱，天公舞弄浅浅的阴暗，气候轻寒，使得这初春的微冷倒似秋天。到处都是饴糖所散发出的甜甜香味，杏花在暖枝上绽放得璀璨，归来的燕子时而向下垂落，转而又调皮地斜飞着穿过秋千。

琴瑟声声，不知由此流走了多少芳龄华年？有多少次微醉中，抚琴面对落花悲怜。犹记得过去的时光里四处春游赏玩、追逐声色，在灯光闪烁的青楼上笑倚着窗扇，在林苑的池水中划动着小船。如今再看眼前，昔日的美好已如梦飞远，唯有当年红叶题诗传情、写在薛涛彩笺上的情书还保留在身边。听尽这断续的箫音，以及疲倦的笛曲，已是明月高悬的夜晚，清冷的厅堂之中，却只有天上的明月窥视着我凄清的门帘。

壶中天　登寄闲吟台[1]

【导读】

此词为李彭老秋夜与张枢同登绘幅楼时唱和之作。上片写景，重在渲染清凉肃爽、悠远寥廓的氛围。下片以竹林、更漏、渔歌和鹤声点衬，写出西湖上夜深时烟水迷离、幽杳凄清的景致。表达了与友人歌舞吟咏之乐。

【原文】

青飙荡碧[2]，喜云飞寥廓，清透凉宇。倦鹊惊翻台榭迥[3]，叶叶秋声归树。珠斗斜河，冰轮辗雾[4]，万里青冥路[5]。香深屏翠，桂边满袖风露。

烟外冷逼玻璃[⑥]，渔郎歌杳，击空明归去[⑦]。怨鹤知更莲漏悄[⑧]，竹里筛金帘户[⑨]。短发吹寒，闲情吟远，弄影花前舞。明年今夜，玉樽知醉何处？

【注释】

①寄闲：南宋词人张枢号寄闲。吟台：张枢在西湖边的园林内所建的楼台，即所谓绘幅楼。②青飙（biāo）荡碧：秋风从碧绿的湖面上掠过。青飙：秋风。此处形容声势大，速度快。③迥（jiǒng）：远。④珠斗斜河：星斗斜挂在银河。冰轮辗雾：月亮在云雾中移动。冰轮，指月亮。⑤青冥：夜空。⑥烟外冷逼玻璃：烟雾弥漫的水面寒气逼人。玻璃：形容水面的清澈透明。陆游《渔父》诗："镜湖俯仰两青天，万顷玻璃一叶船。"⑦空明：形容澄澈的水面。⑧莲漏：即莲花漏，古代计时器的一种。⑨竹里筛金帘户：指月光透过竹林洒落在窗帘门户上。

【译文】

秋风从碧绿的湖面上掠过，祥云在广阔寂寥的天空飘过，穹宇间一派清透凉爽的景色。困倦的喜鹊仿佛受到了惊吓，从亭台楼榭间翻身飞掠穿梭远去，片片树叶被秋风吹得簌簌作响，仿佛秋天在低声唱歌。北斗星陪伴着斜跨夜空的天河，一轮冰洁的圆月把夜雾穿破，在万里夜空之中缓缓地移挪。一排排芳香幽深的林木就像一道绿色的屏风，桂树在秋风夜露中花香满袖，舞姿婆娑。

远处的烟雾弥漫，冷冷地侵逼着幽碧的湖面，捕渔郎的歌声越来越远，仿佛那歌声正击打着空明的湖水归返而去。怨声啾啾的仙鹤似乎知道天色已晚，定更的莲漏里已经悄无声息，便也停止了声声鸣叫，月光透过竹林筛下银光万点，洒落在窗帘门户之上。我虽然头发稍短挡不住秋寒，但闲情却无比浓重而吟咏之声不断，兴奋之时甚至会手舞足蹈在花前。明年的这个夜晚，不知我会在何处，沉醉之中来把美酒端？

祝英台近

【导读】

这是一首回忆旧时恋情的词。上片看红杏初开，梅花落尽，触发起岁月如流的感慨。下片睹物怀人，产生了刻骨的相思之情。全文写景言情，抚今追昔，意味深长。

【原文】

杏花初，梅花过，时节又春半①。帘影飞梭，轻阴小庭院。旧时月底秋千，吟香醉玉，曾细听、歌珠一串。

忍重见，描金小字题情②，生绡合欢扇③。老了刘郎④，天远玉箫伴⑤。几番莺外斜阳，栏干倚遍，恨杨柳、遮愁不断。

【注释】

①春半：春天又过去了一半。②描金：为使器物美而在上面用金银粉勾图、描绘作为装饰。③台欢扇：团扇。班婕妤《怨歌行》：“裁为合欢扇，团团似明月。”④刘郎：汉代的刘晨，因入天台山遇到仙人。这里作者以刘郎自称。⑤玉箫伴：借用春秋时萧史与弄玉吹箫的故事。

【译文】

杏花刚刚开绽，梅花就已经日渐凋残，转眼春天又过去了一半。照向门帘的日影从西边又转移到东边，时间就这样流逝得像飞梭一般，一天之中，转眼间小庭院就有了黄昏的暗淡。犹记得过去的时光里，在月光下戏荡秋千，一起吟咏诗词，笑容伴随着她醉人的容颜，曾几何时清晰地细细听她那珠玉般的歌声一串一串。

如今不忍心再看见旧时的物件，那把生绢制成的合欢团扇，上面有我用描金小楷题写的情话一段段。现在刘郎我已经老了，她也如仙女弄玉般远离我在天边而无法相伴了。多少次莺啼声声之外，我在暮色斜阳中远望，楼台的栏杆早已倚遍，不住地寻觅思盼。只恨那联袂成林的杨柳，无论怎样稠密，也无法将我思念的忧愁隔断。

生查子

【导读】

这是一篇闺情词。描写一位独处闺中的女子在元宵节收灯之后的寂寞与思念。上片写思妇在收灯后的夜晚独处闺中，深感凄寒冷落。下片写她满怀心事，彻夜不眠，先以钱卜心上人的归期，后又焚香祈祷，渴望与心上人早日团聚。全篇情景交融，真切细致，委婉动人。

【原文】

罗襦隐绣茸①，玉合销红豆。深院落梅钿，寒峭收灯后②。

心事卜金钱[③]，月上鹅黄柳[④]。拜了夜香休，翠被听春漏。

【注释】

①罗襦隐绣茸：丝绸短衣里藏着刺绣用的丝线。罗襦：丝绸短衣。绣茸：刺绣用的丝线。②梅钿（diàn）：此指梅花花瓣。钿：是古时妇女脸上的一种花饰。通常用金属宝石等镶嵌在器物上作为装饰。收灯后：元宵节放灯过后。③心事卜金钱：闺中常以掷钱币来卜吉凶或亲人的行踪和归期。吴文英《醉落魄》词："偷掷金钱，重把寸心卜。"④鹅黄：幼鹅毛嫩黄，故以此喻柳芽初萌之色。

【译文】

手拿绣品却不想绣下去了，于是将绣线藏进丝绸短衣里，然后玉手双合，将红豆一般的灯火熄灭。深幽的庭院里，花钿一般大小的梅花飘落了一地，元宵灯会结束后，天气仍然有一些料峭寒意。

心事重重地拿起一枚金钱，占卜测算我的情郎归期，不知道会是在月满时，还是要等到柳枝长出鹅黄色的柳芽来。夜色中，我焚香祈祷，拜了又拜默默把愿许，直到香烟散尽，才独自躺在翠绿锦被中听那春漏壶声响，一滴连着一滴。

李莱老

李莱老（生卒年不详），字周隐，号秋崖，与其兄彭老并称"龟溪二隐"。曾任严州知州。与周密为词友。宋亡后与其兄隐居以终。后人辑其兄弟二人的词为《龟溪二隐词》，其中李莱老的词为十七首。

惜红衣　寄弁阳翁[①]

【导读】

作者路过杭州，特意来寻故友周密。上片写相见时发现彼此都消瘦如竹，不禁会心一笑。在幽静的山谷，两人共话旧事，诉说相思之情。下片写匆匆相见，傍晚又将分别，作者感慨这样四处漂泊的日子何时才能结束，不知曾经定下同隐山林的愿望何时才能实现。

【原文】

笛送西泠，帆过杜曲[2]，昼阴芳绿。门巷清风，还寻故人书屋。苍华发冷，笑瘦影、相看如竹[3]。幽谷，烟树晓莺，诉经年愁独。

残阳古木。书画归船，匆匆又南北。蘋洲鸥鹭素熟[4]，旧盟续。甚日浩歌招隐[5]，听雨弁阳同宿[6]。料重来时候，香荡几湾红玉[7]。

【注释】

①弁（biàn）阳翁：即南宋词人、文学家周密，晚年号弁阳老人。②笛送西泠，帆过杜曲：指作者路过杭州，寻访周密。西泠：桥名，在杭州西湖孤山下。杜曲：唐代长安城南的名胜，此借指南宋时都城杭州。③苍华发冷，笑瘦影、相看如竹：指两人相见时，发现彼此都已头发斑白，身瘦如竹。④蘋洲：长满蘋草的小洲，此处暗指周密，因周密有词集为《蘋洲渔笛谱》。素熟：一向熟悉。⑤招隐：指《楚辞·招隐士》："王孙游兮不归，芳草生兮萋萋。"⑥弁阳：指周密的弁阳书房。⑦红玉：指红芍药花。

【译文】

悠扬的笛声飘送到西泠，白帆一片驶过临安最美的风景区域，这里的白天天气凉爽，两岸更是花香柳绿。杭州城街巷之上清风缕缕，来到这里还想寻找故人的书屋旧居。当我们相见时，你花白的头发看上去透着丝丝寒意，你忍不住讥笑自己消瘦的身躯，彼此看上去都像竹子一样弱细。幽深的山谷，烟雾弥漫在林木之间，黄莺在清晨里声声哀啼，宛若在诉说这些年来所经历的忧愁与孤寂。

人老了就如同残阳古木，却仍不失诗情画意。时常用船载着书画，匆忙之间奔波于大江南北。家乡蘋洲的鸥鹭一向都与你相互熟悉，不知何时你才能再返回故里，来把旧情重续。甚至每日高歌，呼唤你回归故里隐居，到那时，我们一同住宿在你的弁阳书房，一起倾听家乡的风雨。我料想你重新归来的时候，一定还会是几湾溪水潺潺，荡漾着落花的香气。

青玉案　题草窗词卷

【导读】

远在他乡的作者接到友人周密的词集，读后充满了对友人的思念。全词在思念之中慢慢回忆，设想友人的处境，内心充满着故国之思，故友之念。此词不仅概述了周密词集的创作特色，更借此表达了对友人的深切思念。

【原文】

吟情老尽江南句，几千万、垂丝缕。花冷絮飞寒食路，渔烟鸥雨，燕昏莺晓，总入昭华谱①。

红衣妆靓凉生渚②，环碧斜阳旧时树。拈叶分题觞咏处③，荀香犹在，庾愁何许，云冷西湖赋④。

【注释】

①昭华谱：歌谱，此指周密所作《草窗词》。昭华：乐器名，即玉管。②红衣妆靓凉生渚：小洲上开满了红艳的荷花。红衣：指荷花。靓：艳丽、美好。渚：小洲。③拈叶分题觞（shāng）咏处：这是回忆两人曾在词社中饮酒拈题作词吟咏的情景。④荀香犹在，庾愁何许，云冷西湖赋：手握着周密的词卷，感受着他内心的愁苦，曾经相聚的西湖如今也布满了凄冷的愁云。荀香：即荀彧（yù），后汉末为尚书令，爱香成癖，身体有异香。庾愁：庾（yǔ）信，南北朝时期著名文学家，初仕梁，后出使西魏，被留。历仕西魏、北周，虽仕途通达，但思念故土，所作《哀江南赋》《愁赋》抒写愁情。此指周密在《草窗词》中抒发的故国之愁。

【译文】

吟咏之情用尽了江南的词句，那飘逸的风采，如同杨柳摇曳着千万条翠绿丝缕。好似寒冷中盛开的花，又像是寒食节踏青的路途中，看到的漫天飞舞的柳絮，宛如西湖烟波中的渔舟，又像是鸥鹭戏耍着风雨，犹如暮色中的啁啾燕鸣、清晨时的莺啼，总之，江南美景已然完全收进了你的《草窗词》集。

清凉的小洲水岸边，被红艳艳的荷花装扮得十分靓丽，环碧园里，斜阳洒晖普照着古树林。那曾是我们过去的时光里拈叶分题、举杯饮酒咏诗之地，你的才华犹如荀彧的香气常在，只是面临国破使你如庾信一般，有着太多的愁绪，而你一停笔，从此西湖词赋便全被冷云凝聚。

谒金门

【导读】

这是一阙闺情词。词中描绘了一个年轻女子清晨醒来后，面对大好春光，懒于梳妆的情景。原来她内心仍眷恋着从前的情郎，渴望着他能如期归来，然而睹物思人，见到柳条怎能不牵起她的旧恨新愁呢？

【原文】

春意态，闲却远山横黛[①]。香径莓苔嗟粉坏[②]，凤靴双斗彩[③]。

折得花枝懒戴，犹恋鸳鸯飞盖[④]。旧恨新愁都只在，东风吹柳带。

【注释】

①远山：即远山眉。《西京杂记》：“司马相如妻文君，眉色如望远山，时人效画远山眉。”黛：青黑色的颜料，古代女子用来画眉。②莓苔：青苔。③凤靴双斗彩：指精美的靴子上绣着凤凰，互相争奇斗艳。凤靴：绣有凤凰的精美靴子。④飞盖：高高的车篷，亦借指车。

【译文】

春意虽浓，我却寂寞得百无聊赖，闲看远山如美女双眉扬抬。芳香的小路上，我叹息青苔像厚厚的脂粉一样被踩坏，一对儿凤凰绣花鞋上沾满了它们的色彩。

折下了花枝我却懒得插戴，还在留恋着，昔日里与君同乘一辆绣着鸳鸯篷盖的马车飞驰。可恨思君君不在，一时间旧恨新愁都从心头涌来，只是这东风无情，不懂怜惜，只顾依旧吹拂着柳丝轻轻摇摆。

浪淘沙

【导读】

这也是一阙闺情词。词中的女主人公在春风吹拂下，独自倚在秋千边回忆。十年前的春天自己和情人泛舟西湖上，直至深夜才大醉回来，游兴不减。然而今昔对比，反差之痛在心中波澜起伏。

【原文】

榆火换新烟[①]，翠柳朱檐，东风吹得落花颠。帘影翠梭悬绣带，人倚秋千[②]。

犹忆十年前，西子湖边，斜阳催入画楼船。归醉夜堂歌舞月，拚却春眠[③]。

【注释】

①榆火换新烟：古代民俗。春天钻榆、柳之木以取火种，后以表示春景。唐宋时人们在清明节这天用榆柳作柴取火，名曰换新火。②帘影翠梭悬绣带，人倚秋千：闺房内的织梭上悬挂着未织完的罗带，织布的人独自倚靠在秋千边思念情人。③拚（pàn）却春眠：指留恋歌舞，连春日困倦而生的睡意都不顾惜了。拚却：不顾惜，舍弃。春眠：春睡。亦指春日困倦而生的睡意。

【译文】

春天到了，人们在清明节这天用榆柳木作柴取火，以换新烟，看那朱红的屋檐前，翠柳婆娑，阵阵东风吹得落花飞散，枝条摇曳。闺房内的帘影轻动，似乎刚刚有人起身，织梭上悬挂着尚未织完的绣带，织布的人儿却不在跟前，原来她独自一人来到屋门外，倚靠在秋千旁边，思绪万千。

还记得十年前，在那西子湖边，一缕斜阳映入高大的画楼船。我们乘船游玩归来，可是游兴依然未减，一起举杯畅饮，借着酒醉一起堂前月光下载歌载舞，竟然连春日困倦而生的睡意都不顾惜了，好不欢欣。

台城路　寄弁阳翁[①]

【导读】

此词为寄友抒怀之作。上片先描述自己所居的孤单凄冷，一场秋雨后，秋叶乱飞，荷花凋零，深屋内阵阵冷风吹来，让自己更感孤独无依。下片则感伤自己年老憔悴，想念流落远方的友人，更有同病相怜之感，凄苦之情笼罩全篇。

【原文】

半空河影流云碎，亭皋嫩凉收雨[②]。井叶还惊，江莲乱落，弦月初生商素[③]。堂深几许？渐爽入云帱[④]，翠绡千缕。纨扇恩疏[⑤]，晚萤光冷照窗户。

文园憔悴顿老[⑥]，又西风暗换，丝鬓无数。灯外残砧，琴边瘦枕，一一情伤迟暮[⑦]。故人倦旅，料渭水长安[⑧]，感时吟苦。正自多愁，砌蛩终夜语[⑨]。

【注释】

①弁阳翁：南宋词人周密，晚年号弁阳老人。②亭皋（gāo）：水边的平地。③商素：指秋季。④帱（chóu）：帷幕。⑤纨扇：古扇名，又称团扇、罗扇。是细绢织成的团扇。⑥文园：西汉文人司马相如，他曾任文帝陵园令。此处为作者自称。⑦砧（zhēn）：本意是指捣衣石。迟暮：暮年，指衰老。《楚辞·离骚》：“惟草木之零落兮，恐美人之迟暮。”⑧渭水长安：唐代贾岛《忆江上吴处士》诗：“秋风吹渭水，落叶满长安。”此指在南宋都城杭州的周密。⑨砌蛩（qióng）：台阶旁的蟋蟀。蛩：蟋蟀。

【译文】

你看那流云细碎，银河星影布满大半个夜空，水边高处的平地微带寒意，或许是因为阴雨刚刚收停。池塘里的荷叶还在惊惶之中颤动，江岸边的莲花也已纷纷败落水中，秋季的夜晚微凉，可月牙儿刚刚升起。那院堂究竟深有几重？渐渐凉爽的气流已经悄悄侵入帷幕之中，庭院中的绿柳千条，也都在夜色中停止了舞蹈。此时，细绢织成的团扇已经弃之不用，夜晚的窗户上闪烁着萤火虫那星星点点清冷的光。

我似年老的司马相如一样，已经憔悴不堪懒于行动，谁料又逢东风暗暗转换为西风，只能任由无数白发在两鬓上肆意添增。孤灯下倾听捣衣的残砧声声悲冷，夜晚时常独自抚琴追思，一边看孤枕人消瘦，一幕幕更是增添了人老年衰的伤情。老朋友都已厌倦了旅行寄居的生活，料想那渭水长安，虽然很近却难以相互走动，感怀思念之时，也只有独自低吟心中的苦痛。自己正在愁多忧重之中，偏偏那台阶旁恼人的蟋蟀，总是彻夜叫个不停。

杏花天[1]

【导读】

这是一首恋情词，写出了对一个歌妓的思念。词中把曾经同样的季节，与心爱的歌女轻歌曼舞，整日在西湖边游玩，与另一时段的因孤单而饱受时光的折磨前后对比，突出了词人当下困苦难捱的处境。

【原文】

年时中酒风流病，正雨暗、蘼芜深径[2]。人家寒食烟初禁[3]，狼藉梨花雪影[4]。

西湖梦、红沉翠冷。记舞板、歌裙厮趁。斜阳苦与黄昏近[5]，生怕画船归尽。

【注释】

①杏花天：词牌名，又名“于中好”“端正好”“杏花风”等。其中以宋代谢懋所写的《杏花天》为代表作。②蘼芜：香草名。叶子风干可以做香料，亦可以作为香囊的填充物。古人相信蘼芜可使妇人多子，然而在古诗词中“蘼芜”一词多与夫妻分离或闺怨有关。③寒食：在清明节的前一日或二日。亦称“禁烟节”“冷节”“百五节”。据说春秋时晋文公为纪念被烧死的介子推，规定此日要禁火冷食。④狼藉：意为梨花零乱地堆满一地。⑤斜阳苦与黄昏近：指词人与歌女欢爱之时，恼恨时光易逝，夕阳过后很快就是黄昏，自己与歌女不得不归去。

【译文】

年少之时，钟情于美酒佳人，仿佛染上了风流才子的通病，可如今正是阴雨天色昏暗时，蘼芜的秧苗长满深深的路径。百姓人家在寒食节里刚刚开始禁火冷食，梨花零乱地纷飞，如同飘雪掠影，堆满一地。

曾经也有西湖梦，然而红叶沉落碧水寒冷。记得敲打舞板，与歌女亲近。歌女欢爱之时，恼恨时光飞逝，就好比夕阳总是苦恼于距离黄昏太近，欢愉之时，生怕画船归去的时光，转眼消失殆尽。

小重山

【导读】

这是一首清明感怀词。节日来临之时，追忆旧时西湖欢乐盛景，感叹今日的冷落。委婉之中表达了词人的痴情与无奈。

【原文】

画檐簪柳碧如城[①]，一帘风雨里，过清明。吹箫门巷冷无声，梨花月，今夜负中庭[②]。

远岫敛修颦[③]，春愁吟入谱，付莺莺。红尘没马翠埋轮[④]，西泠曲[⑤]，欢梦絮飘零[⑥]。

【注释】

①簪（zān）柳：古代风俗。清明时节，插柳叶于门，簪柳于首，曰辟毒疫。簪：插，戴。②梨花月，今夜负中庭：由于孤单一人，所以辜负了梨花满院、月亮皎洁的良宵。③远岫敛修颦（pín）：无心修饰的远山眉也挂起了愁容。远岫：远山眉，面眉的一种。④翠埋轮：指碧绿的青草埋没了车轮。⑤西泠：在杭州西湖。⑥欢梦絮飘零：昔日与情人相守的美好时光如同柳絮四处飘散，不可把握。

【译文】

家家户户有画饰的屋檐下，也都插上了柳枝，碧绿的颜色绿透全城，一帘风雨里，临安城迎来了一年一度的清明。街巷冷冷清清，听不到卖糖人的吹箫声，就连喜欢眷顾梨花的春月，今夜也未出现在庭院之中，辜负了一片痴情。

远山收敛了眉峰，无心修饰的眉头也皱起了愁容，春愁已低吟成幽怨的曲谱，交付给黄莺任由它们飞来飞去吟诵。昔日里微红的尘土湮没马蹄、芳草埋没车轮的情景，西泠上空悠扬的琴瑟笙箫之曲，以及西湖边的欢歌美梦，如今都已如东风卷起飞絮，随风飘零没有了影踪。

应法孙

应法孙，字尧成，号芝室。生卒年与里籍、事迹均不详。存词二首。

霓裳中序第一

【导读】

这是一阙描写闺中思妇的闺怨词，于咏秋景中表现词中女子的离愁别恨。上片从日暮卷起绣帘所见之景写起，以秋季的萧瑟衬托了思妇内心的苦闷无聊。下片则是写其深夜买醉，打发良宵，以“怨恨中入梦，只能在梦中寻找快乐”作结。

【原文】

愁云翠万叠，露柳残蝉空抱叶。帘卷流苏宝结[①]，乍庭户嫩凉，阑干微月。玉纤胜雪[②]，委素纨、尘锁香箧[③]。思前事、莺期燕约[④]，寂寞向谁说?

悲切，漏签声咽[⑤]，渐寒烛、兰缸未灭[⑥]。良宵长是闲别。恨酒凝红绡，粉涴瑶玦[⑦]。镜盟鸾影缺[⑧]，吹笛西风数阕。无言久，和衣成梦，睡损缕金蝶[⑨]。

【注释】

①流苏：装在车马、花轿、帐幕或楼台等物上的下垂穗状装饰物。多用丝线或五彩羽毛制成。②玉纤胜雪：形容美人的纤手比雪洁白。③委素纨、尘锁香箧（qiè）：将秋天不用的扇子锁进箱子里，比喻自己被所爱的人抛弃。素纨：白绢团扇。④莺期燕约：指男女欢爱的约定。⑤漏签声咽：报时的漏壶发出凄咽的声音。⑥烛（xiè）：灯烛的灰烬。兰缸（gāng）：油灯。⑦酒凝红绡（xiāo），粉涴（wò）瑶玦（jué）：指因情人远离，自己借酒消愁，但由于心情恶劣，导致酒弄污了衣服，脂粉也沾在佩玉上。红绡：红色薄纱衣。涴：污染，弄脏。玦：一种环形但有缺口的佩玉，常用作表示决断、决绝的

象征物。⑧镜盟鸾影缺：曾经的誓言未能实现，唯剩自己孤单一人。镜盟：指南朝战乱之中，徐德言与其妻各持半镜相约重聚，后二人终因此镜而重新团聚的故事。鸾影缺：鸾成双，常相伴，传说一鸾亡，另一鸾则镜中照其影，窥知其单，遂长鸣数声而亡。⑨缕金蝶：丝织描金蝴蝶，女子用作头饰。

【译文】

天上愁云涌动，地上绿草翠木层层叠叠，沾着露水的柳枝上，只见哀鸣在残夏里的蝉死死地抱着枝叶。我卷起门帘，悬挂在帘子上的流苏相互纠缠成结，刚一走出屋门，立刻就感觉到一股微微的寒气扑上台阶，我倚着栏杆，抬眼看空中那一轮朦胧的秋月。伸出纤纤玉手，肤质胜似白雪，如今天气转凉，便将秋天不用的扇子锁进芳香的箱子里，只怕恩情中道绝。想起以前的事，好一个莺期燕约，可如今，你背弃了我们美好的约定不来，我心中的孤独寂寞向谁去诉说？

悲切啊，空悲切，漏壶里的漏签声正是有人在呜咽，灯烛的灰烬已经渐渐变凉，可是灯火还没熄灭，多么像两个相爱的人最终变成了一头热。良宵虽然美好，却常常留给我的是闲愁离别。唯有借酒浇愁，可醉酒后又总是怨恨重重，酒水洒满我的红色薄纱衣，泪水使我的脂粉如泥，玷污了我珍贵的玉玦。我们曾在镜前发誓盟约今生成双，可如今这镜子里的鸾影却单缺，我心中的愁苦无处发泄，站在西风中，我将思念化作怨恨的笛曲吹奏了一阕又一阕。不想多说了，和衣躺下安歇，但愿能够成就好梦，谁知却睡坏了我发髻上插着的缕金蝴蝶。

贺新郎

【导读】

这是一首思念故人的词作。确切地说，是对一个才貌出众的歌妓的深切怀念。文中写出了“我”酒未醒，愁先到，回想从前与情人相聚、分别的情景不禁感慨万分。如今只能独倚高楼，相思化成笺墨，希望归雁能带去自己的一腔思念。

【原文】

宿雾楼台湿，晓晴初、花明柳润，燕飞莺集。旧约重来歌舞地，留得艳香娇色。又梦草、东风吹碧。午困腾腾春欲醉[1]，对文楸、玉子无心拾[2]。

看蝶舞，傍花立。

酒痕未醒愁先入，记年时、翠楼寒浅，宝笙慵吸。想驻马河桥分别，恨轻竹风帆烟笠。早尘暗、华堂帘隙。倚尽黄昏人独自，望江南回雁归云急。凭付与，锦笺墨[③]。

【注释】

①腾腾：奋起、迅疾貌。②文楸（qiū）：指楸木做的棋盘。玉子：玉制的棋子。③凭付与，锦笺墨：希望大雁早早南归，好为自己传递书信。

【译文】

昨夜的雾打湿了楼台，直到今天早晨拂晓才晴天，转眼间，百花明丽柳色青润，燕子在柳间飞来飞去，黄莺也聚集而来一起啁啾啼鸣，好一派迷人的风景。天公似乎知道我们会遵守前世旧约再次来到这歌舞之地，所以才会留下这艳香娇色让我们回味。还有那梦中时常见到的春草，被春风吹得更加碧绿可爱。中午时分困意奔腾而来，就连春色也昏昏然一副醉态，面对精美的楸木棋盘，看着玉石棋子，也无心拾起布局对阵。且看蝴蝶飞舞，倚在花丛旁伫立发呆。

酒意未消，忧愁却先涌了进来，还记得去年的此时，青楼上有些微寒，我们一起吹笙时那副慵懒的神态。遥想那驻马河桥头，我们分别时的那一幕让人难以忘怀，只恨那轻舟竹篙、风帆和你身上遮蔽烟雨的蓑衣，为何那么快就脱离了我的视线。只怕这情景你早已忘记，早已如尘灰黯淡在华堂的帘缝里。我无数次孤独地倚在那里遥望，直到黄昏的暮色全都散去，依然仰望江南归雁在云中飞得匆急。我要把千言万语化成锦笺中的行行墨迹，只想将我的全部思念托付给鸿雁去传递给你。

王亿之

王亿之，字景阳，号松间。生卒年与里籍、生平事迹均不详。现存词一首。

高阳台

【导读】

这阙词描绘生动，宛如一幅栩栩如生的游子羁旅图。在早春时节乘船离开西湖，面对新的旅程，心中难免会有些迷茫，好在还有孤鸿一只相伴，共唤飘零。

【原文】

双桨敲冰，低篷护冷，扁舟晓渡西泠[①]。回首吴山[②]，微茫遥带重城[③]。堤边几树垂杨柳，早嫩黄、摇动春情[④]。问孤鸿，何处飞来，共唤飘零。

轻帆初落沙洲暝[⑤]，渐潮痕雨渍，面色风皴[⑥]。旅思羁愁，偏能老大行人。姮娥不管征途苦，甚夜深、尽照孤衾[⑦]。想玉楼，犹凭栏杆，为我销凝[⑧]。

【注释】

①扁舟晓渡西泠：早晨，乘船离开西湖。西泠：在今浙江杭州西湖。②吴山：今浙江杭州西湖东南，春秋时为吴国南界，故名。③微茫：迷漫而模糊。重城：指宫城、都城。④堤边几树垂杨柳，早嫩黄、摇动春情：苏堤上的几棵垂柳已经伸出嫩黄的枝叶，摆动着春的意趣。⑤暝：天色昏暗，后来引申为日落、黄昏，临近傍晚。⑥皴（cūn）：皮肤受冻而裂开。⑦姮娥不管征途苦，甚夜深、尽照孤衾（qīn）：月亮不顾自己路途的辛苦，已经夜深了，还照着孤单的棉被，让人不能入睡。姮娥：代指月亮。衾：被子。⑧想玉楼，犹凭栏杆，为我销凝：遥想情人正在楼阁中凭栏而立，为我伤心。玉楼：本是一个典故名，指传说中天帝或仙人的居所。此指代住在高楼中的情

人。销凝：消魂、伤心貌。

【译文】

一个寒冷的早晨，我用双桨敲破薄薄的湖冰，放下低低的船篷帘子遮挡着袭来的寒冷，就这样乘坐一叶扁舟穿过晨光渡过西泠。回首远望吴山，朦胧的曦光中，远远地依稀可以看到都城的城影。堤岸边有几棵垂杨柳，早早吐露出鹅黄色的嫩芽儿，在那微寒的东风中摇动着一树春情。试问天空中飞翔的那只孤雁，你是从哪里飞来，在这萧瑟的风景里，幸好还有你，能与我共同呼唤那遥遥无期的飘零。

天色逐渐昏暗，暮色中我将轻舟划向沙洲旁靠停，这一路走来，经历无数次潮涌潮落，雨打风侵，我的皮肤因受冻而裂开，皱纹也爬上了面容。旅途上的劳顿姑且不说，愁苦的思绪和悲切的心情也如潮涌，偏偏这又能衰老行人的年龄。月亮从不管你征途上的艰辛困苦有多么深重，甚至已经到了深夜，还要倾尽所有的清冷，照射孤枕独眠之人的衣衾。遥想我的心上人，此刻一定正在高楼中，还像以往一样，倚着栏杆遥望星空，默默许愿，只为思念我而把心神尽倾。

余桂英

余桂英，字子发，号野云。生卒年及里籍不详。此人苦吟一生，后为贾似道所赏识。其他身世不尽可考。大概存词一首。

小桃红

【导读】

此词是描写闺怨之作。上片写时光流逝之痛，悠悠岁月，空留下自己一身无法排遣的“酒病诗愁”。下片则写自己被遗弃的身世之痛。全篇以“恨”为中心，围绕时光流逝和情爱之痛，将弃妇的内在情感描写得淋漓尽致。

【原文】

芳草连天暮，斜日明汀渚[①]。懊恨东风，恍如春梦，匆匆又去。早知人、酒病更诗愁，镇轻随飞絮[②]。

宝镜空留恨[③]，筝雁浑无据[④]。门外当时，薄情流水[⑤]，如今何处？正相思、望断碧山云，又莺啼晚雨。

【注释】

①汀渚（tīng zhǔ）：水中小洲或水边平地。②酒病更诗愁，镇轻随飞絮：意为因春的离去而懊悔、失落，引发诗心愁绪，早知这样，不如随飞絮一起寻春而去。③宝镜空留恨：如今自己孤单一人，面对镜子感到无限怨恨。④筝雁浑无据：指筝柱上的大雁也不能为自己传递消息。筝雁：因筝柱斜列如雁行，故称。⑤薄情：负心，少情义。

【译文】

远远望去，暮色中的芳草接连着天际，斜阳的余晖映照在沙洲之上，一片明丽。悔恨当初不该轻信无情的东风，使得短暂的春天恍如梦游，如此匆匆到来又匆匆归去。早知道多愁善感之人在醉酒之时，所赋诗词之中会更添愁绪，不如强迫自己也随飞絮一起寻春而去。

无心对照镜子，看宝镜之中人影孤单，只会空留怨恨，欲借筝曲消愁，可这筝柱上的雁队也不能为我传递消息，真真是毫无情趣。房门外也是一片空寂，此刻，你的薄情如同流水奔流远去，不知你如今已流向哪里？正在相思之中，就算望断青山云雾也难止悲戚，可偏偏那黄莺又开始声声哀啼，又唤来了一场潇潇夜雨。

胡仲弓

胡仲弓（生卒年不详），字希圣，号苇航，清源（今福建仙源）人，流寓杭州。曾登进士第，为县令，不久被罢免，从而浪迹以终。与仇远为诗友，相互酬唱。词仅存一首。

谒金门

【导读】

这首代言体的词写出了一个年轻女子对情郎的思念。女子因春寒料峭而懒于梳妆，忽然看见窗外梅花渐开，不禁见花思人，但时光匆匆之中，连这份思念也无法传递，于是恨不能一把剪去浮云。这种恼恨因无理而更显出情感的炽烈。

【原文】

蛾黛浅，只为晚寒妆懒[①]。润逼镜鸾红雾满，额花留半面[②]。

渐次梅花开遍[③]，花外行人已远。欲寄一枝嫌梦短[④]，湿云和恨剪[⑤]。

【注释】

①蛾黛浅，只为晚寒妆懒：因为入夜的寒冷，自己也懒于化妆，只画了浅浅的眉。②额花：女子用来贴在额上的，以纸、绢、玉等做成的饰物。③渐次：渐渐地，逐渐。④欲寄一枝嫌梦短：想在梦中寄一枝梅花，但梦太短了，连这个愿望也不能实现。⑤湿云和恨剪：欲剪去阻碍自己和情人相聚的云朵。

【译文】

只因为入夜时分天气寒冷，自己便也懒于梳妆，故而就只描画了浅浅的两道眉弯。口中的热气呼出，逼近镜面，立刻满满的雾蒙蒙一片，看镜中的自己，此刻额头上的贴花，也变得半面朦胧。

窗外的梅花，渐渐地已经全都盛开，可是，远行在梅花林外的郎君，却也是已经越走越远。想在梦中寄一枝梅花给他以表思念，可又嫌梦境太短，抬眼看空中雨云流转，定是那阴云将我和郎君阻断，只想将羞恨转向这眼前的浮云和手中的刀剪，恨不能一下将浮云剪断。

尚希尹

尚希尹，字莘老，号畏斋。生卒年及里籍、生平事迹均不详。存词二首。此录一首，是一阙描写登临赏游，抒发老年迟暮的怕闲之愁的作品。

浪淘沙

【导读】

此词为伤春之作。作者登楼远望，目光所及是一片暮春之景。面对美好时光的流逝，不禁感到一种灼痛感，而这种时光的流逝随着年龄老迈，变得更加敏锐，内在的情感也更显得无奈与沉痛。

【原文】

结客去登楼[①]，谁系兰舟，半篙清涨雨初收。把酒留春春不住，柳暗江头。

老去怕闲愁，莫莫休休[②]，晚来风恶下帘钩。试问落花随水去，还解西流[③]。

【注释】

①结客：结交宾客。常指结交豪侠之士。②莫莫休休：无事可做，无可奈何的心态。③试问落花随水去，还解西流：落花随流水东去，不能向西归来。意为时光不可挽留。

【译文】

我结交几位客人结伴去登楼，不知是谁最后一个留下来牵系了兰木舟，水面上的清水又涨有半篙深，降雨才停住。举起酒杯，有心要将春天挽留，可是这春却不回头照旧向前走，这实在是难以阻挡啊，你看那黄嫩的柳色渐渐碧绿，繁茂的柳荫已经黯淡了江头。

人老了的时候，最怕惹来闲愁，往事不堪回首，还是不要去想它了，你看这夜晚的东风多么凶恶，要想阻挡它，那么此刻就要放下帘钩。试问落花，既然飘落枝头，就尽管随水漂流而去，还管它河水是向西流，还是向东流。

柴望

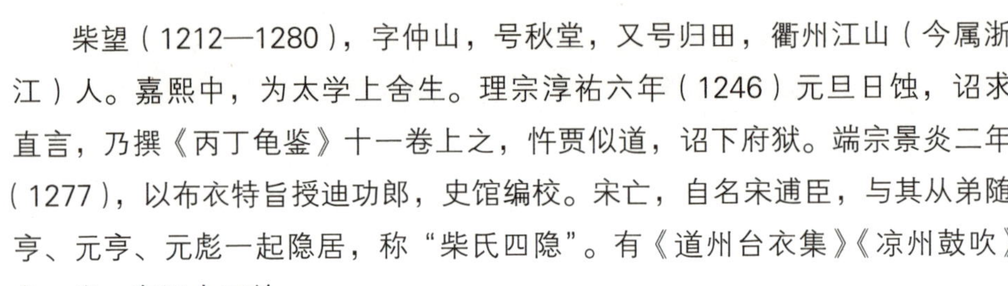

柴望（1212—1280），字仲山，号秋堂，又号归田，衢州江山（今属浙江）人。嘉熙中，为太学上舍生。理宗淳祐六年（1246）元旦日蚀，诏求直言，乃撰《丙丁龟鉴》十一卷上之，忤贾似道，诏下府狱。端宗景炎二年（1277），以布衣特旨授迪功郎，史馆编校。宋亡，自名宋逋臣，与其从弟随亨、元亨、元彪一起隐居，称“柴氏四隐”。有《道州台衣集》《凉州鼓吹》各一卷。存词十三首。

念奴娇

【导读】

这首代言体的词，写的是闺情幽怨离情。春天正是多困时节，但此词中女子的“困”则缘于“惊断巫山十二”，因为情人的分别，自己孤单零落，倍感生活的无聊、孤寂，于是饮酒入梦打发时间。

【原文】

春来多困，正晷移帘影①，银屏深闭。唤梦幽禽烟柳外，惊断巫山十二②。宿酒初醒③，新愁半解，恼得成憔悴。蓬松云鬓，不忺鸾镜梳洗④。

门外满地香风，残梅零落，玉糁苍苔碎⑤。乍暖乍寒浑莫拟⑥，欲试罗衣犹未。斗草雕栏⑦，买花深院，做踏青天气。晴鸠鸣处⑧，一池昨夜春水。

【注释】

①晷（guǐ）：本意是指日影，也是古代用来观测日影以及定时刻的仪器。②幽禽：鸣声幽雅的禽鸟。巫山十二：即巫山十二峰，传说是巫山神女的居所。③宿酒：隔夜犹存的余醉。④鬅鬆云鬓，不忺鸾镜梳洗：虽然自己头发散乱，却没心情对镜装扮。蓬松：头发松散的样子。忺（xiān）：喜悦、高兴。⑤玉糁（sǎn）苍苔碎：梅花的花蕊零碎地散落在青苔上。糁：小颗

粒。玉糁：此指掉落的花蕊。⑥乍暖乍寒浑莫拟：忽寒忽暖的天气不可琢磨。拟：揣度。⑦斗草：又称斗百草，是中国民间流行的一种游戏，属于端午民俗。⑧鸠（jiū）：指斑鸠。

【译文】

春季的天气很容易使人增添困意，正午的日光推着帘影向一侧偏移，屏风紧紧地掩闭。繁茂如烟的杨柳枝头栖落几只鸣声幽雅的禽鸟，声声啼鸣将我从梦中唤起，可恨的是，惊断了我的巫山云雨。昨晚独饮的醉意此时才刚散去，消淡一半的新愁又从心中涌起，无比的恼恨幽怨使我脸色变得憔悴。如云朵般美丽的发髻已经蓬松散乱，可我此刻心情不悦，懒于对镜梳洗。

门外香风满地，那是凋残的梅花飘落下来所散发的气息，遍布苔藓的地面上散落一些细碎颗粒，那都是落梅的玉蕊。这忽冷忽暖的天气实在难以捉摸，让我想试穿罗衫却总是心中犹豫。这时节可以在雕栏内玩耍斗百草的游戏，也可以买来鲜花种植在自家院里，不用外出，自己就能创造出一番踏青的天地。晴日里，来到有斑鸠啼鸣的地方，看一池昨夜的春水在轻轻地漾溢。

朱藻

朱藻（生卒年及里籍不详），号野逸。孝宗淳熙十五年（1188）曾官仙居知县，光宗绍熙元年（1190）罢去。宁宗嘉定十六年（1223）官至大理司直。现存词一首。

采桑子

【导读】

这是一篇描写春闺怨情的词，描绘了与爱人分离太久而使她心情郁结，就连扑面而来的杨花也会使她顿时恼怒，责怪它们不懂得避开满腹心事的自己。笔触真实，引人深思。

【原文】

障泥油壁人归后[1]，满院花阴。楼影沉沉，中有伤春一片心。

闲穿绿树寻梅子，斜日笼明[2]。团扇风轻，一径杨花不避人[3]。

【注释】

①障泥：指用皮革等制成垫在马鞍下，直垂到马腹两侧，用以遮挡尘土的东西，又称蔽泥。油壁：即女子所乘的油壁香车。②笼明：晦暗不明。③一径杨花不避人：指园中满路都是杨花飞舞，不懂得避开心情怅惘的自己。

【译文】

乘坐豪华的障泥油壁香车踏青归来以后，只觉得满院花草少了阳光下的鲜亮，变得幽幽阴暗。就连园中的楼影也是阴沉沉，仿佛深藏着伤春人的一片心。

闲来无事，便穿梭于绿树之间，去寻找用来解渴的梅子，此时的斜阳余晖普照梅林，或许因为正是黄昏时分，天色显得有些晦暗不明。我手执团扇摇出轻风一阵，可恼的是，这一路杨花飞扬，迎风扑面，丝毫不懂得避让心烦意乱的行路人。

黄铸

黄铸（生卒年不详），字晞（xī）颜，号乙山，邵武（今属福建）人。理宗朝曾知柳州。存词二首。此处选取一首。

秋蕊香令

【导读】

这是一首思念亲人的词作。词中所写是一位年轻女子在秋夜里辗转难眠，思念远行在外的爱人，担心他的生活起居是否平安，彰显了东方女性的贤淑善良。

【原文】

花外数声风定[①]，烟际一痕月净。水晶屏小攲翠枕[②]，院静鸣蛩相应[③]。香销斜掩青铜镜，背灯影。空砧夜半和雁阵[④]，秋在刘郎绿鬓[⑤]。

【注释】

①风定：风止。②水晶屏：水晶装饰的屏风。攲（qī）：斜靠。③鸣蛩（qióng）相应：院内的蟋蟀一声声彼此应和着。蛩：古指蟋蟀。也指蝗虫。相应：相互应和。④砧（zhēn）：本意是指捣衣石，泛指捶或砸东西时垫在底下的器具。⑤刘郎：此指所爱的情郎。绿鬓：乌黑的头发。

【译文】

花树旁几阵清风才停下来，天边一弯月儿升上天空，显得格外明净。想小睡一刻却不成，只好轻倚着翠绿色的绣花枕头，呆呆地看着床前的玻璃屏风，此刻院中一片寂静，偶尔能听到几声蟋蟀的鸣叫声，一唱一和相互呼应。

香笼里飘散出来的香烟缭绕，时而斜掩着青铜镜，时而背离烛火灯影。侧耳细听，这夜半时分从远处传来了捶捣之声以及雁阵中几声苍劲的悲鸣，顿时觉得秋色就在我的身旁，可我的刘郎身在哪里，这满园秋色是否也停在了他乌黑的鬓发之中。

王同祖

王同祖（生卒年不详），字与之，号花洲，金华（今属浙江）人。理宗嘉熙元年（1237）官朝散郎、大理寺主簿。淳祐年间任建康府通判，改添差沿江制置司机宜文字。为南宋后期“江湖”派诗人，有《学诗初稿》一卷。词仅存三首。

阮郎归

【导读】

此词为闺情词。初春正是多雨季节，词中的女子显然无法忍受这样绵绵不休的细雨，于是用民间常用的画符求晴的方法，祈求晴天。下片则写女子希望梦中与情人相见，又担心莺声惊破了自己的美梦，表现出了深居闺房的凄凉之情。

【原文】

一帘疏雨细于尘，春寒愁杀人①。桐花庭院近清明，新烟浮旧城②。

寻蝶梦，怯莺声，柳丝如妾情③。丙丁帖子画教成④，妆台求晚晴。

【注释】

①愁杀：亦作“愁煞”。谓使人极为忧愁。杀：形容程度之深。②新烟：指清明节禁火冷食之后，所取用的新柴烟火。③柳丝如妾情：形容自己的心情有如柳丝一样纷乱惆怅。④丙丁帖子画教成：民间在清明有画符求晴的风俗。丙丁：火的代称。五行中丙丁属火。朱敦儒《清平乐》词：“画个丙丁帖子，前阶后院求晴。”

【译文】

窗外一场稀疏的细雨润湿了土尘，初春的冷寒天气，着实很愁人。庭院里的梧桐树花已经开了，看时令已临近清明，而清明节禁火冷食之后的新火生烟，也将飘散于整个古城。

梦中时常追寻庄周化蝶的美梦，那时最怕莺鸟的鸣叫声将我惊醒，你看那不停摇摆、纷乱不堪的的柳丝条，就像此刻我的心情。我起身移步到台前，画一幅丙丁帖子很快就完成，虔诚地立在妆台前，默默祈求今晚一定要天晴。

王茂孙

王茂孙（生卒年不详），字景周，号梅山。王英孙之弟。存词二首。

高阳台　春梦

【导读】

此词以春梦为中心，写出了闺中女子对爱人的思念之情。词中由看到春日里的蝴蝶在面前翩翩起舞，引出了女子春梦的缘由。下片则阐述梦境以及美梦被惊醒后的恶劣心情，表达了一种梦醒后的迷茫与无奈。

【原文】

迟日烘晴①，轻烟缕昼，琐窗雕户慵开。人独春闲，金猊暖透兰煤②。山屏缓倚珊瑚畔，任翠阴、移过瑶阶③。悄无声，彩翅翩翩，何处飞来。

片时千里江南路，被东风误引，还近阳台④。腻雨娇云⑤，多情恰喜徘徊。无端枝上啼鸠唤，便等闲、孤枕惊回⑥。恶情怀⑦，一院杨花，一径苍苔。

【注释】

①迟日：指春日，春天。烘晴：阳光映照晴空。②金猊（ní）暖透兰煤：香炉中的兰香正散发出浓浓暖气。金猊：铸成狮子形状的香炉。猊：古书记载是外貌与狮子相似能食虎豹的猛兽。兰煤：古时一种香料。③任翠阴、移过瑶阶：任凭绿荫缓缓移过台阶。瑶阶：玉砌的台阶。亦用为石阶的美称。④片时千里江南路，被东风误引，还近阳台：指梦中行尽江南路，最后被东

风误吹到情人的身边。片时千里江南路：语出唐代诗人岑参《春梦》诗："枕上片时春梦中，行尽江南数千里。"阳台：借指男女欢娱之地。语出诗人宋玉的《高唐赋》。⑤腻雨娇云：形容男女间的欢爱。⑥"无端枝上啼鸠唤"句：指自己的春梦忽被树上鸠鸟的鸣叫打断。等闲：无端，平白地。⑦恶情怀：指梦醒后心情十分恶劣。

【译文】

春日里的阳光明媚，缓缓行走的太阳烘烤出宁静的晴天，明亮的天空下升起缕缕轻烟，此时，慵懒地推开雕有连环形花纹的门窗，欣赏怡人的春景。独自一人走进春天的悠闲，将铜香炉中香料添足让它尽情燃透。我顺着山屏漫步，缓缓地斜倚在珊瑚湖畔，任凭绿树的阴影随着阳光缓缓移过玉石台阶。此刻的四周寂静无声，恍然间，只见彩蝶在眼前翩翩飞舞，不知是从何处飞来。

顷刻间，仿佛行遍了千里江南，又被东风误引召唤，回到了从前男女欢娱的阳台。多么美好的细雨娇云及时行欢，两情相悦又恋恋不舍缠缠绵绵。忽然枝头上的斑鸠，竟毫无来由地放声啼唤，就这样随随便便地把我从孤枕上的美梦中惊回到现实人间。可恨又可恼的斑鸠，惹得我一片不好的心情，更可恨的是，这满院的杨花飞絮迷乱了我的双眼，这一路的苍翠青苔此刻也不再可爱。

点绛唇　莲房[①]

【导读】

这是一篇吟咏莲蓬的绝妙小品文。上片写莲蓬被佳人从碧波荡漾的湖面折取，下片以"乍脱青衣"写其被剥去莲衣后，还像有一层薄薄的罗纱衣罩着，让人倍感莲子的可爱。全篇妙语成珠、比喻贴切，而且语带双关，具有民歌质朴清新的风味，可谓是简洁传神。

【原文】

折断烟痕，翠蓬初离鸳鸯浦[②]。玉纤相妒[③]，翻被专房误[④]。

乍脱青衣，犹著轻罗护[⑤]。多情处，芳心一缕，都为相思苦[⑥]。

【注释】

①莲房：即莲蓬，即莲子的外苞，以其分隔如房，故名。②折断烟痕，翠蓬初离鸳鸯浦：指莲蓬被从水中摘取。鸳鸯浦：鸳鸯栖息的水滨。比喻美

色荟萃之所。③玉纤：纤细的手。④翻：反而。专房：犹专宠。⑤乍脱青衣，犹著轻罗护：指莲子从碧绿的莲蓬中剥离出来，四周还被一层内皮包裹。⑥芳心一缕，都为相思苦：双关语，以莲子的微苦，暗喻人间男女的相思之苦。

【译文】

到了采摘时节，轻轻折断莲蓬的茎秆，只见藕丝不断宛如一缕轻烟，绿蓬就这样开始离开了曾经鸳鸯戏水的湖面。总是有女子的纤纤玉手将莲房拆散，这一子一孔像是皇室宫妃居住的专房，可就算是皇宫里也是常常因为相互妒忌而招来恨怨，结果一生反而被专房所贻误。

莲子像极了美丽女子，刚刚脱下外面的青衫，里面还穿着一层轻薄的罗衣遮护。而莲子最多情的地方，就是生有一颗大美的心，而这微苦的莲子心更像女子的芳心，都是一生只为相思苦。

王易简

王易简（生卒年不详），字理得，号可竹，山阴（今浙江绍兴）人。宋末登进士第，除瑞安主簿，不赴。宋亡后不仕，隐居城南。曾参与遗民词人的《乐府补题》咏物聚会唱和。有诗集《山中观吟史》。今存词七首。

齐天乐　客长安赋

【导读】

这首词是王易简晚年之作，时间可能是在宋亡之后。长安，借指南宋都城临安（今浙江杭州市）。词赋杭州春景，但其中隐隐约约地透露出人世沧桑的感慨和亡国的悲痛。作品采用比兴手法，含蓄地寄托了自己的愁思。

【原文】

宫烟晓散春如雾[①]，参差护晴窗户[②]。柳色初分，饧香未冷[③]，正是清明百五[④]。临流笑语[⑤]，映十二栏杆，翠颦红妒[⑥]。短帽轻鞍，倦游曾遍断桥路。

东风为谁媚妩[7]？岁华频感慨，双鬓何许。前度刘郎[8]，三生杜牧[9]，赢得征衫尘土。心期暗数，总寂寞当年，酒筹花谱[10]。付与春愁，小楼今夜雨。

【注释】

①宫烟晓散：宫中赐取新火的青烟飘散在春天的清晨。②参差：长短不齐貌。③饧（xíng）香：放有麦芽糖糖稀的粥放出的香味。宋承袭唐时风俗，有寒食节吃饧粥的习俗。卖粥者在杏仁粥里浇上少许糖稀，于街头巷尾吹箫叫卖，以招买者。④清明百五：寒食节是从冬至到清明前一二日，共一百零五日。是日初为节时，禁烟火，只吃冷食。又称禁烟节、冷节、百五节。⑤临流笑语：指女子对水梳妆时发出的笑声。⑥映十二栏杆，翠颦红妒：栏杆边女子的美貌倒映在水中，让百花也感到妒忌。⑦媚妩：姿态可爱迷人。⑧前度刘郎：唐代诗人刘禹锡自朗州被召回京城，重游玄都观，题诗道："种桃道士归何处，前度刘郎今又来。"此处刘郎为作者自指。⑨三生杜牧：这里作者以杜牧自比。三生：佛家语，指前生、今生、来生。姜夔《琵琶仙》词："十里扬州，三生杜牧，前事休说。"⑩酒筹：酒宴上的游戏。筹：古代投壶游戏所用的矢。花谱：古时记录各种花卉名色及有关诗文的书。此指从前酒宴上众多美貌的歌女。

【译文】

宫中赐取新火的青烟飘散在春天的清晨，如同弥漫的晨雾，忽高忽低，时浓时淡，遮掩了晴空下的窗户。家家户户门前开始分别插柳，熬煮饴糖浓郁的香味还没冷却，正是从冬至一直到清明节前，整整一百零五天，这正是民间庆祝"百五节"的习俗。这时节大街小巷人流涌动，美女如云，她们来到水岸边对着流水欢笑歌舞，十二栏杆倒映水中，她们的艳丽多姿令春花绿柳都为之嫉妒。回忆当年，我也曾头戴佩巾短帽简装轻骑，游尽了西湖美景，踏遍断桥之路。

东风传送着芳香，是在为谁卖弄妩媚？如今我的两鬓竟是何等的苍白，忍不住时常对年华飞逝深有感慨。我好似"前度刘郎"，又像是"三生杜牧"，整日漂泊在外，却只赢得了一身征袍的满身尘土，唯独将诗歌词赋变得生疏。只能在心中暗把过去的期愿细数，总是难忘当年饮酒赏花听歌赏舞的欢快，可眼下的寂寞孤独简直让我忍受不住。唉，姑且把满腹的愁苦交付给春天，独坐小楼，且看今夜细雨绵绵不断。

酹江月

【导读】

本篇与前篇同是王易简寄居杭州时的抒怀之作，前一篇是感春，这一篇是悲秋。上片悲秋叹老，并表达对友人的怀念。下片写客居飘零之感，表示已看破红尘，心有归隐田园之志。

【原文】

暗帘吹雨，怪西风梧井，凄凉何早。一寸柔情千万缕，临镜霜痕惊老[①]。雁影关山，蛩声院宇，做就新怀抱[②]。湘皋遗佩[③]，故人空寄瑶草[④]。

已是摇落堪悲[⑤]，飘零多感，那更长安道。衰草寒芜吟未尽，无那平烟残照[⑥]。千古闲愁，百年往事，不了黄花笑[⑦]。渔樵深处，满庭红叶休扫。

【注释】

①临镜霜痕惊老：对着镜子发现头上已有白发，才惊叹自己临近老年。霜痕：指白发。②蛩（qióng）：古指蟋蟀。怀抱：指心意。③湘皋遗佩：表达了对友人的思念之情。④瑶草：仙草名，后泛指珍异之草。⑤摇落堪悲：面对秋叶被风摇落而生悲。语出宋玉《九辩》："悲哉，秋之为气也！萧瑟兮草木摇落而变衰。"⑥无那：无奈。杜甫《奉寄高常侍》诗："汶上相逢年頫多，飞腾无那故人何。"⑦不了黄花笑：意思是把千古往事抛诸身外，不如现在摘下菊花一朵聊以宽怀。

【译文】

秋日的风雨暗自将门帘吹动，只怪这西风无情，吹落梧桐叶飘向院井，不知为何这么早就吹来了一幅凄凉的秋景。想不到一寸柔情竟然牵动了千万缕思绪，我对镜而立，看到这满头白发的我如此衰老，蓦然感到十分吃惊。看到那关山上空掠过孤独的雁影，听见这院落中蟋蟀忧郁的哀鸣，顿时绘就出一张秋悲的新画面而印入我的心中。哪里还会有仙女赠玉佩与我传情，期盼故友寄来仙草表达真情，恐怕也都早已成为一场空梦。

此时，我已是秋风摇落树叶般无比悲切的心境，不乏伤感于多年的异乡飘零，更让我难以忍受的是久困于这临安古城。面对这衰草萧瑟、荒芜寒冷感叹未尽，无奈中又见夕阳残照、暮云涌生的凄凉情景，怎不让我心情悲痛。面对这千古闲愁，道不尽的百年往事，全都可以抛向九霄云外，可怎么也忘不了故乡菊花的笑容，不如现在就摘下一朵聊以遣怀。忽然只想做渔人樵夫，到那江湖山谷深处度过余生，全身心隐归山野，就算满庭凋零的红叶，也不去打扫，任它随风飘零。

庆宫春　谢草窗惠词卷[①]

【导读】

这首赠答词是为感谢词友周密赠送的词卷而作。它摒除应酬俗套，不说空泛的恭维话，而以情真意切落笔，把写作的重点放在对周密文学成就的中肯评价上。因此本篇的写作不仅得体，而且生动感人。

【原文】

庭草春迟，汀蘋香老[②]，数声佩悄苍玉[③]。年晚江空，天寒日暮，壮怀聊寄幽独。倦游多感[④]，更西北、高楼送目。佳人不见[⑤]，慷慨悲歌，夕阳乔木[⑥]。

紫霞洞窅云深，袅袅余音，凤箫谁续[⑦]？桃花赋在，竹枝词远[⑧]，此恨年年相触。翠椾芳字，谩重省、当时顾曲[⑨]。因君凝伫[⑩]，依约吴山，半痕蛾绿[⑪]。

【注释】

①草窗：即南宋词人周密。词卷：即周密所作的《蘋洲渔笛谱》。②庭草春迟，汀蘋香老：分别暗指“草窗”和词卷《蘋洲渔笛谱》。③数声佩悄苍玉：赞美词卷如玉佩清脆之声般优美。④倦游：厌倦于行旅生涯或游览已倦。⑤佳人：此处指周密。⑥乔木：古人常以乔木来代指故国。⑦紫霞洞窅（yǎo）云深，袅袅余音，凤箫谁续：意为当年集社的地方，洞穴深邃，白云悠远，当时谱的曲子似乎仍在隐隐传出，然而现在再没有人拿起凤箫，把它重新吹奏。紫霞洞：本为道家神仙的居所，南宋词人杨缵号紫霞，精音律，周密、张炎皆出其门下。他们常定期集会，传觞赋咏。此指当年与周密集社吟唱之所。窅：深远，深邃。⑧竹枝词：本是一种描写民俗风情的诗歌体裁，此指当时所作之词。⑨翠椾（jiān）芳字，谩重省、当时顾曲：指读着词卷中的每一个字，仿佛重新听到当年周密填词时的吟咏声。椾：同“笺”。顾曲：三国时周瑜善识曲，当时有“曲有误，周郎顾”之称。此指周密作词严于音韵，精雕细琢。⑩凝伫：伫立凝望。⑪依约吴山，半痕蛾绿：远望吴山，仿佛半边翠绿的蛾眉。依约：隐约。

蛾绿：美人的黛眉，黑眉。

【译文】

庭院中的花草很晚才盼来春天，水岸边的蘋草直到衰老也不失其芳香，隐在衣襟下的玉佩悄然碰撞，也能发出数声清脆的声响。年末岁寒，江面之上空荡荡的很少有帆过舟行，天寒地冻暮日朦胧，您壮志满怀却难舒展，只好聊且寄寓词赋，幽居独处之中将山水吟咏。你厌倦了行旅生涯游兴已尽，怅然间对世俗感受重重，更能面向西北，登上高楼举目高瞻远眺。现在的绝世佳人已很少出现，反倒是不尽的慷慨悲歌，残阳斜照林木山野。

当年集社的紫霞洞府高深云远，那悠扬的音律仿佛隐隐传出，依然余音袅袅，美妙动听，试问除了草窗您，紫霞翁那悠扬的凤箫还有谁能延续吹送？桃花赋咏还在，但创新的竹枝词已渐渐匿声，这种遗失之憾恨，年年都会在我们心中碰撞。绿笺上的诗词又映入眼中，想一想，那时词曲有误是谁来帮助我们纠正？正因为还有您伫立在那里关注着词学的发展前景，才使词赋在我们的手中得以传承。远望吴山，隐隐约约之中，就像美人的黛眉，半遮半掩之间依然不失美丽聪颖。

张桂

张桂（生卒年不详），字惟月，号竹山，成纪（今甘肃天水）人。为循王张俊从子之四世孙，与张枢为从兄弟。曾官大理司直，特赠容州观察使。有文集《惭稿》。存词二首。

菩萨蛮

【导读】

此词描写了闺中人春日惜春之情，与莫名的淡淡哀愁。全词笔锋流畅，艳丽精巧，堪称为典型的“花间”风格的作品，描写女子形象尤见功力。

【原文】

东风忽骤无人见，玉塘烟浪浮花片[1]。步湿下香阶，苔粘金凤鞋[2]。

翠鬟愁不整[3]，临水闲窥影。摘得野蔷薇，游蜂相趁归[4]。

【注释】

①玉塘烟浪浮花片：翠绿的水塘里浮起薄薄烟雾，水面上漂浮着片片花瓣。②金凤鞋：泛指精美的绣花鞋。③翠鬟（huán）：妇女环形的发式。泛指美女。④相趁：跟随；相伴。

【译文】

东风忽然瞬间刮起又停，或许无人看见，但只见，翠绿的池塘随之烟生浪翻，浮动着零落的花瓣。我踩着被淋湿的地面，慢步走下香闺的台阶，可恼的是，翠绿的苔藓沾满了我的金凤绣鞋。

环形的发髻有些松散，可我满腹忧愁，不想梳整，信步来到池塘边，我悠闲地对着水面偷偷地看着自己的倒影。随手摘了一枝野蔷薇，谁知竟惹来了游蜂紧紧相随，我不得不归。

浣溪沙

【导读】

此篇是一阕闺情词，写的也是闺中人的伤春惜春之情。但与前一首的清轻疏淡有所不同的是，此词写景抒情皆用重笔。上片专门描写暮春时节雨猛风狂的衰残景象，下片则着力渲染女子对待新愁旧恨的态度。

【原文】

雨压杨花路半干，蜂遗花粉在栏杆。牡丹开尽正春寒。

懒品幺弦金雁并[1]，瘦惊双钏玉鱼宽[2]。新愁不放翠眉间[3]。

【注释】

①幺弦（yāo）：琵琶的第四弦，因其最细，故称。金雁：指琵琶上的弦柱。②瘦惊双钏（chuàn）玉鱼宽：由于消瘦导致腕上的玉钏和腰间的玉佩都宽松了许多。钏：镯子，妇女戴在手腕上的装饰品。玉鱼：一种鱼形玉石佩饰。③翠眉：古代女子用青黛画眉，故称。

【译文】

雨水打湿了杨花，路面半湿半干，蜜蜂慌乱之中丢失的花粉，被沾在了栏杆上。只有牡丹花正尽情绽放，毫不惧怕料峭的春寒。

懒于调整琴柱弹拨筝弦，看着自己一双玉腕之上的手镯，惊讶自己连日来竟然如此消瘦不堪，腰间的玉带也变得异常松宽。看来从今后，新愁再也不能锁放在黛眉之间。

张磐

张磐（生卒年及籍贯皆不详），字叔安，号梅崖。宋末为嵊（shèng）县（今属浙江）令。有《梅崖集》，已佚。存词二首。

绮罗香　渔浦有感[1]

【导读】

这是一首客中怀人之词。描写了客中夜宿渔浦，身在旅邸，心中想起了故人，纵然外地的风光美好，也难释心里的忧愁忧伤。通过一系列情景交融的描写，表达了两地相思的绵绵之情。

【原文】

浦月窥檐[2]，松泉漱枕[3]，屏里吴山何处[4]？暗粉疏红，依旧为谁匀注[5]？都负了、燕约莺期[6]，更闲却、柳烟花雨。纵十分、春到邮亭[7]，赋怀应是断肠句。

青青原上荠麦，还被东风无赖，翻成离绪[8]。望极天西，唯有陇云江树[9]。斜照带、一缕新愁，尽分付、暮潮归去。步闲阶、待卜心期，落花空细数[10]。

【注释】

①渔浦：地名，在萧山县（今属浙江）西三十里，传说为舜帝捕鱼处。②浦月：映入江河的水中之月。③漱枕：即“漱石枕流”，原指归隐生活。④屏里吴山何处：画屏里的吴山在什么地方？意指自己的情人在什么地方？吴山：在杭州西湖东南。⑤匀注：均匀地点染；化妆。⑥燕约莺期：比喻相

爱的男女约会的时日。⑦邮亭：传递文书，供车马休息的驿站。⑧“青青”三句：平地上青青的荠麦，在东风的吹拂下，让人看了，反而增添了无限的离愁。荠（jì）麦：一年生草本植物，叶狭长，羽状分裂，花白色，茎叶嫩时可食，果实中心部分含有淀粉，可食用。无赖：刁钻泼辣，不讲道理。离绪：离别之思绪。⑨陇云：陇山上面的云彩，亦称陇头云。陇：山冈高地，泛指山。⑩落花空细数：指细数花瓣的数目来占卜归期。

【译文】

映入江河的水中之月偷偷看着房檐，苍松摇曳之声与清泉潺潺流淌之声交织在一起，好一派归隐生活的画面，这宛如画屏里一般的吴山究竟在何处？那暗淡的粉、稀疏的红，汇成春花一片，每一朵依旧均匀地点染，到底是在为谁打扮？总是漂泊流落在外，辜负了燕莺相约的美好时日，更是让那柳翠花红的美景白白空闲。纵然春天的所有娇艳都汇聚在邮亭驿站我的身边，从我胸中所抒发的，也应是断肠的衷言。

原野上青青的荠麦，依旧是无端地被东风吹得如浪翻卷，像我的离愁别绪被撕扯成千层万段。向西望尽天边，唯有陇山上浮动的云彩与江岸上边的树木时隐时现。斜阳映照的地方，一缕新愁涌现，我在内心尽全力去呼喊，让我能随着暮霭云潮回到你的身边。此刻，我想你也一定是在台阶上徘徊辗转，等待着占卜测算我的归期，然而那用来占卜的落花，空被你细细地数遍。

浣溪沙

【导读】

这是一阕描写春景的词作。笔触轻柔，风格明秀，选取春天最有代表性的事物来加以描绘渲染，凸现了春天的勃勃生机和清新气息，让人感到满眼的芬芳烂漫，满纸的鲜活明亮，不愧是一首欢快的春之颂歌。

【原文】

习习轻风破海棠①，秋千移影上回廊②。昼长蝴蝶为谁忙？

度柳早莺分暖绿③，过花小燕带春香。满庭芳草又斜阳。

【注释】

①习习轻风破海棠：指海棠花迎风绽放。习习：形容风轻轻地吹，和煦的样子。②秋千移影上回廊：秋千的影子缓慢地移入曲折回旋的长廊里面。

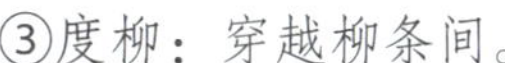
③度柳：穿越柳条间。

【译文】

和煦的春风轻轻吹动，打破了海棠花丛的宁静，秋千的影子缓缓移入曲折回旋的长廊。漫长的白天里，晴日中的蝴蝶翩翩起舞，不知道它们在为谁奔忙？

清晨，穿越杨柳间的莺鸟正在分辨着哪枝柔暖碧绿，哪只朝向南方，飞过花丛的小燕子浑身带着春色的芳香。时光宛若流水一样流逝，顷刻之间，满院的繁华碧草，又在送归斜阳。

张林

张林（生卒年不详），字去非，号樗（chū）岩。宋末为池州都统制。《全宋词》云："按宋末名张林甚多，今姑从绝妙好词笺，俟考。"

唐多令

【导读】

本词中作者采用了时间回环的手法，表达了一个漂泊在外的游子对远在故乡妻子的深切思念，从而感叹离别的相思之苦。

【原文】

金勒鞚花骢[①]，故山云雾中。翠蘋洲、先有西风。可惜嫩凉时枕簟[②]，都付与、旧山翁。

双翠合眉峰[③]，泪华分脸红[④]。向樽前、何太匆匆！才是别离情便苦，都莫问，淡和浓！

【注释】

①鞚（kòng）：带嚼子的马笼头，此作动词，即控制，勒住。花骢（cōng）：毛色斑斓的马。②枕簟（diàn）：枕席。泛指卧具。③双翠合眉

峰：因为愁苦，女子的双眉都连在一起了。双翠：女子的翠眉。④泪华分脸红：泪花把粉红的脸颊一分为二。泪华：即“泪花”。

【译文】

我拽着镶金马笼头上的缰绳，勒住了飞奔的花骢马，停下来举目遥望，故乡的山水仿佛在茫茫的云雾中，青翠的蘋洲，此刻率先刮起了秋风。只可惜夏末初凉时使用的枕席，现在只能通通交给故乡的老山翁。

你双眉紧锁，愁绪聚涌在两道眉峰，泪花悄悄地向下滚动，把粉红的脸颊一分为二。来到酒樽前，你端起那送行酒，为何你一饮而尽，要那样太过匆匆！这才刚刚分别，可这别离之情就已经苦不堪言，都无需去问，到底是淡还是浓！

柳梢青 灯花

【导读】

这首词是一篇纤巧新颖的咏物之作。先细腻生动地描绘了灯花从其初绽到怒放到越结越老的变化过程中的各种状态；又转而运用虚笔来称赞灯花的巧夺天工；巧妙地引用典故，使词作更加清新有味，不落俗套。

【原文】

白玉枝头①，忽看蓓蕾，金粟珠垂②。半颗安榴，一枝浓杏，五色蔷薇③。

何须羯鼓声催④？银釭里、春工四时⑤。却笑灯蛾，学他蜂蝶，照影频飞⑥。

【注释】

①白玉：指蜡烛的烛身剔透如白玉色。②金粟：桂花的别名，因其黄花细如粟，故又有“金粟”之称。此指灯花。③半颗安榴，一枝浓杏，五色蔷薇：指灯花五彩斑斓，犹如石榴、杏花、蔷薇盛开。安榴：即“安石榴”，石榴的别名。晋人张华《博物志》记载：“张骞使西域还，得安石榴、胡桃、蒲桃。”④羯（jié）鼓声催：传说唐玄宗爱击羯鼓，曾对柳杏击鼓制曲，歌唱《春光好》，鼓毕，发现柳杏已发芽绽放。羯鼓：我国古代的一种鼓，两面蒙皮，腰部细，击打声音急促高烈，据说是从羯族传来的。⑤银釭（gāng）里、春工四时：指灯花之美丽犹如春季里百花盛开。银釭：银白色的灯盏、烛台。

南朝梁元帝《草名》诗："金钱买含笑，银钉影梳头。"一本作"银缸"。春工：此是把春天比拟成能工巧匠。⑥却笑灯蛾，学他蜂蝶，照影频飞：指飞蛾也学着蜜蜂、蝴蝶的样子，围着灯花起舞。

【译文】

如同白玉般的枝头上，你会看到忽然间徐徐开放的蓓蕾，那金粟花的花蕊宛如颗颗珠粒低垂。有的仿佛悬挂着的半颗安石榴，你看那一枝杏花正浓烈地盛开，那里还有一树五色的蔷薇。

何须像当年唐玄宗那样击打羯鼓，才能催开花蕾？你看那银白色的灯盏、烛台之中，自有春天的能工巧匠送来四季花开。却笑那扑向灯火的飞蛾太不自量，竟然也学起了那些蜜蜂和蝴蝶，对着灯花烛影频频胡飞乱撞。

朱昻孙

朱昻孙（生卒年、籍贯、事迹俱不详），字令则，号万山。存词一首。

真珠帘

【导读】

这首词采用铺叙手法，委婉细致地抒写了游子的羁旅漂泊之苦和思念家乡之情的深切。全词情景相融，措辞精粹，清幽婉美，可谓上乘之作。

【原文】

春云做冷春知未[①]？春愁在、碎雨敲花声里。海燕已寻踪，到画溪沙际[②]。院落秋千杨柳外，待天气、十分晴霁。春市，又青帘巷陌[③]，红芳歌吹。

须信处处东风，又何妨对此，笼香觅醉[④]。曲尽索余情，奈夜航催离。梦满冰衾身似寄[⑤]，算几度、吴乡烟水。无寐[⑥]，试明朝说与，西园桃李。

【注释】

①未：否，用在句末，表示疑问。②海燕已寻踪，到画溪沙际：海燕已

寻着春天的踪迹来到风景如画的溪边沙岸上。海燕：在暴风雨来临之前，常在海面上飞翔。因此，“海燕”一词含有“暴风雨的预言者”之意。③晴霁（jì）：晴朗。霁：雨雪后天晴。③青帘：古代酒店的青布招子，即“酒旗”。巷陌：街巷，此指歌妓楼馆。④笼香觅醉：指在歌妓院中欢歌听曲，饮酒买醉。⑤衾（qīn）：被子。⑥无寐（mèi）：释义为不睡；不能入睡。

【译文】

春天是否知晓那片片春云正在酝酿着冷意？春愁的存在，其实就藏在碎雨敲打春花的声响里。汹涌的水面上，已经找寻不到那些能够预知暴风雨来临的海燕的踪迹，原来它们都飞到了如画般的溪头和那宁静的沙洲的边际。院落的秋千在杨柳旁静静地歇息，似乎在等待着天气变暖，风雨过后变得十分晴丽。春天的集市仍然热闹，可以看到街巷上酒旗招展，歌妓楼馆里的佳人美女载歌载舞，又将奢靡的欢曲吹起。

要相信处处都有东风暖意，又何必非要滞留此地，艰难地寻求酒醉香迷。一曲歌尽尚且还想寻觅余情别趣，怎奈舟船夜里航行不断地催促我离去。梦里全都是冰冷的衣被，身体就像没有根须的浮萍一样四处漂移寄居，算起来，已经不知道曾有多少次淹没在吴乡异地的烟波水岸里。夜里没有一丝睡意，试想着明天详细地将这些感受，说给西园中的桃李。

吴大有

吴大有（生卒年不详），字有大，号松壑，嵊县（今属浙江）人。理宗宝祐年间（1253—1258）尝游太学，率诸生上书弹劾贾似道，不报，因退处林泉，与林昉、仇远、白珽等七人以诗酒相娱。宋亡后，元朝辟为国子检阅，不赴。存词一首。

点绛唇　送李琴泉

【导读】

这是一首送别词。上片写旗亭饯别。下片写江边目送友人远去，感到无比惆怅。全词虽然篇幅短小，但写得语淡情深，巧妙地将江边苍茫景色与心中伤离惜别之情交融在一起，使得全词意境融彻，语意深婉，增强了感人的力量。

【原文】

江上旗亭[①]，送君还是逢君处。酒阑呼渡[②]，云压沙鸥暮。

漠漠萧萧[③]，香冻梨花雨。添愁绪，断肠柔橹[④]，相逐寒潮去[⑤]。

【注释】

①旗亭：酒楼。因古时悬旗为酒招，故称。②酒阑呼渡：酒筵将尽，唤船归去。酒阑：泛指酒筵散场。阑：残尽；将尽。③漠漠萧萧：形容寒冷空旷貌。④断肠柔橹：意为船桨划动的声音平添了自己内心的愁绪。橹：使船前进的工具，比桨长而大，安在船尾或船旁，用人摇动。⑤相逐寒潮去：对友人的思念也随着寒冷的潮水一路追随而去。

【译文】

江边上的酒楼里，是第一次与君相逢，又是今日送君远行的地方。酒宴将尽时，我们唤来渡船就此别离，暮色里，只见那沙鸥惊飞，云幕低垂。

冷冷落落，萧萧凄凄，寒风袭来，花香被冻结，纷纷飘落梨花雨。相别离更使人心中填满愁绪，我强忍着别离的断肠苦，听那浸满柔情的摇橹声渐行渐远，一颗依依不舍的心，也跟随着寒冷的潮水一路相随而去。

张炎

张炎（1248—1320？），字叔夏，号玉田，又号乐笑翁，南宋大将张俊的六世孙。先世凤翔（今陕西宝鸡）人，寓居临安（今浙江杭州）。宋亡后，他落拓浪游，曾北上元大都，失意而回。词集名《山中白云词》。创作上提出“词要清空，不要质实”的主张。

壶中天

【导读】

这是一首闲情词，咏写了作者在“养拙园”夜饮的情景。从篇中呈现的“一壶幽绿”这样优雅静谧的园林景色，以及当时享受宴会上的歌舞之盛、佳人风姿之美、及时行乐的闲适心态来看，此词应是国变之前所作。

【原文】

（序）养拙夜饮，客有弹箜篌者，即事以赋[①]。

瘦筇访隐[②]，正繁阴闲锁[③]，一壶幽绿[④]。齐木苍寒图画古，窈窕人行韦曲[⑤]。鹤响天高，水流花净，笑语通华屋。虚堂松外，夜深凉气吹烛。

乐事杨柳楼心，瑶台月下[⑥]，有生香堪掬[⑦]。谁理商声帘户悄[⑧]，萧飒悬珰鸣玉[⑨]。一笑难逢，四愁休赋[⑩]，任我云边宿。倚栏歌罢，露萤飞下秋竹。

【注释】

①养拙：即养拙园。箜篌（kōng hóu）：古代一种弹拨弦乐器，除宫廷雅乐使用外，在民间也广泛流传。②瘦筇（qióng）访隐：作者手持细竹杖寻求幽隐之所。瘦筇：指手杖。筇竹，节高干细，可作手杖，故称“瘦筇”。

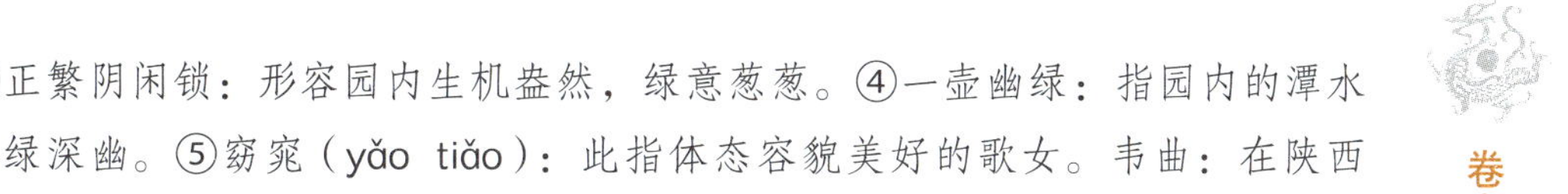

③正繁阴闲锁：形容园内生机盎然，绿意葱葱。④一壶幽绿：指园内的潭水碧绿深幽。⑤窈窕（yǎo tiǎo）：此指体态容貌美好的歌女。韦曲：在陕西长安城南，唐朝时名门望族韦氏世居于此，故称“韦曲”。这里借指养拙园。⑥乐事杨柳楼心，瑶台月下：最大的人生乐事，莫过于在杨柳婆娑的楼阁中，或者是在华丽的楼台下赏月听曲。瑶台：美玉砌的楼台。泛指雕饰华丽的楼台。⑦有生香堪掬：意为时时可以闻到阵阵香味。生香：散发香气。既可指花香，也可指女子身上的粉香。⑧谁理商声帘户悄：不知谁弹起了箜篌，仿佛萧萧秋风之声悄悄穿透门帘窗户，打破了四周的宁静。商声：秋声。古人以五音配合四季，商声为秋，商声凄厉，与秋天肃杀气象相应。此指箜篌发出的声响。⑨萧飒：萧条冷落；萧索；萧瑟。悬珰（dāng）：悬挂着的玉珰。⑩一笑难逢，四愁休赋：指在这样难得的美景之中，不要将《四愁诗》这样愁怨的曲赋拿来吟咏。四愁休赋：东汉张衡曾写过《四愁诗》。

【译文】

（序）那日在养拙园夜饮，偶遇宾客中有会弹箜篌的人，当即便将此事以词赋形式记了下来。

我拄着细细的竹杖入山中寻访幽隐之所，正行走间，忽然发现眼前这片繁茂的林荫，仿佛幽闭着一处悠闲的仙境一般，园内的一湖潭水碧绿幽深。参天古树像图画中一样高寒苍劲，窈窕美女来往穿行在这唐朝韦曲一样的园林小径。天高气爽、仙鹤长鸣，涓涓流水、鲜花明净，华贵高大的屋子里充满了笑语欢声。亭阁建在松林外不远处，深夜，有凉爽的风从山谷吹来，轻轻摇曳着烛光。

最大的人生乐事，莫过于在杨柳婆娑的楼阁中，或者是在华丽的楼台下赏月听曲，那时便有随风飘散而来的香气，甚至可以捧到手里闭目吸闻。不知是谁在调琴弹拨箜篌，仿佛萧萧秋风之声悄悄穿透门帘窗户，打破了四周的宁静，那萧瑟的箜篌弦乐之中，掺杂着悬挂着的玉珰与佩玉的撞击鸣响。世上千金易得，可这一笑难逢，在这样难得的美景之中，不要将《四愁诗》这样愁怨的曲赋拿来弹拨吟咏，应该任由我在这山间的云边宿营。等我倚栏细细倾听时，歌声已停，只有那夜露中的秋竹旁，飞动着点点流萤。

渡江云　次赵元父韵[①]

【导读】

这是张炎入元以后所写的一首艳情词。上片回忆当初的美好恋情和变故。下片写分手十年以来一直藏在心中的对女子的深深怀念。这首词不但寄寓了对旧好的深切怀念之情，而且以“断鸿知落谁家”等意象描写，蕴含了国亡之后自己漂泊生活的感叹。

【原文】

锦芗缭绕地[②]，凉灯挂壁，帘影浪花斜。酒船归去后，转首河桥，那处认纹纱[③]。重盟镜约，还记得、前度秦嘉[④]。唯只有、叶题缄付，流不到天涯。

惊嗟[⑤]，十年心事，几曲栏杆，想萧郎声价[⑥]。闲过了、黄昏时候，疏柳啼鸦。浦潮夜涌平沙白[⑦]，溯断鸿、知落谁家？书又远，空江片月芦花。

【注释】

①赵元父：南宋词人赵与仁，字元父。②锦芗（xiāng）缭绕地：锦衣香气缭绕的地方。形容屋舍芳香华丽。芗：同“香”。原指谷类的香味，泛指香味。③纹纱：此指水面的波纹。④重盟镜约，还记得、前度秦嘉：秦嘉：东汉陇西人，字士会。其妻徐淑赠给秦嘉一个明镜，秦嘉赋诗答谢。后人常以秦镜来象征夫妇离别时互誓忠诚。⑤惊嗟（jiē）：意思是惊叹。⑥萧郎：唐崔郊的姑母有一婢女，后卖给连帅，郊十分思慕她，因赠之以诗。后来用以代指美好的男子或女子爱恋的男子。此喻指赵元父。声价：声望和地位。李白《与韩荆州书》：“一登龙门，则声价十倍。”⑦浦（pǔ）：表示水边或河流入海的地区。本为入江支流之称。平沙：指广阔的沙原。

【译文】

原本锦衣玉食香气缭绕之地，如今却是凄凉的灯盏挂在了墙壁，风吹帘布扬起的影子，仿佛大风掀起的浪花倾斜过去。你乘坐的酒船归去后，转眼就过了河桥，我还能到哪里去辨认水纹的走向，去判断你去了何方。镜子前我们重又把誓约言讲，还记得你曾向我提到从前的年代里惜爱妻子的秦郎。可是眼下见不到你，也只有题诗于红叶，让它随波逐浪交付与你，可它却难以漂流到天涯，无法到达你的身旁。

惊叹啊，这十年来的心事何止于千千万万，不知我倚过了多少栏杆，回想着萧郎你曾经的声望和身价，每天在心中把你的名字暗暗呼唤。有过多少次，我在黄昏时思念你，看那稀疏的杨柳无力地摇摆，乌鸦在暮色中凄惨悲啼。夜晚时，潮水涌上来淹没了广阔的沙滩，变得白茫茫一片，我追问天上离群的孤雁，你可知道要把这书信捎到谁家门前？你我相隔遥远，书信也变得无比遥远，空荡荡的江面之上没有船帆，只有一片月光惨淡，还有那芦花飞得零乱。

甘州 饯草窗西归[①]

【导读】

此词为送友人周密返归湖州故里而作，时间是在宋亡之后。上片回顾当初与周密同在紫霞翁杨缵门下学词听曲的情景，慨叹如今人已衰老，疲倦了四处飘零的生活。下片叙别情，连用两个“恨”字起句，宣泄了离别的伤感。

【原文】

记天风、飞佩紫霞边，顾曲万花深[②]。怪相如游倦，杜陵愁老，还叹飘零[③]。短梦恍然今昔，故国十年心。回首三三径[④]，松竹成阴。

不恨片帆南浦[⑤]，只恨剪灯听雨，谁伴孤吟？料瘦筇归后[⑥]，闲锁北山云[⑦]。是几番、柳边行色，是几番、同醉古园林。烟波远，笔床茶灶，何处逢君？

【注释】

①草窗：即南宋词人周密。②记天风、飞佩紫霞边，顾曲万花深：回忆二人曾在杨缵身边一起作词听曲。杨缵（zuǎn）：号紫霞翁，张炎与周密等人曾向他学习作词。顾曲：典出《三国志·吴书·周瑜传》：“瑜少精意于音乐，虽三爵之后，其有阙误，瑜必知之，知之必顾，故时人谣曰：‘曲有误，周郎顾。’”后遂以“顾曲”为欣赏音乐、戏曲之典。③怪相如游倦，杜陵愁老，还叹飘零：指周密曾经像司马相如一样漂泊各地，像杜甫一样在年老时还忧愁满腹。相如：指西汉文人司马相如。杜陵：唐代大诗人杜甫自称“杜陵布衣”。④三三径：指隐居的家园。典出西汉末年，王莽专权，兖州刺史蒋诩（xǔ）告病辞官，隐居乡里，在院中开辟三径独与求仲、羊仲来往。⑤南浦：南面的水边。后常用来称送别之所。⑥瘦筇（qióng）：竹手杖。⑦北山：泛指隐居之山。

【译文】

犹记得是天上飞来的风，把你送到了紫霞翁身边，在万花深处把音律学得像周瑜一样精湛。难怪你似司马相如一般已在江湖游览到疲倦，又像诗人杜甫那般常常忧愁衰老，如今还要慨叹天涯飘零的艰难。现在已从昔日的短梦中恍然醒悟，回归故乡是你十年来的心愿。回首再看看自己隐居的家园，松竹成林已是绿荫一片。

不恨江南岸边，那片分别时载你离去的白帆，只恨这西窗剪短灯烛的夜晚过后，再也不能和你一起听雨于巴山，此后孤独寂寞吟咏诗词之时，还能有谁来相伴？遥想你手持细竹拐杖归乡后，悠闲地隐居在北山的白云边。你会是一次又一次在溪旁欣赏柳色青青，又会是多次邀友悠游河山，同醉于古老清雅的林园。烟波浩渺一别遥远，但不知这茶灶旁、笔案边，又或是在何处还能与君再次相见？

赵崇宵

赵崇宵（生卒年及生平不详），又作赵崇霄，字有得，号莲岙（ào）。宋室后裔。剑浦（今福建南平）人。理宗宝庆二年（1226）进士。存词一首。

东风第一枝

【导读】

这是一篇咏春抒情的词作。词中作者将与早春有关的景物和人事集中到一起，用清疏平缓的笔触来进行描写，勾绘出了一幅春返人间的美丽图画。

【原文】

妒雪梅苏，迷烟柳醒①，游丝轻飏新霁②。卷帘看燕初归，步屧为花早起③。春来犹浅，便做出、十分春意。喜凤钗、才卸珠幡④，早换巧梳描翠。

著数点、催花雨腻，更一阵，递香风细。小莺忺暖调声⑤，嫩蝶试晴舞翅。清欢易失，怕轻负、年芳流水。好趁闲、共整吟鞯[6]，日日访桃寻李。

【注释】

①妒雪梅苏，迷烟柳醒：梅花开始从寒雪中复苏，杨柳也从迷蒙的烟霭中醒来。②游丝轻飏（yáng）新霁：游丝也开始在晴空中飘荡。飏：同“扬”，飘荡。③屧（xiè）：木屐，鞋。④珠幡：帽子上镶嵌有珍珠的巾饰。⑤忺（xiān）：高兴、适意。⑥共整吟鞯（jiān）：整理马鞍准备出游。鞯：马鞍下的衬垫。

【译文】

梅花渐渐在那些妒忌它的冰雪中复苏，柳枝在迷离的烟雾中苏醒，枝条宛如游丝般轻轻地在晴空中舞动。卷起门帘看新燕归来，步履因观花早起而惊动了黎明。春天刚刚来到还很轻浅，便张扬出了十分的春情。高高兴兴地取下凤钗，然后才卸掉彩色的珠幡，清晨早早地在镜前画眉涂红巧梳妆，修饰妆容。

飘落几点催促花开、润湿青草的细雨，再刮一阵柔柔的、传递香气的风。小雏莺在适意的春暖中快乐地调试啼音，刚出生不久的蝴蝶在晴暖的阳光下，尝试着舞弄翅膀。好景不常在，清欢容易遗失，只怕是轻易辜负了这流水似的青春芳龄。好好趁着悠闲的时光还在，一起整理行装鞍马，相互召唤着，天天去寻赏那似雪的梨花，还有那芬芳的桃李。

范晞文

范晞（xī）文（生卒年不详），字景文，号药庄，钱塘（今浙江杭州）人。为太学生。度宗咸淳二年（1266）上书弹劾贾似道，被流放琼州。宋亡后仕元为江浙儒学提举，转长兴丞。有《药庄废稿》及诗话著作《对床夜话》五卷。存词一首。

意难忘

【导读】

这是一首送别友人的词。作者在篇中借题发挥，含蓄地寄寓了自己满腔的亡国哀思。又借送别友人时的暮春景色，表达了自己凄黯迷惘的心境。通篇写得凄楚苍凉，哀思不尽，具有极为浓厚的抒情气氛。

【原文】

清泪如铅，叹咸阳送远，露冷铜仙①。岩花纷堕雪，津柳暗生烟②。寒食后，暮江边，草色更芊芊③。四十年，留春意绪④，不似今年。

山阴欲棹归船⑤，暂停杯雨外，舞剑灯前。重逢应未卜，此别转堪怜。凭急管，倩繁弦，思苦调难传⑥。望故乡，都将往事，付与啼鹃。

【注释】

①“清泪”三句：化用唐代诗人李贺《金铜仙人辞汉歌》：“空将汉月出宫门，忆君清泪如铅水。衰兰送客咸阳道，天若有情天亦老。”咸阳：代指南宋故都临安（今浙江杭州）。②津柳：渡口边的垂柳。③芊（qiān）芊：草木繁茂的样子。④意绪：意趣情绪。⑤棹（zhào）：划船的一种工具，形状和桨差不多；划船。⑥“凭急管”三句：意为想通过弹奏乐器来排遣苦闷，但内心的苦处又难以传达出来。倩：请。

【译文】

此刻我两眼流下的清泪沉重似铅水，痛将远方的临安哀叹，恐怕当年咸阳的情景要在那里出现，沾着寒露的金铜仙人又要被人折迁。山岩上落花纷飞似雪片坠落，渡口旁边的柳色黯淡如同生起了寒烟。寒食节后，暮色沉沉再次降临江岸，好在一场春雨滋润得草色嫩绿，更加繁茂清新。一晃经历了四十年，年年留意春天的意趣情绪，但没有一年能形似今年。

山色阴暗急着划船归返，雨中暂将酒杯放案前，悲戚戚地在灯前舞弄手中剑。能否与亲人重逢应是很难测算，这次别离格外令人心酸。就算是凭借这急奏的笛管，请出那密集的琴弦，也难将思念之苦的曲调送传。遥望故乡，将往事裁成千段万段，都交给那悲切啼鸣的杜鹃。

郑斗焕

郑斗焕（生卒年及里籍、事迹均不详），字丙文，号松窗。词存一首。

新荷叶

【导读】

这是一首咏物抒情的词作，写的是《新荷叶》调名本意。词的上片以夏日荷塘为背景，描绘了荷叶初生时的喜人景象。下片进一步将新荷叶拟人化，将它比喻为“半卷芳心”的美人，融入了爱荷之情，展现了新荷叶的迷人风韵。

【原文】

乳鸭池塘①，晴波漾绿鳞鳞②。宿藕根香③，夏来生意还新④。蚨钱小、钿花贴翠⑤，相间萍星。一番雨过，一番暗展圆青。

鱼戏龟游，看来犹未胜情。因忆年时，垂钓曾约轻盈⑥。玉人何处？关情是、半卷芳心⑦。帘风一棹，鸳鸯催起歌声。

【注释】

①乳鸭：孵化出来不久的小鸭子。②鳞鳞：形容云层、波纹等像鱼鳞一样层层排列的样子。③宿藕：老藕、隔年的藕。④生意：生机、活力。⑤蚨（fú）钱小：形容新发的荷叶像铜钱一样。蚨：昆虫名，即青蚨，传说以青蚨血涂于钱，可以引钱回归，因以此作铜钱的通称。钿（diàn）花贴翠：形容荷叶如女子额间的翠钿。钿：用金翠珠宝等制成的花朵形首饰。⑥轻盈：形容女子体态轻柔优美。⑦关情：动心，牵动情怀；谓对人或事物注意、重视、关心、牵挂。

【译文】

小雏鸭悠闲地浮游在池塘里，阳光下的池水波光粼粼、碧波荡漾。池塘淤泥中的隔年老藕怀抱着香甜的希望，夏季一到就重新展露出新生的迹象。

新荷叶像女子头上贴饰用的钿花那样翠绿，模样与那小小的铜钱相仿，间杂在星星点点的浮萍中间默默生长。一番细雨过后，一番努力暗把自己青青的圆叶盘扩张。

鱼儿在荷叶边戏耍，乌龟在荷叶身旁游动，看来还是谁也没能赢得它的爱情。只因眼前这情景，不禁回想起当年，那时的我们一边在池塘垂钓，一边相约欣赏轻盈玉立的芙蓉。如今这亭亭玉立的美人身在何处？为何此刻牵动情怀的，却是荷叶半卷的芳心。一双木棹划入水中，船帘儿随风飘动，只见一对戏水鸳鸯，又引起一阵歌声。

曹良史

曹良史（生辛年不详），字之才，号梅南，钱塘（今浙江杭州）人。事迹不详。有《诗词三摘》，不传。存词一首。

江城子

【导读】

这是一首近似于秦观、周邦彦词赋风格的闺情词。本词用精美深刻的语言，流丽婉转的笔调，通过环境气氛的描绘与烘托，展现了闺中思妇春夜怀人的寂寞愁苦之情。

【原文】

夜香烧了夜寒生，掩银屏，理银筝。一曲春风，都是断肠声①。杜宇欲啼杨柳外②，愁似海，思如云。

背灯暗卸乳鹅裙③，酒初醒④，梦初醒。兰炷香篝⑤，谁为暖罗衾⑥？二十四帘人悄悄⑦，花影碎，月痕深。

【注释】

①“一曲”二句：意谓春风下所弹奏的都是让人心碎的哀伤曲调。②杜

宇：即杜鹃鸟。③乳鹅裙：形容衣裙洁白轻柔如同初生的鹅毛。④酲（chéng）：形容醉后神志不清。⑤兰炷（zhù）：线香的美称；亦指用蕙兰香草做的灯芯。香篝：熏笼，下有焚香料，用以熏蒸衣物及居室。⑥罗衾（qīn）：意思是丝绸被褥。⑦二十四帘：形容帘幕重重。

【译文】

夜香烧尽了，可夜间的寒气仍在滋生，起身掩好银色的屏风，调理好琴弦弹起了银色的筝。所弹奏的本是一曲春风艳词，传出的却全是离别断肠之声。就连杜鹃鸟听了都想要飞到杨柳外悲啼，这真真是，心中的愁苦似海深，思念如云浓。

背对着灯影，悄悄脱下鹅黄色的衣裙，刚喝了一点酒就已经醉得神志不清，一场空梦也才惊醒。轻轻点燃蕙兰香草做的灯芯，架起熏笼，可谁能为我把丝绸锦被烘暖？此刻，帘幕重重寂静无声，花影细碎，月光浓浓。

董嗣杲

董嗣杲（gǎo），字明德，号静传，临安（今属浙江杭州）人。生卒年不详。度宗咸淳末年为武康令。宋亡入道，隐居西湖上，改名思学，字无益，号老君山人。与仇远等人有交往。有《庐山集》《西湖百咏》和《百花诗集》。存词二首。

湘月

【导读】

这首自我遣怀之词作于宋亡之后，它意在反映词人的隐居生活，以及对国家兴亡的深沉感慨。词中所表现的词人的自我心态是矛盾的，但这种矛盾心理的自我呈现，正是咏物抒情最为真实感人、最能引起当时“义不仕元”的众多宋遗民的广泛共鸣之处。

【原文】

莲幽竹邃，旧池亭几处，多爱君子。醉玉吹香还认取[①]，忙里得闲标致。心逐云帆，情随烟笛，高会知谁继[②]？宵筵会启[③]，蓦然身外浮世[④]。

因见杜牧疏狂[⑤]，前缘梦里，谩蹙双眉翠[⑥]。香满屏山春满几，炉拥麝焦禽睡[⑦]。月落梅空，霜浓窗掩，两耳风声起。艳歌终散，输他鹤帐清寐[⑧]。

【注释】

①醉玉：形容男子风姿挺秀，酒后醉倒的风采。出自刘义庆《世说新语·容止》。认取：记住，记得；辨认。取：助词。②高会：盛大宴会。③宵筵会启：晚上的宴会刚刚开始。启：开启，开始。④浮世：人世，指世事虚浮无定。⑤杜牧疏狂：指自己的举止像唐代诗人杜牧一样狂放不羁。疏狂：形容人的言行举止狂放不羁。⑥谩蹙（cù）：突然皱起眉来。谩：轻蔑，没有礼貌。蹙：收缩，皱。⑦麝（shè）焦：指香炉内燃起的麝香。⑧艳歌终散，输他鹤帐清寐：宴席结束后，歌声消散，这时该美美睡上一觉。他：人称代词，虚指（用在动词和数量词之间）。鹤帐：意为隐逸者的床帐。

【译文】

拥有一个幽静的莲池、深邃的竹林，几处老旧的池亭旁，多处都种上了我所喜爱的蓬竹相衬。还记得酒后醉倒的风采和醉酒赏花的情形，这种忙中求闲的情致也是一种风韵。心追逐云帆远去，情随着云烟笛声浮沉，昔日里高朋满座的聚会由谁来继承延续？通宵达旦的宴会刚一开启，就会突然感到身体超然物外，脱离了俗世凡尘。

只因看见了古人杜牧的狂放不羁寻乐买醉，与前世有缘的梦中，还时常梦见美人故作轻蔑地皱起了翠色双眉。香气环绕着屏风，春景图画摆满了案几，卧禽香炉中的麝香日日燃尽成灰。霜气浓重只将窗户掩闭，月光洒落见证梅花枯萎，双耳只为倾听风声吹起。其实，再艳丽的歌也有曲终消散的一刻，宴席散去后，不如走进隐逸者的床帐中悠闲地呼呼大睡。

卷七

周密

周密（1232—1298），字公谨，号草窗、蘋洲世居济南，流寓吴兴，居弁山，自号弁阳啸翁，又号四水潜夫。宋末时曾任义乌县令。入元不仕。生平事迹详见本书前言。有《蘋洲渔笛谱》《草窗词》《齐东野语》《癸辛杂识》《志雅堂杂钞》《浩然斋雅谈》《武林旧事》等各若干卷传于世。

国香慢　赋子固《凌波图》①

【导读】

这是相和赵孟坚之《凌波图》的一首题画词。上阕通过描绘凌波仙子“瘦影娉婷”而叹其零落，悲其蒙难，也有自己回念故国之伤怀；下阕首句喻其沦落江湖，又以遗簪比遗民落难，此情此景禁不住抚一曲《水仙》而怀故国，突出作画之人的人品如水仙花品一样高洁。

【原文】

玉润金明②，记曲屏小几，剪叶移根。经年汜人重见③，瘦影娉婷。雨带风襟零落④，步云冷、鹅管吹春⑤。相逢旧京洛⑥，素靥尘缁⑦，仙掌霜凝⑧。

国香流落恨，正冰销翠薄⑨，谁念遗簪。水空天远，应念矾弟梅兄⑩。渺渺鱼波望极，五十弦、愁满湘云⑪。凄凉耿无语⑫，梦入东风，雪尽江清。

【注释】

①子固：南宋著名画家赵孟坚，字子固，号彝斋居士，海盐（今属浙江）人。能诗，擅书法，工画水墨梅、兰、竹、石，尤善画水仙。《凌波图》：此指描绘水仙的画作。词中借以咏物、咏画、咏作画之人。此词应作于南宋灭亡之后，词中多暗露出故国之思和冷落凄凉的心情，同一幅画，在亡国前后观之感觉却大有不同。②玉润金明：形容水仙金黄色的花蕊和白玉色的花瓣。

③汜（sì）人：水边的人。沈亚之《湘中怨解》载，汜人自述本系“蛟宫之娣”，贬谪而从生，今已期满。遂啼泣离去。此代指水仙如同蛟女一般妖娆。④雨带风襟零落：比喻水仙的凋落、残败貌。⑤鹅管吹春：花茎散发春意。鹅管：形容水仙细长的花茎形状似鹅毛茎管。李贺《天上谣》：“王子吹笙鹅管长，呼龙耕烟种瑶草。”⑥京洛：即洛阳，因东周、东汉曾在此建都，故称“京洛”，此指南宋都城临安。⑦素靥（yè）尘缁（zī）：原美丽的面容却因尘圬而染黑了。形容水仙的残破、凋零，借喻被世俗污染。尘缁：解释为尘圬；污垢。见陆机《为顾彦先赠妇诗》：“京洛多风尘，素衣化为缁。”缁：本义黑色，引申为染黑。⑧仙掌：汉武帝所建的承露仙盘。汉武帝为求仙，曾建造一座高耸入云的铜盘来承接仙露，是故朝之典。此处借水仙花花茎的飘摇以伤怀故国宫阙之意。⑨冰销翠薄：形容水仙花和叶的凋落。冰销：冰冻消融。比喻事物消释涣解。⑩矾弟梅兄：分别指梅花和山矾花，因梅花位于小寒，排列在位于大寒的山矾花的前面，故常被称为“矾弟梅兄”。矾弟：黄庭坚《王充道送水仙花五十枝》：“含香体素欲倾城，山矾是弟梅是兄。”后因以“山矾弟”为典。梅兄：是对梅花的雅称，语出杨万里《烛下和雪折梅》。⑪五十弦：瑟，弦乐器，似琴，古有五十根弦，后为二十五根或十六根，平放演奏。⑫耿：耿直、坚贞，也为心情不安、悲伤貌。

【译文】

盛开的水仙花的花蕊嫩黄似金，花瓣洁白润泽如玉，常常被摆放在曲折而去的屏风旁的小案几上，精心修剪了叶片和根须。转眼又经过了一年，如今又和这位凌波仙子重逢相见，本以为依然能够欣赏到她苗条的身影、姿态的秀丽。谁知此时的她如同飘摇在风雨中，衣带襟袖凌乱，漫步寒云下，只有纤细如鹅管的花茎依然散发出一丝春意。我们这次在旧都临安相逢，她竟与过去全然不同，素洁的容颜上，了无笑靥反而满是尘泥，就连耸立如旧朝仙掌般的花片上也凝结着霜迹。

身为国色天香竟然流落到如此地步，难免有怨恨，此时正值冰雪消融芳草初绿，有谁会顾念这小小的玉簪遗落发髻。看那水面空阔、碧空幽远，更让她怀念梅花兄长和山矾花贤弟。浩渺的水波粼粼望不到边际，让我禁不住为她弹奏琴瑟一曲，那琴声直冲云端充满悲愤和愁绪。虽然身处凄凉的境地，但她仍然坚贞不屈默默无语，任由自己的梦想随那东风飘去，等待明朝能够冰雪消融殆尽，从而江水清碧。

一萼红　登蓬莱阁有感[1]

【导读】

周密离开义乌时，途经绍兴，再次登上蓬莱阁，吊古伤今，成就了此作。词的上片以写景为主，景中寓情。下片由身世之感进而抒发了家国之痛。词中虽无一字涉及国土沦亡，但也无不渗透遗民的哀痛，从而构成了情思哀婉、沉郁顿挫的词风。

【原文】

步深幽，正云黄天淡，雪意未全休。鉴曲寒沙[2]，茂林烟草，俛仰千古悠悠[3]。岁华晚、漂零渐远，谁念我、同载五湖舟[4]。磴古松斜[5]，崖阴苔老，一片清愁。

回首天涯归梦，几魂飞西浦，泪洒东州[6]。故国山川，故园心眼，还似王粲登楼[7]。最负他、秦鬟妆镜[8]，好江山、何事此时游。为唤狂吟老监[9]，共赋销忧。

【注释】

①蓬莱阁：在今浙江绍兴卧龙山下。绍兴在历史上被称为“蓬莱仙都”，源于蓬莱阁和镜湖交相辉映的湖山胜景。②鉴曲：即鉴湖、镜湖。在浙江绍兴。语出《新唐书·隐逸传·贺知章》：“又求周宫湖数顷为放生池，有诏赐镜湖剡川一曲。”③俛仰（fǔ yǎng）：低头仰首；俯视和仰望。俛：同“俯”，屈身；低头。④五湖：指太湖。相传范蠡助越王灭吴后，携同西施泛舟五湖而去。⑤磴（dèng）：山路上的石阶。⑥西浦、东州：皆是绍兴所辖地名。⑦还似王粲（càn）登楼：王粲是汉末“建安七子”之一，年轻时曾避乱荆州，未被重用，落寞之时曾登荆州城楼，写下《登楼赋》，抒发自己的乡国之思和怀才不遇之情。⑧秦鬟（huán）妆镜：比喻山明水秀、风光佳丽的地方。秦鬟：即浙江的秦望山，在绍兴东南。妆镜：绍兴鉴湖，又名镜湖。⑨狂吟老监：指唐代著名诗人贺知章。贺知章曾任秘书监，自号四明狂客，于唐玄宗天宝初年归隐镜湖。

【译文】

举步登上深幽的楼阁，正是天高云淡的时候，飞雪似乎意犹未尽，飘落在地上的积雪没有完全融化，多有残留。鉴湖一曲绕过寒沙，两岸林木茂密如烟，四野青草稠，低头仰首之间，禁不住感慨时光流逝，千古悠悠。如今我的年岁已老，又远在异乡漂流，不知有谁会眷念我，就像当年西施伴随范蠡一样与我同乘泛游太湖的扁舟。山路上的石阶旁古松斜立，山崖北面背阴处厚厚的苔藓不胜衰老，让人心中顿觉一片清愁。

回过头来再看看自己，踏遍天涯海角，归来时却终究是一场幻梦，曾有多少次魂飞西浦泪洒东州。故国的河流山川、故乡的林木园圃都残留在我的心头眼中，如今归来时却好似王粲登楼赋愁，深深感叹此处虽然景致优美却不可久留。最对不起的，是那秀美的秦望山伴着鉴湖仿佛美女对镜梳头的景观，如此美好的江山湖泊，却为何偏偏让我在这个时候前来怅游。或许，只为能把唐代的狂吟老监贺知章呼唤而来，与我共赋篇章排遣心中的忧愁吧。

高阳台　寄越中诸友①

【导读】

此词抒写作者对越中故友久盼不来的深切思念，反映了南宋灭亡后的相当长一段时间里，周密内心沉重的孤独寂寞之感、漂泊无依之感和人生迟暮之感。全篇声情悲壮，造境优美，用语考究，多有警句，颇得历代词话家好评。

【原文】

小雨分江，残寒迷浦，春容浅入蒹葭②。雪霁空城③，燕归何处人家？梦魂欲渡苍茫去，怕梦轻、还被愁遮④。感流年、夜汐东还⑤，冷照西斜。

凄凄望极王孙草⑥，认云中烟树，鸥外春沙。白发青山，可怜相对苍华⑦。归鸿自趁潮回去，笑倦游、犹是天涯⑧。问东风，先到垂杨，后到梅花⑨？

【注释】

①越中诸友：指居住在浙江绍兴一带的好友王沂孙、王易简、唐珏等人。②春容浅入蒹葭：芦苇丛中开始显现出春天到来的景象。蒹葭（jiān jiā）：特定生长周期的荻（dí）与芦，泛指芦苇。蒹：没长穗的荻。葭：初生的芦苇。③雪霁（jì）：指雪停以后的天色转晴。空城：指临安。④“梦魂欲渡苍茫去”三句：意思是说自己想乘梦回到友人身边，但担心梦轻愁重，而连梦中相聚

也不能实现。苍茫：空旷辽远。遮：遮挡。⑤夜汐：晚潮；夜晚上涨的潮水。早曰潮，晚曰汐。⑥凄凄望极王孙草：语出淮南小山《招隐士》："王孙游兮不归，春草生兮萋萋。"后以"王孙草"喻指引人离愁感伤的景色。凄凄：同"萋萋"，形容草木繁盛的样子。⑦苍华：苍白的头发；头发苍白。⑧归鸿自趁潮回去，笑倦游、犹是天涯：意思是归去的大雁只顾自己随着潮水涨落飞回到故乡，却不能替我给朋友捎去书信，可笑的是自己满身疲倦地游走，流落他乡，很难与思念的朋友相聚，仿佛彼此远在天涯一般。鸿：本意指大雁。⑨"问东风"三句：东风：即春风。此处隐喻元朝统治者的"恩泽"。垂杨：隐喻不能坚持气节而投靠新朝的人。梅花：隐喻忍受清苦生活的遗民。而作者及越中诸友都是傲雪怒放的梅花，本不需要春风的所谓惠泽，表达了自己和友人的坚贞不屈，同时也表露出对趋炎附势者的不满和讽刺。

【译文】

绵绵细雨汇聚一起又分流于江水之中，残余的寒气还在江边弥漫，而盎然的春意已经悄悄在芦苇丛中浅浅地显现。雪停后天色已经转晴，可空荡荡的临安城仍是白茫茫一片，归来的燕子低飞盘旋，该飞向哪一家筑巢栖息？梦中的魂魄总想渡过苍茫的江水而去，只怕这梦太轻，归还的路会被愁云遮拦。此刻，不禁令人感慨岁月飞逝，深夜涨起来的潮水向东奔涌回还，只留下清冷的月辉普照，孤零零坠向西山。

繁盛的草木望不到边，遍布昔日里王孙贵族的庭院，却唯独看不见我的友人，只见远处高耸入云的树木依稀如烟，那里除了鸥鹭之外，还有一江春水、白沙滩，越中的朋友就在那边。只可惜如今我们都已经是满头白发，只有那青山依旧葱郁，可怜这青山与苍白的鬓发相对，怎能不令人感慨万分。归去的大雁只顾自己随着潮水涨落飞回到故乡，却不能替我给朋友捎去书信，可笑的是我满身疲倦地游走万水千山，却很难与思念的朋友相聚，临安城相距越中仅百余里，却仿佛彼此远在天涯一般。试问那催春的东风，你是否可以先去吹拂随风摇摆的杨柳枝条，然后再去吹残冬里怒放的梅花？

水龙吟　白荷

【导读】

这首咏物词是借咏白荷花来寄寓自己的身世之感和亡国之悲，同时将眷怀故国的无限深情形象地表达出来。词中通过描写白荷仙姿秀出，非凡俗红妆可比，烘托渲染了白荷的高洁形象，不事雕饰的操守。全词句法雅彻而浑成，其意境唯美。

【原文】

素鸾飞下青冥①，舞衣半惹凉云碎②。蓝田种玉③，绿房迎晓④，一奁秋意⑤。擎露盘深，忆君清夜，暗倾铅水⑥。想鸳鸯、正结梨云好梦⑦，西风冷、还惊起。

应是飞琼仙会⑧。倚凉飙、碧簪斜坠⑨。轻妆斗白，明珰照影⑩，红衣羞避⑪。霁月三更⑫，粉云千点，静香十里。听湘弦奏彻，冰绡偷剪⑬，聚相思泪。

【注释】

①素鸾飞下青冥：形容白荷花如同一只洁白的凤凰从空中飞落。素鸾：传说中像凤凰一样的仙鸟。青冥：天空。②舞衣：借喻荷花的叶。③蓝田种玉：形容湖底泥中的莲藕像蓝田美玉一般晶莹剔透。蓝田：山名，在陕西蓝田县，山出美玉。蓝田玉早在和田玉出世以前，就已经誉满中华。④绿房：指莲蓬。⑤奁（lián）：女子梳妆用的镜匣，泛指精巧的小匣子。⑥擎露盘深：相传汉宫铸有铜人高举深深的承露盘承接露珠为君王所用。忆君清夜，暗倾铅水：化用李贺《金铜仙人辞汉歌》："忆君清泪如铅水。"铅水：形容思念的泪水很沉。这里指荷叶上的露水。⑦梨云好梦：男女相会的

美梦。⑧飞琼仙会：盛开的白荷如同众多仙女在此聚会。飞琼：即许飞琼，传说中的仙女。⑨凉飙（biāo）：即秋风。碧簪斜坠：仙女们发髻上斜插着碧绿的簪子，此指荷花的茎叶。⑩珰（dāng）：女子佩戴的耳饰。暗指宦官。宦官以珰为冠饰，故称。⑪红衣羞避：指白荷的美丽让红色的荷花也羞愧避让。红衣：粉红的荷花。⑫霁（jì）月：明朗的月亮。⑬听湘弦奏彻，冰绡偷剪，聚相思泪：形容白荷如同湘江女神正哀怨地弹奏锦瑟，手持一幅洁白的丝巾擦拭相思的泪水。冰绡：薄而洁白的丝绸。

【译文】

洁白的荷花仿佛美丽的仙女乘坐神鸟飞落青天，翠绿的荷叶宛如轻盈的舞衣惊碎了如云清凉的水面。泥中的莲藕像蓝田出土的白玉一般晶莹剔透，莲蓬就像一座绿色的小房子迎接着晨光普照，好一幅秋意浓郁的画卷。荷叶似那汉宫里的铜人托举着的承露盘，那滚动的露珠就像仙子思念郎君的夜晚，暗将沉重的泪水洒向人间。我想此刻，那荷叶下栖息的鸳鸯正在做着美好的春梦，而西风冷冷地吹来，却无情地将它的春梦惊散。

这盛开的满塘白荷，应当是飞琼仙子正在与众多仙女在此聚会。她们轻倚着秋风而立，碧绿的玉簪斜坠在鬓发的旁边。轻妆淡抹争相比着谁最白嫩，耳珠明亮能把彼此的影儿照见，偶尔有一朵红色的莲花，在这洁白的仙子中羞涩地躲闪。明朗的月光倾泻，已是三更天，荷花如云千朵满湖面，清香弥漫传送十里远。此刻仿佛听到了湘灵仙子弹弄琴弦，声声哀怨响彻云端，看采莲人将冰洁的花朵偷剪，禁不住手持一幅洁白的丝巾擦拭相思的泪水，眷恋之情悄然凝聚成千段万段。

西江月　延祥观拒霜拟稼轩[1]

【导读】

此词仿辛弃疾风格咏杭州延祥观的拒霜花——即木芙蓉花。人们都知道，稼轩词以豪放悲慨为主调，但也不乏清丽婉约之作。周密模仿稼轩之风而作此词，以生花妙笔，结合西湖美景、帝京气象及名家丹青，对拒霜花的形象进行了描绘，给人以美不胜收之感。

【原文】

绿绮紫丝步障[2]，红鸾彩凤仙城[3]。谁将三十六陂春，换得两堤秋锦[4]？

眼缬醉迷朱碧[5]，笔花俊赏丹青。斜阳展尽赵昌屏，羞死舞鸾妆镜[6]。

【注释】

①延祥观：旧址在杭州孤山路边。拒霜：木芙蓉花别名，冬凋夏茂，仲秋开花，耐寒不落，故名。稼轩：南宋著名词人辛弃疾，号稼轩。②绮（qǐ）：有花纹图案的丝织品。步障：用来遮挡风尘、视线的屏幕。③红鸾彩凤仙城：延祥观里的木芙蓉如同五彩的仙鸟凤凰降临。鸾：传说形态很像凤凰一类的神鸟。仙城：临安城。④谁将三十六陂（bēi）春，换得两堤秋锦：指西湖边美丽的春天过去了，代替它的是两堤上盛开的木芙蓉。三十六陂：泛指西湖众多美景。陂：池塘；湖泊。两堤：白堤和苏堤。秋锦：指芙蓉。⑤眼缬（xié）醉迷朱碧：形容陶醉于木芙蓉碧绿的枝叶和大红的花朵。眼缬：形容眼花缭乱。⑥斜阳展尽赵昌屏，羞死舞鸾妆镜：夕阳下木芙蓉的美丽如同大画师赵昌画的一幅五彩屏风，它的美可让鸾鹤感到羞愧。

【译文】

青翠的叶子、紫色的藤蔓交织在一起，宛如漂亮的绮罗丝绸，一排排仿佛一道道彩色的屏障，又像是红色的鸾鸟、彩色的凤凰，飞到人间降落在临安城。是谁将西湖众多的春色，纷纷浓缩汇聚而成两堤上美艳的芙蓉？

醉眼迷离，缭乱之中竟然分不清碧绿与朱红，仿佛是谁的妙笔生花所绘出的一幅俊美的丹青图画。一抹斜阳倾洒，好似尽情铺展开来一道名师赵昌所画出的巨大屏风，直羞得善舞的美丽仙鸟不敢照镜，展示妆容。

好事近　拟东泽[1]

【导读】

本篇仿张辑风格，写春夜闲情幽怀。张辑曾学诗于姜夔，兼得其词法，故所作清空骚雅。周密此篇词情怀潇洒，境界清美，别具一格，很值得一读。

【原文】

新雨洗花尘[2]，扑扑小庭香湿[3]。早是垂杨烟老，渐嫩黄成碧。

晚帘都卷看青山，山外更山色。一色梨花新月[4]，伴夜窗吹笛。

【注释】

①东泽：南宋词人张辑，号东泽，江西鄱阳人。②新雨：意为初春的雨、刚下过的雨。③扑扑：形容雨水落地貌。④一色梨花新月：梨花的雪白

与月光的皎洁相融为一色。

【译文】

初春的雨，绵细而温柔，轻轻洗刷花枝上的灰尘，扑簌簌飘落在小小的庭院里，沾湿了淡淡的花香。最早返青的这些垂杨柳，现在已经繁茂如烟，日渐苍老，不信你看，那逐渐嫩黄淡绿的叶子，转眼已经变成了碧绿一片。

夜晚来临，将窗子的帘幕纷纷卷起，遥看远处的青山，只见远山之外，更是格外的山色空灵。梨花的雪白与月光的皎洁相融为一色，此刻伴着夜色，临窗吹笛，别有一番情趣。

醉落魄　拟参晦[①]

【导读】

本篇是模拟南宋词人赵汝茪《退斋词》来抒写春愁。赵汝茪善用浅近的口语与短句并列、层进勾连等手法来写景、叙事和抒情。本篇起句连用四个“忆”字，瞬间打开记忆的闸门，激情四射，顿觉春愁浩荡无边而来，增添了强烈的感情色彩。

【原文】

忆忆忆忆，宫罗褶褶销金色[②]。吹花有尽情无极。泪滴空帘，香润柳枝湿。

春愁浩荡湘波窄，红兰梦绕江南北[③]。燕莺都是东风客。移尽庭阴[④]，风老杏花白[⑤]。

【注释】

①参晦：即南宋词人赵汝茪（guāng），字参晦，号霞山，又号退斋。②宫罗：软丝织成的衣服。褶：衣裙上的褶皱。销金色：指衣服上镶嵌的金丝渐渐褪色。③红兰梦绕江南北：意思是为了与情人相见，女子在梦中寻遍大江南北。④庭阴：庭院背阴处。⑤风老杏花白：在东风的吹拂下杏花已绽放出白色花瓣。

【译文】

回忆、回忆、回忆、再回忆，时光飞逝，如今这绫罗的宫衣已经陈旧，褶缝上金丝线的颜色也已经逐渐褪去。风吹叶落，鲜花也有落尽的时候，感伤的情怀却没有边际。忧愁的泪水滴落，掀开空空如也的床帘帷幕，孤独的体香将摇曳的柳枝润湿。

浩荡的春愁泛滥，相比湘江的波涛都会显得狭窄，痴情的女子为了能见到情郎，时常梦中环绕大江，遍寻南北。燕莺飞来飞去，也都不过是途经春风的过客，而命运全由迎春送春的东风安排。光阴流逝得真快，庭院背阴处的积雪还没有完全消融，春风就已经衰老，杏花也渐渐由粉红开绽成了白色的花瓣。

朝中措　茉莉拟梦窗[①]

【导读】

本篇是模拟《梦窗词》的致密和沉着来吟咏茉莉花。上片先以虚拟之笔写茉莉的仙姿秀色。下片则从用途着手，采用写实之笔来描写茉莉花，从而表达了自己的爱花惜花之情。

【原文】

彩绳朱乘驾涛云，亲见许飞琼[②]。多定梅魂才返[③]，香瘢半掐秋痕[④]。

枕函钗缕[⑤]，熏篝芳焙[⑥]，儿女心情。尚有第三花在[⑦]，不妨留待凉生。

【注释】

①梦窗：南宋词人吴文英，字君特，号梦窗，晚号觉翁，有《梦窗词》。周密号草窗，有《草窗词》。二人并称“二窗词人”。②彩绳朱乘驾涛云，亲见许飞琼：比喻见到茉莉，如同看见仙女手持七彩绳索乘车驾云来到人间。许飞琼：传说为天宫仙女，此处形容茉莉轻盈优美的体态。③多定：多半是，肯定是。④香瘢（bān）：用典“寿阳公主梅花妆”的故事。传说梅花落在寿阳公主额头，取下后梅痕不能去除。半掐：亦作“半恰”。犹“半点儿”。形容数量极少。⑤枕函钗缕：指茉莉被采摘下来后填塞进枕套和插在发髻上。枕函：枕套；填充枕套。缕：头发。⑥熏篝（gōu）芳焙（bèi）：茉莉焙干做成香熏。熏篝：熏笼。焙：用微火烘烤。⑦第三花：第三茬花。指多次采摘后又重新长出的茉莉花。

【译文】

大片的茉莉花盛开，仿佛亲眼见到了下凡的仙女许飞琼，乘坐装饰着彩带的朱红车驾，穿过云涛乘风而行。看这阵势，多半定是梅花的魂魄刚刚才回返，寿阳公主额头上的梅花香痕还有半掐，秋天便换上了茉莉花型。

采来芬芳的茉莉花，可以像发钗一样插在发鬟，也可以用来填入枕套之

中，燃起火炉烘焙成茉莉花茶，放在熏笼里当作香料熏蒸，这些都是女孩子打心里喜欢做的事情。倘若茉莉还能开出第三茬花来，不妨暂留在天冷时再生。这样芳香和美丽，就会布满春夏秋冬。

醉落魄　拟二隐[①]

【导读】

此词模仿了词友“龟溪二隐”李彭老、李莱老凄婉雅丽的风格来抒写伤离感旧之情。上片情景合写，睹春景而感旧，回忆起去年折柳赠别之时。下片通过人物情态和心理的描写，抒发离别的愁思。

【原文】

余寒正怯，金钗影卸东风揭[②]。舞衣丝损愁千褶[③]。一缕杨丝，犹是去年折。

临窗拥髻愁难说[④]，花庭一寸燕支雪[⑤]。春花似旧心情别。待摘玫瑰，飞下粉黄蝶。

【注释】

①二隐：南宋词人李彭老（字商隐）与其弟李莱老（字周隐），并称“龟溪二隐”。②卸：晃动。揭：吹起。③舞衣丝损愁千褶：由于长久弃置不用，舞衣上金丝渐渐折损，褶皱也起了一千层。④拥髻：用手捧持发髻，形容忧伤貌。⑤燕支雪：此指落红飘落如同红色飞雪。燕支：亦作“臙脂”，“胭脂”。泛指鲜艳的红色。

【译文】

残余的寒气正害怕春意浓烈，东风直吹得头发上的金钗影儿晃动。舞衣上的丝线已经磨损，有千层之多的裙褶，就像脸上的皱纹一样透着愁容。一束枯黄的杨柳枝条，还是去年他离别之时，为我折下所相赠。

斜倚着窗户，手托发髻，万般愁思难以说清，庭院里的落花好似飘落的红色胭脂雪，寸寸段段，堆积了一层又一层。春花依旧像往年一样美丽，可人却是别样的心情。正准备摘一枝玫瑰寄托相思，不知从哪里飞下来几只彩蝶，在眼前胡乱舞弄。

王沂孙

王沂（yí）孙（生卒年不详），字圣与，号碧山，又号中仙，又号玉笥（sì）山人，会稽（今浙江绍兴）人。宋亡后，至元中一度出为庆元路学正。与周密友善，结社西湖，相互酬唱。有词集《碧山乐府》，又名《花外集》。

淡黄柳

【导读】

这首词写于南宋亡国之后，是王沂孙与友人周密叙别之作，词中叙写了临别时的感伤，表达了对周密恋恋不舍的深情。

【原文】

（序）甲戌冬，别周公谨于孤山中[①]。次冬，公谨游会稽[②]，相会一月。又次冬，公谨自剡还[③]，执手聚别，且复别去，怅然于怀[④]，敬赋此解。

花边短笛，初结孤山约[⑤]。雨悄风轻寒漠漠[⑥]，翠镜秦鬟钗别[⑦]，同折幽芳怨摇落。

素裳薄，重拈旧红萼。叹携手，转离索[⑧]。料青禽、一梦春无几[⑨]，后夜相思，素蟾低照[⑩]，谁扫花阴共酌[⑪]？

【注释】

①周公谨：周密。孤山：在今杭州西湖边。②会稽：今浙江绍兴。③剡（shàn）：今浙江嵊（shèng）州境内。④怅然：形容闷闷不乐或失望的样子。⑤孤山约：指相约隐居在孤山的愿望。孤山在杭州西湖边，宋代诗人林逋（bū）曾隐居于此。⑥漠漠：广阔貌。⑦翠镜秦鬟（huán）：此指绍兴的秦望山与镜湖。鬟：古代妇女梳的环形发髻。⑧离索：脱离亲朋独居。语出陆游《钗头凤》词：“一怀愁绪，几年离索。”⑨青禽：青鸟，传说中的神鸟。据说汉武帝一日忽见一青鸟从西方来，遂问东方朔，东方朔说：“这是西王母要来。”

一会儿王母果然来到，身边有二青鸟相随。后作为信使的代称。⑩素蟾：指月亮。⑪花阴：为花丛遮蔽而不见日光的地方。

【译文】

（序）甲戌年冬，我与周公谨分别于孤山中。次年冬，公谨到会稽游玩，我们相会有一个月时间。又一年冬天，公谨从剡州回来，我们又相聚在一起，相互执手聚别，你暂且又要告别而去，我心中不禁怅然若失，于是恭敬地写下此赋，以述说心中思念。

曾记得我们在花丛边欢快地吹奏短笛，那时我们刚刚在孤山立社结盟。细雨悄悄地下着，广阔的天地间，不时地刮着微微寒风。我们在秦望山下翠绿的鉴湖边道别分手，就像当年秦女告别青铜镜一样。我们一起采折幽香的梅花，怨愤无情的东风不该吹落花朵。

又是一年春意浓，换下棉衣，穿上单薄的衣裳，所幸我们又相聚在一起，重又拿起去年的红梅握在手中。感叹故友才携手欢聚，转眼又要四散无影踪。设想那青鸟信使与仙童的到来，然而这种美梦，整个春天也没有几成，不知今后，夜里明月低照相思时，谁来打扫花阴下的空地，让我们一同酌饮，共同吟咏？

一萼红　石屋探梅作[①]

【导读】

这首词以爱花人的角度描写了一个探看梅花的过程。通过对园中萧条景色的描绘，寄寓对梅花的关爱和不见花开的惆怅失落之感。全词造境凄清幽丽，言情真挚婉转，不愧为一阙好词。

【原文】

思飘摇，拥仙姝独步[②]，明月照苍翘[③]。花候犹迟[④]，庭阴不扫，门掩山意萧条。抱芳恨，佳人分薄[⑤]，似未许、芳魄化春娇。雨涩风悭[⑥]，雾轻波细，湘梦迢迢[⑦]。

谁伴碧樽雕俎[⑧]，唤琼肌皎皎，绿发萧萧[⑨]？青凤啼空[⑩]，玉龙舞夜[⑪]，遥睇河汉光摇[⑫]。未须赋、疏香淡影[⑬]，且同倚、枯藓听吹箫[⑭]。听久余音欲绝，寒透鲛绡[⑮]。

【注释】

①石屋：在浙江杭州西南。②仙姝（shū）：美丽的仙女。姝：美丽

的女子。③苍翘：苍劲的梅枝。翘：本指鸟尾上的长羽，此指梅树伸展的枝干。④花候：花时，花季，花信，花期。⑤分薄：缘分浅薄。⑥雨涩风悭（qiān）：意谓风雨吝啬。悭：欠缺、缺少。⑦湘梦：原指对湘水女神的追慕。此指对梅花的思念。⑧碧樽雕俎（zǔ）：指精美的酒器和祭祀器具。俎：古代祭祀或宴会上用来盛放物品的礼器。⑨琼肌皎皎，绿发萧萧：形容佳人肌肤白皙，头发乌黑飘逸的样子。绿发：即乌黑的头发。⑩青凤：翠鸟。⑪玉龙：此指白雪。⑫遥睇河汉光摇：远望银河的光芒在晃动。睇（dì）：斜视，也泛指看。河汉：银河。⑬疏香淡影：语出北宋诗人林逋所作的《山园小梅》诗："疏影横斜水清浅，暗香浮动月黄昏。"⑭枯藓：覆满苔藓的梅枝。⑮寒透鲛绡（jiāo xiāo）：意为听歌很久，以至寒气深深透进薄薄的衣服。鲛绡：传说中鲛人所织的绡。亦借指薄绢、轻纱。

【译文】

想象着自己在仙境中飘游，独自携拥着美丽仙女散步逍遥，眼前明亮的月光洒落，照射着梅树苍劲的枝条。开花的时期还没到，庭院中背阴处的残雪还未消融，大门紧紧地关闭，满目山色倍感萧条。怀抱着梅花心中不免生发怨恨，叹息红颜缘分浅薄，老天似乎还没允许，她的香魂就已经化成娇嫩的花苞。只怪天公吝啬，风稀雨少，水波微细、轻雾飘摇，梅花绽放变成湘水女神的美梦仍有千里之遥。

是谁陪伴着这精美的青石佛雕，除了这花瓣如白玉、绿叶稀疏的梅花外，还能呼唤谁来将这重任担挑？寒冷的山风吹过，好似青凤鸟在天空啼叫，残雪随风飘落宛如玉龙在夜色中翻腾舞蹈，遥望空中的银河，众星聚集，点点星光摇曳闪耀。先不要对着眼前稀疏的梅香花影吟咏，且一同倚靠着长满苔藓的枯枝，听那远处传来的声声吹箫。听着听着，悠长的余音逐渐消尽，寒气浸透了我的薄衣，竟然都不知道。

庆宫春　水仙

【导读】

据周密《浩然斋雅谈》记载，南宋都城杭州陷落后，三宫被掳北上，宫嫔王清惠北行途中题《满江红》词一阕于驿壁之上，写得十分凄凉哀切。《庆宫春》这首词明咏水仙，暗指北行宫人。上片从亡国前写起，后五句转写亡国之后；下片继续借花抒怀，不愧为托物抒怀的杰作。

【原文】

明玉擎金[①]，纤罗飘带，为君起舞回雪[②]。柔影参差，幽香零乱，翠围腰瘦一捻[③]。岁华相误，记前度、湘皋怨别[④]。哀弦重听，都是凄凉，未须弹彻[⑤]。

国香到此谁怜[⑥]？烟冷沙昏，顿成愁绝。花恼难禁，酒销欲尽，门外冰澌初结[⑦]。试招仙魄[⑧]，怕今夜、瑶簪冻折[⑨]。携盘独出，空想咸阳，故宫落月[⑩]。

【注释】

①明玉擎金：指水仙洁白的花瓣映衬着金黄的花蕊。②起舞回雪：形容水仙摇摆的身姿犹如女子在轻舞。曹植《洛神赋》："飘摇兮若流风之回雪。"回雪：如雪飘舞。③一捻（niǎn）：一点点，可捻在手指间。形容小或纤细。④湘皋（gāo）：湘水岸边，这里以湘水女神来比喻水仙花。皋：水边的高地，岸；沼泽，湖泊。⑤哀弦：古琴曲有《水仙操》，其调幽怨，被人称为"哀弦"。彻：结束。⑥国香：此指水仙。⑦冰澌：河水解冻时流动的冰块。澌（sī）：流动的水。⑧仙魄：指水仙的魂魄。⑨瑶簪：水仙绽放的花朵似女子的发簪。⑩携盘独出，空想咸阳，故宫落月：语出唐代诗人李贺《金铜仙人辞汉歌》："衰兰送客咸阳道，天若有情天亦老。""携盘独出月荒凉，渭城已远波声小。"这里借以表达词人的故国之思。

【译文】

水仙花绽放之时，玉一样的花瓣举着金色的花蕊，仿佛一位仙女，系着长长的绿色飘带，穿着瘦细的纱衣，为你翩翩起舞，那轻盈的舞姿就像雪花回旋飞舞一般飘逸潇洒。柔美的茎叶错落有致、有高有低，幽幽的芳香清淡而又迷离，这位系着翠腰带的仙子佳丽，纤细的腰身只有手指轻捻般粗细。年年岁岁花争艳，可我总是将美好的时光相互错过，曾记得那一年，我与你这位湘灵仙子在湘水旁相遇，最后只能在怨恨中分手别离。如今仿佛重又听到你在弹奏那哀怨的《水仙操》曲，声声透出的全都是凄凉悲苦的旋律，请你不要将那琴曲弹尽，我只怕曲终人将散去。

纵使你是国色天香，可在这儿又有谁会怜惜？烟雨冷冷，尘沙昏迷，顿时让人的忧愁没有了边际。我对着花儿饮尽杯中酒，却很难消除花儿的烦恼恨意，看那门外江中流动的碎冰又要封凝在一起。尝试着想要将水仙花的魂魄唤回来，又只怕今夜寒气如此凝重，冻折了她的花蕊和玉体。我手托着花盘走出门外仰天长叹，只能空想那遥远的临安城，不知那故国宫阙的落月，是否还能升起。

西江月　为赵元父赋《雪梅图》①

【导读】

这首题画词将咏物与咏画结合起来，精工细巧，虚实相间，达到了画境与词境相融合之美。词中对梅花的生存环境加以点染，更是凸显出雪梅画面的清疏空灵，使之更加韵味悠长。

【原文】

褪粉轻盈琼靥②，护香重叠冰绡③。数枝谁带玉痕描？夜夜东风不扫。

溪上横斜影淡④，梦中落莫魂销⑤。峭寒未肯放春娇⑥，素被独眠清晓。

【注释】

①赵元父：南宋词人赵与仁，字元父，号学舟。②褪粉：梅花花期早于桃花，梅花谢了，桃花始开。梅花之艳，不及桃花，故着一“粉”字。琼靥（yè）：玉面。靥：酒窝儿，嘴角两旁的小圆窝儿。③冰绡：薄而洁白的丝绸。这里形容梅花的花瓣覆雪，如同洁白的轻纱。④溪上横斜影淡：语出北宋文人林逋的《山园小梅》诗：“疏影横斜水清浅，暗香浮动月黄昏。”⑤落莫：冷落、凄凉。⑥峭寒：严寒。

【译文】

好一幅《雪梅图》。你看那画中的梅花，粉白的花瓣，有着轻盈的体态，如同卸了妆的仙女，即使不施脂粉也有玉一样的容貌，枝头上那守护香氛的积雪，好似薄而洁白的

丝绸，将花朵层层环绕。眼前这几枝覆玉的梅花是谁画描？虽然经历了夜夜东风吹，却不见有落花飘。

溪水岸边的梅枝横斜入水中，花影疏淡俏丽，可梦中却有着不尽的孤独寂寥，以至心神魂魄遭受消耗。料峭寒意中它不肯恣意怒放而向春天谄媚撒娇，只想蒙着白色的被子，在春天的晨曦暮晓中独自眠休。

醉落魄

【导读】

这是一首闺情词。作者通过描写一位歌女弹唱的优美，表达了一种文人雅士听曲闻歌的温馨之情，以及芳草金谷之艳遇的回忆，表达了对昔日胜游的怀念和旧欢难续的怅惘。

【原文】

小窗银烛，轻鬟半拥钗横玉[①]。数声春调清真曲[②]。拂拂朱帘，残影乱红扑。

垂杨学画蛾眉绿[③]，年年芳草迷金谷[④]。如今休把佳期卜。一掬春情[⑤]，斜月杏花屋。

【注释】

①轻鬟（huán）半拥：指环形发髻只梳成一半，半悬垂的样子。鬟：指女子的环形发髻。②清真曲：北宋词人周邦彦所创曲调。周邦彦号清真居士，其词集名《清真集》。③垂杨学画蛾眉绿：垂柳露出弯眉似的细叶。④金谷：金谷园在洛阳城西，晋朝石崇所建。石崇以豪富著称，经常在金谷园中招待宾客宴饮。此借指花园。⑤一掬（jū）：一捧。亦作“一匊”。两手所捧（的东西）。亦表示少而不定的数量。

【译文】

小窗里银制蜡台上的烛光闪闪，照得闺房明亮，一只精美的玉钗横插在她慵懒悬垂的发髻中。她端坐在那里轻舒玉腕，弹起一小段清真居士所创的咏春琴曲。此刻，红色的门帘在风中轻轻拂动，窗外到处是落花纷飞的掠影。

垂杨柳效仿美女画眉一般，把弯弯的柳叶染得碧绿，芳香的花草繁茂，年年把金谷园装扮得令人着迷。如今我劝慰自己，暂不去占卜心上的人儿归来的佳期。可是，心中那一捧醉人的春情早已按捺不住，完全弥漫在这明月斜照、杏花飘香的小屋子里。

赵与仁

赵与仁（生卒年不详），字元父，号学舟，燕王赵德昭裔孙，赵希挺长子。居临安（今浙江杭州）。宋末曾为临安府判官。与周密以词唱和。元贞二年（1296）起为常德路学教授，改辰州教授。与方回、张炎、仇远、程钜夫等为词友。

柳梢青　落桂

【导读】

这是一首描写落叶桂花的咏物词。词中引用神话传说，把眼前的落桂想象成月宫的桂花散落凡间，叹息它们遭到风雨摧残；同时赞美桂花纵使落地之后，依然一片金黄耀眼，流露出了一种爱花惜花之意。

【原文】

露冷仙梯，霓裳散舞，记曲人归[①]。月度层霄，雨连深夜，谁管花飞？

金铺满地苔衣[②]，似一片、斜阳未移。生怕清香，又随凉信[③]，吹过东篱[④]。

【注释】

①“露冷”三句：据南宋王灼《碧鸡漫志》卷三引《逸史》记载：唐玄宗曾随道士罗公远登上月宫，并记取月宫所奏的《霓裳羽衣曲》而归。仙梯：指唐玄宗登上月宫的梯子。霓裳：此指唐代盛行的《霓裳羽衣曲》。②金铺满地苔衣：桂花金黄色的花蕊散落在青苔上，像给苔藓穿上衣服一样。③凉信：凉风，秋风。④东篱：古文化中多用以象征居住环境的清幽雅静。

【译文】

能够登上月宫的仙梯之上露冷风寒，但是唐玄宗依然坚持随道士登月，遇到了月宫仙女歌舞翩翩，顷刻间《霓裳羽衣曲》却曲尽人散，于是帝王便记下了曲谱又返回人间。月宫高高在层层云霄之上，深夜里阴雨连绵下个没完，那广寒宫里桂花飞落，又有谁去过问有谁去管？

如今在人间，金黄色的桂花飘落盖住了地上的苔藓，仿佛给苔藓穿上了金色衣衫，又像是一片金黄色、未曾移动的斜阳光线。只怕这满地的清香，又要随着寒凉的秋风飘过东篱，不免心中生发无限怜惜。

西江月

【导读】

此词上片写景，以动显静，境极佳妙。下片抒情：先说自己因相思之苦而酒量大减，由于愁恨深长，写信题诗也难以传达；后寄希望于鸿雁，希望雁声能帮忙把心事传达给远方的情人，充分表露了一片痴情。

【原文】

夜半河痕依约①，雨余天气冥濛②。起行微月遍池东，水影浮花，花影动帘栊③。

量减难追醉白④，恨长莫尽题红⑤。雁声能到画楼中，也要玉人，知道有秋风⑥。

【注释】

①河痕：天空中的银河。依约：隐约。②天气冥濛：天空因雾气弥漫而朦胧不清。③帘栊（lóng）：亦作“帘笼”，窗帘和窗牖，也泛指门窗的帘子；又代指闺阁。④醉白：指李白。《旧唐书》本传谓李白“终日沉醉”，故世以“醉白”称之。⑤题红：题诗于红叶，借以传情。此处引用了红叶题诗的故事。⑥也要玉人，知道有秋风：意为希望心爱的女子能感受到自己在秋风中的冷落孤单。

【译文】

夜半时分，天空中的银河隐隐约约，繁星若隐若现，雨后的天气显得朦胧黯淡。我起身漫步，淡淡的月光洒落，照耀着池塘东边，此时的水中浮动着花影，而那曼妙的花影正掀动门窗的绣帘。

酒量越来越减小，不敢开怀畅饮，真的是难以追赶上李太白，心中莫名的怨恨太多难以倾尽，只能题诗于红叶，借以传情。唯愿大雁的声声哀鸣，能够传进远方的画楼之中，也好让我的意中人能知道，这秋风之中也有我无尽的思念之情。

清平乐

【导读】

此词为作者代闺中人抒写别离之情。但作者并不刻意去雕琢，只是运用朴实寻常之语，将闺中人怀念心上人时的心态描绘得活灵活现，入情入理，委婉生动。

【原文】

柳丝摇露，不绾兰舟住[1]。人宿溪桥知那处[2]，一夜风声千树。

晓楼望断天涯，过鸿影落寒沙。可惜些儿秋意[3]，等闲过了黄花[4]。

【注释】

①绾（wǎn）：系，结。兰舟：指用兰木做的船。泛指小船。②那处：哪里；何处。③些儿：少许，一点儿。④等闲：寻常、随便，或指凡夫俗子，普通人。黄花：菊花。

【译文】

青青杨柳的丝绦能够摇落晨露，却不能把兰木舟船牢牢拴住。我思念的那个人不知住在溪头桥边的哪一处，你可知我心中苦苦的思念，宛如一夜风声吹过千树万树。

清晨独坐在闺楼之上，早已把天涯望断，却只看到飞过去的大雁，将孤零零的影子映落在寒冷的沙滩。只可惜这秋季太短暂，不经意间，这寻常的菊花就会过季而凋残。

好事近

【导读】

这首词通过描写暮春景色，抒发了闺中人伤春、惜春的哀愁情绪。上片写景，以杨花飞雪，表达了春天已接近尾声；下片抒情，先是埋怨东风无情，后以闺中人百无聊赖闲听杜鹃啼叫作结，烘托出闺中人感伤、寂寞的情态。

【原文】

春色醉荼蘼[1]，昼永篆烟初绝[2]。临水杨花千树，尽一时飞雪[3]。

穿帘度竹弄轻盈，东风老犹劣[4]。睡起凭栏无绪，听几声啼鴂[5]。

【注释】

①荼蘼（tú mí）：又名酴醾、佛见笑等，是春末盛开的花，花白色，有香气。②昼永：日长；白昼漫长。篆烟：盘香燃起的烟。因香烟袅袅盘升如篆字故称篆烟。③尽一时飞雪：杨花飞起，如白雪翩飞无涯。④东风老犹劣：荼蘼花开时春将尽，指东风已近尾声。也指埋怨晚春的风吹尽了杨花。老犹劣：衰老且顽劣。⑤鴂（jué）：鶗鴂，即杜鹃。在暮春时节啼叫的鸟，叫声很悲切。

【译文】

春色在荼蘼花的鲜艳中醉了，春天的白昼漫长，缥缈的篆香刚刚点燃不久就燃尽了。临近水岸的千百棵柳树已经开始飞扬起柳絮飞花，这时节，满眼都是柳絮飘扬如同漫天飞雪。

飞絮似乎在炫耀卖弄自己的轻盈，竟然随风飘进竹林、穿入门帘，正值晚春时节，东风已然衰老却还如此顽劣。一觉醒来，我起身后信步斜倚栏杆远眺，只觉得心绪不佳，忽听见几声杜鹃悲啼，声声传送着伤春的哀怨。

仇远

仇远（1247—1326），字仁近，一字仁父，自号山村民，钱塘（今浙江杭州）人。与周密、赵松雪为词友。其诗也很闻名，与白珽（tǐng）并称“仇白”。入元后一度出仕，元大德九年（1305）为溧（lì）阳州学教授，不久以杭州知事致仕。晚年归老西湖，与林昉、白珽、吴大有、胡仲弓等七人以诗酒娱年。博雅多艺，兼工书画诗词。其诗词在元代影响甚大，张翥（zhù）、张雨、莫维贤等皆出其门下。词近张炎，宗法姜夔。著有《兴观集》《稗史》《金渊集》及词集《无弦琴谱》二卷等。

生查子

【导读】

这首闺怨词以朴厚直白的词句，充分表达了闺中女子春夜相思的哀怨之情。词上片写女子通宵达旦无眠，怨恨薄情郎冶游不归。下片写她对情人的失望不只今夜一次，而是多次如此，而次次落空。此词并非仇远的代表作，却是民间歌谣借鉴与汲取的成功之作。

【原文】

钗头缀玉蚕[①]，耿耿东窗晓[②]。京洛少年游，犹恨归来早[③]。

寒食正梨花，古道多芳草。今夜试青灯，依旧双花小[④]。

【注释】

①玉蚕：玉制蚕形饰物。②耿耿：心中挂怀，烦躁不安的样子；形容明亮。③京洛少年游，犹恨归来早：指薄情郎冶游至天明才回来，却还认为很早。④依旧双花小：双花：灯盏上的两股灯绳。古人以为出现双灯花是喜兆。此句表达了因薄情郎整夜未归，女子失望之情。

【译文】

手里抚弄着金钗头上缀着的玉蚕坠儿，一夜未眠，心中无限挂怀直到明亮的晨光在东窗上出现。可恨他这个薄情郎，只知道在京都洛阳游玩，就算是天亮回来，竟然还嫌此时归来太早。

寒食节到来，梨花正开得繁茂，芳草青青早已长满了古道。今夜，我试着再次来到青灯下来占卜他何时能回来，只见那烛蕊结出双花，依然是吉兆，可他为什么直到现在，归来的信息还是很杳渺。

参考文献

[1] 郭晓慧 . 全宋词 [M] . 天津：天津古籍出版社，2014.
[2] 秦圃 . 最美古诗词全鉴 [M] . 北京：中国华侨出版社，2017.
[3] 张志英 . 唐诗宋词全鉴 [M] . 北京：中国纺织出版社，2015.
[4] 玲珑心 . 最美的古典诗词 [M] . 北京：中国画报出版社，2013.